quando te vejo

HOLLY MILLER

Tradução
Giu Alonso

HARLEQUIN
Rio de Janeiro, 2024

Título original: The Sight of You

Diretora editorial: *Raquel Cozer*
Gerente editorial: *Alice Mello*
Editor: *Ulisses Teixeira*
Revisão de tradução: *Thaís Lima*
Revisão *Luiz Felipe Fonseca*
Adaptação de capa: *Guilherme Peres*
Diagramação: *Abreu's System*

Dados Internacionais de Catalogação na Publicação (CIP)
(Câmara Brasileira do Livro, SP, Brasil)

Miller, Holly
Quando te vejo / Holly Miller ; tradução Giu Alonso. – 1. ed. – Rio de Janeiro, RJ : HarperCollins Brasil, 2021.

Título original: The sight of you
ISBN 978-65-5511-156-9

1. Amor – Ficção 2. Ficção inglesa I. Título.

21-62572 CDD-823

Índices para catálogo sistemático:

1. Ficção : Literatura inglesa 823
Maria Alice Ferreira – Bibliotecária – CRB-8/7964

Rua da Quitanda, 86, sala 601A — Centro
Rio de Janeiro, RJ — CEP 20091-005
Tel.: (21) 3175-1030
www.harpercollins.com.br

PRÓLOGO

1

Callie

Joel, eu sinto muito. Ver você de novo daquele jeito… Por que eu entrei no trem? Deveria ter esperado pelo próximo. Não faria diferença. Perdi minha estação de qualquer forma, e nos atrasamos para o casamento.

Porque, durante todo o caminho até Londres, eu só conseguia pensar em você, no que você talvez tivesse escrito naquele bilhete que me deu. Aí, quando finalmente abri o papel, encarei suas palavras por tanto tempo que, quando ergui os olhos, a estação de Blackfriars já tinha passado.

Havia um oceano de coisas que eu queria — precisava — te dizer também. Mas minha mente travou quando te vi. Talvez eu estivesse com medo de falar demais.

Mas e se fosse hoje, Joel? E se hoje fosse a última vez em que vou ver seu rosto, ouvir sua voz?

O tempo está passando, e eu sei o que vai acontecer.

Eu queria ter ficado. Só mais alguns minutos. Sinto muito.

PARTE UM

2

Joel

É uma da madrugada. Estou de pé e sem camisa na janela da sala. O céu está limpo, pontilhado de estrelas, a lua um círculo perfeito.

A qualquer momento, meu vizinho Steve vai sair do apartamento acima do meu. Vai entrar no carro com a bebê se remexendo furiosamente na cadeirinha. Ele leva Poppy para passeios no meio da noite, tentando acalmar seu sono com o ronco do motor e sua playlist de sons de animais.

Aí vem ele. Os passos pesados de sono nas escadas, Poppy resmungando. Como sempre, ele tem problemas para abrir nosso intratável portão. Eu observo enquanto ele se aproxima do carro, destranca a porta e hesita. Está confuso, sabe que tem algo de errado. Mas seu cérebro ainda está tentando compreender.

Por fim, ele compreende. Solta um palavrão, coloca a mão na cabeça. Sem acreditar, dá duas voltas ao redor do veículo.

Sinto muito, Steve... Os quatro pneus. Alguém com certeza furou. Você não vai a lugar nenhum hoje à noite.

Por um momento ele se torna uma estátua, iluminado pelo brilho artificial do poste. Então algo o faz olhar diretamente para a janela em que estou parado.

Eu me controlo. Contanto que permaneça parado, deve ser quase impossível que me veja. Minhas persianas estão fechadas, e o apartamento está tão silencioso e escuro quanto um réptil descansando. Ele não tem como saber que estou observando tudo.

Por um momento nossos olhares se cruzam, antes que ele desvie, balançando a cabeça enquanto Poppy faz um show para a vizinhança com um grito oportuno.

Uma luz surge na casa em frente. O brilho atinge a rua escura, irritação transbordando da janela.

— Para com isso, cara!

Steve ergue a mão, depois se vira para voltar para dentro. Ouço os dois subindo as escadas, Poppy gritando com determinação pelo caminho todo. Steve está acostumado a ter horários pouco convencionais, mas Hayley com certeza está tentando dormir. Ela voltou ao trabalho recentemente em uma prestigiada firma de advocacia em Londres, o que significa que terá problemas se cochilar nas reuniões.

Ainda assim. Minhas tarefas de hoje estão terminadas. Eu risco o item no meu caderno, então me sento no sofá, abrindo um pouco as persianas para conseguir ver as estrelas.

Então me recompenso com uma dose de uísque, porque é o que faço em ocasiões especiais. Resolvo servir uma dose dupla, que viro de uma vez só.

Vinte minutos depois, fico pronto para desabar. Estou em busca de um tipo muito específico de sono, e tudo que fiz hoje deve me ajudar a conseguir isso.

— Ele está sempre com tanto calor — diz minha vizinha de 80 e poucos anos, Iris, quando passo em sua casa algumas horas depois para caminhar com seu labrador amarelo, Rufus.

Ainda não são nem oito da manhã, o que pode explicar por que não tenho a menor ideia de quem ela está falando. Seu vizinho, Bill, que aparece quase toda manhã com uma fofoquinha nova ou algum folheto curioso? O carteiro, que acabou de acenar alegremente para nós pela janela da sala?

Carteiros. Sempre inacreditavelmente felizes ou mais tristes que a morte. Nunca um meio-termo.

— Ele está dormindo na cozinha, porque os azulejos são mais frescos.

É claro. Está falando do cachorro. Isso acontece mais do que eu gostaria: estar exausto demais para ter uma conversa simples com alguém com pelo menos o dobro da minha idade.

— Boa ideia. — Sorrio. — Acho que vou tentar também.

Ela me lança um olhar.

— Isso não vai fazer muito sucesso com as mulheres, não é mesmo?

Ah, As Mulheres. Quem são mesmo? Iris parece convencida de que há uma fila delas por aí, ansiosas para deixar a própria vida para depois só pela chance de passar um tempo com um cara como eu.

— Você acha que ele aguenta? — pergunta ela, apontando para Rufus. — Aí fora, nesse calor?

Eu era veterinário. Não sou mais. Mas acho que Iris se sente mais confortável por causa da minha carteirada.

— Hoje está mais fresco — asseguro. Ela tem razão, está fazendo calor esses dias, considerando que estamos em setembro. — Vamos até o lago, nadar um pouquinho.

Iris sorri.

— Vai nadar também?

Balanço a cabeça.

— Prefiro cometer meus atentados ao pudor fora do expediente. É mais interessante assim.

Ela se anima como se as minhas piadas ruins fossem o ponto alto do seu dia.

— Nós temos muita sorte de ter você, não é mesmo, Rufus?

Para ser sincero, Iris é bem incrível. Ela usa brincos em formato de frutas e tem uma conta premium no Spotify.

Eu me abaixo para prender a guia na coleira de Rufus, que fica de pé devagar.

— Ele ainda está um pouco cheinho, Iris. Isso não vai ajudar a refrescar. Como está a dieta dele?

Ela dá de ombros.

— Ele sente o cheiro de queijo a quinze metros, Joel. O que eu posso fazer?

Eu suspiro. Já faz oito anos que brigo com Iris sobre a alimentação de Rufus.

— Qual foi o nosso acordo? Eu passeio com ele, você cuida do resto.

— Eu sei, eu sei. — Ela começa a nos expulsar da sala de estar com a bengala. — Mas eu não resisto a essa carinha dele.

Já estou com três cachorros a reboque quando chego ao parque. (Caminho com mais dois além de Rufus, para ex-clientes que têm dificuldade de locomoção. Tenho um quarto cliente também, um dogue alemão chamado Bruno. Mas Bruno tem dificuldades de socialização e uma força imensa, então saio com ele à noite.)

Embora o dia esteja mesmo mais fresco do que ontem, cumpro a promessa que fiz a Iris a respeito do lago. Solto as guias dos cães, e vê-los disparar como cavalos até a água me alegra.

Respiro fundo. Tento me convencer de novo de que o que fiz ontem à noite foi correto.

Tem que ser. Porque essa é a questão: quase minha vida inteira tive sonhos proféticos. O tipo de visões lúcidas e vívidas que me tiram o sono. Elas me mostram o que vai acontecer, dias, semanas, anos no futuro. E o tema é sempre pessoas que amo.

Os sonhos acontecem com uma frequência quase semanal, mais ou menos equilibrados entre bons e ruins. Mas são as premonições sinistras que mais temo: os acidentes e as doenças, a dor e o azar. É por causa delas que estou o tempo todo tenso, sempre alerta. Sempre me perguntando qual será a próxima vez em que terei que mudar o destino, correr para intervir nos planos de outra pessoa.

Ou, pior, para salvar uma vida.

Acompanho meus pupilos caninos pela margem abrindo um sorriso para um grupo de outros passeadores de cachorro, mas me mantenho longe. Eles se reúnem quase toda manhã perto da ponte e sempre me chamam quando cometo o erro de fazer contato visual. Mantenho distância desde a vez em que começaram a trocar dicas de como dormir bem, a conversa se voltando para simpatias caseiras e terapias, remédios e rotinas. (Eu dei uma desculpa e sumi. Não parei para conversar com eles nunca mais.)

A coisa toda simplesmente é difícil demais para mim. Porque, na minha busca por uma noite sem sonhos, já tentei de tudo. Dietas, meditação, afirmações. Lavanda e ruído branco. Bebidas lácteas. Remédios para dormir com efeitos colaterais, óleos essenciais. Exercícios tão pesados que tive que parar para vomitar. Períodos esporádicos de porres pesados quando tinha 20 e poucos anos, sob a teoria incorreta de que poderia alterar meu ciclo de sono. Mas anos de experimentos me provaram que isso é imutável. E nada que fiz jamais foi capaz de alterar.

Ainda assim, é uma questão de matemática simples: menos sono igual a menos sonhos. Então, atualmente, fico acordado até altas horas, auxiliado pela tecnologia e por um vício pesado em cafeína. Depois me permito um período curto e controlado de sono. Já treinei minha mente para me acostumar com isso, me despertando de pronto depois de poucas horas.

Inclusive é por isso que no momento preciso de café e para já. Assobio para chamar os cachorros que ainda estão na água e sigo pela trilha ao longo do rio. Na estrada, à minha direita, a vida real começa a acelerar. Trânsito da hora do rush, ciclistas, pessoas indo para o trabalho a pé, vans de entregas. Uma orquestra dissonante, afinando-se para uma manhã comum de semana.

Isso tudo me traz uma nostalgia estranha de normalidade. Não tenho muita capacidade mental no momento para um emprego fixo, amizades ou saúde. A preocupação e a falta de sono me deixam perpetuamente exausto, distraído e tenso.

Para evitar que toda essa situação acabe comigo, eu sigo algumas regras mais ou menos fixas: tenho que me exercitar diariamente, não devo beber muito, preciso me manter longe do amor.

Só confessei a verdade para duas pessoas na minha vida, e a segunda vez me fez jurar que seria a última. Então é por isso que não posso contar a Steve que, ontem à noite, eu agi por conta de uma premonição febril sobre Poppy. Minha afilhada, a quem amo tanto quanto minhas sobrinhas de sangue. Vi a coisa toda: Steve, exausto, sem conseguir frear em um cruzamento com Poppy no banco de trás. Vi seu carro colidir com um poste a cinquenta quilômetros por hora. Depois, os bombeiros tiveram que cortar as ferragens para chegar até ela.

Então eu fiz o que tinha que fazer. Isso valeu aquela dose dupla de uísque, para ser sincero.

Prendo as coleiras dos cachorros de novo e me encaminho para casa. Preciso evitar Steve, pelo menos por um tempinho. Quanto mais conseguir me manter fora do caminho, menor é a chance de ele me ligar ao que aconteceu ontem à noite.

Depois que deixar os cachorros, vou procurar uma cafeteria onde me esconder, acho. Um lugar onde possa beber meu café em um canto, anônimo e invisível.

3

Callie

— Não vai me dizer que nunca aconteceu com você antes.

Eu e Dot estamos limpando as mesas da cafeteria depois do fechamento, trocando teorias sobre o cliente que saiu mais cedo sem pagar. Esse é sempre meu momento favorito do dia — as coisas se acalmando, nós trocando histórias, o salão ficando um brinco de novo. Do outro lado da janela, o ar do início de setembro é cálido e delicado como a pele de um pêssego.

— Pode só ter sido um erro — digo.

Dot passa a mão pelo cabelo curtinho platinado.

— Fala sério. Faz quanto tempo que você trabalha aqui?

— Um ano e meio. — Parece mais inacreditável cada vez que digo isso.

— Um ano e meio, e você ainda não tinha atendido um caloteiro. — Dot meneia a cabeça. — Você deve ter a cara certa.

— Tenho certeza de que ele só se esqueceu. Acho que se distraiu com Murphy.

Murphy é meu cachorro, um vira-lata marrom e preto. Bom, ele é mais ou menos meu. Seja como for, está vivendo sua vida dos sonhos de cachorro da cafeteria, porque o que mais temos são pessoas dispostas a mimá-lo e alimentá-lo com petiscos ilícitos.

Dot bufa.

— A única coisa que aquele cara esqueceu foi a carteira.

Eu nunca tinha visto aquele homem antes. Mas, para falar a verdade, eu nunca tinha visto muitos dos clientes de hoje. A cafeteria concorrente no topo do morro em geral absorve a clientela da hora do rush vinda de Eversford, a cidadezinha onde vivi minha vida toda. Mas a loja fechou esta manhã, sem aviso, e quem normalmente comprava seu café lá começou a aparecer aqui sem fazer alarde assim que abrimos, cheios de ternos risca de giz, loção pós-barba e sapatos bem engraxados.

Mas aquele cliente era diferente. Na verdade, fico até meio envergonhada de admitir o quanto ele chamou minha atenção. Ele não poderia estar a caminho de nenhum escritório — o cabelo escuro ainda estava bagunçado de dormir, e ele parecia exausto, como se tivesse passado por uma noite difícil. De início, achei que estava distraído quando fui anotar seu pedido, mas, quando o homem por fim voltou os olhos para mim, seu olhar me capturou e não soltou mais.

Não trocamos mais do que meia dúzia de palavras, mas me lembro de que, antes de sair sem pagar — e entre momentos em que ele rabiscava em um caderninho —, ele teve algum tipo de ligação silenciosa com Murphy.

— Acho que ele talvez fosse escritor. Estava com um caderno.

Dot discorda, bufando.

— Claro, um escritor morto de fome. Só você para ver um roubo com lentes cor-de-rosa.

— Tá, mas se dependesse de você a gente colocaria uma daquelas placas, que nem nos postos de gasolina: *Fiado só amanhã...*

— Mas essa é uma *ótima* ideia!

— Não foi uma sugestão.

— Quem sabe da próxima vez eu derrube o cara com meu melhor *roundhouse*.

Eu não duvidava de que ela fizesse isso — Dot tinha começado a fazer kickboxing recentemente, comprometendo-se à luta com uma energia que eu invejava. Ela sempre estava pronta para a próxima atividade, correndo pela vida como uma criatura selvagem e livre.

Por outro lado, ela acha que eu me escondo do mundo — que me encolho pelos cantos, assustada pelas luzes. Provavelmente tem razão.

— Nada de golpes de caratê nos clientes — aviso. — Norma da casa.

— De qualquer forma, não vai ter próxima vez. Eu memorizei a cara dele. Se encontrar esse aí pela cidade, vou exigir meus dez paus.

— Mas ele só tomou um café.

Dot dá de ombros.

— Imposto devido por quem consome e não paga.

Abro um sorriso e passo por ela a caminho do escritório para imprimir a nota fiscal da entrega da manhã seguinte. Mal saí por um minuto quando ouço Dot gritar:

— Estamos fechados! Volte amanhã!

Quando estico o pescoço para fora do escritório, reconheço a figura na porta. Parece que Murphy também o reconhece — está farejando a porta, ansioso, balançando o rabo.

— É ele — digo, sentindo um ligeiro frio no estômago. Alto e magro, camiseta cinza, jeans escuro. Pele que sugere um verão passado ao ar livre. — O cara que esqueceu de pagar.

— Ah.

— Incrível capacidade de observação, Sherlock.

Bufando, Dot abre o trinco e gira a chave, puxando a porta só um tantinho. Não escuto o que ele diz, mas suponho que veio pagar a conta, porque ela tira a corrente da porta e abre para deixá-lo entrar. Enquanto o homem entra, Murphy recua, ainda balançando o rabo, as patinhas batendo no chão animadamente.

— Mais cedo eu saí sem pagar — diz ele, irritado, com um remorso tocante. — Totalmente sem querer. Aqui. — Ele entrega uma nota de vinte para Dot, passa a mão pelos cabelos e dá uma olhada para mim. Seus olhos são grandes e escuros, da cor de terra molhada.

— Vou pegar seu troco — respondo.

— Não, pode ficar. Eu agradeço. E sinto muito.

— Não quer levar alguma coisa para a viagem? Outro café, um bolo? Como agradecimento pela honestidade.

Além de tudo, algo no seu comportamento simplesmente parece implorar por uma gentileza.

Ainda tem um pouco de *drømmekage* —, um bolo dinamarquês bem fofinho com cobertura de coco caramelizado cuja tradução é basicamente *bolo dos sonhos*. Eu embalo uma fatia e ofereço para ele.

O rapaz para um momento, esfrega o crescente de barba por fazer no queixo, sem saber como reagir. Então pega a embalagem, a ponta de seus dedos tocando os meus.

— Obrigado.

Ele abaixa a cabeça e vai embora, uma brisa cálida entrando na cafeteria quando ele abre a porta.

— Bom... — comenta Dot. — *Esse* era um cara de poucas palavras.

— Acho que deixei ele sem jeito com o bolo.

— É, o que foi aquilo? *Outro café?* — Ela me imita. — *Um bolinho?*

Mal consigo controlar meu rubor.

— Pelo menos ele voltou para pagar a dívida. O que prova que você é uma grandessíssima de uma cínica.

— Até parece. Com a fatia de *drømmekage* a gente mal teve lucro.

— Essa não é a questão.

Dot ergue uma das sobrancelhas feitas.

— Nosso chefe pode discordar. Ou pelo menos o contador discordaria.

— Não, Ben te diria para ter mais fé na humanidade. Você sabe... dar uma chance para as pessoas.

— Então, o que você vai fazer hoje à noite? — Dot tem um sorriso nos olhos quando passa por mim para pegar o casaco no escritório. — Dormir ao relento para caridade? Lançar um restaurante popular temporário?

— Engraçadinha. Acho que só vou passar um tempo no Ben, ver como ele está.

Dot não responde. Sei que ela acha que carrego preocupação de mais com Ben, que passo tempo demais pensando no passado.

— E você?

Ela surge de novo com os óculos escuros no topo da cabeça.

— Vou fazer esqui aquático.

Dou um sorriso. *É claro... o que mais?*

— Você deveria vir comigo.

— Não, eu sou desajeitada demais.

— E daí? É só água.

— Não, é melhor eu...

Ela me encara, séria.

— Você sabe o que eu penso, Cal.

— Sei.

— Já entrou no Tinder?

— Não. — *Por favor, não insista.*

— Ou eu posso te arrumar um encontro...

— Eu sei. — A Dot é capaz de tudo. — Divirta-se.

— Eu diria o mesmo, mas... — Ela dá uma piscadela afetuosa. — Te vejo amanhã.

E, com uma última borrifada de Gucci Bloom, ela vai embora.

Depois que Dot sai, eu desligo as luzes uma a uma antes de me sentar no meu banco de sempre, o último, ao lado da janela, para respirar o perfume de café e pão. Sem pensar, pego meu celular do bolso, digito o número de Grace e aperto "ligar".

Não. Você não pode continuar assim. Para.

Desligo a ligação e bloqueio a tela de novo. Ligar para ela é um hábito que estou me esforçando para abandonar, mas a visão de seu nome no meu telefone me dá uma animação, uma explosão de luz de sol em um dia cinzento.

Deixando meu olhar passear pela janela, inesperadamente me vejo encarando os olhos escuros e atentos do cara do caderno, de mais cedo. Com um susto, começo a sorrir, mas é tarde demais — ele olha para a calçada e se torna uma sombra, caminhando a passos largos pela luz fraca da noite.

Não está mais com a embalagem do bolo. Ou já comeu, ou jogou na primeira lixeira que encontrou.

4

Joel

Desperto de um salto às duas da madrugada. Saio da cama devagar e pego meu caderno, tentando não despertá-la.

O calor da semana passada se foi, e o apartamento está meio gelado. Visto um casaco de capuz e calças de moletom, e sigo para a cozinha.

Sento no balcão e anoto tudo.

Meu irmão mais novo, Doug, vai ficar todo animado. Sonhei que sua filha, Bella, vai ganhar uma bolsa de estudos para o colégio particular local quando ela completar 10 anos. Uma incrível nadadora, aparentemente, ganhando várias medalhas todo fim de semana. É engraçado como as coisas são. Doug foi banido da piscina local na infância por molhar todo mundo ao se jogar na água e mandar os salva-vidas para aquele lugar.

Bella ainda nem tem 3 anos. Mas a ideia de Doug é que nunca é cedo demais para planejar o potencial. Ele já colocou o Buddy, de 4 anos, na escolinha de tênis, além de assistir a *Britain's Got Talent* para aprender a ser um pai insuportável.

Por outro lado, meu sonho confirmou que vai valer a pena. Faço uma anotação, sublinhando três vezes, para me lembrar de comentar sobre clubes de natação com ele o mais rápido possível.

— Joel?

Melissa está me observando da porta, imóvel como uma espiã.

— Pesadelo?

Balanço a cabeça e digo que não, o sonho foi bom.

Melissa está usando minha camiseta, que provavelmente vai usar para voltar para casa também. Ela acha que é fofo fazer isso. Mas eu preferia não ter que manter um inventário do meu próprio guarda-roupa.

Então ela se aproxima de mim e se senta em um banco. Cruza as pernas nuas e passa a mão na juba de cabelo louro-dourado.

— Sonhou comigo?

Ela dá uma piscadela que é ao mesmo tempo coquete e ridícula.

Isso seria impossível, quero dizer, mas me controlo. Ela não sabe nada sobre a natureza dos meus sonhos e vai continuar sem saber.

Faz quase três anos que saio com Melissa, normalmente uma vez por mês, com pouco contato entre um encontro e outro. Steve já parou para conversar com ela mais vezes do que eu gostaria, como se achasse que vale a pena conhecê-la melhor. Até Melissa acha isso engraçado e começou a puxar papo no corredor só para me provocar.

Dou uma olhada no relógio da cozinha. Prendo um bocejo.

— Está no meio da noite. Você deveria voltar a dormir.

— Nah. — Ela suspira, lânguida, e cutuca uma das unhas. — Já acordei. Vou ficar aqui com você.

— Que horas você vai trabalhar?

Melissa é gerente de comunicação no escritório londrino de uma companhia de mineração africana. Seu horário de trabalho com frequência começa às seis da manhã.

— Cedo demais — diz ela, revirando os olhos, irritada. — Vou ligar e dizer que estou doente.

Eu estava planejando fazer um passeio com meu amigo Kieran logo cedo, querendo parar na cafeteria para o café da manhã. Já voltei lá várias vezes depois da confusão da semana passada, quando saí sem pagar.

Inicialmente, admito, senti tipo uma obrigação moral de voltar. Mas agora tem mais a ver com o cachorro que está sempre por lá e com o café, que é ótimo. Além da recepção calorosa que recebo apesar de ter sido um cliente menos que exemplar na primeira vez em que apareci no lugar.

— Na verdade... eu meio que tenho planos.

Meu estômago se contrai com culpa quando digo isso.

Ela inclina a cabeça.

— Que fofo. Sabe, eu continuo sem entender por que você ainda está solteiro.

— Você está solteira — comento, como faço toda vez que ela aparece.

— Sim, mas eu quero estar.

Essa é uma das teorias de Melissa. Que estou desesperado por um relacionamento, doido para ser o namorado de alguém. Eu passei cinco anos solteiro antes de conhecê-la, um fato que a diverte demais, como um gato que capturou um rato. Às vezes ela até briga comigo por ser grudento demais, quando mando uma mensagem depois de um mês de silêncio, para ver se ela está a fim de me encontrar.

Mas Melissa está errada. Eu fui honesto desde o início, perguntei se estava de acordo com algo totalmente casual. Ela riu e concordou. Disse que eu era muito metido.

— Sabe, um dia eu vou abrir esse caderninho enquanto você estiver dormindo e vou ver exatamente o que você tanto escreve aí.

Dou uma risada fraca e olho para baixo, sem ter coragem de responder.

— É alguma coisa digna de vender para os jornais?

É capaz de ela poder fazer mesmo isso: está tudo aqui. Um sonho por semana nos últimos 28 anos, e eu faço essas anotações há 22.

Escrevo tudo caso eu tenha que agir. Mas de vez em quando simplesmente preciso deixar um sonho ruim acontecer. Deixo para lá quando são menos sérios ou quando não consigo ver como interferir. Nenhuma das duas opções é a ideal para um homem como eu.

Mesmo assim, como pérolas jogadas aos porcos, sonhos felizes brilham entre os ruins. Promoções, gravidezes, pequenas sortes. E também tem os sem graça, sobre as rotinas mundanas da vida. Cortes de cabelo e lanchonetes, trabalho doméstico e dever de casa. Posso ver o que Doug vai jantar (*miúdos, sério?*). Ou descubro que meu pai vai ficar em primeiro lugar no campeonato local de badminton, ou que minha sobrinha vai esquecer o uniforme de educação física.

As datas e os horários relevantes estão claros na minha mente sempre que desperto. Eles se alojam ali com a mesma certeza que tenho sobre meu aniversário ou sobre o Natal.

Presto atenção em tudo, até nas coisas mais bobas. Registro tudo no meu caderno. Caso exista um padrão, uma pista ali em algum lugar. Algo que não posso correr o risco de perder.

Dou uma olhada para o caderno no balcão. Me preparo, caso Melissa tente pegá-lo. Ela percebe na hora e dá um sorriso doce, me diz para relaxar.

— Quer um café? — pergunto, tentando diminuir o brilho nos seus olhos.

Ainda assim, sinto uma pontada de remorso. Apesar de sua atitude imperturbável, tenho certeza de que ela gostaria de vir aqui e pelo menos uma vez dormir uma noite inteira como uma pessoa normal.

— Sabe, com todo o seu dinheiro você bem que poderia comprar uma cafeteira de verdade. Ninguém mais bebe café solúvel.

Do nada, uma imagem da cafeteria me vem à mente. De Callie me entregando minha bebida e da rua de paralelepípedos que vejo do meu lugar à janela. Isso me assusta um pouco, e eu me forço a deixar para lá, servindo o café em duas canecas.

— Com todo o meu dinheiro, qual?

— Eu amo você fingindo que é pobre. Era veterinário, e agora nem trabalha.

Isso só é parcialmente verdade. Sim, tenho algumas economias. Mas só porque percebi a tempo que meu futuro no emprego estava incerto. E minha poupança não vai durar para sempre.

— Açúcar? — pergunto para mudar de assunto.

— Já sou doce o bastante.

— Isso é discutível.

Ela me ignora.

— Então, vai comprar?

— O quê?

— Uma cafeteira decente.

Eu cruzo os braços e me viro para encará-la.

— Para quando você aparecer aqui uma vez por mês?

Ela dá uma piscadela.

— Sabe, se você começasse a me tratar bem de verdade, poderia até ter uma chance de alguma coisa a mais.

Eu devolvo a piscadela e bato a colher na beirada da caneca.

— Solúvel, então.

Tive meu primeiro sonho profético aos 7 anos, numa época em que era muito próximo do meu primo Luke. Nós nascemos com apenas três dias de diferença e passávamos todo o tempo livre juntos. Jogos de computador, passeios de bicicleta, caminhando por aí com os cachorros.

Uma noite, sonhei que Luke pegava seu atalho de sempre pelo campo no caminho do colégio e do nada era atacado por um cachorro preto. Acordei às três da manhã bem no momento em que o cão fechava as presas no rosto de Luke. Pulsando em minha mente como uma enxaqueca estava a data em que aquilo ia acontecer.

Eu tinha poucas horas para impedir.

No café da manhã, sem conseguir comer nada, contei tudo para minha mãe, implorando que ela ligasse para a irmã do meu pai, mãe de Luke. Ela recusou, sem se alterar, muito calma, e me tranquilizou dizendo que tinha sido só um pesadelo. Prometeu que eu encontraria Luke na escola, são e salvo.

Mas Luke não estava na escola, são e salvo. Então saí correndo para a sua casa, tão rápido que senti gosto de sangue na garganta. Um homem que não reconheci atendeu a porta. *Ele está no hospital*, me disse. *Foi atacado por um cachorro hoje no campo.*

Minha mãe ligou para minha tia naquela noite e ficou sabendo de todos os detalhes. Um cachorro preto tinha atacado Luke no caminho para a escola. Ele precisou de cirurgias plásticas no rosto, no braço esquerdo e no pescoço. Teve sorte de sobreviver.

Depois de desligar o telefone, minha mãe se sentou comigo na sala, nós dois muito quietos no sofá. Meu pai ainda não tinha chegado. Ainda lembro do cheiro da canja de galinha que ela havia preparado. O som reconfortante dos meus irmãos discutindo no andar de cima.

— É só uma coincidência, Joel — repetia minha mãe. (Hoje em dia eu me pergunto se ela estava tentando convencer a si mesma.) — Você sabe o que é isso, não sabe? Quando alguma coisa acontece por acaso.

Minha mãe trabalhava na firma de contabilidade do papai nessa época. Ela ganhava a vida como ele, lidando com as coisas de forma lógica, olhando os fatos. E o fato é que as pessoas não têm poderes psíquicos.

— Eu *sabia* que ia acontecer — falei, aos soluços, inconsolável. — Eu poderia ter impedido.

— Entendo que você pense isso, Joel — sussurrou ela —, mas foi só uma coincidência. Você precisa se lembrar disso.

* * *

Nós nunca contamos a ninguém. Meu pai teria ignorado, dito que era loucura, e meus irmãos eram jovens demais para entender e talvez até se importar. *Vamos manter isso entre nós dois*, a mamãe disse. Então foi o que fizemos.

Até hoje, o restante da minha família não sabe a verdade. Eles acham que sou ansioso e paranoico. Que meus avisos misteriosos e intervenções doidas têm a ver com a perda da mamãe, que ainda não superei. Doug acha que eu deveria tomar algum remédio para isso, porque acredita que tem remédio para tudo. (Spoiler: não tem.)

Será que Tamsin, minha irmã, suspeita de algo? É possível. Mas eu mantive os detalhes deliberadamente vagos, e ela não faz perguntas.

Não posso dizer que nunca senti a tentação de contar tudo a eles. Mas quando essa vontade surge, tudo que preciso fazer é me lembrar da vez em que fui inocente o bastante para procurar um profissional. O desprezo em seus olhos e o escárnio em seus lábios foram o suficiente para me fazer prometer nunca mais confiar em ninguém.

5

Callie

Certa sexta à noite no meio de setembro me traz uma ligação tipicamente irritante da imobiliária.

— Sinto dizer, mas tenho más notícias, srta. Cooper.

Faço uma careta e lembro a Ian que ele pode me chamar de Callie — já passamos por muitas coisas nos últimos anos.

Ele repete meu nome devagar, como se estivesse anotando pela primeira vez.

— Certo, Callie. Então, o sr. Wright acabou de nos informar que vai vender seu imóvel.

— Que imóvel? Como assim?

— O seu apartamento. Noventa e dois B. Não, espera... C.

— Sim, eu sei meu endereço. Você está mesmo me despejando?

— Preferimos dizer que você recebeu o aviso. Você tem um mês.

— Mas por quê? Por que ele está vendendo o apartamento?

— Não é mais comercialmente viável.

— Mas eu sou uma pessoa. Sou viável. Pago o aluguel.

— Por favor, não fique chateada.

— Você acha que... talvez o próximo dono queira alugar também? Eu poderia continuar no apartamento.

Eu gosto dessa possibilidade, pelo menos... Teria mais direitos, poderia fazer exigências para o proprietário para variar, não o contrário.

— Ah, não. Ele definitivamente quer que você saia. Precisa dar uma ajeitada no apartamento antes de vender.

— Bom saber. Mas eu não tenho para onde ir.

— Não está desempregada, está?

— Não, mas...

— Tem vários imóveis disponíveis no momento. Vou te mandar algumas oportunidades por e-mail.

Nada como receber o aviso de despejo, percebo, para te fazer se sentir um completo e colossal fracasso.

— Ótima maneira de começar meu fim de semana, Ian.

Eu me pergunto se ele faz todas as ligações de despejo na sexta-feira à noite.

— Sério? Sem problemas!

— Não, eu estava... Olha — digo, desesperada. — Será que você poderia me encontrar alguma coisa com um jardim? Meu apartamento fica no último andar, então não tenho acesso ao daqui... Mas mesmo se tivesse, seria como passar o tempo num ferro-velho. Está quase todo coberto de cimento, cheio de lixo: umas espreguiçadeiras enferrujadas, um varal quebrado, uma coleção de cadeiras caindo aos pedaços e três carrinhos de mão abandonados. Eu não me importo que seja bagunçado, ao contrário, não quero nada de revista de decoração, mas entrar no jardim daqui é pedir para tomar uma antitetânica.

Ian dá uma risada.

— O orçamento é o mesmo?

— Capaz de ser até menos.

— Você é muito engraçada. Ah, e Callie... Imagino que tenha resolvido o problema das abelhas?

— Abelhas? — repito, toda inocente.

Ian hesita. Ouço seus dedos digitando furiosamente.

— É isso mesmo. Estavam entrando e saindo do forro perto da sua janela da sala.

Estavam mesmo. O casal do apartamento do lado reclamou, acho. Eu dispensei Ian quando ele ligou, falei que tinha um amigo que podia me ajudar. Não é surpresa nenhuma que só lhe ocorreu perguntar disso agora, meses depois.

Eu estava tão desesperada para protegê-las, aquela casinha feliz que as abelhas estavam construindo. Elas não estavam fazendo mal nenhum — ao contrário dos reclamões, que tinham cimentado o jardim e coberto a grama com aquele troço falso dias depois de se mudar.

— Ah, sim — respondo, animada. — Tudo resolvido.

— Ótimo. Melhor não deixar elas hibernarem no inverno.

Dou um sorriso. A colmeia vai estar vazia agora, as abelhas todas já longe.

— Na verdade, abelhas não...

— Como é?

— Nada, não.

Eu desligo e repouso a cabeça no sofá. Expulsa de casa aos 34 anos. Bom, é a melhor desculpa que já ouvi para comer um pote inteiro de sorvete.

Havia uma árvore de espinheiro-branco no jardim dos vizinhos, antes de eles a arrancarem para acomodar sua vaga improvisada. Estava toda florida na época. A nuvem de pétalas que saiu da caçamba em que jogaram a árvore arrancada me trouxe à mente os dias frescos de primavera da minha infância e a doce alegria de correr por aqueles confetes naturais enquanto meu pai me incentivava.

Também me fez lembrar do espinheiro-branco que eu via da minha mesa na fábrica de embalagens em que eu trabalhava. Eu amava aquele ponto solitário de vida no meio do complexo industrial. Talvez tenha sido plantado por um pássaro ou por alguém que se sentia tão desesperado quanto eu naquela época. Por anos observei a árvore passando pelas estações, admirando os botões de flores na primavera, um rebuliço de folhagens no verão, o esplendor de cor de ferrugem no outono. Amava a árvore até no inverno, a geometria de seus galhos nus tão bela para mim quanto uma escultura em uma galeria.

Eu caminhava até ela todos os dias durante o almoço, às vezes só para tocar o tronco ou olhar suas folhas. Em dias mais quentes, comia meu sanduíche sob a copa, apoiada na mureta. No meu terceiro verão, alguém claramente ficou com pena de mim e largou um velho banco de madeira ali.

Mas, no começo do meu sexto verão lá, a árvore foi cortada para dar lugar a uma área de fumantes. Isso me dava um embrulho no estômago por algum motivo que eu não conseguia explicar, ver aqueles rostos cinzentos onde folhas e galhos antes ficavam, rostos inexpressivos encarando o espaço sob aquele domo de acrílico sem vida.

* * *

Olho pela janela agora, para onde o espinheiro dos vizinhos ficava. Eu deveria entrar na internet e começar a procurar outro lugar para morar. Engraçado como é fácil para alguém arrancar as raízes de outra vida bem quando menos se espera.

6

Joel

Estou à beira do rio, pensando no que aconteceu mais cedo. Ou não aconteceu. É difícil dizer, na verdade.

Foi estranho quando Callie deixou meu espresso duplo assim que cheguei no café. Nossos olhos se cruzaram, e senti um arrepio quente na pele enquanto lutava para desviar o olhar.

Íris cor de mel, como areia no sol. Cabelo comprido e bagunçado no tom de avelã. Pele da mais clara baunilha. Aquele sorriso de tirar o fôlego devia ser para outra pessoa.

Mas aparentemente… era para mim.

Callie fez um gesto para Murphy, que estava encostado ao meu joelho enquanto eu fazia carinho na cabeça dele.

— Espero que ele não esteja te incomodando.

Durante minhas visitas agora quase diárias ao café na última semana, eu tinha criado uma conexão bem forte com o cachorro.

— Esse rapazinho aqui? Ah, não. A gente tem um acordo.

— É mesmo?

— Aham. Ele me faz companhia, e eu dou pedacinhos de bolo para ele quando você não está olhando.

— Quer bolo? — Um sorriso simpático. — Tem um bolo dos sonhos saindo do forno agora.

— Perdão?

— O *drømmekage*. É dinamarquês, significa “bolo dos sonhos”.

Eu odiava aquele nome. Mas tenho que admitir que aquele bolo era o equivalente culinário do crack.

— Eu aceito, na verdade. Obrigado.

Ela voltou quase na mesma hora, pousando uma fatia enorme em um prato à minha frente.

— Bom apetite.

Nossos olhares se cruzaram de novo. Mais uma vez, não consegui desviar.

— Tim-tim.

Ela continuou ali. Mexeu no cordão, distraída. Era de ouro rosado, delicado, no formato de uma pomba voando.

— Então... Dia cheio? Você vai para o trabalho agora?

Pela primeira vez em muito tempo, fiquei frustrado por não conseguir dizer que sim. Por não ter nenhuma coisa interessante para falar sobre mim mesmo. Não tenho nem certeza de por que eu queria ter algo interessante para falar, na verdade. Só tinha alguma coisa nela. No jeito com que ela se movia, no brilho do seu sorriso. O tom de seu riso, rico e doce como o perfume da primavera.

Se controla, Joel.

— Eu tenho uma teoria sobre você — continuou ela então.

Pensei por um breve momento em Melissa, que tinha criado tantas teorias sobre mim que seria capaz de escrever uma tese imensa e sem sentido.

— Acho que você é escritor — disse ela, e indicou meu caderno e a caneta.

Mais uma vez tive o ímpeto de impressioná-la. Cativá-la de alguma maneira, dizer algo charmoso. Não é de se surpreender que eu não tenha conseguido.

— Só bobagens incoerentes, infelizmente.

Ela não pareceu muito decepcionada.

— Então, o que é que você...

Mas ao mesmo tempo, atrás de nós, um cliente estava tentando chamar a atenção dela. Eu me virei e vi Dot correndo entre as mesas, fazendo uma careta de desculpas.

Callie sorriu. Indicou o balcão com a cabeça.

— Bom, é melhor eu...

Foi estranho, a vontade que tive de esticar a mão quando ela se afastou. De puxá-la gentilmente de volta para mim, para me sentir aquecido por sua presença de novo.

Faz muito tempo que me treinei a não me estender em atrações passageiras. Mas isso era diferente, um sentimento que não tinha havia anos.

Como se ela trouxesse de volta à vida uma parte de mim que eu achava ter enterrado de uma vez por todas.

Fui embora logo depois. Resisti ao instinto de olhar para ela ao sair.

— Joel! Ei, Joel!

Ainda estou tentando tirar esta manhã da cabeça quando percebo que estão me chamando. Essa normalmente não é a melhor forma de chamar minha atenção, mas reconheço a voz. É Steve, e ele está vindo atrás de mim.

Estou evitando-o desde a semana passada, quando furei seus pneus. Agora, porém, acho que meus erros estão prestes a literalmente me alcançar.

Chego a considerar se deveria correr até o lago, se vale a tentativa de fugir em um pedalinho com minha pequena matilha de cães. Mas então lembro que Steve com certeza conseguiria correr mais do que eu, me derrubar e me prender no chão, tudo no intervalo de dez segundos.

Steve trabalha como personal trainer e organiza turmas de treinamento ao ar livre para pessoas com tendências masoquistas. Ele deve ter acabado de sair de uma dessas aulas, porque está suando ao beber um shake de proteína em um copo gigante. Ele se aproxima, usando calça de moletom, tênis e uma camiseta tão grudada que parece ter sido pintada na sua pele.

— E aí, pessoal — diz ele para os meus três companheiros caninos, acompanhando meus passos.

Ele parece tranquilo. Mas podem ser só as endorfinas. Continuo andando decididamente, sem deixar nada transparecer. Se ele me perguntar sobre os pneus, vou negar tudo.

— E aí, cara?

Ou posso só não dizer nada.

Steve vai direto ao ponto, porque ele é eficiente assim.

— Joel, eu sei que foi você que furou meus pneus semana passada. — A voz dele é baixa, mas firme, como se eu fosse um moleque que ele pegou roubando cigarros na mercearia da esquina. — Eu perguntei por aí, pedi para o Rodney dar uma olhada nas filmagens. As câmeras de segurança pegaram tudo.

Ah, Rodney. Os olhos da nossa rua. Um cidadão exemplar pronto para agir. Eu deveria saber que ele seria o meu fim. As pistas já estavam lá há meses, desde que ele instalou internet de banda larga só para poder marcar a polícia em seus tweets.

Sinto uma onda de vergonha. Quero dizer algo, mas não sei o quê. Então só enfio as mãos nos bolsos e continuo andando.

— Sabe — diz Steve —, depois que você terminou, você apoiou a cabeça na lataria. Você se sentiu mal, né?

É claro que me senti mal, mesmo colocando a racionalidade de lado. Já faz muitos anos que Steve é mais um irmão para mim do que só um amigo.

— Eu *sei* que você não queria fazer aquilo, cara. Então só me fala o motivo.

Até pensar em ter essa conversa me dá a sensação de estar na beira de um precipício. Meu coração dispara, minha pele arrepia, minha boca fica seca.

— Tive que contar para Hayley — continua Steve quando me recuso a explicar.

Isso não é surpresa nenhuma: eles dois têm uma relação de verdade. Dividem tudo, não escondem nada.

— Ela não está feliz. Na verdade, está puta. Não entende o que diabo você estava pensando. Quer dizer, eu estava com a *Poppy*...

— Os pneus estavam totalmente no chão. Você não ia conseguir dirigir nem se tentasse.

Steve segura meu braço e me faz parar. A força de sua mão me impede de fazer qualquer outra coisa: sou forçado a olhá-lo nos olhos.

— Poppy é sua afilhada, Joel. O mínimo que você tinha que fazer era me dizer por quê.

— Não foi... Eu prometo que tenho um bom motivo.

Ele fica esperando que eu conte.

— Não posso explicar. Desculpa. Mas não foi maldade.

Steve suspira e solta meu braço.

— Olha, Joel, tudo isso... meio que confirmou uma coisa que eu e Hayley já estávamos pensando faz um tempo. A gente precisa mesmo de mais espaço, agora com a Poppy, então é melhor eu te contar... Vamos nos mudar.

Um suspiro de arrependimento.

— Me desculpa. — Preciso que ele saiba disso. — De verdade.

— A gente provavelmente não vai vender o apartamento. Pelo menos não por enquanto… Vamos alugar. O financiamento já está quase acabando, então… — Ele para e me olha como se estivesse prestes a falar algo realmente ofensivo. — Acabei de ouvir o que eu falei. Que babaca de classe média.

Steve e Hayley foram espertos e compraram o apartamento do dono do prédio quando os preços ainda estavam razoáveis.

— De jeito nenhum. Vocês trabalham tanto. É bom ficar com o lugar mesmo.

Ele assente devagar.

— Eu queria que você me contasse o que está acontecendo, cara. Eu estou… preocupado com você.

— Está tudo sob controle.

— Joel. Acho que eu posso ajudar. Já te contei…

— Foi mal — interrompo antes que ele termine. — Preciso ir. Esses caras não vão passear sozinhos.

É claro que eles fariam isso. Mas no momento os cachorros são a minha única desculpa.

Morei em Eversford minha vida inteira, fui o vizinho levemente estranho de Steve e Hayley por quase uma década.

Tentei evitá-los quando eles se mudaram para lá, mas é difícil fugir do Steve. Ele é autônomo, o que significa que tem tempo de fazer coisas tipo levar meu lixo para fora, e receber encomendas e intimidar o dono do prédio por conta da rachadura gigantesca na parede. Então assim fomos de vizinhos para amigos.

Vicky, minha namorada da época, gostava de cultivar novos relacionamentos. Ela vivia marcando eventos para nós quatro com Hayley: drinques ao pôr do sol no quintal, churrascos nos feriados, comemorações de aniversários no centro. Ela sugeria Noites da Fogueira no parque local, fugir das crianças pedindo doces no Halloween com rum, luzes apagadas e filmes de terror.

Ela me deixou no seu aniversário depois de três anos juntos. Apresentou uma lista, uma coluna curta de prós opondo uma litania de condenáveis contras. Meu distanciamento emocional era o primeiro item da lista, mas não menos importantes eram meus problemas de convivência e minha irritação constante. Minha relutância em me soltar e minha aparente inabilidade de dormir. O caderninho que eu nunca deixava que ela lesse estava na lista também, assim como meu permanente ar de distração.

Nada daquilo foi novidade para mim nem foi injustificado. Vicky merecia muito mais de um namorado do que o relacionamento meia-boca que eu estava oferecendo a ela.

Não ajudou, tenho certeza, que eu escondesse os sonhos dela. Mas Vicky sempre me fez lembrar um pouco de Doug, porque também não era lá muito conhecida por sua empatia. Embora houvesse muito nela que eu admirasse (ambição, senso de humor, determinação), ela também era o tipo de pessoa que daria de ombros se atropelasse um coelho.

Quando ela me deixou, eu me afoguei na bebida por alguns meses. Já tinha tentado isso antes, nos meus dois últimos anos de faculdade, depois de ler sobre os efeitos disruptivos do álcool no sono. Eu sabia que essa, no fundo, não era a resposta. Que não funcionaria mesmo. Mas acho que me convenci de que as coisas seriam diferentes daquela vez.

Não foi o que aconteceu, então parei. Provavelmente bem a tempo, porque eu estava começando a sucumbir ao apelo perigoso do vício. E a ideia de lidar com isso, além de todo o restante, era tão desejável quanto atravessar o Canal da Mancha a nado ou arrumar uma briga na academia de kung fu local.

Nos anos seguintes ao término com Vicky, Steve e Hayley se tornaram mais família que amigos para mim. Era quase como se eles estivessem abraçando a minha dor. E, quando Poppy nasceu este ano, acho que eles pensaram que ser seu padrinho seria bom para mim.

No batizado, segurei Poppy para uma foto, cheio de orgulho. Ela se mexia sem parar no meu colo, que nem um cachorrinho, quentinha e fofa. Olhei para seu rostinho, senti seu peso e sua preciosidade, e me senti preenchido de amor.

Furioso comigo mesmo, devolvi a bebê. Fiquei bêbado, quebrei duas taças de vinho. Tive que ser mandado de volta para casa mais cedo em um táxi.

Isso resolveu. As coisas não foram as mesmas desde então.

7

Callie

Perto do fim do mês, Ben sugere uma noite no pub, onde um amigo de um amigo está comemorando o aniversário. Estou quase cansada demais para ir depois do trabalho, mas ultimamente reluto em recusar convites do Ben — seu progresso ainda é tão frágil, como se ele estivesse emergindo da hibernação depois de um longo inverno.

Joel foi um dos últimos clientes a ir embora hoje, e pensei, por um instante enquanto ele fechava a porta do café, em sair correndo e convidá-lo a ir com a gente. Ele é de longe a melhor coisa de trabalhar no café nesse momento — ele me derruba com apenas um sorriso, me faz corar com o mais breve dos olhares. Percebi que espero por ele todos os dias, me perguntando o que posso dizer para fazê-lo sorrir.

Mas, na última hora, mudei de ideia, porque tenho quase certeza de que chamá-lo para o pub seria passar dos limites. O pobre coitado deveria poder aproveitar seu café em paz sem ser incomodado por baristas entediadas procurando companhia. De qualquer forma, alguém tão bonito com certeza é comprometido — embora, como Dot comentou, ele esteja sempre sozinho.

Sinceramente, eu me lembro, nós mal nos conhecemos — só o suficiente para trocar sorrisos e comentários rápidos, como estrelas de galáxias próximas trocando piscadelas através do universo infinito.

A festa de aniversário é no jardim do bar, onde, por sorte, ainda está quente o suficiente para ficar ao ar livre. Vejo minha amiga Esther e o marido Gavin, além de várias pessoas que todos nós conhecíamos um pouco melhor quando Grace estava viva. Se ela estivesse aqui agora, estaria andando de um lado para outro, falando com todo mundo, o ribombar profundo de sua risada como a batida de uma música conhecida e amada.

Por um momento paro e tento ouvi-la. Porque, você sabe... vai que.

Sento no banco ao lado de Esther, e Murphy deita aos meus pés. Uma cascata de buquês de madressilvas se precipita da pérgula acima das nossas cabeças, verde-vivo e com flores brancas como espuma.

— Cadê o Ben?

— Preso no trabalho. Acho que ele está meio para baixo.

— Só chateado ou deprimido?

— Bom, ele está vindo. Então só chateado, suponho. — Esther, de braços nus em uma camiseta amarelo-manteiga, empurra uma caneca de sidra para mim.

Conheci Esther e Grace no primeiro dia de aula do primário. Eu estava feliz de ficar na sombra delas desde o início, admirando sem jamais tentar acompanhá-las em suas aventuras. Elas tinham uma coragem de falar o que pensavam, algo que muitas vezes lhes rendia uma expulsão de sala. Anos depois, essa coragem se converteu em noites intermináveis nos programas de debate, discutindo sobre políticas governamentais, mudanças climáticas e teoria feminista. Elas se alimentavam uma da outra, poderosas e loucas. E então Grace se foi, repentina e violentamente, deixando Esther para lutar sozinha por todos os seus princípios, pelas suas paixões mais ardentes.

Grace foi morta um ano e meio atrás, por um taxista acima do limite de velocidade. Ele perdeu o controle, saiu do asfalto e atropelou Grace, que morreu na calçada em que estava caminhando.

Foi instantâneo, nos disseram. Ela não sofreu.

Enquanto esperamos Ben, a conversa se volta para o trabalho.

— Hoje experimentei seu trabalho dos sonhos, Cal — disse Gavin para mim, bebendo sua lager.

Dou um sorriso ligeiramente confuso.

— Como assim?

Gavin é arquiteto, e todo ano sua equipe faz trabalho voluntário para alguma boa causa da cidade. Ele conta que passou oito horas hoje lidando com gerenciamento de hábitats em Waterfen — nossa reserva florestal local, meu porto seguro particular.

— Imagino como foi — comentou Esther, dando uma piscadela. Ela trabalha demais ganhando menos do que merece como gerente de segurança em uma instituição de caridade. — Oito horas de workaholics transplantando as plantas ao ar livre.

Inspirando o perfume das madressilvas, imagino um dia mágico entre sebes serpenteantes e matas selvagens, campos de juncos vermelhos à beira do riacho fresco. De vez em quando faço trabalho voluntário lá em Waterfen, enviando relatórios trimestrais. É pouca coisa e não paga nada — pesquisas sobre reprodução de pássaros, monitoramento de hábitat —, mas tudo bem. Satisfaz meu desejo por horizontes livres de prédios, terra intocada por pessoas, ar puro.

Dou um sorriso para Gavin.

— Parece interessante.

Ele faz uma careta com o tipo de vergonha que só esforço físico não planejado tem o poder de provocar.

— Se você diz... Eu achei que estava *em forma*. E vou te contar que empilhar troncos de cinco vezes minha altura, arrastar postes de um lado para outro e ferrar minha coluna arrancando sei lá o quê não é o que normalmente considero diversão.

Percebo os arranhões em seus antebraços. Tem um pouco de pólen também visível no cabelo.

— Tasna?

— O quê?

— Era o que você estava arrancando?

— É, acho que sim — resmunga ele, irritado, e dá um gole na lager. — Foi um inferno.

— Parece o paraíso para mim.

— Bom, o guarda-florestal disse que vão abrir uma vaga de assistente em breve. Faria mais sentido, com seu diploma em ciências ambientais, do que servir café. Por que você não...

Embora Esther o interrompa com uma tosse, sinto algo se mover dentro de mim, como uma criatura sonolenta se espreguiçando.

— Por que você não o quê? — Ben desaba com seu corpanzil de jogador de rúgbi ao meu lado, com uma caneca de cerveja na mão, observando cheio de expectativa nossas expressões.

Ele representa totalmente o fim de um dia de trabalho: mangas da camisa arregaçadas, cabelo bagunçado, olhos de pós-expediente.

— Nada — respondo rápido.

No copo quase vazio ao meu lado, percebo uma joaninha se afogando nos restos de bebida. Enfio o dedo sob as ondas e a resgato. Ela voa para longe.

— Vai abrir uma vaga em Waterfen — explica Gavin. — Sabe, aquele parque em que você vai para ser torturado como voluntário? Parece que seria a carreira dos sonhos da Callie, então...

Ele hesita e dá uma olhada para Esther, que em geral é como ele reage ao levar um chute na canela.

Ben, que estava abaixado fazendo carinho em Murphy, senta-se direito.

— Mas eu achei que você amasse o café.

Sua surpresa me arranha como uma lixa.

— Eu amo — asseguro logo, ignorando a sobrancelha arqueada de Gavin. — Não se preocupe, eu não vou a lugar nenhum.

A expressão de Ben fica aliviada, e eu sei o que isso quer dizer — que o café estar em boas mãos significaria muito para Grace. Sair do meu emprego para virar gerente lá depois que ela morreu pareceu tão óbvio que era quase lógico. Ben amava seu trabalho em marketing, enquanto eu estava estagnada na fábrica de embalagens. Passei onze anos lá — onze anos organizando a agenda da minha chefe, fazendo seu café, atendendo o telefone. Era para ser uma vaga temporária logo depois da faculdade, uma forma rápida de pagar o aluguel, mas três meses depois o temporário virou permanente, e uma década depois, algo digno de um prêmio por tempo de serviço que fazia Grace gargalhar. "Dez anos fiel a uma mulher", brincou ela quando apareci na sua casa com a garrafa de champanhe que ganhei. "É tipo um casamentinho esquisito."

Isso foi só um ano antes de ela morrer.

Peguei Murphy do Ben não muito tempo depois. O cachorro era da Grace, na verdade, mas o escritório de Ben não permitia animais, e no café havia amor mais que suficiente para ele.

O café foi a primeira coisa fixa que Grace teve nos seis anos após sairmos da faculdade, mas até isso começou por impulso. Ela usou uma herança para comprar uma antiga loja de roupas infantis, o que nos pegou totalmente de surpresa. Antes estava viajando o mundo, trabalhando no que dava — servindo mesas, fazendo telemarketing, entregando panfletos fantasiada. De vez em quando ela me ligava de algum país distante, me presenteando com suas últimas aventuras e desastres, e eu desligava o telefone melindrada e com inveja. Fantasiava por um minuto em pegar um voo também, sentindo a onda de dopamina por finalmente fugir desse meu pedacinho do mundo.

Muitas vezes me perguntei como seria ir embora assim. Eu era atraída por lugares de natureza selvagem, horizontes infinitos, panoramas estonteantes. Uma vez estudamos a América do Sul na escola, e desde então desejo conhecer um parque nacional no norte do Chile. A professora de geografia tinha visitado o lugar dois anos antes, e no fim da aula todos nós ficamos com a sensação de ter feito a jornada com ela. Contei as aventuras da professora para o meu pai naquela noite e perguntei se a gente podia viajar para o Chile nas próximas férias de verão. Ele riu e disse que perguntaria para a minha mãe, o que na hora percebi ser sua maneira de dizer não. Ele provavelmente tinha razão de pensar que ninguém em sã consciência concordaria com um pedido assim de uma criança de 10 anos.

Então, em vez disso, viajei para o *altiplano* na minha mente, mergulhando nas fotografias de vulcões com cumes nevados e paisagens surpreendentes, sonhando à noite com alpacas e lhamas, falcões e flamingos. Aquilo se tornou minha fuga sempre que eu precisava — flutuar para aquele canto do Chile, transformado em fábula pela minha imaginação.

Eu sempre prometi a mim mesma que iria. Mas, depois de terminar a faculdade, eu tinha bem pouco dinheiro e nenhuma certeza de sucesso com a estratégia lendária de Grace de trabalhar no que aparecesse. Eu não tinha nem um pouco da coragem dela, e muitas dúvidas. O momento nunca pareceu certo — estava procurando emprego, precisava economizar, o trabalho estava complicado, tinha começado a namorar. Então os anos se passaram, e o Chile permaneceu um sonho distante.

Sei que Ben sempre pensou que administrar o café foi uma saída bem-vinda de um emprego que me entediava. Mas no fundo só me lembrou de que servir café não é minha paixão. Ainda estou morando na mesma cidade em que nasci, enquanto existe um mundo inteiro lá fora — pulsando com possibilidades e girando, girando, girando.

8

Joel

Sem querer de propósito passei em frente à veterinária em que eu trabalhava. Faço isso pelo menos uma vez por semana. Não me pergunte por quê.

Talvez esteja fingindo que ainda trabalho aqui, que posso entrar pelas portas duplas como se nada tivesse mudado. Cumprimentar Alison na recepção, parar e bater papo com Kieran a caminho do consultório.

Vejo Kieran no estacionamento. Ele está perto da porta dos fundos, com as costas apoiadas na parede, fazendo um intervalo.

Atravesso a rua e me aproximo, ergo a mão quando ele me vê.

— Ei. — Ele se apruma. — Como você está?

— Bem, obrigado. — Eu assinto como se fosse verdade, embora nós dois saibamos que não é. — E você?

— Só precisava de um pouco de ar.

Paro ao lado de Kieran na parede e dou uma olhada no uniforme azul-marinho. É idêntico ao que tenho em casa. O mesmo uniforme que eu tinha orgulho de usar antigamente.

Nós dois erguemos o rosto para o sol do fim de setembro.

— Dia ruim? — pergunto.

— Não é dos melhores. Lembra do Jet Mansfield?

— Claro.

Era um border collie surdo, com uma dona velhinha adorável, Annie. Ela adotou Jet logo depois que o marido morreu. Os dois se amavam demais.

— Amputei a pata dianteira dele seis meses atrás. Sarcoma.

Dei uma olhada para Kieran e chutei:

— E agora voltou?

— Acabei de dar a notícia para Annie.

— E como foi?

— Tão bem quanto era de se imaginar.

— O que ela vai fazer?

— Por sorte ela concordou comigo.

Analgésicos fortes, penso, *e uma caminha confortável.*

— Duvido que ele tenha mais que um mês.

Imagino Annie levando Jet para casa. Se esforçando ao máximo para fingir que está tudo normal. Balançando o pote de comida enquanto tenta não chorar.

— Você tá bem?

— Acho que sim. — Kieran dá um sorriso fraco e olha para mim. — É legal ter você aqui de novo. Como nos bons e velhos tempos.

Mantive meus sonhos em segredo de Kieran: sempre temi que ele considerasse isso uma instabilidade mental, que ficasse com pena de mim. Talvez que pensasse, mesmo sem comentar com ninguém, que fiz bem em me demitir.

Como ele é meu amigo e ex-chefe, o respeito de Kieran significa muito para mim. É parte do motivo pelo qual saí, pulando fora antes de ser expulso.

Abri um sorriso forçado.

— É...

— Quer um emprego?

Mantenho o sorriso, mas balanço a cabeça.

— Coisas de mais acontecendo.

— Aham — responde Kieran. — Você parece mesmo um cara com a agenda lotada. Só estava passando, é?

— Exato — digo, me ajeitando, então limpo a garganta. — Aliás, melhor eu ir.

— Me liga quando quiser — grita Kieran enquanto já estou atravessando o estacionamento.

Ergo a mão e continuo andando.

Meu caminho para casa me leva até o café. Quando me aproximo, vejo Callie do lado de fora, trancando a porta, com Murphy aos seus pés.

Tenho passado lá quase todos os dias desde a minha primeira visita, três semanas atrás. Às vezes é Dot que me serve, às vezes Callie. Mas sempre me vejo torcendo para ser Callie. Uma ou duas vezes até fiquei enrolando que nem um adolescente até ver que ela estava disponível, fingindo não encontrar minha carteira, demorando para terminar um sanduíche ou croissant.

Fico muito alterado, me dei conta, quando estou perto dela.

Esta manhã me sentei perto de um cliente que, para o seu azar, decidiu discordar de Dot sobre a definição do que é um brioche (Dot argumenta que não é um bolinho). No meio do debate, Callie trocou um olhar comigo da mesa que estava servindo. Nós dois lutamos para não rir, até que por fim ela foi forçada a procurar refúgio atrás do balcão. Enquanto isso, eu tive que esconder o rosto entre as mãos por medo de perder totalmente o controle e cair na gargalhada.

Quando ela veio anotar meu pedido depois, fingi demorar para escolher e então pedi bem alto um brioche. Ela começou a rir de novo.

Já faz muito tempo desde que eu ri dessa maneira com qualquer um.

E é por isso que agora estou hesitando. Vendo Callie girar a chave, verificar a maçaneta, dar uma última olhada na vitrine do café. É o momento perfeito para me aproximar dela, convidá-la para um drinque depois do trabalho. Mas, bem a tempo, eu me controlo.

Uma imagem da lista de prós e contras de Vicky surge na minha mente como um holofote. Penso em Kate também, antes dela, na cama com outra pessoa.

Minha vida até agora: momentos intermitentes de normalidade (escola, universidade, namoradas, trabalho) entre bolsões de instabilidade (experimentos loucos, muitas bebidas, solidão).

Sinceramente, namorar? Com uma mulher tão incrível quanto Callie... eu nem saberia por onde começar.

Esquece. Para quê? É ridículo.

Além disso, eu não tenho nenhuma evidência de que ela sequer estaria interessada. Para ela devo ser só mais um cliente, e dos bem estranhos, aliás.

Então, em vez de fazer qualquer coisa, só fico observando, como se estivesse espiando pela fechadura de outra vida. Callie está usando uma jaqueta de jeans claro e prendeu o cabelo escuro em um coque alto. Murmurando algo para Murphy, ela coloca os óculos escuros no rosto. Então juntos eles começam a se afastar.

Sinto uma rara onda de desejo, querendo que fosse eu ao seu lado. Com um dos braços nos ombros dela, bêbado com a risada dela se misturando à minha.

9

Callie

No início de outubro, uns quinze dias depois daquela noite no pub com Ben e os outros, tiro a manhã de folga no trabalho para ver apartamentos.

Não é surpresa nenhuma que o primeiro lugar que Ian me mostra seja uma quitinete em um porão úmido com ratoeiras nos armários.

— Não quero morar com ratos, mas também não quero quebrar o pescoço deles — confesso.

Ian olha para mim como se nunca tivesse visto alguém tão mimado.

— Você vai virar sem-teto se continuar assim — reclama ele, embora esteja sorrindo como se fosse uma piada, o que não é.

Na sala do próximo apartamento — no segundo andar de uma casa vitoriana geminada, onde o proprietário, Steve, quer conhecer os possíveis locatários pessoalmente —, percebo uma imagem emoldurada. É o desenho de um cachorro quase idêntico a Murphy, feito com centenas de marquinhas de patas.

— É da Hayley — diz Steve ao me ver olhar. Ele é personal trainer e está da cabeça aos pés com roupa de ginástica. — Minha esposa. Ela ama cachorros. Aliás, isso me lembrou... Eu pedi para o Ian verificar, mas você não tem nenhum animal de estimação, né?

Cruzo os dedos e respondo que não. Não fazia sentido pedir para Ian apartamentos que aceitassem animais, principalmente porque eles não existem.

Ainda assim, estou impressionada até agora. A rua é agradável e arborizada — o que me diz que deve encher de passarinhos ao amanhecer —, e fica perto de meu endereço atual. O aluguel é cinquenta libras mais caro por mês, mas por outro lado a quitinete também, e esse apartamento com certeza vale as cinquenta libras a mais. É meio abafado por causa das vigas, mas o corredor não fede a mijo ou vômito, o que, com o meu orçamento, infelizmente é raro.

— Tem espaço externo — diz Steve quando pergunto se tem jardim —, se é que isso conta.

Nós dois sabemos que não — que *espaço externo* na verdade só significa um lugar para colocar as latas de lixo —, mas me forço a fazer uma expressão interessada.

— É mesmo?

Ele me leva até a janela da cozinha, de onde encaro, chateada, outro pesadelo de concreto lá embaixo, este com um revestimento de pedra irregular saído direto dos anos 1970.

— É do cara do primeiro andar — explica Steve. — Bom, na verdade não é *dele*, ele também aluga, que nem você. Sinto muito por ser tão sem graça. Tenho certeza de que ele não se importaria de dar uma arrumada se eu pedisse.

— Não — digo rapidamente, porque as folhas mortas e tijolos velhos, madeiras podres e painéis bambos da cerca eram as únicas qualidades daquele quintalzinho. — Não precisa. É bom para a natureza, ter essas coisas aí.

Steve franze a testa.

— Hein...?

— Sabe, os insetos e besouros. Mariposas, aranhas... Eles preferem um pouco de... bagunça. Para se abrigar e... — Paro de falar e abro um sorriso, porque não quero perder o apartamento só porque estou parecendo doida. — Então, como ele é? O vizinho de baixo?

Steve para por um longo momento, o que me força a questionar por que uma descrição simples, como *cara legal* ou *ele é simpático*, não seria suficiente.

— Bom, ele fica na dele — responde Steve por fim, o que tenho quase certeza de se tratar de uma forma neutra de dizer *antissocial*. — Você nem vai encontrar com ele, provavelmente.

Tento imaginar essa pessoa por um segundo, tão misteriosa quanto um gato, escondendo-se pelas sombras, noturna e nervosa. Talvez Dot esteja se referindo a um mistério doméstico quando diz que preciso de mais emoção na vida.

* * *

Dot contrai o nariz quando conto tudo isso para ela algumas horas depois, à tarde. Ela é festeira e não entende para que ter vizinhos se você não pode passar metade do tempo na casa deles fumando maconha e ouvindo seus álbuns.

— Você escreveu cappuccino errado — aponta. — São dois *c*s.

A tarde está lenta, talvez porque nuvens de chuva estejam cobrindo o céu. Estou equilibrada no topo da escada, reescrevendo nosso menu borrado com uma caneta de giz branco e minha melhor caligrafia.

Passo um pano no quadro, limpando metade da palavra errada, e tento de novo.

— Bom — diz Dot —, pelo menos acho que ele pode ser gato.

— Nem começa.

Ela dá de ombros e começa de qualquer maneira.

— Ainda acho que você deveria me deixar te apresentar para o meu professor de kickboxing.

— Não, obrigada. Ele parece assustador. E, por favor, não traga ele aqui.

Dot já fez isso mais de uma vez, convidar para tomar um café com bolo caras que acha que posso gostar. Já falei para ela parar, que é estranho porque estou no trabalho. Quase como ter um encontro no escritório, conversando sobre passatempos, feriados e filmes favoritos entre uma fotocópia e outra.

É claro que Dot insiste.

— E aquele cara que eu conheci no *speed-dating*?

— Dot, eu não vou sair com as suas sobras do *speed-dating*. Você acha que eu estou desesperada?

Ela olha para mim como se quisesse que a pergunta não fosse retórica. Mas antes que possa abrir a boca para dizer isso, somos interrompidas por alguém pigarreando.

Eu me viro e vejo Joel do outro lado do balcão. Meu coração dispara de vergonha enquanto tento não imaginar há quanto tempo ele está parado ali. Eu nem notei quando ele entrou.

— Desculpa interromper.

Os olhos dele são surpreendentes, quase pretos.

Ele vem ao café quase todos os dias já faz pelo menos um mês, em geral logo cedo, às vezes no fim da tarde. Sempre se senta na mesma mesa perto da janela, pergunta como eu e Dot estamos, brinca com Murphy, dá boas gorjetas e traz a louça usada para o balcão antes de ir embora. Muitas vezes já o vi limpando com o guardanapo as migalhas da mesa ou um pouco de café que derrubou.

Dot me deixa sozinha, os ombros balançando de rir ao entrar no escritório.

— Perdão — digo, envergonhada, descendo a escada sem jeito. — A gente só estava... Esquece. Só fofocas bobas.

— Sem problemas. Eu só queria...

— Claro, desculpa. Pode pedir.

Ele pede um sanduíche de tomate e ovos — é vegetariano, descobri, como eu — e um espresso duplo. Hoje está mais frio, então ele está usando um suéter de gola redonda cinza-chumbo, jeans preto e botas marrons.

— *Speed-date* — eu me pego falando, revirando os olhos enquanto anoto seu pedido. — Meu inferno pessoal.

Joel sorri.

— Verdade.

— Quer dizer, já é bem ruim ser julgada por uma pessoa em um encontro às cegas, mas vinte pessoas em fila só esperando para fazer isso, com placar e tudo? — Finjo um tremor. — Não consigo pensar em nada pior. Não é melhor só conhecer alguém naturalmente e aí...?

Olho para ele e paro de falar, o silêncio que segue se estendendo demais.

Ele limpa a garganta e mexe os pés, como se tudo que quisesse fosse disparar para a mesa na janela.

— Concordo totalmente.

Parabéns, Callie. Agora ele acha que você está dando em cima dele. Está indo muito bem no quesito desesperada hoje.

— Não precisa esperar — completo, apressada. — Eu levo as coisas para você.

— Mas você ficou toda suada.

Dot dá uma risada, voltando do escritório depois que Joel foi se sentar, com Murphy logo atrás como se os dois tivessem chegado juntos.

Solto uma gargalhada, então passo o pedido de Joel para ela, em seguida subindo de volta na escada para terminar de escrever.

— O quê?

— Você está toda vermelha.

Com um pegador, ela serve o sanduíche de Joel.

Do lado de fora, a chuva começa a manchar o asfalto com uma saraivada de balas úmidas. Pego a caneta e começo a escrever de novo.

— Não tenho ideia do que você está falando.

— Ele estava te paquerando?

— Definitivamente não.

— Você sabe que ele vem aqui quase todo dia, né?

Dando de ombros, me viro para ela, embora Joel esteja na minha visão periférica.

— Acho que ele só fez amizade com o Murphy.

— Aham — diz Dot, contorcendo os lábios. — Murphy. Deve ser isso mesmo… Ele gosta *muito mesmo* do seu cachorro.

— Você não pode ficar a noite toda aqui, Cal.

— Não quero acordá-lo.

— Eu acordo, então.

— Não! Não faz isso. Deixa ele dormir mais cinco minutos. Tem mil coisas que eu posso adiantar.

Dot inclina a cabeça e olha para ele como se estivesse observando uma obra de arte particularmente profunda.

— Qual você acha que é a dele, hein?

— Como assim?

— Será que ele tem emprego? Ele sempre parece meio…

— O quê?

— … perdido.

Eu gosto disso no Joel, a atração bruta da imperfeição.

— Quem se importa?

— Ah, você tem uma *queda* tão grande por ele.

— Não tenho, não.

— Tudo bem. Eu aprovo. Poderia ser bem pior.

— Valeu, Dot. Pode ir embora.

— Tá bom. Mas você pode, por favor, não ficar aqui olhando o cara dormir até meia-noite?

— Prometo.

Ela demonstra sua fé em mim batendo a porta com força ao sair. Então, pelo vidro, levanta os dois polegares e sorri.

Joel desperta, e eu me aproximo da mesa com Murphy ao meu lado.

— A gente está fechando — falo com gentileza.

Ele ergue o rosto, piscando e olhando ao redor.

— Perdão?

— Você deu uma cochilada.

Por um ou dois segundos ele me encara, então se ajeita na cadeira e solta um palavrão baixinho.

— Desculpa. Que vergonha.

— Imagina. Acontece o tempo todo.

— Sério?

Eu hesito e sorrio.

— Não, mas... tudo bem. Mesmo.

— Ah, e você quer ir para casa.

Ele fica de pé às presas, guardando o caderninho no bolso, e pega o prato e a xícara do espresso.

— Pode deixar que eu levo.

— Não, por favor, eu...

No segundo seguinte, a xícara e o prato se esfacelam no chão como cascas de ovos quebrados.

Joel fecha os olhos rapidamente, depois olha para mim e faz uma careta.

— São clientes como eu que te dão alegria de vir trabalhar, né?

— Não tem problema. — Dou risada, sem querer admitir que é verdade. — Pode ir. Vou limpar isso.

Ele me ignora e se abaixa para catar os cacos. Dou uma ordem para Murphy ficar longe, depois me junto a Joel no chão para ajudar.

Recolhemos os restos, nossas mãos se tocando de vez em quando. Eu me pego tentando não olhar para ele, meu coração disparando que nem louco.

Depois que a louça foi recolhida, ficamos de pé, enquanto trovões ribombam do lado de fora. O céu fechou totalmente a esta altura, e as nuvens estão de um roxo profundo.

— Posso pagar pelo que quebrei?

— De jeito nenhum. A culpa foi minha.

Joel me olha de uma forma que faz algo se agitar na minha barriga.

— Olha, desculpa ter obrigado você a me expulsar.

— Ah, não tem problema. Eu já tive que fazer a mesma coisa com um casal no primeiro encontro.

Ele parece surpreso.

— Ficaram tão entediados um com o outro que caíram no sono?

Dou uma risada.

— Não. Eles estavam tão... absortos que nem perceberam quando todo mundo foi embora.

Percebo que ele está pensando nisso.

— Absortos... em uma conversa animada?

— Não exatamente. Eu meio que tive que desgrudar os dois.

— Ah, a alegria da juventude.

— Na verdade, não. Eles eram cinquentões.

Agora ele ri também.

— Por algum motivo, não estou me sentindo tão mal agora.

Abro um sorrisão.

— Que bom.

Na porta, Joel para e brinca com Murphy por alguns momentos, depois se despede e sai. Eu fico observando enquanto ele se afasta e atravessa a rua, o vento forte de tempestade carregando-o.

Quando ele chega à outra calçada, dá uma olhada por cima do ombro. Eu baixo os olhos rapidamente, esfregando com força uma mesa que já está brilhando.

10

Joel

Estamos reunidos em meio ao vapor da cozinha abafada do meu pai, preparando o almoço de domingo. Minha sobrinha, Amber, está marchando pela casa com uma fantasia de dinossauro que, por conta do rabo impressionante, reduziu sua capacidade de percepção espacial a aproximadamente zero.

— Bom, está ficando ridículo, se você quer saber minha opinião — diz meu pai para Doug como se eu nem estivesse aqui.

— Ninguém pediu sua opinião — comento.

Doug começou a discussão diária da família Morgan perguntando se eu já tinha conseguido arrumar um emprego. Quando não respondi, ele simplesmente continuou falando sobre isso com o nosso pai, como se eu tivesse saído da sala.

— O desemprego está na raiz de todos os seus problemas, tenho certeza. — Meu pai me olha por cima dos óculos com o descascador e uma cenoura nas mãos. — Quanto antes você voltar, melhor.

Não aguento outra conversa interminável sobre como eu não aguentava mais. Como estava me sentindo mal naquela última manhã. (Eles não sabem o quanto: não sabem que eu tinha voltado a beber muito, que estava de ressaca e me sentia incompetente, insone e triste.) Que tinha chegado a hora de ir embora.

Eu sinto como um choque às vezes, a falta que me faz. Quando estou caminhando com os cachorros no parque. Ou quando passo por um gatinho deitado no sol no muro de um jardim. Se sinto cheiro de desinfetante (sinônimo, sempre, de longas horas de cirurgia). Ou quando passo algum tempo com Kieran, rindo como antigamente.

— Eles não estão segurando a vaga para mim, pai. Eu pedi demissão.

Ele estala a língua.

— Que desperdício de diploma.

Não são tanto suas palavras que me atingem, e sim o desdém. Por sorte, um estegossauro de 6 anos se aproxima à toda.

— Tio... Joel... Tá... com... você! — grita Amber, acertando os espinhos do rabo nas minhas canelas.

Eu sorrio para ela, contente.

— Chegou na hora certa.

— Pena — reclama Doug da pia, lento como uma lesma.

— Já volto. Tenho que cuidar de um dinossauro.

Limpo as mãos num pano de prato e me jogo na brincadeira com meu melhor rugido da era Mesozoica.

Mais tarde, Tamsin se aproxima e se apoia na geladeira enquanto lavo a louça.

O marido dela, Neil, está secando. Ele não é muito de conversa, mas seu jeito de ser agradável e pensativo me deixa feliz por ter se casado com minha irmã.

— Ouvi o papai te enchendo mais cedo — comenta ela, mordiscando a unha.

— Nenhuma novidade.

— Ele não fala sério, você sabe disso.

Ela é três anos mais nova que eu e quase trinta centímetros mais baixa. Como Doug, é ruiva, mas a cabeleira brilhante e comprida faz com que muitos estranhos se aproximem para elogiá-la. (Suponho que isso não aconteça tanto com Doug, que tem a cabeça raspada.)

Tamsin está meio cansada hoje, distraída. Mais parecida comigo do que consigo mesma.

— Obrigado por ser simpática — respondo. — Mas ele está falando seríssimo.

— Ele só fica preocupado. — (Subentendido: *Nós ficamos preocupados.*)

— Aliás, parabéns pela fantasia de dinossauro.

Tamsin revira os olhos, mas sorri.

— Ela usou em uma festa semana passada e agora é a coisa favorita dela no mundo. De qualquer maneira, serviu para animar nossa visita ao mercado ontem. Nós gostamos de ser excêntricos nessa família, não é?

Bem, não dá para negar.

— Verdade.

— Ei, eu esqueci de te perguntar. Por que tinha uma placa de "Aluga--se" no seu prédio umas semanas atrás? Você não vai se mudar, né?

Steve e Hayley saíram do apartamento ontem à noite, e não consegui pensar em uma boa maneira de me desculpar por ser um amigo e vizinho tão ruim. Então fiquei quieto a noite toda. Não respondi à última batida na porta.

— Não — respondo. — Steve e Hayley.

— Alguma coisa que você falou?

— Provavelmente. — Eu me concentro em limpar os últimos resquícios de molho do pote. Percebo que ela está me observando.

— Certo. Bom, a gente está indo.

— Já? Tem certeza que não querem ficar? O papai vai começar a me perguntar sobre as namoradas a qualquer minuto.

Em geral esse é o tipo de piada boba que faz Tamsin rir. Mas quando ergo os olhos, o brilho sumiu do seu rosto.

— Eu só... Vamos dizer que...

— A gente não está grávido — diz Neil baixinho, soltando o pano de prato e pegando a mão da minha irmã. — Acabamos de descobrir.

Sinto a dor deles acertar o fundo do meu peito.

— Sinto muito.

Tamsin assente.

— Falei pro Doug e pro papai que estou com dor de cabeça.

— Claro.

— Vou pegar as coisas.

Neil sai da cozinha com um tapinha nas minhas costas.

— Não esquece nosso dinossauro — grita Tamsin às costas dele, com a voz fraca como um sopro.

— Sinto muito, Tam — falo com esforço depois que ficamos sozinhos.

Ela assente e apoia a cabeça na geladeira.

— Meu Deus. Eu quero tanto engravidar, Joel.

Eu me lembro do dia em que Amber nasceu. Corri para o hospital e passei a tarde encarando minha sobrinha nova em folha naquele bercinho. Eu estava tão orgulhoso, pensando... *Minha irmã fez um bebê. Olha só, pessoal, um ser humano de verdade!*

— Quer dizer, em que momento… em que momento você…? — Ela solta um suspiro trêmulo. — Já faz cinco anos. *Cinco.*

— Vai acontecer — digo, baixinho.

— Você não pode ter certeza.

Mas eu tenho. Tenho porque sonhei com isso não faz nem dois meses. Tamsin no hospital, eu ao lado dela, segurando sua mão. E ao lado da cama, a melhor parte. Um garotinho, Harry, dormindo no berço.

Ela ainda não sabe, mas ele vai nascer perto do próximo Natal.

Eu seguro a mão da minha irmã e aperto.

— Posso, sim. Aguenta firme, Tam, por favor. Eu prometo que tudo vai dar certo.

Depois de lavar a louça, vou caminhar pelo quintal do papai. Estamos no meio de outubro, o ar pesado com o frio do outono. Um abismo de névoa está grudado nas casas ao redor, cuspindo garoa.

A mamãe amava esse jardim, dizia que era seu santuário. Eu sinto falta dela todos os dias.

Ela morreu de câncer de mama quando eu tinha 13 anos. Eu havia sonhado com isso quatro anos antes, uma noite de geada horrível em novembro.

O sonho me amedrontou de uma forma que eu nunca tinha imaginado. Não contei a ninguém o que tinha visto: temia assustar minha mãe, irritar meu pai. Destruir nossa família. Será que eu levaria a culpa? Será que eu estava fazendo essas coisas acontecerem? Fiquei quase mudo: não falava, me recusava a sorrir. Como eu poderia ser feliz, sabendo o que sabia? A cor tinha sumido do meu mundo. Tinha medo de adormecer, fiquei quase alérgico a fechar os olhos.

Por fim ela nos contou no Natal três anos depois. Estávamos sentados no sofá como três bebês bagunceiros. Nunca vou esquecer a expressão em seu rosto. Porque ela não estava olhando para o papai, de pé ao lado dela, as emoções já controladas. Ou para Tamsin, que chorava. Ou para Doug, tão quieto que mal respirava. Ela estava olhando para mim, porque ela sabia que eu já sabia. *Por quê?*, seus olhos imploravam. *Por que você não me contou?*

Não dar a ela todas as chances possíveis de viver permanece sendo meu maior arrependimento na vida.

* * *

Atrás de mim, a porta dos fundos bate. Doug.

— Oi, irmãozinho.

Me chamar assim é uma piada que só meu irmão mais novo acha engraçada. Ele se parabeniza com um gole de cerveja.

Resisto à tentação de comentar sobre o suéter dele. Tenho certeza de que ele deve achar que é uma roupa de golfe, apesar de nunca ter colocado os pés em um campo de golfe na vida.

Do nada, Doug pega um maço e acende um cigarro. Eu fico olhando.

— O que você tá…

— Vou te contar um negócio. — Ele traga, depois solta a fumaça. — Na verdade é meio excitante, tentar não ser pego.

Ele dá uma olhada por cima do ombro para a janela da sala. A esposa, Lou, está lá com as crianças, Bella e Buddy, tentando tirá-los do iPad e persuadi-los a jogar Palavras Cruzadas com o papai.

Doug dá alguns passos furtivos para a esquerda até ficar escondido pela macieira.

Tenho que rir.

— Você é uma tragédia.

Minha respiração também parece fumaça no ar gelado.

— Aham. Eu e Lou não nos divertimos muito nos últimos tempos, sabe. Minha vida é basicamente trabalho, academia, ver tevê, dormir. Chato demais.

Uma vida calma, penso, não sem uma pontada de inveja. *Não subestime isso.*

— Então… um fumante que vai à academia — comento, sem me abalar. — Um investimento meio ruim, não acha?

Ele me ignora. Dá outro trago, estreita os olhos.

— Falando de diversão.

Eu espero. A definição de diversão de Doug quase nunca é igual à minha.

— Essa sua "ansiedade"... — Ele faz aspas no ar, só para demonstrar o quanto é másculo. — Lou está falando de tirar umas férias ano que vem. Para Fuerteventura. Primeira vez que as crianças saem do país.

Respiro fundo para acalmar meu coração que disparou um pouco.

— Legal.

— Aham, para um daqueles resorts com tudo incluído.

Um pensamento surge em minha mente.

— Ah, tipo com clubes infantis? Tipo piscina e tal?

Doug dá de ombros.

— Provável.

— Você deveria incentivar a Bella. Lou comentou que ela adora nadar.

Doug bufa, irritado.

— Ah, valeu mesmo pelos seus conselhos sobre como criar meus filhos. De qualquer forma, a coisa toda depende de saber se você está planejando aparecer no aeroporto, balançando os braços e mandando a gente não subir no avião.

Bom, eu faria isso se o avião deles fosse cair. Para a sorte de Doug, é improvável. Por acaso sei que a chance de ele morrer em uma queda de avião comercial é de mais ou menos uma em 11 milhões.

Ainda assim, acho que mereço um pouco mais de crédito. Duvido que eu fosse tão óbvio, a não ser que fosse uma emergência absurda. Sim, eu apareço com uns avisos estranhos, uns conselhos do nada, mas sempre tentei ser sutil, todos esses anos. Tipo quando gentilmente convenci Doug a não participar de uma ronda por bares que culminariam com seu maxilar quebrado. Aconselhei Lou a não ir a um dentista estranho, que lhe causaria uma dor crônica no pescoço. Alcancei os dois antes de serem assaltados no centro. (Também entreguei o cara para a polícia, embora a maior acusação que pude fazer tenha sido "comportamento suspeito", por mais irônico que pareça.)

— Talvez *você* esteja precisando de férias — diz Doug. — Quando foi a última vez que viajou?

Não consigo responder. Quem admite, nessa era do Instagram, com o mundo aos seus pés, que nunca nem saiu do Reino Unido?

— Ah, já sei — continua meu irmão. — Magaluf, 2003.

(Era mentira, é claro. Falei para minha família que tinha viajado com meus amigos do primeiro ano da faculdade. Na verdade, antecipei minha mudança para a república onde eu ia morar no segundo ano e ouvi as histórias dos outros garotos quando voltaram. Repeti tudo para Doug como se tivesse acontecido comigo.)

Meu irmão balança a cabeça.

— Uma viagem com os amigos na universidade e nunca mais. E você diz que *eu* sou uma tragédia.

— Sou feliz aqui.

Com isso quero dizer que é bom saber que posso chegar a qualquer um rápido caso sonhe com algo grave e precise intervir.

— Ah, sim. Você parece muito feliz mesmo, Joel. — Doug franze o cenho e dá mais um trago no cigarro. — Sabe do que você precisa? De uma boa...

— Tá bom — interrompo antes que ele termine de falar, enfio as mãos nos bolsos, e bato os pés para afastar o frio.

— Não é natural. Ficar tanto tempo sem uma namorada.

Sem querer ele me fez lembrar da minha conversa com Callie semana passada sobre *speed-dating*. Lembro de observar sua caligrafia redonda enquanto ela rabiscava meu pedido. O cabelo escapava do coque, e alguns fios esvoaçavam perto da boca conforme ela falava. Os brincos que ela estava usando, um par de pássaros prateados.

Mais do que tudo, porém, eu me lembro da atração magnética de seus olhos. Foi tão poderosa que quase me aproximei e sugeri que a gente tentasse um encontro, nós dois, qualquer dia desses. Mas no último momento me controlei. Dei as costas rapidamente, me afastei. Por medo de que ela lesse minha mente. Por medo do que isso significava.

Porque me protejo de sentimentos assim faz quase uma década. E agora eles estão me atacando sem aviso, atrapalhando minha vigília.

— Você está falando de sexo, não de namorada — digo para Doug.

Ele bufa, como se não houvesse chance de eu arrumar nenhuma das duas coisas.

— Tem uns comprimidos que você pode tomar, sabe? É só comprar pela internet se ficar com vergonha.

Sei que ele está se referindo a minha suposta ansiedade, mas não consigo resistir à chance de cutucá-lo um pouco.

— Você está meio jovem para o famoso remedinho azul, não?

Ele fica imóvel por um momento. Enche o peito de ar.

— Estou falando sério, Joel. Sobre as férias. Vai ser nossa primeira vez no exterior com as crianças. Se você fizer alguma coisa para estragar, acabou para nós. Tenho que colocar minha família em primeiro lugar.

Engulo em seco e balanço a cabeça, sério. *Só quero manter vocês em segurança.*

— A mamãe morreu faz 22 anos, irmão. Está na hora de crescer.

Doug me dá um tapa no braço, me passa o cigarro aceso e volta para dentro.

Encaro a parte da grama do quintal em que as gaiolas dos coelhos ficavam. Por muitos anos, esta casa era viva, cheia de animais. Cães e coelhos, hamsters e patos. Mas meu pai foi abrindo mão deles naturalmente depois da morte da mamãe. E agora a casa só parece respirar quando tem dinossauros correndo por aqui.

A dor de perder a mamãe foi pior do que qualquer outra coisa que já senti. Mesmo se fosse pela minha própria vida, não sei se aguentaria passar por isso de novo.

Fico ali parado por mais algum tempo, meu estômago repleto de arrependimentos.

11

Callie

Semanas depois de ser despejada, finalmente consegui, com a ajuda dos meus pais, me mudar para o novo apartamento. Estou me sentindo meio culpada — tenho coisas demais, para falar a verdade, caixas e mais caixas cheias de tralha, a ponto de precisar de três pares de mãos. Mas eles parecem felizes em ignorar toda a minha bagunça. Acho que no fundo estão felizes por eu ter pedido ajuda a eles.

Eles vão embora às 18h30 para minha mãe conseguir chegar em casa a tempo do clube do livro. Meu pai volta, algumas horas depois, com Murphy no banco de trás do carro.

Eu o encontro na rua escura, sob um céu pontilhado de estrelas. Achamos melhor fazer essa entrega clandestina tarde da noite.

— Obrigada por tudo, pai.

— Sem problemas, querida. — Ele me passa a coleira de Murphy. — Você sabe que a gente fica feliz de te dar uma mãozinha.

— Eu me sinto meio velha para isso, sabe? — confesso, o ar frio condensando minha respiração. — É como se vocês estivessem me levando para o alojamento da faculdade de novo.

Meu pai dá um sorriso.

— Por favor. Nunca se está crescido demais para precisar dos pais.

Sorrio também. Não importa o quanto eu me considere inútil, meu pai sempre tem algo reconfortante a dizer.

Ele me puxa para debaixo do braço, me apertando contra o peito quentinho. Respiro fundo e sinto seu cheiro familiar de alcatrão, paro um segundo para sentir todo o meu amor por ele.

— Olha só, você tem certeza de que não quer deixar o cachorro com a gente por uns dias? — pergunta ele. — Só até conseguir conversar com seu vizinho?

Essa seria uma opção sábia, mas não posso abrir mão de Murphy, nem por uma noite. Ainda é difícil olhar para ele, às vezes, sem me perguntar se ele ainda quer saber para onde Grace foi.

Meu pai lê minha expressão ao se afastar e aperta meu ombro gentilmente.

— Tudo bem. Mas você não acha que deveria pelo menos avisar ao agente imobiliário?

Olho para Murphy, que pisca para mim como se estivesse doido para tirar uma soneca.

— Ian não é o tipo de pessoa com quem se quer ser honesto, pai.

Meu pai, um homem de princípios, parece pensar em questionar minha decisão antes de desistir.

— Obrigada pelas plantas — digo de novo enquanto ele me dá um beijo de despedida.

Foi seu presente para minha nova casa — uma jardineira de inverno que ele mesmo montou, com prímulas e samambaias, um pouco de hera, azaleias e ciclames. "Achei que ia melhorar sua vista", foi o que meu pai disse ao me apresentar as plantas mais cedo. Fiquei com os olhos cheios de lágrimas enquanto agradecia, imaginando-o comprar a jardineira, escolher as plantas, decidir a posição em que plantá-las.

Quando meu pai dá as costas para ir embora, observo a janela da frente do meu novo vizinho, mas, com as cortinas fechadas e as luzes apagadas, suponho que ele tenha saído. Sei que não vou conseguir manter Murphy em segredo por muito tempo, então estou torcendo para conseguir conquistá-lo de alguma forma.

Ao enfiar minha chave na fechadura da frente, percebo que, estranhamente, ela não abre. Encaro a porta por alguns momentos antes de entender o que houve. Tanto a porta do meu apartamento quanto a porta comum do prédio trancam ao bater, e só eu trouxe a chave do meu apartamento aqui para baixo.

Dou um passo para trás e olho para a minha janela lá em cima. Não deixei o vidro aberto — não que acredite ter grandes chances de escalar a calha de plástico. Então me pergunto se talvez o vizinho de baixo teve a presciência de ir contra o contrato de aluguel e deixar uma chave escondida embaixo de algum vaso. Mas não tem nenhum vaso aqui fora nem nenhum possível esconderijo de chave.

Estou começando a me resignar a ligar de novo para os meus pais e pedir para dormir lá quando a porta da frente se abre de repente.

Nós dois ficamos parados, temporariamente sem palavras.

— Oi. — Sinto uma onda de prazer inesperado. — O que… O que você está fazendo aqui?

— Eu moro aqui. O que *você* está fazendo aqui? — Ele se abaixa para falar com Murphy, que está balançando o rabo animadamente na coleira. — Oi, garoto.

— Você… *mora* aqui?

Com os olhos brilhando, Joel fica de pé de novo. Ele sempre se veste de maneira tão clássica, e hoje não é exceção — jaqueta azul-marinho com gola, jeans skinny, botas marrons.

— Já faz quase dez anos.

Por um momento fico sem palavras de tanta felicidade, antes de perceber que ele está esperando que eu explique o que estou fazendo na sua porta.

— Acabei de me mudar.

Ele leva um segundo para entender.

— Para o apartamento do Steve?

— Isso.

Seu sorriso vem fácil.

— Que ótimo.

— Não acredito.

— Então vamos ser vizinhos. — Ele coça o queixo. — Bom, como você está? Sabe, desde que a gente se viu pela última vez, doze horas atrás.

Conversamos um pouco no café hoje pela manhã, comentando sobre as duas mulheres sentadas perto do balcão com bolsas cheias de papéis de embrulho natalinos. Esse tipo de absurdo deveria ser banido até pelo menos dezembro, concordamos, antes de percebermos simultaneamente que na verdade gostamos bastante da enxurrada de ovos de Páscoa em fevereiro.

Hora de confessar.

— Na verdade, fiquei trancada para o lado de fora. Esqueci de colocar a chave da porta de fora no chaveiro.

— Eu fiz a mesma coisa quando me mudei — comenta ele naquela sua voz grave maravilhosa.

Ainda segurando a porta aberta, ele dá um passo para o lado e me deixa passar. Seu cheiro é delicioso, de sândalo e temperos. Tento não ficar com muita vergonha da minha roupa de mudança: calça de moletom e um suéter velhíssimo com furos nos dois cotovelos. Pelo menos está escuro, acho.

— Obrigada. — No capacho, paro. — Olha, não era para eu trazer Murphy para cá, mas…

— Não vou dizer uma palavra.

— Obrigada — repito, meus ombros relaxando de alívio. *Graças a Deus é você.*

— Eu sei que é difícil achar proprietários que aceitem cachorros.

Será que ele está falando por experiência própria? Uma vez, particularmente encantada com seu jeito com Murphy, perguntei se ele tinha cachorro também, mas ele disse que não. Talvez em algum momento da vida já teve.

Ele olha para o relógio.

— Escuta, desculpa por… Eu estava de saída.

— Ah, imagina. Não precisa se preocupar comigo.

— O quintal é todo cimentado, infelizmente — completa ele —, mas se você precisar levar ele para fazer xixi, tem uma pracinha gramada no final daquela rua sem saída ali.

— Ah, eu não sabia. Obrigada.

Sua boca permanece séria, um abismo na geografia intrigante de seu rosto.

— Bom, boa noite — diz ele, baixinho, antes de descer os degraus da frente e sumir na noite a passos largos.

12

Joel

Quando volto da caminhada com Bruno, menos de uma hora depois de conhecer minha nova vizinha, paro no corredor. Dou uma olhada na escada que leva ao apartamento do Steve.

Não do Steve. Da Callie. Ela está no apartamento acima de mim neste momento. Imagino-a se movendo pelo espaço enquanto transforma a casa em seu lar. Cabelo comprido beijando as omoplatas, desfazendo as caixas com aquele contentamento tranquilo que agora conheço tão bem. Talvez ela tenha acendido uma vela, colocado uma música para tocar. Algo moderno mas tranquilo. Percebi o esmalte verde-garrafa que ela estava usando hoje de manhã quando serviu meu café. Captei o néctar de seu perfume. Senti uma vontade estranha de segurar sua mão, erguer os olhos e dizer: *Vamos sair daqui?*

Fecho os olhos. *Pare de pensar nela. Agora.*

Ainda assim, eu me pego andando devagar. Talvez ela tenha ouvido a porta de fora bater quando entrei. Talvez ela abra a porta, sugira tomarmos uma saideira, peça um pouco de açúcar emprestado. Ela vai me fazer rir, talvez, como faz todos os dias na cafeteria. A rainha das anedotas ácidas, do humor autodepreciativo.

Então, respiro fundo. Me esforço para voltar a pensar racionalmente. *Isso vai passar*, digo a mim mesmo. Como uma tempestade, como uma ressaca. *Parece maior do que é. Dê tempo ao tempo, vai passar.*

Na noite seguinte, Callie e Murphy entram no prédio logo depois de mim. Eu estava na casa do Kieran, comendo curry com ele, a esposa Zoë e os dois filhos deles.

— Alguma coisa interessante? — pergunta Callie, soltando Murphy da coleira.

Ele vem correndo até mim, o rabo batendo no ar como se ele não me visse há semanas e não horas.

Estou olhando minha correspondência.

— Nada, desculpa. A não ser que você esteja interessada na minha conta de gás. Ou em pegar um empréstimo no nome do Steve.

Callie está bem agasalhada com uma jaqueta verde com capuz felpudo e um cachecol de tricô cinza.

— O máximo que eu recebo é correspondência do banco ou folhetos daquele restaurante horrível de comida congelada na estrada.

Dou um sorriso.

— Está gostando do apartamento?

— Adorando. É bem melhor que o lugar em que eu morava antes. Tem mais espaço e é menos úmido. — Ela dá um suspiro feliz, depois ergue a sobrancelha. — Mas ainda não sei o que pensar do vizinho de baixo.

Caio na risada.

— É, não te culpo. Se fosse você, eu manteria distância. Ele é estranho.

Ela ri também, jogando as chaves de uma mão para outra.

— Você está chegando do trabalho agora? — pergunto. — Está tarde.

— Ah, não, eu… saí depois.

É como se o motor morresse no meu cérebro.

— Perdão. É só preocupação de vizinho, não era minha intenção soar como se fosse seu pai.

— Ah, tudo bem. Eu sou basicamente uma mãe disfarçada. Falei para um cliente que se pegasse essa friagem ia ficar com o nariz entupido.

— Rá! E o que ele disse?

— Logo de cara nada. Depois franziu a testa e perguntou do que eu estava falando. Acho que não tinha mais que vinte e poucos anos. Ainda devia estar na faculdade.

Estou aliviado por ela parecer não estranhar minha falta de desenvoltura social. Ainda assim… pode ser temporário.

— Certo. — Ergo a pilha de envelopes. — Melhor eu me adiantar com esses empréstimos. Os formulários não vão se falsificar sozinhos.

Ela dá uma risada educada e ajeita uma mecha de cabelo atrás da orelha.

Eu hesito, então me inclino para a frente (porque não tem nada melhor que alguém explicando as próprias piadas).

— Brincadeira. Eu seria o pior falsificador do mundo. Mal consigo comprar bebida sem suar até as cuecas.

Óbvio que disparo apartamento adentro depois disso.

Por que — *por que* — eu estava falando de bebida e suar nas cuecas e crimes financeiros?

Eu não me sentia sem jeito assim fazia tempo. Tropeçando nas palavras, idiota, sem fazer sentido. Como um ator principiante se atrapalhando com as falas. Não é de surpreender que ela só tenha dado uma risada por educação, hesitando antes de subir como se estivesse esperando pela terrível piada final.

Como é que cheguei a este ponto? Por que parei de dar as costas a garotas que me traziam sentimentos, a sorrisos que me davam frio na barriga, a olhares que arrepiavam a espinha?

Eu estava perdidamente apaixonado por Kate. Tínhamos ficado no final do segundo período da faculdade e já estávamos namorando fazia quase um ano. Se ela não estivesse no mesmo curso que eu, duvido que nossos caminhos tivessem se cruzado. Mas a gente se via quase todos os dias, e ela era engraçada, gentil, carinhosa.

Kate sempre considerou que minhas falhas tinham a ver com os estudos, acho. Sono irregular, incapaz de descansar, sempre distraído, volta e meia desaparecendo? Bom, isso faz bastante sentido para quem está na faculdade.

Mas aí num sonho eu a vi dormindo com outra pessoa, seis anos no nosso suposto futuro. Ela estava em um apartamento que eu nunca tinha visto, nua num colchão que supus ser metade meu. O cara com quem ela estava parecia mais velho do que nós (talvez um futuro colega de trabalho?). De qualquer forma, ele parecia bem confiante em relação a suas escolhas de vida.

Foi uma foto nossa na mesa de cabeceira que me disse que ela estava me traindo. Eu considerei continuar, me perguntei se poderia impedir. Mas passar os próximos seis anos nessa tensão? Não é assim que relacionamentos devem ser. De qualquer forma, o estrago já estava feito. Não dá para desver algumas coisas na vida.

Então eu terminei. Inventei algo dolorosamente irônico sobre não conseguir ver um futuro para nós dois. Foi uma sensação estranha, pedir desculpas por partir o coração dela quando estava no destino que o contrário acontecesse.

Superar Kate não foi fácil. Eu demorei um tempo para não sonhar mais com ela, para que as chamas do que eu sentia se apagassem totalmente. Mas cinco anos depois conheci Vicky. Ela era a atriz principal de uma peça a que assisti, e nós começamos a conversar no bar depois. Exatamente como acabamos no meu apartamento aquela noite, eu ainda não sei. A competição era acirrada e muito mais inteligente do que eu.

No começo tentei esconder quem eu era. Tentei fingir ser o homem que Vicky achava que conhecia. E por um tempo consegui, até o dia em que começamos a morar juntos. A proximidade mudou tudo, e Vicky logo ficou impaciente. Com a minha ansiedade, meu sono irregular, minhas anotações todo dia pela manhã. Com meu distanciamento emocional e minha tendência à distração. Começaram as discussões. A gente mal tinha superado o choque inicial que foi conhecer um ao outro de verdade, e surgiram as indiretas passivo-agressivas. O brilho diminuía, o ar saía pela boca do balão.

Durante todo o tempo que passamos juntos, não sonhei com Vicky nem uma vez. Depois de seis meses eu já sabia o que significava, e parte de mim ficou aliviada. Um relacionamento sem amor não fazia sentido, claro, mas não era melhor assim? Sem amor, sem complicações. Sem sonhos torturantes, sem dilemas cruéis que acabavam com minha paz. Sem premonições de infidelidade. Eu não amava Vicky, e era quase melhor do que se amasse.

Quem sabe? Talvez, em algum nível, tudo aquilo fosse uma lição sobre autossabotagem.

Seja como for, depois que ela foi embora, tomei uma decisão, bela em sua simplicidade.

Eu nunca mais me apaixonaria.

13

Callie

Estou sentada em Waterfen, sozinha, pensando em Grace.

A primeira vez em que viemos para cá éramos crianças, pulando como coelhos pela ponte de madeira que conecta o parque à reserva florestal. Fazendo bagunça pelas calçadas e pelos caminhos serpenteantes de areia, afundando os pés nas poças pantanosas, capturando lavadeiras. Grace falava enquanto eu andava atrás dela, flutuando em meio às nuvens brancas de dentes-de-leão, embriagada como uma abelha pela música suntuosa da natureza. Nós ficávamos livres na nossa selva particular de juncos, o verde enfeitado por explosões de magenta dos epilóbios, passeando sozinhas até o pôr do sol, quando a paisagem esfriava ao nosso redor. Nossas conversas sempre floresciam em piadas, sonhos e escola.

Na época, Grace amava Waterfen pelo que o lugar representava — uma liberdade ilusória, que atrasava o dever de casa. Mas eu amava Waterfen pelo que era — algo selvagem e em estado bruto, como o mundo deveria ser. Um teatro imersivo de mata, o paraíso no palco.

Foi em Waterfen que descobrimos nossa árvore. Um salgueiro antigo e majestoso, perto da fronteira da reserva, os galhos pendurados sobre a água como um exército de garças vigilantes. Escalávamos o tronco enrugado, nos transformávamos em sereias atrás da cachoeira de folhas, sorríamos uma para a outra enquanto, por baixo dos nossos pés, os visitantes passavam sem nos perceber. Nós gravamos nossas iniciais nas rugas ásperas do seu tronco.

Eu escalo a árvore, como nós sempre fazíamos, embora esteja molhada, embora esteja frio. As iniciais ainda estão aqui, cobertas de musgo e amolecidas pela chuva. Passo o dedo pelas marcas, tentando não imaginar o que está escrito na lápide de Grace.

Eu e Ben escrevemos o texto juntos.

Grace Garvey. Amada esposa, filha, sobrinha e neta. Amante da vida. Determinadamente única.

Nunca contei a ninguém sobre a nossa árvore. Era só minha e de Grace, sempre.

Depois da faculdade, quando voltei a morar em Eversford, fiquei perdida por um tempo. Grace ainda estava viajando, Esther estava temporariamente em Londres (isso foi logo depois que conheceu Gavin). E meus pais não podiam preencher as lacunas deixadas pelos meus amigos. Foi vir a Waterfen que me deu forças — me cercar de verde e de coisas com asas.

Penso mais uma vez naquele emprego na reserva, que Gavin mencionou tantas semanas atrás. Eu tenho entrado todos os dias no site de Waterfen, mas nada ainda. Sei como as coisas em ONGs podem ser lentas, que pode levar séculos para uma simples despesa ser aprovada.

Mas, mesmo se a vaga abrisse, não tenho bem certeza de que conseguiria pedir demissão para o Ben. Será que poderia mesmo entregar o sonho de Grace para outra pessoa, descartá-lo como se fosse uma herança que não quero mais?

Por outro lado... eu tenho sonhos meus. Como trabalhar aqui em Waterfen, sentindo o cheiro doce da terra molhada nos juncos, ouvir os corvos grasnarem e ver os estorninhos tomarem o céu. Pegar chuva, sentir calor, me sujar de lama, perder o fôlego pelo trabalho pesado e pela felicidade. Devolver a este lugar só um pouco do que ele já me deu.

Sinto muito, sussurro ao fantasma de Grace. *Eu sei que o café era o seu sonho. Mas não sei se algum dia será o meu.*

Enquanto caminho de volta para casa, me sinto empoderada — talvez pelas lembranças de Grace, talvez pela ideia de deixar a cafeteria para trás de algum modo. Quero aproveitar o momento e perguntar se Joel não quer subir para um drinque. Afinal, já somos vizinhos faz uma semana. Ele sempre pode dizer não.

— Que aconchegante — diz Joel quando mostro a sala.

Tirando o cachecol, estou prestes a largá-lo como de costume no braço do sofá, mas mudo de ideia, enrolo-o bonitinho e o deixo no aparador ao lado da porta. Porque, na realidade, *aconchegante* em geral significa *chiqueiro*. Ainda não terminei de abrir as caixas, e deveria ter arrumado as coisas antes de chamá-lo, é claro.

Ele pareceu na dúvida, mais cedo, antes de concordar. No mesmo instante entrei em pânico, com medo de tê-lo deixado sem graça, forçando-o a aceitar por educação. Então, quando abri a boca para tentar voltar atrás, por mais que me doesse... ele aceitou antes que eu pudesse fazer isso.

Torço para que ele não esperasse que meu apartamento fosse estiloso ou sofisticado. Todos os meus móveis são de lojas baratas, todos os itens de decoração saíram da prateleira de alguma loja de departamento, não tenho ornamentos chiques nem uma estética pensada. Só uma confusão de acessórios que não combinam entre si, colecionados ao longo dos anos, como o futon coberto por uma manta de patchwork para esconder manchas de café e vinho tinto, uma variedade de porta-copos de cortiça desbotados e uma coleção de canecas com ilustrações de natureza, cortesia de amigos e familiares. Tenho duas estantes em tons contrastantes de madeira cheias de livros sobre natureza, fauna e flora, alguns enfeites *nada* descolados — pássaros e bichinhos da floresta, meus entes queridos mais uma vez perdendo a mão no tema — e uma selva de plantas variadas ao lado da janela. Nada que diga que sou uma adulta bem-sucedida ou vitoriosa na vida. E isso antes de Joel tropeçar em uma das caixas bloqueando parte da passagem para a cozinha.

Faço um desvio de sessenta segundos para o quarto para trocar de roupa, hiperventilar, ajeitar meu cabelo e passar um pouco de batom nude. Então volto para a sala e ofereço uma bebida para Joel.

— Tenho café, chá ou... vinho de qualidade média.

Ele hesita por um momento, então pede um pouco de vinho.

Enquanto Joel se aproxima da estante, com Murphy logo atrás, tiro a garrafa da geladeira e sirvo duas taças. Observo seus dedos passando devagar pelas lombadas dos meus livros, as mangas do suéter um pouco compridas demais para seus pulsos. Tento ignorar seus movimentos lentos e deliberados, o físico magro e o jeito controlado e pensativo que eu adoraria conhecer melhor.

— *Glossário vegetal. Guia para árvores. Líquens. Mariposas.*

— Infelizmente eu não sou muito descolada — confesso.

Sinto que isso não chega aos pés da verdade — quando criança, sempre fui a que ficava vergonhosamente grudada a livros de ciência ou, pior, a um episódio de *Countryfile* com meu pai. Eu disparava descalça assim que o inverno dava lugar à primavera, colecionando gravetos, folhas e cascas de ovo, ficando com a cara coberta de lama e o cabelo cheio de galhos.

Às vezes, no verão, quando os céus ficavam quentes e imóveis, meu pai ligava uma lanterna no jardim durante a noite. Colocava uma caixa de madeira embaixo, e na manhã seguinte nós nos maravilhávamos com as mariposas que havíamos atraído para dançar na escuridão enquanto dormíamos. Mariposas-elefante rosa-shocking, mariposas-tigre, tão lindas quanto qualquer borboleta, e minhas favoritas, as mariposas-de-arminho--branco, com seus casacos de pelo tão majestosos. Nós adicionávamos cada uma à nossa lista, depois as abrigávamos nos arbustos, longe de bicos perigosos, para que pudessem se proteger do sol até que a noite caísse de novo.

Meu ex, Piers, sempre zombava de mim por ser tão louca por natureza. Ele era o tipo de cara que mata aranhas com chinelos, esmaga abelhas com copos de cerveja, derruba mariposas enquanto dormem. E toda vez que ele fazia isso, um pouco do meu amor morria junto.

— Não tem nada de errado em ter uma paixão — diz Joel.

— É só um hobby, na verdade.

— Não tem potencial para se tornar uma carreira?

Passo uma das taças de vinho e concluo que essa história é longa demais.

— Talvez.

Fazemos um brinde delicado. Tomo um gole gelado e sinto um arrepio nas costas que, suspeito, não tem a ver só com o álcool.

Ele se abaixou para observar a fileira de vasos na janela.

— O que você plantou aqui?

— Os últimos são temperos. O restante são só plantinhas de casa. — Dou um sorriso. — Gosto de verde.

Ele se aproxima da outra estante e examina minha pequena biblioteca de guias de viagem: um do Chile, *Aves da América do Sul*, uma coleção de mapas. Livros sobre os Países Bálticos — heranças de uma amiga da mamãe, que viajou para lá na juventude. Meus pais devem ter achado que um dia fariam essa viagem também, mas evidentemente nunca fizeram. O máximo a que chegamos na minha infância foi Espanha e Portugal, além de algumas viagens para acampar na França.

Já passeis anos perdida entre as páginas desses livros, viajando para entrepostos esquecidos e paisagens lunares, em que a civilização some de vista e a terra se submete ao céu.

— Você é viajada — resume Joel.

Penso em Grace, em como ela riria disso.

— Só nos meus sonhos.

Ele parece engolir antes de indicar os livros com um gesto.

— Você não...

— Ainda não. Espero que consiga ir um dia. — Dou um gole no vinho. — Tem um parque nacional no Chile, bem ao norte. Sempre foi meu sonho ir lá.

Joel tira os olhos da estante e me encara.

— Sério?

Faço que sim.

— Aprendemos sobre esse lugar na escola. Lembro que nossa professora chamou de... Reserva de Biosfera da UNESCO. — Dou uma risada depois de pronunciar cada palavra com precisão para efeito cômico. — Pareceu tão exótico, tão interessante. Como um lugar no espaço sideral.

Ele ri também.

— Você tem razão, parece mesmo.

Uma menina na minha turma da faculdade tinha viajado para lá e disse ter visto uma ave tão rara que é quase um mito. Isso só me fez querer ir ainda mais, essa ideia de ser surpreendida pela natureza.

— Eu meio que sou atraída por lugares remotos — confesso. — Sabe... Quando a Terra parece maior que você.

Joel sorri.

— É, uma sensação de humildade, né? Tipo quando olhamos para as estrelas e lembramos como somos minúsculos.

Nós nos sentamos no sofá. Joel abaixa a mão para fazer carinho nas orelhas de Murphy.

Dou outro gole no vinho.

— Então, qual o lugar mais interessante que você já visitou?

— Na verdade... eu nunca saí do país. — Ele respira fundo e parece envergonhado, como se tivesse confessado odiar futebol ou os Beatles. — Chato demais, né?

Embora eu fique surpresa, também sinto um pouco de alívio por ele não ter histórias de viagens por todos os continentes como Grace, contos para fazer minha vida parecer ainda mais mundana do que já é.

— De jeito nenhum. Também não sou das mais aventureiras. Tem algum motivo para...?

— É complicado.

Eu me pergunto qual a história por trás disso, mas antes que eu possa entrar nessa questão, ele já muda de assunto e me pergunta há quanto tempo trabalho no café.

— Na verdade, o lugar era de uma amiga minha, Grace. Ela... — As palavras embolam na minha língua. — Desculpa. Ela faleceu bem recentemente.

Ele não diz nada por alguns instantes. Então, bem baixinho:

— Sinto muito. O que houve?

— Um motorista de táxi atropelou ela e fugiu sem prestar socorro. Estava bêbado.

Uma pausa longa e cuidadosa. Sinto seu olhar passar por mim com delicadeza, reconfortante como uma lanterna na névoa.

— Eles...?

Balanço a cabeça rapidamente.

— O cara pegou seis anos de prisão.

Continuo falando e conto tudo a ele — Grace e a adoção de Murphy, quando saí do emprego para assumir o café.

— Eu era secretária antes, em uma fábrica. Que faz embalagens de metal, sabe? Para latas de bebida, aerossol, tintas... Na verdade, deixa para lá. Estou entediada só de pensar. — Cubro o rosto e dou uma risada. — Então, o que você faz?

De repente ele fica desconfortável.

— Fazia. Eu era veterinário, na verdade.

Incrível. Por um momento, não sei bem o que dizer. Meu instinto, por mais irracional que seja, é me perguntar por que ele nunca mencionou isso, embora eu me dê conta de que não tinha motivo nenhum para que ele mencionasse.

— Mas não é mais?

— Dando um tempo.

— Burnout?

— Pode se dizer que sim.

— Imagino que ser veterinário pode ser bem estressante. Tipo ser médico.

— É, às vezes é mesmo.

— Você sente falta?

Ele parece procurar a resposta no ambiente ao nosso redor e então me diz que passeia com os cachorros de alguns vizinhos idosos da região, que isso ajuda a apaziguar a sensação de arrependimento.

Abro um sorriso, feliz por ser relembrada de que ainda existem pessoas boas no mundo.

Joel bebe o vinho, a mão parecendo grande ao redor da haste da taça. Ele tem mesmo mãos de veterinário, penso. Competentes, confiáveis.

— Então, para onde Steve se mudou? — pergunto.

— Para um condomínio novo perto da marina.

— Ah, eu passei a maior parte da minha infância por lá. Naquela reserva florestal.

— Waterfen?

— Sim — respondo, contente. — Conhece?

Ele assente, e eu encaro de novo seus olhos de nanquim.

— É um lugar ótimo para esvaziar a mente. Se é que você me entende.

— Entendo.

Conversamos por mais uns minutos até terminar as taças. Mas, antes que eu pudesse oferecer mais, ele já me agradeceu, deu um tapinha de despedida em Murphy e foi até a porta, onde hesita por um momento antes de se inclinar e me dar um beijo na bochecha.

O toque da sua pele na minha faz meu rosto esquentar, e continuo pensando nisso por horas.

14

Joel

No Halloween, Melissa resolve vir lá de Watford para me arrastar até o mercado (algo sobre tangerinas velhas não serem uma boa opção de doces para entregar às crianças).

Mais de uma semana se passou desde que fui tomar um vinho na casa da Callie. Pensei muito em retribuir o convite, já repassei a possível conversa na mente mil vezes com a esperança de tornar minhas palavras mais calmas e normais.

Mas então me lembro de todas as razões que tenho para resistir ao que quer que eu esteja sentindo por ela. Para honrar meu compromisso ao não compromisso. Não que fazer isso seja fácil quando se mora logo embaixo da pessoa. Callie é simpática e calorosa sempre que nos encontramos, e é uma vizinha muito melhor que eu. Ela separa nossa correspondência, me lembra quando esqueço do dia de tirar o lixo. De vez em quando deixa uma embalagem com um pedaço de bolo no meu capacho depois de sair do café.

Mas minha parte favorita de morar no apartamento embaixo do de Callie são as cantorias que escuto enquanto ela está tomando banho de manhã. Ela canta muito mal, mas descobri que não ligo. Acontece que amo acordar com o som estridente e único de sua voz.

Eu poderia parar de ir ao café, talvez. Mas isso parece uma atitude extrema só por causa de uma *crush*. Sou um homem de mais de 30 anos, não um adolescente de 15.

— A gente deveria assustar as crianças de verdade hoje à noite — sugere Melissa enquanto passeamos pela loja. — Você atende a porta.

— Na verdade eu sou ótimo com crianças.

— Por favor. Nunca vi ninguém ficar tão desconfortável perto de uma criança quanto você.

— Mentira sua. Eu amo crianças. Pergunta para os meus sobrinhos.

— Você não gosta de *Toy Story*.

— E daí?

Ela dá de ombros.

— É estranho. Todo mundo gosta de *Toy Story*.

— Sabe o que é estranho? Adultos vendo desenho animado.

Melissa afasta do rosto uma mecha da peruca platinada. A festa a que ia em Watford melou, mas (sem surpreender ninguém) ela continua fantasiada. (Julia Roberts em *Uma linda mulher*. Claro. Mais cedo ela arrumou uma lata de tinta de cabelo prateada e perguntou se eu queria ser o Richard Gere. Eu disse que não.)

— Olha, você pode só andar atrás de mim. Não quero que ninguém saiba que eu te conheço.

— Rá. — Ela me dá o braço. — Eu amo te deixar envergonhado, Joel. Você é tão tenso e nervoso.

Bom, disso eu não posso discordar.

Perco Melissa de vista perto dos doces e aproveito para pegar alguns itens básicos. Feijão em lata, pão de forma, sopa de tomate, pizza. Talvez um dia eu descubra como cozinhar e faça uma compra de mês como a maioria das pessoas da minha idade. Mas, por enquanto, enlatados e congelados resolvem muito bem minha vida.

— Feliz Halloween de novo — diz uma voz suave como brisa.

Eu me viro, e é ela. Ela me serviu um latte de abóbora e especiarias hoje de manhã, levou até minha mesa com um fantasminha feito de suspiro e um sorriso que ainda não me saiu da cabeça.

— Sabe — diz ela —, a gente esqueceu de falar sobre quem vai atender as crianças hoje.

Finjo pensar nisso por um momento.

— Bom, na verdade não acredito em pedir doces.

— Interessante.

— Minha teoria é: se você fingir que as crianças não existem, elas acabam indo embora.

Callie balança a cabeça devagar.

— Minha teoria é: você fica mais perto da porta. Vai mesmo me fazer descer correndo as escadas toda vez?

Eu arqueio a sobrancelha, zombeteiro.

— Talvez.

— Certo. Vamos fazer um acordo justo, então. — Ela mostra alguns pacotes de balas temáticas de Halloween. — Eu compro os doces. Mas a gente tem que dividir o que sobrar depois.

Trocamos um olhar. E uma sensação desce pela minha garganta e para no meu estômago em voltas longas e lúcidas.

Mas agora sinto o gosto do perfume de Melissa e seus braços envolvendo minha cintura. Meu coração se aperta um pouco, o que não é justo com ela. Mesmo assim, em minha defesa, ela está vestida de prostituta.

— Peguei as balas, gato. Vamos.

Eu solto um pigarro.

— Melissa, essa é a Callie.

Nos olhos verde-dourados de Callie, algo se apaga.

— Oi.

— Oi — diz Melissa, imitando exatamente o tom dela. — Do que você está vestida?

Callie fica surpresa, depois olha para mim.

Envergonhado, balanço a cabeça para Melissa.

— Só você está fantasiada.

— Melhor eu ir logo — diz Callie educadamente. — Prazer te ver.

Melissa puxa minha mão em direção ao caixa, as botas estalando no piso de linóleo.

— Quem era aquela vaca?

— Ei. — Eu paro e largo a mão dela. — Isso foi um pouco demais.

O rosto dela se ilumina.

— Joel! Só estou brincando com você. Viu o que eu quis dizer quando falei que você é todo tenso e nervoso?

— Você não está ajudando.

— Então, quem é ela?

— A vizinha nova. Ela se mudou para o apartamento do Steve.

— Sabe o que seria bom para você?

— Pagar isso e ir para casa? De preferência sozinho?

— Rá. Você sabe que me ama.

Não, penso. *Não amo, nem um pouco.*

* * *

Estou sentado no chão da sala, com as costas apoiadas na parede, uma caixa de pizza perto dos joelhos. Como de costume, pedi uma pizza grande de pepperoni para dividir, como Melissa gosta. Mas ela nunca come mais do que dois pedaços, e eu sempre tenho que catar os pepperonis.

Ela se abaixa ao meu lado e pega uma fatia da caixa.

— Ei, sabia que a gente já está fazendo isso há uns três anos?

— Esse tempo todo?

Um sorriso cético.

— Até parece que você não lembra a data exata em que me viu pela primeira vez.

Na verdade, não lembro. Mas me lembro da ocasião. Uma aula de spinning noturna, numa época em que eu achava que fazer exercícios físicos extenuantes talvez fosse a resposta para todos os meus problemas. (Eu não estava tão errado assim; quase caí morto na metade da primeira aula.)

Melissa se aproximou de mim no final, toda Lycra e rabo de cavalo balançante, a maquiagem ainda no lugar. Eu estava dobrado ao meio na hora, me esforçando ao máximo para não vomitar.

— Resolução de Ano-Novo?

Era janeiro, por acaso. Mas eu não ligo muito para essas coisas.

— Só quero entrar em forma — respondi, sem fôlego.

— E como está indo?

— Melhorando.

— Nossa. Você devia estar péssimo antes.

Depois de um banho e um shake de proteína, nós fomos para o meu apartamento. Fiquei surpreso quando ela ligou algumas semanas depois, mas assim foi.

Acima de nós agora, ouço o ranger do piso de Callie. Imagino ela andando pelo apartamento, taça de vinho nas mãos. Parando na janela para observar as estrelas.

Não consigo deixar de imaginar o que ela pensa de mim depois do nosso encontro no mercado mais cedo. Será que ela concluiu que Melissa é minha namorada? Que sou superficial e pouco confiável?

Talvez, penso, seja melhor que ela pense assim.

— Dominic odeia pizza — comenta Melissa, sentando-se ao meu lado.

Não reconheço o nome, mas reconheço como ela o apresenta para mim, como um embrulho a ser aberto. Não é a primeira vez, e nunca dissemos que nosso relacionamento é exclusivo. O que somos é conveniente para nós dois. É por isso que funciona tão bem há tanto tempo.

Jogo três rodelas do salame gorduroso na caixa e entro no jogo.

— Quem é Dominic?

— Alguém que tenho encontrado.

— Mais velho?

— Por que você diz isso?

Dou de ombros.

— Só te falta um Richard Gere para essa festa.

Ela dá um sorrisinho.

— Na verdade, não.

— Era para a festa dele que você ia hoje?

Ela torce a boca de um jeito que deixa claro que sim.

— A gente discutiu. Ele quer que eu vá morar com ele.

— Há quanto tempo vocês...?

— Três semanas.

Eu mastigo meus carboidratos.

— Parece meio apressado.

Ela entreabre a boca.

— Não me diga que está com ciúmes.

— Olha, para ser sincero, se você conheceu alguém, então...

— Então o quê?

— ... então não acho que a gente deva continuar o que estamos fazendo. Eu quero que você seja feliz. Já te falei isso.

Ficamos sentados em silêncio por um tempo. Sinto uma pulsação, mas estamos tão próximos que é difícil dizer se é a dela ou a minha.

— A gente pode só ver TV hoje — digo. — Não precisamos fazer nada.

Ela se desdobra para me beijar na boca.

— Obrigada. Mas eu quero, bafo de pizza.

Ah, Melissa. Eu sempre posso contar com ela para dizer a coisa certa.

* * *

Nessa noite, tenho um sonho tão perturbador que perco o fôlego.

Em um sábado à noite, mais ou menos um ano no futuro, estou de pé na cozinha do meu pai. Ele está reclamando de alguma coisa, balançando o indicador na minha direção. As palavras ardem de tão irritadas ao saírem de seus lábios.

Mas não consigo nem começar a compreendê-las.

— Você nem é meu filho! Eu nem sou seu pai!

Ele diz isso duas vezes durante seu monólogo de mais ou menos um minuto. Fico parado na frente dele, meio com medo, muito confuso.

Então ele sai a passos largos da cozinha e me manda deixá-lo em paz. Do outro lado da cozinha, Tamsin, de queixo caído, derruba um pote de geleia de morango. O vidro se espatifa no chão aos meus pés. Mancha meus sapatos como sangue.

Agora estou no pé das escadas. Olho para cima e grito atrás dele:

— Pai? Do que diabo você está falando? *Pai!*

15

Callie

Algumas noites depois do Halloween, Joel me encontra no corredor.

— Olha, eu queria pedir desculpas.

Sem aviso, meu rosto esquenta, e me pergunto se ele está pedindo desculpas pelos sons que ouvi por entre as tábuas do piso, tarde da noite na quinta-feira.

Eu estava deitada, assistindo a um documentário sobre o plástico nos oceanos. No início só ouvi umas batidas — o suficiente para me fazer tirar o som do laptop, sem entender —, mas depois as batidas ficaram mais rítmicas, entremeadas por gemidos e grunhidos. Desliguei o documentário e fiquei ouvindo, imóvel. Não pude deixar de imaginar Joel, como ele deveria estar, como deveria ser para a Melissa. Senti minha pele arrepiar, meu pulso acelerou, e então — bem quando ia fechar os olhos para deixar a imagem se desdobrar por completo — veio uma exclamação final e decisiva antes de tudo ficar em silêncio. Culpada, liguei o laptop de novo e me esforcei muito para me concentrar nas imagens tristes de embalagens plásticas surgindo em praias indonésias. Mas pelo resto da noite e durante alguns dias depois, a cena se recusou a sair da minha cabeça.

Depois de um fim de semana especialmente movimentado no café e em que mal parei em casa, só trocamos amenidades desde então — encontrá-lo agora é difícil, mal consigo olhá-los nos olhos. Espero que ele não perceba que não achei aquilo tudo chocante ou ofensivo, muito pelo contrário. Ele parece meio envergonhado também, e não consigo imaginar por que mais estaria se desculpando, então vou em frente.

— Você não precisa pedir desculpa, é sério.

— A gente tinha bebido um pouco.

— Claro.

— Ela não é assim sempre.

— Tudo bem.

— Ela fica um pouco mais assim...

Ergo a mão.

— Entendi. De verdade.

— E a fantasia era só...

— É sério, não precisa...

— Bom. Eu só queria dizer que ela só estava brincando. Mas não deveria ter falado com você daquele jeito.

— Você está falando... do que a Melissa disse para mim no mercado?

— Sim... Do que *você* está falando?

Eu engulo em seco.

— Esquece. Confusão minha, acho.

É claro que de jeito nenhum vou mencionar agora os gritos que ouvi bem depois na mesma noite. Levei um susto tão grande que acordei como se fossem tiros. Não ouvi voz feminina, então não podia ser uma discussão... Joel devia estar sonhando. Mas falar disso agora soaria estranho e intrusivo, como se eu fosse um voyeur, ou seja: o pior pesadelo de todo vizinho.

Joel fica confuso, mas sorri, como se não ligasse.

— O Murphy tem medo de fogos?

É noite de Guy Fawkes, e mesmo cedo o céu já está uma discoteca, uma boate de explosões e néon.

— Ben se ofereceu para ficar com ele hoje. Os pais dele moram no interior, sem vizinhos por quilômetros.

— Esperta.

Eu abro um sorriso inesperado.

— E você, tem algum plano para Guy Fawkes?

— De jeito nenhum — diz ele, sem hesitar. — Não suporto o cara.

Caio na risada.

— Dot e os amigos do esqui aquático vão fazer uma festa no parque.

A possibilidade floresce entre nós. Eu quero convidá-lo, quero muito, mas ele com certeza tem namorada...

Respiro fundo e busco coragem.

— Então, se você não for fazer nada...?

O mais lento dos sorrisos, a mais agonizante das esperas.

— Certo — responde ele enfim, a voz rouca. — Eu adoraria, sim.

16

Joel

Na verdade, eu tinha planos: ficar tremendo de frio no quintal de Doug com a minha família, assistindo a dois terços dos seus fogos floparem antes de acender. Mas já estava pensando em cancelar mesmo. Estou bem cansado depois de algumas noites de pouco sono. Além disso, o sonho com meu pai basicamente me destruiu. Não consegui esquecer isso e procurei todas as fotos que temos juntos em busca de pistas. Reli as mensagens no meu celular com lágrimas nos olhos, como se alguém tivesse morrido.

Penso de novo naquelas palavras. *Você nem é meu filho! Eu nem sou seu pai!*

Não é o tipo de coisa que se fala do nada só para magoar. Tenho muitas outras falhas que ele poderia escolher para fazer isso.

O que só pode significar que tem alguma coisa aí.

Preciso descobrir mais sobre o que vi naquela noite. Mas perguntar diretamente para o meu pai? O simples peso dessa conversa não parece viável. Pelo menos não por enquanto. Preciso passar na casa dele um dia quando ele estiver fora, acho. Descobrir a verdade por conta própria.

Encontro Callie do lado de fora dez minutos depois. O ar do início de novembro está gelado, o céu pontilhado de estrelas, a lua brilhando como um holofote, trazendo uma estranha sensação veranil para o firmamento já iluminado.

Não tem nada sugerindo que passar a noite com Callie seja um encontro, eu lembro a mim mesmo. Somos só vizinhos, apreciando a queima de fogos. Exatamente como eu fazia com Steve e Hayley. Uma tradição, platônica, sem segundas intenções.

Começamos a caminhar em direção ao rio. O rosto de Callie está espremido entre o chapéu de lã cinza, bem enfiado na testa, e o cachecol vermelho macio enrolado até o queixo. Nós dois estamos com as mãos nos bolsos, os ombros se tocando de vez em quando.

— Então, faz quanto tempo que você está com a Melissa?

Ela parece realmente curiosa. Acho que é de se esperar quando se conhece a Melissa.

Dou uma risada desconfortável.

— Não é... bem o que parece.

Sinto Callie olhar para mim.

— Não?

— Não sei se consigo explicar. Nem sei se quero.

— Por que não?

— Você pode achar que sou uma pessoa ainda pior.

Caminhamos mais um pouco.

— Amizade colorida? — chuta ela.

— Aham.

— Não é tão ruim.

— Também não é bom.

— Mas a vida não é perfeita.

— Não — concordo, pensando: *Isso lá é verdade.*

Acima da nossa cabeça, ouvimos um estrondo, e então surge uma cachoeira de luz que nos transforma, por um momento, em tecnicolor.

Um zumbido sutil de música nos leva até Dot e os esquiadores aquáticos perto da casa de barcos no parque. Tem uma mesa de drinques impecavelmente organizada, e uma fogueira montada, com permissão do departamento de parques, em um incinerador idêntico ao que meu pai tem no quintal para queimar folhas. Já faz um tempo que não vou a uma festa que não seja de família. Mas tem algo charmoso e simpático nesta reunião. O homem assando marshmallows, várias pessoas carregando batatas assadas de lá para cá. Crianças agitando estrelinhas no ar.

Dot se joga em mim para me dar um abraço assim que chegamos. Ela está com um visual meio anos sessenta, com longos cílios e o cabelo cheio de laquê. Um casaco que parece meio militar, bijuterias vintage.

Ela planta um beijo na minha bochecha esquerda e coloca um copo nas minhas mãos.

— Olá, Cliente. Eu sabia.

— Sabia o quê? — pergunto, achando graça.

— O que estamos bebendo? — pergunta Callie rapidamente, as bochechas vermelhas do frio e da caminhada.

— Ponche da Noite da Fogueira. Minha contribuição.

— E o que é?

Dot dá de ombros, que é como acho que a maioria das pessoas faz ponche.

— Um pouco de tudo. Basicamente rum.

Dou um gole. Está gostoso, bem doce e forte. Parece um suco de frutas tropicais com uma multa por dirigir bêbado. Meu plano era tentar encontrar café, mas acho que posso resolver isso depois.

— Estou de olho em um cara — confessa Dot, passando o braço pelo meu.

Eu encaro Callie e sorrio.

— Ele está ali. O loiro, de costas para cá, mexendo nos marshmallows. O que você acha?

Tenho dificuldade para julgar um homem que não conheço só pela sua nuca.

— Bom, ele parece prestativo. Habilidoso.

Dot vira o ponche de uma vez só, em silêncio.

— Ah, você tem razão — responde por fim ao parar para respirar. — Ele não faz *nem* um pouco meu tipo. É o tesoureiro do clube, pelo amor de Deus! Olha só o cuidado para virar os marshmallows.

— Eu não quis dizer…

— Não, você está certo. Onde eu estava com a cabeça? Não tem nenhum sinal de piromania naquele cara.

— Foi mal — digo, me perguntando como fui capaz de desviar a flecha do cupido de forma tão dramática em menos de trinta segundos.

— Certo. Mais álcool.

Dot se afasta em direção à casa dos barcos.

— Foi alguma coisa que eu disse?

Callie dá risada.

— Sinceramente, você não tinha muita informação.

— Se bem que parece que piromaníacos estão no topo da lista dela.

— Eu não me preocuparia. O que Dot considera o cara perfeito é literalmente inexplicável.

Caminhamos alguns passos até a margem escura do lago. Na verdade é uma pedreira de cascalho artificialmente inundada, cercada por árvores e caminhos de areia. A água é uma poça de nanquim, pontilhada pelo luar.

— Gostei do apelido que Dot deu para mim.

— Cliente? Curioso, né?

— Não deixa eu me iludir com possibilidades de ser algo além disso.

Ela ri de novo.

— Ela sabe seu nome, sim. Acho que isso teve mais a ver com o ponche.

— O que ela queria dizer com "*eu sabia*"?

Callie solta uma respiração trêmula.

— Sabe que eu não tenho ideia?

A uma distância segura da casa de barcos, o cara dos marshmallows de Dot troca seu turno. Uma multidão se aproxima, sombras como as de pinguins, enquanto uma sequência de fogos de artifício desperta com um rugido.

O ar se transforma em uma obra de arte abstrata, cheia de pigmentos. Um Jackson Pollock com som nas alturas.

— Estou me sentindo meio adolescente — diz Callie quando a primeira bateria de fogos se apaga. — De bobeira no parque de noite, bebendo ponche feito em casa.

Finjo ter uma revelação.

— Sabia que eu te reconhecia de algum lugar.

Rindo, Callie se vira para mim. Então hesita.

— Ah, tem um pouco do… batom da Dot na sua bochecha.

— Ah.

— Quer que eu…?

Antes que eu possa responder, ela tira a luva e ergue a mão para o meu rosto gelado. Devagar, ela esfrega a marca com o polegar quente.

— Pronto.

Dentro de mim, algo se agita. Luto contra o ímpeto de segurar sua mão quando ela se afasta, de dizer o quanto ela é bonita.

— Obrigado — consigo dizer.

Do grupo, uma voz grita o nome de Callie. Começamos a seguir de volta pela colina gramada para a casa de barcos.

— Vai se juntar a nós? — pergunta Dot, vindo na nossa direção a passos largos.

— Para quê?

Ela indica o lago.

— Ligar os jet-skis.

Callie engasga com o ponche.

— Você está de sacanagem. Está congelante.

— É por isso que a gente vai usar os trajes de mergulho.

— Dot, você bebeu. Tem certeza de que é seguro?

— Claro que sim — diz ela. — Nathan é instrutor regulamentado.

Callie torce o nariz. Deve estar pensando, como eu, que pelo visto Nathan não acabou o treinamento, já que claramente pulou o módulo sobre não ser um maluco irresponsável.

Dot balança a mão.

— Ah, não se preocupem, ele só bebeu limonada a noite toda. — Ela se vira para mim. — Quer vir também, Cliente?

— Ah, não, obrigado. Você não quer me ver num traje de mergulho, pode acreditar.

Dot dá risada.

— Somos todos amigos aqui.

— Acho que vamos deixar para a próxima — diz Callie.

Dot passa o braço em torno dos ombros de Callie e dá um beijo na cabeça da amiga. Estranhamente, isso me deixa com inveja.

— O que eu sempre te digo?

Callie dá de ombros. Dot sai meio correndo para a casa de barcos, provavelmente para recrutar mais gente para aderir ao seu desejo de morte em mar aberto.

Tomo outro gole de ponche.

— O que é que ela sempre te diz?

Callie hesita.

— Quer dar uma caminhada?

* * *

— Desculpa pela Dot. Ela acha que eu sou velha e chata.

Seguimos pela trilha que leva para Waterfen, a reserva florestal. De alguma maneira a lua parece mais brilhante, um imenso furo no cartão negro do céu.

Embora esteja ao meu lado, é Callie que vai na frente. Conhece o caminho tão bem quanto um pássaro migrando, as constelações, sua bússola.

— Quantos anos a Dot tem? — Eu já tinha me perguntado sobre isso.

— Vinte e poucos — responde Callie, como a maioria das pessoas diria *segundas-feiras* ou *sogras*.

— Então por "velha" ela quer dizer que você tem...

— Trinta e quatro. — Ela olha para mim. — E você?

— Mais velho ainda. Trinta e cinco. Não tem mais esperança para mim.

Atravessamos a ponte de madeira que marca a entrada para a reserva. Nossos passos fazem barulhos ocos e altos no madeirame. Sombras alongam os troncos das árvores, os braços escurecidos esticando-se para nos cumprimentar na penumbra.

— Dot sempre me fala para... Ai, como é a expressão?

— Agarrar a vida pelas...

— Exatamente. Ela quer que eu faça kickboxing e esqui aquático.

— É isso que você quer fazer?

Callie sorri. O cabelo que escapa do gorro começa a brilhar, úmido com gotículas do ar noturno.

— Vamos dizer que tenho conseguido escapar.

— Talvez vocês só sejam diferentes.

Ela fica em silêncio por um momento, como se estivesse pensando no que falei.

— Talvez.

Nós seguimos pela reserva, a trilha de madeira como uma artéria serpenteante pelo seu sistema sensorial. Os fogos de artifício se tornam explosões distantes. Estamos mergulhados nos sons noturnos da natureza; o arrulhar solitário de uma coruja, o rascar de mamíferos pesados. Das profundezas da floresta, de vez em quando surge o som de uma criatura se movendo.

— Só para você saber — comento —, eu não tenho ideia de onde estamos agora.

A escuridão me deixa desorientado e estraga meu senso de direção. Sua risada causa ondas no ar.

— Não se preocupe. Eu venho bastante para cá à noite.

— Insone?

— Às vezes — admite.

Trocamos a trilha por um caminho de terra ao lado de um canal estreito. Em um momento, quando as árvores se abrem como uma cortina, Callie para. Ela aproxima a cabeça da minha. Sinto o cheiro do seu xampu, algo cítrico, e o perfume me toma por dentro.

— Essa é uma das minhas partes favoritas — sussurra ela.

O caminho tem vista para um amplo campo pantanoso. É repleto de juncos, enfeitado por poças de água prateada que mais parecem joias. Pequenas aves se empoleiram pela terra úmida. Seguindo o dedo esticado de Callie, vejo um grupo de cervos pastando. Seus corpos elegantes são delicados e esculturais, iluminados pelo luar.

A gente se abaixa na trilha para observar. O cheiro de lã molhada do mato nos alcança.

— Não são lindos? — sussurra Callie, hipnotizada.

Eu concordo, porque quem não acharia isso lindo?

Ouço uma corrente de som suave e irregular — ondas de assobios crepusculares, doces borbulhões de companhia. Pergunto a Callie de onde está vindo.

— São os patos e marrecos, esse pessoal barulhento.

Meus olhos se voltam mais uma vez para os cervos.

— Eles são obras de arte.

— Eu amo vê-los assim. São muito nervosos e têm um talento sem igual para se esconder. Parece que conseguem sentir o cheiro de humanos a cem metros de distância.

Ficamos observando mais um tempo, mamíferos camuflados e curiosos em nosso pequeno ninho de arbustos. Então Callie sorri para mim, um sinal silencioso para continuarmos andando.

17

Callie

Continuamos conversando, mal parando para respirar, caminhando lado a lado no trecho em que a trilha se amplia e então faz uma volta para abraçar o rio.

Conto a Joel sobre meus pais, em que trabalham — minha mãe é costureira, meu pai é oncologista. Ele pergunta há quanto tempo gosto de pesquisar natureza, e respondo que praticamente a vida toda. Foi meu pai que me trouxe a Waterfen pela primeira vez, que abriu um espaço em sua horta só para mim. Ele sorria quando minha mãe pirava ao me ver adotar invertebrados do jardim, me acalmava quando inevitavelmente eu caía no choro por ter que me despedir deles. Ele me ensinou como distinguir sapos de rãs, apontou as diferenças entre os urubus e os gaviões tão alto no céu. De manhã cedo, no verão, nós nos sentávamos juntos no jardim e ele narrava a orquestra matinal para mim, do primeiro ao último pássaro. Nós fazíamos hotéis para insetos e casas para porcos-espinhos, secávamos flores e coletávamos espécimes no lago, preparávamos adubo para minhocas e tatuzinhos-de-jardim.

Descrevo o diploma que nunca usei, conto para Joel sobre a vaga de guarda assistente aqui para a qual ainda não me candidatei. Postaram a vaga no site algumas semanas atrás, e o prazo para o envio de currículos é esta sexta-feira.

Ele me pergunta o que está me impedindo de me candidatar.

Penso nisso por um momento.

— A ideia da mudança, talvez. Sinto que estamos todos mal nos recuperando, depois do que aconteceu com a Grace. E o trabalho é temporário, então não tem nenhuma garantia a longo prazo.

— Mas vale a pena?

Faço uma careta.

— Acho que não gosto de correr riscos. Meus pais sempre foram muito… sensatos, sabe? É por isso que nunca viajei muito, provavelmente. Ficar no mesmo lugar sempre pareceu, de alguma forma, mais seguro. Tipo… se você não correr atrás dos seus sonhos, não vai se sentir mal se não conquistá-los.

— Cuidar do café deve ter sido um risco — comenta ele, baixinho. — Deixar seu emprego antigo depois de tantos anos.

Ele tem razão, foi mesmo, mas todos os pensamentos naquela época estavam distorcidos pelo luto. Eu mal considerei o medo, porque a tristeza era tão pior — quase como uma insanidade. E concordar em trabalhar no café pareceu uma forma de honrar Grace — uma aposta, fazer algo só por fazer. Porque era assim que ela vivia.

Continuamos pela trilha. Joel está tão bonito hoje, protegido do clima por um casaco de lã escuro e um cachecol. Ele combina com o inverno, acho, com tantas camadas e seu charme discreto, com suas complicações sutis.

Enquanto caminhamos, eu me pergunto se ele foi batizado em homenagem a alguém, como por exemplo Billy Joel, e ele diz que não, claro que não, isso seria loucura, antes de me fazer a mesma pergunta — só que, compreensivelmente, ele não consegue pensar em ninguém famoso chamado Callie.

— Na verdade — digo —, meu pai sugeriu me batizar de Carrie em um jantar, enquanto minha mãe ainda estava grávida. Eles estavam conversando sobre nomes, mas é claro que meu pai estava com a boca cheia na hora. — Abro um sorriso. — Torta de chocolate, aparentemente.

— Ela achou que ele tinha falado Callie?

Confirmo.

— E minha mãe amou tanto que ele não teve coragem de contar a ela. Então ficou Callie. Só revelou isso quando fiz 18 anos… Ele fez um discurso no meu aniversário, no meio do restaurante. E eu tinha pedido torta de chocolate em vez de bolo.

— Provavelmente essa é a melhor história de nomes de bebê da história.

— Obrigada. Também acho.

Pergunto a Joel sobre sua família, e morro de pena quando ele revela que sua mãe faleceu quando ele só tinha 13 anos. Ele não dá muitos detalhes quando pergunto, só conta que ela teve câncer e que eles eram muito próximos.

Caminhamos mais um pouco até que, por hábito, paro embaixo do velho salgueiro.

— Eu e Grace passávamos horas nessa árvore quando éramos crianças. Sabe, quando você está lá em cima…

— … dá para espiar o mundo sem que ninguém saiba que você está ali.

— Você também fazia isso?

Quando ele assente, sinto o calor de uma nova conexão, um calor surgindo na barriga.

— Bom… — diz Joel depois de um momento. — Dizem que o melhor lugar para apreciar fogos é do alto.

Então subimos juntos, vergonhosamente sem jeito, até alcançarmos os ombros largos do salgueiro, onde mostro a ele as iniciais que marquei no tronco junto com Grace. Além do nosso esconderijo particular, a piromania da Noite da Fogueira ainda dança no horizonte, explosões de pólvora soando como os passos de um gigante.

Ficamos olhando os fogos por talvez vinte minutos até o que silêncio finalmente toma a noite e o céu volta a dormir.

Estamos nos preparando para descer quando uma coruja surge das sombras, sua trajetória pálida tão encantadora quanto a de um floco de neve. Observamos ela planar até subir no ar repentinamente e sumir como vapor atrás das árvores.

Na noite seguinte, volto ao apartamento depois de jantar na casa de Esther e encontro uma caixinha de papelão branco no capacho. Dentro há uma fatia de torta de chocolate de uma confeitaria siciliana no centro que amo, mas é cara demais. Tem também um recado rabiscado.

Sua história me fez sorrir.

J

P.S. Não sabia se tinha o direito de dar minha opinião ontem à noite, mas, por favor, se coloque em primeiro lugar. Se candidate ao emprego.

18

Joel

A torta de chocolate foi um erro. Sei disso agora. Passando pela confeitaria, escolhendo a fatia mais bonita, observando enquanto a embalavam. Meu coração passou o tempo todo disparado, eu nem parei para pensar.

Eu só quero fazer coisas boas para ela. Fazê-la sorrir, sentir-se melhor por um momento. Nem sei por quê. Mas me sinto assim desde o primeiro momento em que nos conhecemos.

Então fiquei decepcionado quando ela não atendeu a porta. Fiquei chateado por ter que deixar um recado.

Só me dei conta da verdade minutos depois, já em casa. Eu me lembrei de que, se tivesse um pingo de decência, jogaria o que quer que estivesse se desenrolando entre nós ao vento. Porque nada mudou desde que minha mãe morreu, desde que Vicky me deixou ou desde que terminei com Kate. Nada nunca vai mudar.

Mas a verdade é que estamos separados apenas por algumas tábuas de assoalho. E na manhã seguinte, bem quando estou considerando se deveria me esforçar mais para manter distância, ouço uma batida na porta.

Fico parado no meio da sala, pronto para atender. Mas aí me lembro de todos os motivos para não fazer isso e fecho os olhos. Espero que ela vá embora.

Caminhando com os cães pelo parque no meio da tarde, entro em contato com meu pai para avisar que não posso almoçar lá no domingo.

Sinto um nó na garganta quando mando a mensagem. Mais um relacionamento sendo destruído porque sei demais. Mais um momento que nunca poderei retomar.

Repasso tudo aquilo em minha memória. Imagino seu rosto quando ele dizia aquelas palavras.

Você nem é meu filho! Eu nem sou seu pai!

Será que é por isso que nós nunca nos demos bem? Por isso que sempre me senti uma decepção de alguma forma? Sempre pareceu que Doug era o filho que ele esperava, o que por um tempo considerei ter a ver com suas paixões compartilhadas. Tudo, de ferromodelismo e carne vermelha a rúgbi e números (Doug assumiu a firma de contabilidade depois que meu pai se aposentou).

Mas talvez, pela primeira vez, haja um indício de que é algo mais profundo.

Estranhamente, faria sentido se fosse verdade. Embora isso trouxesse à baila outra pergunta revolucionária: quem é, e onde está, meu verdadeiro pai?

19

Callie

Na manhã depois de encontrar a torta de chocolate, cometi o erro de mencionar isso para Dot. Ela fica toda animada, pensando em mil táticas e estratégias, a autodeclarada comandante da minha vida amorosa.

Mas não quero usar táticas com Joel. Eu precisava disso para lidar com Piers. Com ele, sempre havia alguma complicação, mesmo nos bons momentos — era como queimar a língua em algo delicioso ou experimentar uma roupa maravilhosa só para se sentir meio gorda nela.

Por outro lado, estar com Joel é sempre tão simples, tão agradável. Ele me aquece em vez de me deixar fria. Além disso, desde a noite em que o ouvi com Melissa, não tive dúvidas de como deve ser incrível na cama.

Parei no apartamento dele antes de ir para o trabalho hoje de manhã, mas quando bati não tive resposta nem ouvi movimento lá dentro. Então enfiei um cartão por debaixo da porta.

Dizia somente:

A torta de chocolate me fez sorrir (bastante). Obrigada.

C

P.S. Mandei meu currículo.

20

Joel

Steve me convidou para tomar algum suco saudável com ele. Já me convidou três vezes. Para ser sincero, é o tipo de convite que normalmente eu recuso, mas ainda estou me sentindo culpado pelo modo como as coisas ficaram entre nós. Então, alguns dias depois da Noite da Fogueira, eu o encontro na lanchonete da academia em que ele trabalha. Espero que isso já seja uma forma de penitência por si só.

Eu tinha razão. Um alto-falante acima de nós cospe uma enxaqueca constante de música techno do tipo que já me fez fugir de boates. E isso sem nem contar quando Steve me entrega um copo contendo o que estranhamente parece sopa de tomate.

— O que é isso?

Estou bem cansado hoje e espero que, apesar dos pesares, tenha alguma cafeína nesse troço.

— Suco de laranja com cenoura e beterraba. Couve. É detox — explica ele, como se isso justificasse o fato de que liquefizeram legumes crus e serviram o resultado para ele ao custo de quase cinco libras.

Ainda assim: penitência.

Passamos uns dez minutos contando as novidades. Ele me mostra fotos da casa nova no celular. Depois me lembra de que Poppy faz um ano logo depois do *Réveillon*, conta que Hayley está se dando bem no trabalho. É difícil, enquanto ele fala, não me distrair com seus bíceps. Vejo os músculos estremecendo por baixo da pele, como se não conseguissem ficar tanto tempo longe dos pesos.

Eu me sinto extremamente deslocado aqui, de calça jeans, mangas compridas e botas.

Depois de um tempo, Steve guarda o celular.

— E como está sendo com a Callie?

Respondo de forma neutra.

— Legal. Ela é uma ótima vizinha. Parece uma boa locatária.

Penso no seu recado para mim, agora na mesa da cozinha. Em como tem sido difícil pensar nela em termos puramente platônicos nos últimos dias.

— Certo — responde Steve com um sorriso cínico. — Você pode me agradecer depois.

Não digo nada. Infelizmente isso não me deixa escolha e tenho que tomar outro gole de vegetais pulverizados.

— Então, como estão as coisas? Sabe, a vida, trabalho, saúde.

— Nada de novo, na verdade.

— Ainda sem trabalho? — questiona, como se estivéssemos falando de outra pessoa. — Você deve estar gastando todas as suas economias.

Eu resmungo alguma coisa em resposta. É uma questão incômoda, principalmente porque é verdade. Vivi como um monge para juntar esse dinheiro, juntei com uma herança de uma tia-avó. Sou prudente (visitas ao café são minha única indulgência). E tenho sorte por ter um proprietário que é financeiramente iletrado e que só subiu meu aluguel uma vez em dez anos. Mas o dinheiro não vai durar para sempre.

Steve nunca teve problemas para fazer perguntas pessoais, o que em geral atribuí à confiança que deve vir com o físico de gladiador. Mas ele também tem uma personalidade calorosa. Sua simpatia foi exercitada como um músculo extra depois de anos falando com clientes, ouvindo seus problemas enquanto eles fazem infinitos abdominais e tentam não vomitar.

Steve coloca a vitamina na mesa. Esfrega uma mancha inexistente no tampo. Então, do nada, uma granada.

— Eu já comentei que tenho mestrado em neuropsicologia?

Tenho dificuldade para responder que não, ele nunca comentou.

— O que eu quero dizer é que… se você algum dia quiser conversar…

Ele abre a porta e a deixa balançando nas dobradiças, mas a paisagem além é fria e incerta.

— Por quê? Quer dizer, se você é neuropsicólogo, por que trabalha aqui?

— Preciso ter um motivo?

Olho para Steve, quase explodindo a regata à minha frente. Então tento imaginá-lo usando um jaleco, mas não consigo.

— Sim — digo, incrédulo. — Precisa, na verdade.

Ele só dá de ombros.

— Entrei numa academia para conseguir lidar melhor com o estresse dos estudos, então me dei conta de que gostava mais de fazer isso do que da faculdade. Aí comecei a treinar algumas pessoas em meio-expediente durante o ph.D. e senti que tinha nascido para fazer isso.

Jesus. Um ph.D.

— Você é doutor?

Por que a correspondência dele nunca mostrou isso, nunca me alertou para essa situação de crise?

— Não… larguei depois de três anos. Se bem que às vezes Hayley gosta de me chamar de Doutor…

Ergo a mão para interrompê-lo, então baixo.

— Por que você está me falando isso agora?

— Achei que você fosse querer saber.

— Querer saber ou querer pedir seus serviços?

Do nada, o esgar do médico da faculdade surge na minha mente. Ainda consigo ver sua expressão como se estivesse sentado bem à minha frente. O olhar de esguelha, o escárnio. A irritação inexplicável.

Steve balança a cabeça.

— Não, nada disso. Eu não sou terapeuta. Mas acho que só queria dizer que, caso você queira conversar, posso compreender mais do que você imaginaria. Sei mais do que só fazer flexões.

Não posso dizer que o julguei. Mas não necessariamente chutaria "especialista em cérebros" se ele me pedisse para adivinhar sua carreira anterior.

— Você se arrepende?

— De quê?

— De não ter continuado estudando.

— Nunca. Não teria conhecido Hayley, não teria Poppy. — Ele olha em volta para a lanchonete. — E isso é muito melhor que uma carreira em um laboratório qualquer. Ainda consigo fazer a diferença na mente das pessoas. Só que de forma mais direta.

— Por que você nunca me chamou para treinar com você?

(Estou mais curioso do que qualquer outra coisa.)

— Acho que você nunca me pareceu o tipo que puxa ferro.

— Eu faço caminhadas — reclamo.

— Sem ofensa, Joel, mas minha avó também.

— Bom, mas motivar as pessoas não é parte do trabalho?

Já vi Steve no parque, gritando para os alunos que a dor é só a fraqueza saindo do corpo.

— Mesmo assim, você tem que querer fazer isso.

Olho para a minha sopa de tomate pela metade. Se Steve já pensa que sou um caso perdido, então essa porcaria cor de abóbora pode ficar no copo.

— Olha, cara. Eu só queria dizer que, se você precisar de alguma coisa...

— Na verdade, tem uma coisa que você poderia fazer para me ajudar.

Quero pedir a ele um favor que tem a ver com Callie.

Saio da academia logo depois, desorientado e meio exposto. Como se tivesse perdido camadas de mim no vento invernal. Como um cachecol que saiu voando e eu nunca vou recuperar.

No caminho de volta para casa, penso no que Steve me contou. Ele estava indo em determinada direção, mas arriscou tudo com uma coisa que poderia fazê-lo feliz.

Para mim, essa coisa é ter conhecido Callie. Ela me deixa feliz quando a vejo em casa ou no café. Não quero parar de estar com ela. Ela desperta partes de mim que eu tinha esquecido que existiam.

Melhor tê-la como amiga do que não tê-la na minha vida. Mesmo que, em outras circunstâncias, isso pudesse se tornar algo mais.

Universidade. Uma época em que estudos intensos, relações sociais claustrofóbicas e períodos de total insônia estavam acabando com a minha mente já confusa. Eu perdia aulas ou aparecia totalmente exausto. Meu diploma parecia em risco, e eu mal tinha começado a estudar. Algo precisava mudar.

Então, quando comecei o segundo período, decidi marcar uma consulta médica.

Levei alguns meses para reunir a coragem. O acidente de Luke e a morte da mamãe ainda pesavam na minha consciência, como se eu temesse que pudesse ser responsabilizado retroativamente. Ou talvez que fosse diagnosticado com alguma doença mental, afastado contra a minha vontade. (Só podia imaginar a reação do meu pai, rei de não demonstrar emoções, se isso acontecesse algum dia.)

Eu ainda não tinha conhecido o clínico geral da universidade. Ele era velho, o que teria sido tranquilizador se não parecesse tão impaciente antes mesmo de eu me sentar.

O consultório era escuro, abafado por persianas verticais. Tinha um cheiro clínico. De desinfetante e desinteresse.

— Insônia — foi seu resumo lacônico da história que passei dois minutos afobados dividindo com ele.

A essa altura eu estava animado, esperançoso, simplesmente por ter passado pela porta. Certamente agora eu receberia a ajuda que desejava tão desesperadamente. Talvez ele até soubesse de uma cura.

— Isso — respondi. — Por causa dos sonhos. Minhas premonições.

Ele parou de digitar, semicerrou os olhos. Acho que não queria registrar essa parte. Um sorriso breve despontou em seus lábios, ressecados de uma forma que certamente alguns cremes resolveriam.

— Você tem amigos, sr. Morgan?

— Perdão?

— Você tem amigos aqui ou tem dificuldade? Para se entrosar?

A verdade era que eu sempre tive dificuldade. Eu me mantive distante dos outros garotos na escola depois do que aconteceu com Luke. Virei um solitário. Meus sonhos tomaram o espaço mental necessário para socializar, então conseguia contar nos dedos de uma das mãos os amigos que fizera na faculdade. Mas esse era a porcaria do sintoma, não a causa. Com certeza um médico, mais do que qualquer outra pessoa, conseguiria diferenciar isso.

— Drogas? — continuou ele quando não respondi.

— Se tiver alguma coisa que possa funcionar, estou disposto a tentar.

Um sorriso condescendente.

— Não. Estou me referindo a drogas recreativas. Você usa algo?

— Ah. Não. Nunca.

Ele me encarou, totalmente descrente.

— E não usa nenhuma medicação.

— Não. — Eu tentei explicar de novo. — Olha, eu sonhei que a minha mãe ia morrer. E aí ela morreu. Ela morreu de câncer.

Essas palavras pareciam presas na minha garganta.

— Ar fresco — interrompeu ele, como se eu não tivesse falado nada. — Faça exercícios, pare de beber, tome isso aqui. — Ele rabiscou uma receita e me entregou.

— Eu faço exercícios e quase não bebo...

— São para a insônia. Não deixe de ler a bula.

— Mas a insônia... — insisti, trêmulo — ... não é o problema de verdade. É mais um efeito colateral.

Ele se ajeitou na cadeira e pigarreou.

— Você conseguiu se sentar na sala de espera, sr. Morgan?

— Consegui, eu...

— Você teve sorte. Às vezes as pessoas precisam esperar de pé. Estudantes ficam muito doentes. — Ele se inclinou para a frente e espetou o bloco de notas com a caneta esferográfica como se estivesse irritado. Como se eu tivesse quebrado uma regra óbvia para todo mundo, menos para mim. — Só consigo lidar com *um problema por consulta.*

A expressão no seu rosto era de total desdém. Me queimou por dentro como ácido.

Não sei o que foi (dia ruim, problemas pessoais), mas algo na minha presença naquela tarde tinha irritado o médico de verdade. Do nada, me lembrei do meu pai.

A sala ficou em silêncio, evidenciado pelo tique-taque de um relógio na mesa. De plástico branco barato, o logo de uma empresa farmacêutica impresso em roxo.

Mas eu tinha que tentar. Só mais uma vez. Tinha sido tão difícil para mim marcar aquela consulta, reunir a coragem para entrar no consultório. Repetir as palavras que vinha repetindo no espelho do banheiro.

— Será que tem alguma coisa neurológica... Será que tem alguma coisa errada com meu cérebro? Porque as premonições...

Fui interrompido pela sua risada. Uma gargalhada. Por incrível que pareça, aquilo iluminou seu rosto carrancudo.

— Bom, você não consegue prever o futuro, obviamente. Não sei se isso é alguma piada ou alguma aposta que fizeram com você, mas está desperdiçando meu tempo. Fora do meu consultório.

21

Callie

Mais ou menos uma semana depois da Noite da Fogueira, quando vejo Joel logo cedo no café, sei o que vou fazer. Pratiquei bastante como fazer a oferta, mas agora minha boca está seca e estou meio trêmula, o que provavelmente não vai ajudar.

Entrego seu espresso duplo, a xícara tremendo na minha mão.

— Bom dia.

— Oi.

Ele ergue os olhos, que estão cansados, mas seu sorriso é caloroso.

Meu coração é um punho tentando atravessar minhas costelas.

— Eu... recebi um e-mail ontem à noite. Fui chamada para uma entrevista em Waterfen.

Seu rosto se ilumina.

— Nossa, parabéns. Que notícia ótima.

Eu mergulho na próxima pergunta. *Não pense, só fale.*

— Então, aquele restaurante italiano novo perto do rio está bem falado pra caramba. Parece que o espaguete pomodoro deles é excelente. O que você acha de a gente ir hoje à noite, para você me ajudar na preparação para a entrevista?

Ele parece meio surpreso — embora, para ser justa, isso possa ser porque são nove da manhã e tem uma fila no balcão de pessoas esperando seu café para viagem, e eu estou perdendo tempo na mesa dele, falando sobre espaguete.

Então, do nada, a mulher da mesa ao lado se intromete.

— Eu experimentei ontem à noite. Uma delícia. Recomendo demais.

Ela termina com um beijo do chefe na ponta dos dedos.

Quero dar um beijo *nela*. Mas em vez disso só sorrio, olho para Joel e espero, no estômago um embrulho de agonia silenciosa.

Por fim, ele engole em seco e dá a resposta que eu queria.
— Ah, tudo bem. Por que não?

Enquanto esperamos que nos levem até nossa mesa no restaurante, Joel está descrevendo seu passeio vespertino com os cachorros.

— ... então a Sininho... é a maltês... disparou para as latas de lixo. Aí eu saí correndo atrás, gritando o nome dela sem parar...

Ele faz uma imitação rápida. Já estou rindo tanto que estou com lágrimas nos olhos.

— Ela é basicamente um membro de gangue disfarçado de esfregão.

— Membro de gangue?

— Ah, sim! Uma rebelde sem causa.

— Bom, não dá para culpá-la. — Eu seco os olhos com um canto da echarpe. — Quer dizer, para a Sininho você é o cara que está atrapalhando a liberdade dela.

Ele ri.

— Tem razão. Não tinha pensado nisso.

— Ainda não acredito que você passeia com os cachorros dos outros de graça. As donas são, tipo, muito gatas?

— Bom, vamos ver. Tem a Iris... ela tem 85 anos. Mary está chegando nos 90. E vou te contar, se eu fosse cinquenta anos mais velho...

Ainda rindo, ergo a mão.

Eu não devia ter perguntado.

Um garçom se aproxima para nos levar até nossa mesa.

— Perdão. — Joel sorri. — Vou segurar o humor ácido agora.

— Não, por favor — peço. — Eu gosto.

Estou sentindo, penso, enquanto estamos sentados em uma mesa aconchegante num canto escondido. Joel aquece meu coração como sempre... mas, por outro lado, ele às vezes é difícil de ler. Não sei se são bem sinais contraditórios, mas simplesmente não sei se ele me vê como algo mais que amiga. De vez em quando, ao encará-lo, sinto uma atração magnética no fundo do peito e penso que sim, mas aí é como se algo mudasse no cérebro dele, e ele pegasse todos os sentimentos e os escondesse num lugar inacessível.

Além disso, ainda não sei bem qual é o lance entre ele e Melissa. Ele falou em amizade colorida, mas isso pode significar muitas coisas. Quero perguntar, mas não sei se vou ter coragem. Às vezes sinto um distanciamento dele, e a última coisa que quero é ofendê-lo.

— Eu amo tomar vinho nessas garrafas — digo quando nosso garçom traz uma jarra de vinho tinto e duas taças. — Fico me sentindo em um café na beira do Mediterrâneo.

Joel sorri ao servir o vinho e me entregar a taça.

— Aliás, eu queria te agradecer — digo. — Por falar com Steve.

Joel encontrou com ele no fim de semana, explicou a situação com Murphy, resolveu a coisa toda para que eu não tenha que me preocupar em ser descoberta.

— Você já me agradeceu.

Sim, é verdade, agradeci quando ele me contou — mas em frases gaguejadas enquanto meus dutos lacrimais se enchiam de lágrimas.

— Bom, esse é meu agradecimento oficial.

Ele ergue a taça e toca na minha, os olhos brilhando.

— Não, esse é o meu parabéns oficial.

— Parece meio prematuro — confesso. — Ainda tenho que ser chamada para o emprego, e não ajuda que eu seja péssima em entrevistas.

— Eu não acredito nisso nem por um segundo.

— Ah, é verdade. Eu fico tremendo, começo a suar, uma situação. Basta que eles perguntem *Por que você quer trabalhar em uma reserva natural, srta. Cooper?* para que eu provavelmente comece a chorar.

Sinto o olhar de Joel em mim.

— Bom, se isso acontecer — diz ele —, eles vão saber como você é apaixonada pelo assunto.

Embora esteja gelado lá fora, dentro do restaurante está quentinho, e Joel tirou o casaco. Está lindo de braços à mostra, sentado à minha frente, agradável e calmo. Depois de pensar bastante, me decidi por um look clássico e casual — minha melhor calça jeans e a blusa de seda estampada com estrelas que Grace me convenceu a comprar semanas antes de morrer.

Bebo um gole do vinho.

— O que foi que você falou na sua entrevista, quando te perguntaram por que queria ser veterinário?

— Ninguém me perguntou isso. Não no trabalho, pelo menos. — Seu rosto está parcialmente escondido pelo copo. — A entrevista focou mais em especialidades, equipamentos e certificados.

— Mas eles devem ter te perguntado isso durante a faculdade. — Eu cutuco o joelho dele com o meu. — Me conta, por favor. Eu preciso de ajuda!

— Tá bom. Mas não esquece que eu nem sou mais veterinário. Eu não sei de nada.

— Só me conta.

— Bom, eu cresci com muitos animais. Meu pai não era muito fã, mas fazia qualquer coisa para deixar minha mãe feliz. E ela amava animais. A gente teve coelhos, porquinhos-da-índia, patos, galinhas. Eu fazia trabalho voluntário no abrigo de animais, limpando as casinhas. Foi lá que pegamos nosso cachorro, Maroto. Ele era meu melhor amigo. A gente fazia tudo juntos: explorava a mata, passava horas no rio. Ele estava sempre comigo. A gente era inseparável. E Maroto adorava correr. Eu nunca tentava impedi-lo porque ele nunca passava muito tempo longe de mim. Um dia, a gente estava em uma trilha quando ele disparou atrás de um coelho. Isso era normal, mas o problema é que dessa vez ele não voltou. Eu comecei a gritar o nome dele, procurando sem parar, mas... nada.

A voz de Joel fica mais baixa.

— Eu fiquei procurando por ele até a noite cair, depois voltei para casa para chamar minha mãe. — Ele para. — Depois de um tempo a gente o encontrou. Ele tinha tentado atravessar uma cerca de arame-farpado, mas ficou preso. Perdeu muito sangue... Não tinha salvação. Mas foi como se ele tivesse segurado até a gente o encontrar. Lutava para respirar. Ele olhou para mim como se pedisse desculpas por ter corrido. Alguns segundos depois, ele morreu nos meus braços.

Sinto meus olhos úmidos de lágrimas.

— Bom... eu falei que o amava. E fiquei abraçado com ele até seu corpinho esfriar. Foi esse o dia em que eu soube que queria cuidar de animais. A intenção na minha entrevista não era contar nenhuma história triste e dizer que amo animais. Era falar sobre a minha experiência profissional e sobre meus planos para o futuro, que tipo de habilidade traria para a clínica. Mas para mim não tinha outra palavra que explicasse como eu me senti. Qualquer outra coisa seria pouco. Era amor. — Ele solta o ar, depois olha para mim.

Estou sorrindo de leve, embora meu coração esteja partido.

— Me parece que você ainda é um veterinário, afinal.

Comendo massa e ciabatta, Joel dá uma olhada no restaurante.

— Olha, eu imagino que a Itália seja... totalmente diferente desses charmosos afrescos falsos.

Dou risada. Eles até que não se saíram mal, mas os templos pintados com estêncil e piazzas falsas não são de dar inveja a nenhum Michelangelo.

— Você deveria colocar Roma na sua lista — comenta ele, arrancando um naco de pão e mergulhando no azeite. — É uma das cidades mais verdes da Europa, parece.

— Na verdade, eu já fui para lá uma vez. E é bem linda mesmo.

— Férias em família? — pergunta Joel simplesmente.

Tenho a sensação de que ele está oferecendo uma resposta errada com a esperança de trocá-la pela correta.

— Não, eu fui com meu ex-namorado, Piers.

Joel bebe um gole do vinho e não comenta.

Tento pensar no que falar, em como descrever uma viagem que foi ao mesmo tempo incrível e torturante.

— Eu só... passei muito tempo explorando a cidade sozinha, nos parques e ruínas, caminhando pelo rio. Encontrei um jardim de rosas incrível... — Relembro aquele dia de céu azul, como o ar pesado com o perfume das flores. — Sabe, Piers mal saiu do hotel. Ele passou quase o tempo todo na piscina. Nós éramos opostos, na verdade. Ele era meio playboy, meio exagerado. A viagem para Roma foi nosso terceiro encontro. A ideia foi dele, não minha.

Joel sorri.

— Exagerado mesmo.

— Ele atraía drama, entende? Se metia em brigas, se endividava. Desaparecia de vez em quando. Estava sempre brigando com alguém, pulando de crise em crise. No começo eu pensei que deveria tentar sair com alguém totalmente diferente do meu tipo... — Hesito por alguns instantes. — Foi um erro. No fim das contas, não é à toa que a gente tem um tipo.

Joel enrola o espaguete no garfo, o rosto mergulhado em pensamentos.

— Você quer dizer que é melhor não arriscar?

Por um momento não sei bem como responder.

— Ou pelo menos é melhor evitar dramas, acho. É.

Algo surge no seu rosto, algo que não consigo identificar, mas desaparece tão rápido quanto surgiu.

22

Joel

Quando voltamos do restaurante ontem à noite, brinquei com a ideia de chamar Callie para um café. Cheguei a ficar com as palavras na ponta da língua.

Mas, no último segundo, desisti.

Callie disse que não está interessada em drama: outro alerta para mim de todos os motivos para não levar isso adiante. Durante toda a minha vida, meus dias e humores seguiram o ritmo ditado pelos sonhos, em altos e baixos. Como Vicky um dia comentou, eu sou o exato oposto de estável, a antítese de constante.

Então deixo as palavras se dissolverem, doces, mas passageiras, como *sorbet* na língua.

Na hora de me despedir eu fiz uma confusão, é claro. Fiquei sem saber o que fazer, então tentei dar dois beijinhos no rosto, pegando tanto Callie quanto eu mesmo de surpresa. Terminei gaguejando alguma coisa inexplicável sobre o continente enquanto nossos narizes colidiam.

Tenho me mantido escondido desde então.

Fui à casa do meu pai, na esperança de descobrir a verdade sobre meu sonho. Por sorte, ele passa as sextas do outro lado da cidade, imerso no seu hobby de marcenaria. Volta para casa coberto de serragem e pó, cheirando à lenha.

Uma vez sonhei que ele ia cortar o dedo em uma serra, então logo depois dei de presente luvas anticorte para ele. Tudo deu certo no fim, porque meu pai chegou à idade em que troca de luva toda hora. De couro para dirigir, de látex para encher o tanque do carro. De borracha para fazer limpeza, e outras, mais longas, para esfregar o vaso sanitário.

Ele guarda as caixas de coisas da minha mãe no antigo quarto de Tamsin. Raramente mexi nelas desde que passaram a existir, e agora lembro o motivo.

Meu pai dividiu quem minha mãe era em categorias. Talvez ele tenha precisado fazer isso. As pessoas falam que o luto é um processo, e ele processou isso à exaustão. *ROUPAS. LIVROS. SAPATOS. VARIADOS. DOCUMENTOS.*

Eu me sento com meu café e pego a caixa de *VARIADOS*. Preciso trabalhar rápido: como eu, meu pai tem rotinas e hábitos bem confiáveis, mas como bom pseudoguardinha, ele é ótimo em pegar as pessoas com a boca na botija.

A caixa está cheia de fotografias presas com elásticos, artigos velhos que ela recortou de jornais ou revistas. Ingressos de cinema e pequenezas, como a bandeja de vidro que meu pai lhe deu de Natal uma vez. Caixinhas de joias, até alguns frascos de perfume. (Não ouso tocar neles, muito menos pegá-los. Tenho pavor de reencontrar o cheiro dela, sentir o calor de seus braços em volta de mim de novo. Durante a quimioterapia, a pele dela ficou sensível demais para o perfume, e minha mãe sempre falava que não se sentia a mesma sem ele. Por muito tempo depois da sua morte, a casa também não parecia igual. Não quando o beijo de sua fragrância se extinguiu permanentemente.)

Folheio as fotografias. Na maioria, fotos de família que não entraram nos álbuns que ficam lá embaixo. Nenhuma delas me dá pistas. Então me volto para a caixa denominada *DOCUMENTOS*. Acho que estou imaginando uma certidão de nascimento ou uma pilha de cartas. Qualquer ligação com meu passado. Mas nada. Só resmas de correspondência bancária e contratos de seguros, um bolo imenso de cartas do hospital. É estranho ver a primeira, uma carta de um consultor para o clínico geral da mamãe, confirmando os resultados da biópsia.

Algumas palavras em uma página, e a vida de todos nós mudou para sempre.

Olho para o meu caderno de novo, para as palavras que meu pai me disse no sonho. A tristeza se embola e ferve dentro de mim, ainda mais potente por conta das memórias que estou remexendo.

Então, lá embaixo, uma porta bate.

— Joel?

Minha irmã. Eu relaxo.

— Oi — grito.

— Vi seu carro.

— Peraí.

Enfio as coisas de volta nas caixas e deixo-as onde estavam, no carpete. Desço as escadas rapidamente para encontrá-la. Sinto um fortalecimento dentro de mim quando nos abraçamos, lembrando a notícia que ela nos dará ano que vem. Ajuda um pouco pensar em uma vida nova quando mais uma vez estou mergulhado na perda.

— Não era para você estar no trabalho?

— Hora do almoço — explica ela, e levanta uma bolsa retornável. As mangas da blusa fúcsia estão enroladas até os cotovelos. — Só colocando algumas coisinhas na geladeira.

— Tipo o quê?

— Coisas que ele pode esquentar.

Eu olho para minha irmã sem acreditar.

— Há quanto tempo você faz isso?

— Não é nada de mais.

Ela me dá as costas e vai para a cozinha. Abre a geladeira, começa a encher de potinhos plásticos.

— Desde que você saiu de casa?

Ela dá de ombros.

— Ah, acho que sim. Acho que começou nessa época, e eu só… nunca quis parar. Parecia meio maldade.

Já vi esses potes aqui tantas vezes. Sempre supus que meu pai fosse meio neurótico com a alimentação. Eu nunca tinha pensado em perguntar.

É uma coisa que os filhos fazem, tomar conta dos pais conforme eles envelhecem. Será que eu nunca tinha pensado em perguntar porque em algum nível senti que havia algo errado?

Uma onda desesperadora de tristeza. Sinto isso fisicamente, sempre que olho para Tamsin. A gente pode ser só meio-irmão: é por isso que somos tão diferentes? Tamsin e Doug com seus cabelos cor de ferrugem e olhos da cor do céu do verão, e eu, olhos e cabelos escuros como sua sombra. Às vezes as pessoas comentavam quando eu era mais novo, mas minha mãe sempre me acalmava dizendo que ela também era totalmente diferente da irmã. Para mim isso era uma explicação plausível. Então só aceitei, transformei isso na minha resposta padrão quando alguém me enchia o saco. Nunca mais pensei a respeito.

Tento acalmar minha mente com imagens mais felizes. Como a performance incrível de Amber na futura peça do colégio. E a bicicleta que ela vai ganhar de Natal, que nem Tamsin nem Neil compraram ainda.

Enquanto Tamsin termina de organizar a geladeira, tento me concentrar.

— Ei, Tam. Você sabe de alguma história estranha entre o papai e a mamãe?

— Como assim, estranha? — Ela se levanta.

Suas sobrancelhas franzidas me fazem pensar em como sou egoísta. Não posso deixar que ela pense que encontrei qualquer evidência de um caso ou algo assim. Não antes que eu tenha provas, é claro.

— Nada, esquece. Eu deveria ter ficado quieto.

— Sabe — diz ela, reflexiva, os pensamentos claramente distantes —, às vezes eu penso que a gente deveria incentivar o papai a namorar.

Forço um sorriso.

— Não consigo imaginar o papai baixando a guarda o suficiente para isso.

Ela sorri de volta.

— Conheço outra pessoa bem assim.

Eu troco o peso de uma perna para a outra.

— Eu *quero* que você encontre alguém. — Ela se aproxima de mim e aperta meu braço. — Você é tão maravilhoso.

— E você é tão suspeita. De qualquer forma, eu estou solteiro e feliz.

Quanto mais falo isso, mais chance de começar a acreditar.

— Eu quero que você encontre seu amor verdadeiro.

Tamsin parece mais determinada nessa questão do que eu gostaria.

— Não tenho interesse em amor verdadeiro. Sério.

— Bom, mas você deve querer conhecer alguma garota, pelo menos. Doug diz que você é praticamente celibatário.

Eu conheci uma garota, Tam. E ela é charmosa e encantadora, tão linda quanto uma borboleta. Mas tem muitos motivos pelos quais isso nunca vai funcionar.

— Doug diz muita coisa.

— Então não é verdade?

Não tenho nenhuma vontade de entrar em detalhes com minha irmã mais nova sobre minha relação com Melissa.

— Olha, só para você saber? A gente não vai falar sobre isso.

— Já faz muito tempo desde a Vicky.

Até pensar no rosto de Vicky me faz lembrar de como seria injusto arrastar Callie para meu furacão de problemas.

— A Vicky está melhor sem mim.

Tamsin insiste.

— Já te falei da Beth? Ela trabalha comigo e é uma graça. Posso te apresentar…

Enquanto Tamsin continua elogiando a tal Beth, meu celular apita. Uma mensagem simpática de Callie falando de uma encomenda que ela recebeu por mim. Com emojis. Estou aliviado por saber que o fiasco dos dois beijinhos de ontem não fez com que ela desistisse totalmente de mim.

Dou um beijo na bochecha da minha irmã.

— Te amo, Tam.

Eu saio da cozinha e subo as escadas de novo.

— O que exatamente você está fazendo aqui mesmo? — grita ela lá de baixo.

— Pesquisando — resmungo, seguro por saber que ela provavelmente não consegue me ouvir.

23

Callie

Já se passou uma semana desde meu jantar com Joel, em que ele me fez chorar com a história do Maroto. Mantive aquele momento em mente durante minha entrevista em Waterfen ontem, lembrei o que ele falou sobre paixão.

Estou fazendo compras no centro quando recebo a ligação e tenho uma conversa que me deixa nas nuvens de tanta alegria.

Meu plano era dar um pulo no apartamento e pelo menos passar uma escova no cabelo, mas, quando chego em casa, a vontade de bater na porta de Joel é simplesmente forte demais.

Ele está pingando quando atende, usando só uma toalha em volta da cintura. Gotas de água se espalham como orvalho pela pele ensaboada.

Eu perco a concentração, tentando focar no que vim aqui lhe contar.

— Desculpa — diz ele, antes que eu consiga falar. — Eu queria atender a porta antes que você…

— Joel, eu consegui.

— Conseguiu o quê?

— Fiona acabou de ligar. Eu consegui o emprego em Waterfen. Um contrato de um ano.

— Callie, que incrível. Parabéns.

Quando nossos olhos se encontram — só por um instante, até ele dar uma risadinha sem graça e baixar o olhar para o chão —, percebo o quanto gosto dele, o suficiente para não me importar se essa é a coisa certa a fazer.

Ele ergue o rosto quando eu dou um passo à frente. Nós hesitamos por um momento, os rostos tão próximos que quase encostamos o nariz. Meu sangue está fervendo. Dá para medir meus batimentos cardíacos em kilowatts. Agora fico na ponta dos pés para beijá-lo — ele corresponde o beijo, devagar no início, como uma pergunta, mas então com mais força e certeza quando nossas bocas se encaixam. Sinto o calor da mão dele no meu cabelo, e agora estamos ainda mais próximos, seu corpo quente e firme contra o meu, molhado do chuveiro. Sinto ele estremecer de prazer e por pitadas de segundos só consigo pensar no gosto dele, na pressão úmida dos seus lábios nos meus, na doce tensão do cheiro do seu sabonete.

Depois de um tempo, eu me afasto para respirar.

— Desculpa — murmura ele, olhando para a minha camiseta, agora úmida por causa da sua pele molhada.

Começou a chover lá fora, uma percussão reconfortante contra os carros e as pedras das calçadas, as árvores nuas.

Eu sorrio e mordo o lábio.

— Tudo bem.

— Callie, eu... — Ele abre a porta um pouco mais para me deixar entrar. — Será que você pode esperar tipo cinco minutos? Acho que é melhor eu me vestir.

De repente me sinto tímida. Meu coração está disparado, batendo com força.

— Eu tenho que soltar o Murphy de qualquer maneira. Vou fazer isso então.

Ele assente.

— Vou deixar a porta destrancada.

24

Joel

Estou encarando meu rosto no espelho do banheiro, o portal que abri na superfície embaçada já se fechando lentamente.

Tenho dificuldade para recuperar o fôlego, como se alguém tivesse apertado meus pulmões com toda a força.

Quero impedir isso, mas não consigo. Não tenho mais forças para lutar contra isso. Eu gosto demais dela.

Eu me debruço na pia e abaixo a cabeça. A ideia de ficar com Callie... parece natural e inescapável. Como o primeiro dia de céu azul na primavera. Uma mudinha surgindo no chão da floresta.

E aquele beijo... Bem, eu já revivi aqueles momentos inúmeras vezes no espaço de meros minutos.

Mas ainda me sinto sem chão. Perdido e inseguro. Penso mais uma vez no juramento que fiz muitos anos atrás para proteger meu coração e minha sanidade.

E o coração dela? E a sanidade dela?

Olho para cima, encaro o que resta do meu reflexo. E é agora que vem... o reflexo que me treinei para ter, como um freio no meu cérebro. Penso em como ela me conhece pouco. Penso na expressão em seu rosto quando eu lhe contar tudo.

Mesmo assim... nem toda a lógica do mundo é capaz de superar aquele beijo. E é por isso que, quando a campainha toca enquanto me visto, eu corro até a porta.

Porque, apesar de tudo, cinco minutos sem Callie já parece tempo de mais.

Eu pego o interfone.

— Oi.

— Oi, gato.

Meu coração afunda no chão, buscando um esconderijo.

— Melissa?

Ela dá uma risada.

— Joel.

— O que você...?

— Não acredito que você esqueceu.

Sinto um arrepio. Apoio a cabeça na parede ao lado do interfone. *Por favor, por favor, não seja o aniversário dela.*

— Você não vai me deixar entrar? Está chovendo canivetes.

Fecho os olhos. *Eu quero mesmo ser esse cara?*

— Foi mal. Peraí.

Aperto o botão para deixá-la entrar, pelo menos para me explicar.

Não vejo Melissa desde o Halloween, quase um mês atrás. Me lembro vagamente dela mencionando o aniversário quando começamos a nos beijar naquela noite, entrando na nossa rotina familiar. Tem até uma chance de eu ter murmurado algo sobre ela vir para cá hoje. Isso é tudo culpa minha.

Abro a porta do apartamento.

— Mas que ventania, né? — comenta ela no corredor, e baixa o capuz.

Tira o casaco. Sua pele está bronzeada como se tivesse tirado férias de verão.

Balanço a cabeça.

— Desculpa. Na verdade, eu... tenho outros planos.

Até dez minutos atrás isso não era estritamente verdade. Então me sinto duplamente desonesto.

— Outros planos... você quer dizer uma garota?

Meus olhos confirmam.

— Mas você me deixou vir até aqui e nem falou nada?

— Eu esqueci — admito finalmente. — Sinto muito.

Ela não diz nada. Por um momento, acho que vai começar a chorar. Nunca vi Melissa chorar, algumas vezes até me perguntei se ela sabe chorar.

Melissa se recupera por um segundo.

— Bom, eu posso pelo menos entrar para fazer xixi? Estou apertadíssima.

— Claro, desculpa. Claro que sim.

E é enquanto dou um passo para o lado, sem pensar, para deixá-la entrar no meu apartamento, que olho para cima. Callie está no topo das escadas, paralisada como um cervo assustado, com Murphy aos seus pés.

Mas, antes que eu possa abrir a boca para chamá-la, ela desapareceu.

PARTE DOIS

25

Callie

Me diz que fica mais fácil. Sentir sua falta. Eu achei que ficaria, mas parece pior a cada dia.

Quero ouvir sua voz na vida real, não só na minha cabeça. Quero rir com você e beijar você. Quero te contar todas as coisas que tenho feito. Quero você me abraçando, seu rosto junto ao meu.

Mas sei que escrever isso é o mais perto que vou chegar de ter uma conversa com você. Então por enquanto vou fingir que você está aqui ao meu lado, que estou falando com você. Talvez isso ajude, talvez me impeça de querer ver você, só mais uma vez.

Queria tanto que você estivesse aqui, tanto. Sinto sua falta, Joel, mais do que sou capaz de suportar.

26

Joel

Melissa está no banheiro com a porta entreaberta, fazendo um discurso qualquer. Enquanto isso dou voltas pela sala, desesperado para subir as escadas e dizer a Callie que não é o que parece. (Até me pergunto se vou sequer ter tempo para isso, até Melissa terminar o que deve ser o xixi mais longo da história.)

— ... Quer dizer, você nunca esquece nada. Nunca esqueceu. Você decorou o aniversário da minha *mãe*, sabe?

Finalmente, a descarga, a pia do banheiro.

— Então... quem é a garota?

Ela para na porta do banheiro e cruza os braços. Meu coração dá um pulo ao observar a elegância do seu vestido, os cachos que ela fez no cabelo.

— É a menina aí de cima, né? A do mercado. Eu sabia que você gostava dela quando ficou todo irritado comigo.

Penso em Dominic, o cara com quem ela meio que estava saindo no início do mês. Não quero chamar a atenção dela para mim, exatamente, mas o meu acordo com Melissa sempre foi só isso: um acordo.

— Por que... por que você está tentando fazer eu me sentir mal?

— Não estou tentando fazer nada. Talvez você só... se sinta mal.

— Sinto muito, Melissa.

— Então agora tenho que dirigir nessa tempestade horrível de volta para Watford?

Uma lufada de vento e chuva atinge a janela, como um aplauso sarcástico tentando zombar de mim.

Encaro Melissa e penso em todas as vezes em que ela atravessou a M1 para me ver. Penso em como nunca fiz o mesmo, porque odeio sair de casa. Penso em como ela aceitou todas as minhas esquisitices, raramente questionando meu comportamento.

Independentemente de nosso acordo, Melissa sempre me deu muito mais do que eu dei a ela.

Suspiro.

— Claro que não. É claro que você pode ficar. Eu só preciso...

Ela dá um sorriso irônico.

— Não deixe a menina no vácuo só por minha causa.

Um momento se passa.

— Olha, Melissa... Nada pode acontecer hoje. Entre nós dois.

Seu sorriso aumenta, como se eu tivesse falado alguma coisa fofa.

— Ah, você está sendo todo certinho e tal.

— Longe disso. — Eu baixo os olhos para meus pés.

— Achei que você nunca fosse ter um relacionamento. Achei que você nunca fosse querer se amarrar.

— É verdade, mas aí... — tento dizer, mas minha voz falha, e eu a encaro num ângulo errado.

Uma longa pausa.

— Bom, ela deve ser mesmo muito especial — é tudo que Melissa diz.

Então acende um cigarro e vai para a cozinha servir uma taça de vinho.

27

Callie

Depois que fechei a porta para aquela cena, me embrulho no meu cardigã de lã mais confortável e faço uma trança no cabelo. Em seguida, sirvo uma dose pequena de uísque na minha caneca de aves marinhas da Escócia — a coisa limpa mais próxima —, tentando sentir a ardência ao virá-lo de uma vez.

Então, uma batida na porta.

Eu abro cautelosamente.

— Sinto muito, Callie. — Joel parece arrependido. — Eu não tinha ideia de que ela vinha para cá.

Ele vestiu uma calça jeans e camiseta, o cabelo bagunçado como se ele só tivesse passado uma toalha. Tento não imaginar sua aparência quando bati lá embaixo — quente, sem camisa, a respiração acelerada, me desejando.

Ou foi o que pensei.

— Tudo bem. — Permiti que algumas lágrimas escorressem com o uísque, e agora estou preocupada de Joel perceber. — Eu sabia que ela existia e decidi ignorar.

Todos os sinais estavam ali, acho, mas para mim ele simplesmente não parecia esse tipo de cara.

— Não, eu e Melissa... não estamos juntos. É sério. O que nós temos é só... É só...

Conforme ele engasga nas palavras até parar de falar, percebo que eu estava esperando algo mais reconfortante.

Ele tenta de novo, com a voz rouca.

— Eu falei que a Melissa podia passar a noite aqui. Só hoje. É uma viagem longa. Mas eu prometo que nada vai acontecer.

Eu fecho os olhos e por um momento lembro de ouvir os dois juntos na noite do Halloween.

— Você não precisa mesmo...

— Não, Callie, eu gosto mesmo de você...

Eu o interrompo com um aceno, mas fico em silêncio, porque não sei muito bem o que isso quer dizer.

Acima de nossas cabeças, a chuva tamborila na claraboia da escada como se estivesse tentando entrar.

— Posso passar aqui amanhã?

Faço uma careta.

— Não sei se essa é...

— Por favor, Callie. — Ele respira fundo algumas vezes, como se cada palavra fosse um caco de vidro dentro do seu peito. — Foi só o momento errado, só isso.

— Eu estava para sair — digo, baixinho, embora não soubesse disso até agora. — Melhor eu me aprontar.

Ele parece tão chateado, e de repente fico irritada com o desperdício. Além de tudo, aquele beijo foi de longe o melhor da minha vida.

Joel sopra o ar com um assobio.

— Tá certo. Bom, divirta-se.

— Vou tentar.

Mas ainda assim ele não dá as costas para descer, o que não me deixa escolha além de dizer boa-noite antes de delicadamente fechar a porta na sua cara.

28

Joel

Embora seja tomado por um ímpeto muito forte, como não sentia há tempos, de socar alguma coisa, consigo me controlar e evito golpear a parede mais próxima e acabar quebrando a mão. Quero bater na porta de Callie de novo, tentar me explicar melhor. Mas ela me deu essa chance e não consegui fazer nada. Então, em vez disso, eu volto para casa, louco para ter um tempo para pensar.

Quando chego, Melissa já está sem o vestido. Está usando uma camiseta minha, com as pernas de fora, o cabelo caramelo solto sobre os ombros. Com uma taça de vinho tinto na mão, ela para ao meu lado na porta. Passando o dedo pela minha maçã do rosto, aproxima o rosto sardento do meu. Ela cheira a cigarro e um perfume tão familiar que hoje só associo a seus beijos.

— Não vou contar para ninguém, gato.

Com a maior gentileza que consigo, me afasto e vou para a cozinha.

— Essa não é uma boa ideia.

Ela se acomoda de pernas cruzadas no sofá. Se olhasse, eu veria sua calcinha.

— Posso te perguntar uma coisa?

— Está com fome? Quer que eu peça uma pizza?

— O que ela tem que eu não tenho?

Não é tão simples assim, quero dizer. *O que sinto por Callie... não tem a ver com prós e contras, comparações ou preferências.*

Embora pareça loucura, a conexão que tenho com Callie é... mais fundamental que isso. Natural, elemental. Como um raio ou as marés. Um furacão de sentimentos.

Penso em como ela me olhou agora há pouco, os olhos salpicados de fragmentos verdes e dourados, como se algo belo se quebrasse.

— Pepperoni? — digo baixinho, para não ter que responder à pergunta.

29

Callie

Saio do apartamento um pouco depois, chamando Esther para tomar mojitos no centro. Simplesmente não vou aguentar ter que ouvir Joel e Melissa de novo — saindo, pelo menos não vou comemorar meu novo emprego deitada na cama usando fones de ouvido com cancelamento de ruídos.

Sentamos no bar, e eu bebo rápido demais, do jeito que as pessoas fazem quando estão tentando abafar alguma coisa, e por quase uma hora nem menciono Joel.

Mas depois de um tempo Esther pergunta, então comento sobre Melissa.

— Espera. Ela não é uma prostituta? — pergunta ela, a memória já atrapalhada pelos mojitos.

— Não, ela só estava fantasiada de prostituta no Halloween.

— Como é que alguém se fantasia de prostituta?

— *Uma linda mulher.*

Esther faz uma careta de desaprovação, tanto do filme quanto do Halloween.

— E ela vai *passar a noite*?

— Ele disse que ela mora longe.

A expressão dela é de tanta pena que é quase humilhante.

— Por favor, me diga que você não acredita nisso. Foi a mesma coisa com o Piers.

— Joel não é o Piers. Os dois são totalmente diferentes.

Esther atormenta um cubo de gelo com o canudo.

— Você lembra quando Piers cancelou um jantar porque a "prima" dele ia dormir lá... prima que acabou sendo aquela garota que ele conheceu no golfe?

Dou de ombros e beberico o drinque, tentando abafar a dor da lembrança. Não funciona tão bem quanto eu queria.

Esther tenta colocar algum bom senso na minha cabeça e aperta minha mão.

— Só não sei se ele parece uma boa ideia a longo prazo, Cal.

— Por que não? — pergunto, desesperada para que ela encontre um único argumento que eu consiga desmontar de forma convincente.

Ela baixa o rosto perto do meu com uma solenidade bêbada.

— Ele te largou por uma garota que apareceu na porta dele.

Para ser sincera, também estou bem bêbada, então acaba sendo duas vezes mais difícil discutir.

Na manhã seguinte estou sem café, mas não posso correr o risco de encontrar Melissa, então sento ao lado da janela da sala e espero ela sair. O céu está de um cinza-azulado, o ar pesado de umidade do fim de novembro. De uma árvore próxima, que floresce na primavera, vem o trinado de um tordo. Observo o mundo começando a acordar, se espreguiçar. Cortinas se abrem, e a rua desperta com sua sinfonia familiar de passos e portas fechando, motores roncando. Silhuetas se solidificam enquanto o céu vai ficando cada vez mais brilhante e pálido, cortado pelo vapor de lareiras fumegantes.

Mais cedo do que eu esperava, lá vai ela, pulando as poças, o cabelo cor de açúcar mascavo longo e solto nas costas. Ela tem um daqueles casacos com gola de pelo sintético e um carro que deve custar vinte vezes meu aluguel. Ela abre a porta e entra sem olhar para trás.

Eu levanto assim que as luzes de freio dela piscam para mim no fim da rua.

Infelizmente ela não foi longe, porque a encontro nas geladeiras do mercadinho ali perto. É uma daquelas pessoas que não precisam de maquiagem para virar cabeças, que parecem ter a cor da pele, os cílios e a estrutura óssea perfeitos de fábrica.

Para a minha surpresa, ela sorri, muito mais simpática do que da última vez. Espero que não seja porque acabou de ter a melhor noite da sua vida, embora eu deva admitir que é uma possibilidade.

— Não posso dirigir sem isso — diz ela, erguendo a embalagem de café gelado. Acho que é de praxe em situações constrangedoras: puxar uma conversa de elevador sobre o que quer que estejam fazendo no momento. — Ele estava sem leite, e eu odeio café puro.

Ele, penso. *Nem precisa dizer o nome. Nós duas estamos pensando em um cara só.*

Um ou dois minutos se passam, e eu percebo que Melissa está esperando que eu diga alguma coisa.

— Olha, se eu soubesse que vocês estavam...

— A gente nunca falou que tinha nada sério. Não é muito o estilo do Joel, para ser sincera.

Não consigo perceber se ela se importa.

— Certo.

— Ele não te contou, né? Sobre os... problemas dele.

Digo que não, porque suponho que eu saberia se ele tivesse contado. Quando Melissa inclina a cabeça na minha direção, sinto um toque de culpa porque, tirando os eventos de ontem à noite, Joel foi incrivelmente simpático comigo. E cá estou eu, fazendo fofoca pelas costas dele. Melissa me chama para a frente, me convidando a ir longe demais.

Eu não pergunto, mas ela me conta mesmo assim.

— Ele é muito solitário, sabe? Meio... perturbado. Ele é totalmente contra ter qualquer tipo de relacionamento. E você já viu aquele caderninho que ele sempre carrega pra lá e pra cá?

Quero ir embora, mas ela está me jogando informações como se fossem iscas.

— Você sabe o que tem ali?

Finalmente ela me pegou. Eu mordo a isca.

— Não.

Ela hesita, sem dúvida propositalmente, morde o lábio.

— Ah, talvez seja melhor eu deixar ele mesmo te contar.

Sou dominada por um desejo súbito de agarrar o braço dela e forçá-la a continuar falando, mas no último momento, resisto. *Se tem algo que Joel precisa me contar, ele é que tem que fazer isso.*

— Certo — digo, dando de ombros e tentando ultrapassá-la.

— É meio doido. Você provavelmente não acreditaria se eu te dissesse.

Eu a encaro.

— Eu não quero saber. Por favor.

Um sorriso satisfeito.

— Você tem razão. Se fosse você, eu também iria querer fechar os olhos.

— Com licença — digo, baixinho. — Estou atrasada. Melhor eu ir.

Dou uma olhada na porta de Joel quando volto para casa, mas não paro. Só subo as escadas.

30

Joel

Steve apoia os glúteos firmes como pedras na beirada da mesa no minúsculo escritório da academia.

— Você está com sorte. Meu próximo cliente é só meio-dia.

Eu fico na porta, com as mãos nos bolsos de trás da calça, desejando ter vestido um casaco. A academia de Steve não tem aquecimento, porque é um daqueles lugares em que as pessoas levam suor a sério.

Meu coração está batendo no ritmo da música eletrônica do outro lado da porta. E não é só por causa do café que acabei de virar. *É isso. Não tem como voltar atrás. Por favor... Você tem que acreditar em mim, Steve.*

— Eu preciso saber se posso confiar em você.

Steve cruza os braços. Não é fácil quando seus bíceps são do tamanho de bolas de boliche.

— Claro.

— Não, é sério. Eu tenho que ter certeza de que você não vai contar para mais ninguém, nem para Hayley.

Ele me encara de cima a baixo, como se eu tivesse perguntado se ele pode me transformar no Schwarzenegger.

— Você se meteu em alguma coisa ilegal?

— Não.

— Certo. Então não vou contar para ninguém.

Estou de pé na beirada do precipício de novo. Só que desta vez vou mesmo pular. Sinto uma vertigem real como se estivesse diante de uma altura perigosa. É a primeira vez desde a faculdade, desde que aquele médico riu de mim no consultório.

— Quando estava estudando... você já encontrou pessoas com poderes psíquicos?

Um silêncio carregado.

— Isso depende do que você quer dizer com poderes psíquicos — responde ele enfim.

— Quais... Quais são as opções?

Ele se apoia na mesa.

— Atores. Clarividentes, com números de telefone que cobram por hora...

— Não. Estou falando de gente que pode mesmo prever o futuro.

Um momento de contemplação. Mais longo dessa vez.

— Você?

Meu estômago revira. Eu salto do abismo.

— Isso.

— Do que estamos falando aqui? Eventos mundiais? Números da loteria?

— Não é nada assim. Eu tenho... sonhos.

— Sobre o quê?

— Eu vejo o que vai acontecer com as pessoas que eu amo.

Não tinha ideia de que o silêncio podia ser tão enervante até agora. Meu coração salta loucamente enquanto busco sinais de descrença na expressão dele.

Milagrosamente, nenhum aparece.

— Continua.

Não consigo acreditar que ele ainda não riu ou me sugeriu dar uma bela e longa corrida. Sua compostura é tal que quase esqueço o que dizer a seguir.

— Pode ir em frente, Joel. Estou ouvindo.

Então respiro fundo e começo a contar sobre Poppy. Sua filha, minha afilhada. Descrevo meu sonho, a visão horripilante de Steve não conseguindo frear na interseção, enfiando o carro num poste. E tudo o mais que se seguiu. Eu conto que foi por isso que furei os pneus, lá em setembro.

Soltando um palavrão baixinho, ele esfrega o queixo. Olha pela janela como se estivesse bem a fim de socar a vidraça.

— O que mais?

Eu continuo: Luke, minha mãe e o câncer. A gravidez futura da minha irmã. Conto sobre Kate e meu pai.

Entrego o caderno para ele ler. É a primeira vez na minha vida que mostro para alguém. Steve poderia estar dando uma olhada no meu cérebro — meus sonhos, pensamentos e planos, ansiedades e ideias. Qualquer coisa que possa ser minimamente relevante vai direto para as páginas.

Será que ele vai pensar que eu sou doido? Rir, como o clínico geral tantos anos atrás? Me encaminhar para algum tipo de instituição psiquiátrica?

E o que eu faria? Porque isso tudo é muito real.

Steve folheia o caderno, pensativo.

— Tem algum padrão?

— Não. Tenho um sonho desses a cada semana, em geral. Bons, neutros, ruins. Nunca sei o que esperar.

Não é de surpreender, acho, que eu preveja mais coisas boas ou neutras do que ruins. Isso reflete o equilíbrio da vida das pessoas que eu amo. Mas as coisas ruins, quando surgem, derrubam todo o restante.

Estou desesperado para fazer isso tudo acabar. Porque quero ficar com Callie.

Steve se vira e arranca a primeira folha do calendário motivacional que está na mesa atrás dele. A mensagem no pé da página ordena: "Menos mimimi, mais treino."

Ele pega uma caneta e começa a escrever.

— Você já foi a algum médico?

— Só uma vez, na faculdade.

— E o que ele disse?

— Para eu sair do consultório e nunca mais voltar.

Ainda escrevendo, Steve arqueia a sobrancelha.

— Ele não sugeriu que isso pudesse estar ligado à sua ansiedade?

— Ele não sugeriu nada. E Steve, mesmo que eu seja ansioso... *eu consigo prever o futuro.*

— Já sonhou com alguma coisa que não se realizou?

— Os sonhos não se realizam se eu me intrometo. Todo sonho que tenho... É profético.

Steve continua escrevendo. Mas estou começando a ficar desanimado, porque ele ainda não pulou da cadeira com a ideia brilhante que espero desesperadamente.

Acho que, no fundo, eu sabia que isso não ia acontecer. Que sair dessa conversa com uma solução instantânea seria quase um milagre.

— Você já teve alguma doença grave?

— Isso conta?

— Não.

— Então não.

— Ferimento na cabeça? Alguma batida de que você se lembre?

— Não, nada. Por quê?

— Eu estou meio enferrujado, mas estou pensando que talvez tenha a ver com seu lobo frontal e temporal. Provavelmente do hemisfério direito — explica ele, e balança a caneta no ar perto da testa, como se isso fosse me ajudar a entender.

E ajuda, um pouco, graças às aulas de neurociência veterinária na universidade. Mas nunca consegui conectar meu conhecimento médico aos sonhos. É isso que eu estava esperando que Steve pudesse fazer.

Steve baixa a caneta.

— Olha, Joel, eu não estudo essas coisas faz uns vinte anos. Poderia te dizer uma ou outra coisa, mas a verdade é que seria um chute. Mas eu ainda tenho alguns contatos na área. Estou pensando que a Diana Johansen poderia te ajudar.

— Quem é ela?

— Agora é uma neurocientista de ponta. A gente estudou junto. Tenho certeza de que conseguiria marcar uma consulta para você. Ela é diretora de uma equipe de pesquisa universitária e tem vários contatos por aí.

— Você acha que ela conseguiria investigar meu problema?

— Talvez. Não sei como isso funciona hoje em dia. Para qualquer coisa oficial ela teria que abrir uma solicitação, fazer aprovações éticas, e você talvez precisasse fazer alguns exames médicos bem detalhados.

— O que você está me dizendo, então... — concluo, a voz pesada — ... é que não tem uma solução rápida.

— Você não pensou que haveria um remedinho pronto que resolvesse isso, né? — diz ele, a voz fica mais baixa, como se estivesse consolando um bebê cujos dentes estão nascendo.

Sinto um peso no peito então: a falta de esperança, pesada como um halter.

— É, acho que não.

— Olha, vou fazer o que puder, prometo. — Steve me encara. — E... obrigado, Joel. Por confiar em mim.

Eu assinto, e alguns segundos se passam.

Steve esfrega o queixo.

— Tenho que dizer que fico um pouco aliviado.

— Aliviado?

— Bom, isso explica muita coisa. Foi por isso que você terminou com a Vicky?

— Provavelmente.

— E a Callie?

Eu pisco, sem entender.

— Quê?

— É por causa dela que você veio aqui, não é?

— Por que você está dizendo isso?

— Eu liguei semana passada, só para ver se as coisas estavam bem, se ela precisava de algo. Perguntei se vocês estavam se dando bem, e... — Ele sorri. — Vamos dizer que ela não calou a boca um minuto.

Eu sei que ouvir isso deveria me deixar feliz, mas ele falou com ela antes do que aconteceu ontem à noite, é claro. Antes que a doçura do nosso beijo se tornasse amarga.

Ainda não nos falamos. Saí de casa mais ou menos uma hora depois de Melissa hoje de manhã, mas não vi sinal de Callie.

— Você contou isso para ela?

— Não.

— Então, quem mais sabe?

— Só você. E aquele médico de anos atrás.

— Você não contou para ninguém da sua família? Nenhum amigo?

— Não. Ninguém.

Steve dá um suspiro.

— Olha, Joel, de uma coisa eu tenho certeza, falar é sempre bom.

— Só para o público certo. Por isso te procurei.

— Mas se você conversasse com Callie, talvez ela compreendesse. Você não vai saber se não tentar.

Não respondo.

— Certo. — Ele apoia a mão na nuca. Sentindo o peso, talvez, de tudo que acabei de lhe contar? — Vou falar com a Diana, é um bom primeiro passo.

— Obrigado.

— Ei, eu é que deveria te agradecer. Naquela noite você salvou a Poppy de…

Mas o resto da frase desaparece, e eu entendo. É difícil demais sequer imaginar algo assim, quanto mais colocar em palavras.

Ficamos só nos encarando enquanto a música eletrônica ressoa pela porta do escritório. É como se fôssemos bêbados escondidos em um boteco qualquer, tentando lembrar onde fica nossa casa.

— Então você acredita no que eu te contei?

Até agora, não tenho certeza de que ouso pensar que isso é verdade.

— Sim — responde ele gentilmente. — Eu acredito em você, Joel.

Em algum lugar no fundo do meu peito, um nó antiquíssimo se solta.

— Eu queria poder te dar as respostas que você quer. Mas vou ligar para Diana hoje à tarde. Estou do seu lado, Joel. Vamos resolver isso, eu prometo… mesmo que a gente precise de um esforço em conjunto.

É aquela expressão, *esforço em conjunto*, que perturba meus pensamentos. A ideia de ser uma cobaia, um experimento de laboratório. Steve mencionou exames médicos, aprovações éticas. Talvez falar com Diana chame atenção, crie um alvoroço. Transforme-a em uma daquelas cientistas celebridades que sempre aparecem em lugares inapropriados, como programas de perguntas e respostas e entrevistas sobre o mercado imobiliário.

— Quero pensar melhor nisso — digo, rapidamente. — Não liga para Diana ainda. Eu tenho que resolver umas coisas antes.

Mantendo minha palavra, penso nisso durante todo o caminho até em casa. Steve tem razão. Eu deveria confiar em Callie. Eu deveria lhe contar tudo.

Mas, mais do que isso: pela primeira vez na vida, acho que talvez eu queira fazer isso.

31

Callie

Às três, ele aparece.

— Oi — diz ele do outro lado do balcão. Parece firme e sincero, meio como um lenhador, com o casaco cinza-chumbo e um gorro de lã preto. — Você tem um minutinho?

— Ela tem a tarde toda — ouço Dot dizer antes que eu possa responder. Ao me virar, ela aponta para o relógio e confirma: — Sério. Faltam duas horas para fechar, e isso aqui está um cemitério. Por isso aquele ali veio parar aqui. — Ela indica com a cabeça um idoso com uma boina sentado junto à janela. — Vai, me deixem feliz, por favor. Prometo que te chamo se a fila passar da porta.

Dot não sabe o que aconteceu ontem de noite. Nem contei do beijo.

Quando olho para Joel, sinto uma tristeza no peito — parece errado não vê-lo sorrindo.

— Estou com uma seleção curiosa de cães esperando do lado de fora — comenta ele. — Quer dar uma volta com Murphy?

Do lado de fora, apresento Murphy aos cachorros de Joel, que parecem todos muito animados para se conhecer melhor cheirando a bunda uns dos outros.

— O labrador amarelo é Rufus. A maltês é Sininho, e o dálmata se chama Pirata. Tem outro, o Bruno, mas ele não é muito sociável, então eu passeio com ele sozinho.

Nós seguimos pela rua, os cachorros puxando as coleiras à frente. Uma névoa invernal paira no ar, fazendo o mundo parecer submerso e o sol, uma bola branca no céu.

— Então, Callie. Por acaso você gosta de valsa?

— Da dança?

— Não, isso é diferente. Alguns diriam até melhor.

Apesar de tudo, eu sorrio.

— É mesmo?

— Bom, basicamente consiste em um idiota te comprando uma fatia de torta de sonho de valsa, seguida por uma caminhada no parque enquanto ele se desculpa e tenta se explicar.

Penso em Melissa, em como fiquei triste quando a vi com Joel. Mas olho para o seu rosto e percebo que preciso ouvir o que ele tem a dizer.

Paramos na confeitaria siciliana e depois seguimos para o parque, onde soltamos os cachorros. Eles disparam como furões fora da casinha, espalhando lama para todo lado.

— Aqui. O último pedaço é seu.

Joel me estende a embalagem de papel como uma oferta de paz.

Eu pego a última *sfinca* — bolinhas de massa recheadas de ricota, cobertas de açúcar e venenosamente doces, uma iguaria siciliana.

Ele limpa o açúcar dos dedos.

— Então, eu não cheguei a te dar os parabéns pelo emprego de verdade. É ótimo. Uma notícia maravilhosa.

Dou uma olhada para ele, tímida de repente.

— Eu não teria mandado meu currículo se não fosse por você. E o que você falou, sobre a paixão pelo assunto importar… ajudou de verdade.

Enquanto caminhamos, sinto o cheiro do perfume de Joel no ar. Me transporta direto para nosso beijo ontem à noite, e o arrepio na espinha que senti, quente e profundo. Um beijo que eu tinha torcido para significar algo mágico para nós dois.

— Sinto muito pelo que aconteceu, Callie.

— O beijo?

— Não! Isso foi… incrível. Eu quis dizer… Melissa. Eu esqueci que ela ia aparecer lá em casa. A gente tinha combinado semanas atrás.

Ele está falando a verdade. Uma espiada em seu rosto tenso é o suficiente para me convencer.

— Eu encontrei com ela na mercearia de manhã — confesso. — A gente não conversou muito. Eu meio que… fugi.

Mais à frente, os cachorros estão pulando ao redor uns dos outros, os latidos brincalhões diminuindo de alguma maneira o peso no ar.

— Tem outras coisas nessa situação além da Melissa. E quero te contar tudo, mas... Eu sei que você não quer se meter em drama. Depois do Piers. — Percebendo como isso soou, Joel fecha os olhos por um segundo. — Desculpa. Não foi isso que eu quis dizer. Eu não tenho que fazer você me aguentar.

— Tudo bem — asseguro, baixinho, me perguntando o que é que ele quer me dizer. — Você pode me contar qualquer coisa.

Ele solta a respiração para tentar se acalmar, um homem prestes a pular de um trampolim muito alto.

— Desculpa. Isso... Isso é mais difícil do que eu imaginei.

— Não quero te deixar desconfortável.

— Você não me deixa desconfortável. Na verdade, fico mais confortável com você do que com qualquer outra pessoa já faz muito tempo.

Estamos perto de um píer, onde fileiras de pedalinhos estão protegidos para o inverno. Uma névoa baixa se move como uma respiração pela superfície do lago, quase uma camuflagem espectral para patos namorando e gansos barulhentos. Na margem oposta, a casa de barcos da Noite da Fogueira está imóvel e deserta.

— Eu tenho... — Joel hesita e esfrega a nuca. — Desculpa. É muito difícil falar disso.

Eu coloco a mão no seu braço para demonstrar que está tudo bem. Mas por dentro estou começando a me sentir quase tão assustada quanto Joel aparenta estar.

— Eu tenho sonhos, Callie. — Sua voz vacila, como um rádio dessintonizado. — Eu sonho com... o que vai acontecer com as pessoas que eu amo.

Os segundos flutuam.

— Ah... Eu...

Joel arrisca um sorriso.

— Só quero dizer que eu sei como isso soa.

Tento pensar.

— Quando você diz que vê o que vai acontecer...

— Eu vejo o futuro. Dias, meses, às vezes anos à frente.

— Você...

— Se estou falando sério? — Ele olha para mim. — Infelizmente, sim.

— Não, o que eu ia dizer...

— Desculpa. Eu te interrompi. Duas vezes.

— Tudo bem. Eu só ia perguntar se você tem certeza de que os sonhos... não são coincidências.

— Bem que eu gostaria.

Ficamos parados na beira do lago. Não tenho ideia do que fazer ou dizer agora. Como isso pode ser verdade? Ainda assim, Joel me parece uma das pessoas mais sinceras que já conheci.

— Só para você saber, caso esteja pensando em fugir correndo — diz ele, inclinando a cabeça para a direção de que viemos —, eu não te culpo nem um pouco. Eu posso voltar a ser só o... cara esquisito do primeiro andar. Sem ressentimentos. Prometo.

Eu me apresso para reconfortá-lo.

— Você nunca foi esquisito para mim.

Ainda assim. O que ele me contou é impensável, um imenso furo na lógica do universo, e não tenho ideia do que fazer com isso.

— Olha, Joel, o que você acabou de me dizer... desafia a ciência, a realidade.

— Eu sei. Mas posso tentar explicar.

Então continuamos caminhando enquanto ele descreve o que aconteceu com o primo Luke e o cachorro, a mãe morrendo de câncer, a família e as perdas e os quases e as noites insones torturantes se perguntando o que aconteceria. Ele relembra a experiência traumática que teve com o médico da universidade. Confessa que odeia ficar longe de casa por medo de sonhar com algo terrível que precisa impedir, e me dou conta de que deve ser por isso que ele nunca viajou.

Quando ele menciona um sonho que teve no Halloween, no qual seu pai dizia não ser seu pai de verdade, algo se encaixa na minha mente.

— Eu ouvi você — digo. — Eu ouvi você gritar naquela noite, enquanto dormia.

A vergonha dele é quase palpável.

— Desculpa. No sonho... eu gritava por ele.

— Não precisa pedir desculpas. Eu só... Deu para perceber como você estava chateado. Você já...

— Se conversei com ele? Não.

— Por que… por que não?

Enquanto ri baixinho, percebo que ele está com os olhos cheios de lágrimas. Joel leva um tempo para responder.

— O que diabo eu diria?

Depois disso, ele continua falando por quase dez minutos, e por fim, quando termina, trocamos um olhar que me deixa arrepiada.

— Callie, eu sei que isso pode ser complicado de entender. Ou até de acreditar. Eu mesmo não acreditei por muito tempo. Levei anos para aceitar. Então não espero que você aceite tudo agora, imediatamente.

— Não é que eu *não* acredite em você.

— Ah. — Seu rosto relaxa, aliviado. — Bom, isso é mais do que eu esperava.

No lago, dois cisnes levantam voo silenciosamente, o bater das asas como a frequência cardíaca de um sonograma.

— Então… quem mais sabe?

— Quase ninguém. Steve. Ele tem uma amiga que talvez possa me ajudar, mas… não estou me animando muito.

Eu me lembro do que Melissa falou mais cedo, no mercado.

— Acho que a Melissa sabe.

— Eu nunca contei. Ela acha só que tenho problemas para dormir.

Repito o que ela me falou, me sentindo inesperadamente culpada por falar mal dela. Não é que ela tenha sido exatamente desagradável comigo — possessiva, sim, mas isso é perdoável.

— Ela perguntou se eu sabia o que havia no seu caderno.

— Estava blefando — declara ele. — Nunca perco meu caderno de vista.

Conversamos mais um pouco. Joel me conta que sua irmã, Tamsin, vai engravidar ano que vem — mal consigo absorver a ideia de que ele saiba disso tanto tempo antes —, depois desenha a mecânica dos ciclos de sono na palma da minha mão com a ponta dos dedos, fazendo meu coração bater mais forte. Ele me mostra o caderno, conta que já tentou se automedicar — com lavanda e leite quente ou se embebedando até desmaiar; já tentou chás de ervas, remédios para dormir, suplementos e ruído branco. Mas nada nunca funciona.

Para sua própria sanidade, atualmente ele limita o tempo de sono e está bebendo menos, acha que se exercitar ajuda seu humor.

— Tem alguma coisa que você possa fazer? — pergunto então. — Para impedir os sonhos de... se realizar?

— Coisas como acidentes, se consigo chegar a tempo, sim. — Ele engole em seco. — Coisas como câncer são mais difíceis. Ou impossíveis.

Seguro a mão dele, sinto o peso de seu fardo como se fosse meu.

Bem depois, quando já voltamos para casa, Joel diz, do nada:

— Eu posso cuidar do Murphy se você quiser. Quando você começar em Waterfen.

Minha mente dá um pinote. Eu estava investigando creches para cachorros.

— Você não pode fazer isso.

— Por que não?

Olho para Murphy, que me encara.

— Porque é pedir demais.

— Você não está pedindo. Eu é que estou oferecendo. Eu fico em casa durante o dia. Posso cuidar dele, levá-lo para passear com os outros meninos. Ele vai adorar.

Fico tão tocada por isso.

— Nem sei o que dizer.

— Diga "sim".

— Eu... Isso seria...

— Não é problema, é sério.

Uma imagem de Joel-veterinário surge na minha mente. Eu já sei que ele seria sério e calmo, reconfortante e gentil.

— Eu consigo te ver tão claramente como veterinário — comento.

Ele baixa o olhar para o carpete do corredor, enfia as mãos nos bolsos.

— Eu não — reclama ele. — Eu não era muito bom.

— Como assim?

— Naquele dia no café, quando eu caí no sono... era assim que eu ficava no trabalho. A única diferença foi que eu saí antes de ser expulso.

— Faz quanto tempo que você saiu?

— Três anos. — Ele pigarreia. — Juntei cada centavo extra que pude antes disso. Chatíssimo, mas acho que pensei que ia precisar um dia.

— Não tem nada de chato em comprar sua liberdade.

Ele sorri como se essa fosse a coisa mais legal que já ouviu de alguém. E de repente me vejo me inclinando para beijá-lo. Tudo em mim se aquece enquanto me perco nele, junto a ele, a boca de Joel descendo pelo meu pescoço, meu ombro, de volta para meu pescoço. Eu levanto a camiseta dele, sinto a firmeza de seu abdômen, a pele nua e quente sob meus dedos. Nosso beijo fica cada vez mais apaixonado, e a gente se encosta na parede, os corpos eletrizados e bocas enlouquecidas, cada movimento um pequeno frenesi enquanto percebemos o quanto queremos isso.

É preciso um esforço sobre-humano para nos afastarmos, minutos depois.

Com respirações ofegantes, eu afasto o cabelo.

— É melhor…

O peito de Joel também está subindo e descendo rapidamente. Ele estende a mão e segura meu pulso.

— A gente se vê amanhã?

Que promessa mais excitante.

— Sim. Te vejo amanhã. Sim.

32

Joel

Levo um ou dois minutos para despertar por completo. Sem sonhos.

Aliviado, viro de costas e ergo os olhos para o teto. Onde meu quarto termina e o de Callie começa.

— Acho que o universo quer que a gente tente fazer isso dar certo — sussurro para o pedaço de teto onde imagino que a cama dela fica.

Já sei que mal consigo esperar para vê-la. Bater em sua porta, sugerir um café ou brunch. Sentir a onda efervescente de beijá-la de novo.

Todos os contras permanecem: a possibilidade de me apaixonar por ela, o medo do que posso ver caso isso aconteça, e tudo que vem em seguida.

Mas todos os prós estão lentamente começando a superá-los.

Ela sabe dos meus sonhos. Eu abri meu coração para a primeira pessoa com quem realmente me importei desde Kate. Para Callie, que trouxe esperança para a minha alma. Mesmo assim ela me deu aquele beijo enlouquecedor ontem à noite. Algo está nos atraindo, tão poderoso quanto a gravidade. Agora, depois de tantas semanas, talvez finalmente eu esteja pronto para deixar a gravidade ganhar.

Já observei possibilidades passarem por mim nos últimos anos, conexões que me impedi de aprofundar. Como a prima de Kieran, Ruby, que ficou tocando o pé no meu debaixo da mesa por cinco minutos quando nos conhecemos. A enfermeira veterinária inteligentíssima com quem conversei em um bar na vez em que Doug me convenceu a sair. A menina dos correios, cuja piada suja sobre tamanhos de pacotes ainda me faz sorrir e tremer em igual medida.

Mas Callie supera todas elas.

Enfio o rosto no travesseiro, me permito um sorriso. E, quando faço isso, ouço os canos do banheiro de Callie estalando, relutando em despertar. O som do seu chuveiro é como aplausos de pé no meu teto. E então lá vem: o primeiro verso fora de tom da música desta manhã.

"I Want to Know What Love Is."

Eu mesmo não poderia dizer melhor.

Resisto a bater na porta dela por quase 23 minutos.

— Bom dia — diz ela, tímida, quando eu finalmente cedo.

Está usando jeans, um suéter gigante da cor da névoa matinal e chinelos.

Ah, meu Deus, ela está tão linda. O que eu ia dizer mesmo?

Sorrio para ela.

— Como está seu apetite? Em uma escala de um a dez?

Ela morde o lábio e prende uma mecha do cabelo úmido atrás da orelha.

— Um bom nove.

— Posso te convidar para um café da manhã?

— Sempre.

— O que você quer comer?

Ela fica corada.

— Hum, eu adoro panquecas.

— Ótimo. Sei bem para onde ir.

O lugar das panquecas é minúsculo. É meio novo, mas já tem muitos fãs, com filas esperando na porta, mesmo aos domingos no fim de novembro. Mas hoje temos sorte e conseguimos os dois últimos lugares na janela. Callie está animada, diz que queria comer aqui desde que o restaurante abriu.

A garçonete que nos leva até os lugares é seca como o ar do deserto, mas eu asseguro a Callie que as panquecas vão valer a pena.

— Pobrezinha. Eu também estaria irritada se tivesse que atender tanta gente logo no domingo de manhã — confessa Callie.

Já percebi isso sobre ela, que sempre dá o benefício da dúvida para as pessoas. Ela aproxima a cabeça da minha.

— Tenho que dizer que mal posso esperar por essas panquecas.

Meu estômago ronca de fome.

Callie olha em volta.

— Olha só como está lotado. Se eu fosse uma mulher de negócios, estaria com inveja.

— É só uma ilusão. Esse lugar é microscópio.

Ela me dá um cutucão com o cotovelo.

— Foi bem legal, sabe. Ontem.

A esperança floresce na minha barriga enquanto nos entreolhamos. Mesmo assim tenho que perguntar:

— Mais legal que… fazer uma limpeza dental? Entregar o imposto de renda?

Ela ri e faz uma careta ao mesmo tempo.

— Desculpa. *Legal* é uma palavra péssima.

— No contexto de tudo que te contei, pode acreditar, *legal* é a melhor palavra que eu posso imaginar.

Nossas panquecas chegam alguns minutos depois, pilhas enormes de travesseiros amanteigados e cobertos de calda. Grudentas e doces, cobertas de chantilly.

Callie observa os pratos com admiração.

— Tá, *agora* eu entendi as filas.

Começamos a comer. Tento imaginar seus pensamentos, ler a luz e as sombras da sua linguagem corporal como um relógio de sol. Será que ela está tão feliz e relaxada quanto parece? Imperturbada, até, pela minha revelação de ontem? Mal consigo acreditar que seja possível.

Depois de um tempo, com o coração apertado, eu pergunto se ela conseguiu pensar no que lhe contei. Ela limpa a boca e me encara.

— Sim. E não quero que impeça nada entre nós.

O alívio me domina. Mas mesmo assim…

— Eu sei que pode ser difícil acreditar no que te contei, Callie.

Ela segura minha mão.

— Não, eu…

— Tenho tentado pensar… em uma forma de te provar isso.

— Você não precisa provar.

— Mas eu quero.

Ela toma um gole do café e espera.

— Amanhã à noite uma tubulação de água na Market Street vai estourar. Bem na hora do rush, vai ficar um engarrafamento horrível. Minha irmã vai ficar presa no trânsito e perder a aula de ioga.

Vejo Callie analisando essa informação. *Sem falar nas consequências*, ela pensa, *não tem como ele forçar isso a acontecer, mesmo se fosse maluco a esse ponto.*

— Joel, você não precisa mesmo fazer isso...

— Preciso — insisto. — Para você saber que não sou doido.

Enquanto terminamos o café, Callie pergunta sobre Vicky. De repente fico feliz por estarmos na mesa junto à janela, de modo que não preciso me forçar a encará-la.

— A gente terminou oito anos atrás.

— Quanto tempo ficaram juntos?

— Três anos.

— Você era feliz?

Eu encaro a rua coberta de granizo.

— No início.

— Quem terminou?

— Ela. Acho que ela só queria alguém normal, no fim.

Callie envolve a caneca com as mãos. Espera que eu continue.

— Eu não era um namorado muito bom — admito. — Era bem... autocentrado. Meio confuso. Provavelmente uma péssima companhia.

— Você é muito honesto. — Ela parece impressionada.

— Nada disso te incomoda?

Ela se vira para olhar para mim, o rosto tão aberto quanto uma folha na chuva.

— Você não precisa ser perfeito para ser amado.

— Verdade — concordo. — Mas idealmente é para ter mais prós do que contras.

Não conto para ela que guardei a lista que Vicky me deu no final. Ainda sei cada palavra de cor.

— Você já sonhou com a Vicky?

— Você quer saber se eu a amava?

O rosto de Callie parece se contrair, envergonhado.

— Sim.

— Não. Eu nunca sonhei com ela.

— Então, você nunca... se apaixonou?

Atrás de nós, um grupo de estudantes se senta à mesa. Eles passam às pressas, uma onda de energia e otimismo que evoca um tipo estranho de nostalgia em mim. Nostalgia pelo quê, eu não sei bem.

— Uma vez. Muito tempo atrás. — Olho rapidamente para ela, limpo a garganta. Dou o mínimo de informações sobre meu relacionamento com Kate. — Pode ficar à vontade para sair correndo quando quiser — completo ao terminar.

— Você já falou isso algumas vezes.

— Não estou tentando te convencer de que sou ótimo. — *Na verdade, isso jamais sequer passou pela minha cabeça.*

Ela segura minha mão disfarçadamente. Embora sua pele esteja quente, o gesto me arrepia.

— Está, sim.

Eu a encaro. E, em algum lugar dentro de mim, uma âncora se solta.

33

Callie

Entro na internet e fico de olhos arregalados lendo uma atualização no site do jornal local de Eversford.

O rompimento de uma tubulação de água está causando um grande congestionamento no centro da cidade neste fim de tarde. O tráfego está parado na Market Street e nas ruas ao redor, com motoristas relatando atrasos de até uma hora...

Solto a respiração. Não é como se eu não tivesse acreditado em Joel antes, mas isso tornou a situação muito real, indiscutível. Me faz querer abraçá-lo, apertá-lo com força, sem nunca soltar.

Não tenho certeza do motivo, mas quis ver a situação eu mesma — parecia quase um milagre —, então bati na porta de Joel e perguntei se ele não queria um hambúrguer. A gente se sentou na mesa junto à vitrine de uma lanchonete na Market Street, com assentos na primeira fila para o caos.

— Eu sou uma pessoa horrível?

Joel enfia uma batatinha no ketchup.

— Por quê? Porque queria correr aqui e ver todos os detalhes?

Faço uma careta.

— Só para deixar claro, eu não teria feito isso se fosse um acidente ou...

— Ei, tudo bem — diz ele, me cutucando de leve com o cotovelo. — Eu também faço isso às vezes.

— Só para verificar que não está sonhando?

Ele ri, e depois disso comemos em silêncio por um tempo.

— Bom — diz ele por fim. — Você não pode dizer que não sei como divertir uma garota. Fast food e engarrafamento na hora do rush... O que mais você poderia querer?

— Não é sua culpa, a sugestão foi minha. — Penso de novo no motivo de estarmos aqui. — É loucura, não é? *Você sabia que isso ia acontecer.*

Seu sorriso diminui um pouco.

— Pode acreditar, a graça passa bem rápido.

Do outro lado da vidraça, portas de carros se abrem. Uma discussão começa entre dois motoristas irritados.

Enquanto eles se aproximam, de peito estufado e punhos cerrados, Joel pega seu refrigerante.

— Quer mudar de lugar? Não sei se quero assistir a essa parte.

— Não é culpa sua, você sabe, né? — digo enquanto saímos da lanchonete e caminhamos a passos rápidos com as bebidas na mão. — Foi um cano quebrado. Você não poderia evitar.

— Eu poderia ter feito alguma coisa. Ligado para a companhia de água. Eles poderiam checar.

— Ninguém se machucou — relembro, baixinho.

— Verdade — concorda ele. — E te mostrar isso parecia mais importante.

34

Joel

Voltamos para a casa de Callie. Estou aliviado por ter conseguido me provar para ela, embora ela nem tenha pedido isso. Mas a situação toda me deixou um pouco desconcertado. Então, quando entramos, eu mudo de assunto e pergunto sobre o seu dia.

Ela me conta que hoje pediu as contas para Ben no café durante o almoço.

— Como ele reagiu?

— Melhor do que pensei. Acho que vai promover a Dot e contratar alguém para a vaga dela. — Um suspiro. — Ele na verdade foi muito legal, sabe? Me deu o maior apoio. O que meio que me causou um mal-estar, como se eu estivesse dando as costas para ele. Talvez até para Grace também.

Estamos sentados no mesmo sofá, mas só nossos olhares estão em contato. Pela janela, uma unha de lua está suspensa na escuridão. O céu está elétrico com estrelas.

— Ele te deu apoio porque é uma ótima oportunidade para você — asseguro. — O começo de um capítulo novo.

Callie fez uma trança no cabelo e a largou pendurada no ombro, revelando o pescoço elegante e os brincos pendentes, que têm flores secas de verdade.

— Acho que já não era sem tempo. Eu tinha um pânico estranho, na época logo depois do funeral de Grace. Acordava no meio da noite, me perguntando o que as pessoas diriam sobre mim se eu morresse. Fiquei meio obcecada com isso, na verdade. Esther achou que eu estava tentando evitar pensar em Grace. Sabe, me estressando com minhas próprias falhas para ignorar a tristeza.

Penso na minha mãe. Em como comecei a ficar obcecado com meus sonhos depois que ela morreu. Foi nessa época que passei a anotar de verdade, registrando absolutamente tudo que via.

— Eu fiquei tão preocupada que um discurso fúnebre sobre mim parecesse um currículo — continua Callie. — Sabe? *Muito confiável. Recebeu o prêmio de tempo de serviço na Eversford Embalagens Metálicas. Era pontual e dedicada*… Foi isso que me deu o empurrãozinho final, acho. Para largar o emprego e assumir o café. Eu meio que pirei um pouco por uns meses.

— Como assim, pirou?

Ela dá de ombros.

— Fiz várias coisas absurdas. Tipo decidir que eu precisava de um corte de cabelo bizarro com franja, que eu odiei, óbvio. Depois pensei em pintar meu apartamento todo de cinza-escuro, mas ficou *péssimo* e eu tive um ataque histérico no meio do caminho por causa do cheque-caução, então tive que pintar tudo de volta. — Ela suspira, envergonhada. — O que mais? Entrei num site de encontros, o que foi desastroso. Fiquei bêbada e… — Ela se interrompe.

— Ah, não. — Dou risada. — Você não pode parar aí. Ficou bêbada e… se casou? Foi presa? Gastou os tubos no bar?

A voz dela abaixa para um sussurro.

— Eu fiz uma *tatuagem*.

Meu sorriso aumenta.

— Excelente.

Uma pausa.

— Então, o que é?

— O que é o quê?

— A tatuagem.

Ela morde o lábio.

— Deixa pra lá.

— Como, o que e onde?

— É uma *longa* história.

Eu finjo olhar para o relógio de pulso.

— Ah, eu tenho bastante tempo.

— Tá bom. Então, eu fiquei bêbada e… fiz uma tatuagem.

Ela solta o ar e dobra as mãos delicadamente sobre o colo.

Eu não vou deixar ela se safar tão fácil.

— Você já comentou isso. Mas quero saber os detalhes.

Callie morde o lábio de novo. Prende uma mecha solta de cabelo de volta na trança.

— Bom, eu coloquei na cabeça que queria um pássaro... mas estava bêbada e não consegui explicar exatamente como. Eu queria uma andorinha... sabe, elegante e bonita. Delicada, sabe? Tentei desenhar o que queria para o tatuador, mas desenho *muito* mal e...

— Onde é?

— No quadril.

Eu arqueio a sobrancelha.

— Posso ver?

— Pode, mas não pode rir.

— Prometo.

Ela abaixa a cintura do jeans só o bastante.

Olho para baixo. Depois ergo os olhos para Callie.

— É um... nossa.

— Eu sei.

É uma andorinha. Eu acho. Mas uma andorinha marombada. Com tons fortes de vermelho e azul, e inesperadamente grande. Grandalhona e gordinha, com curvas cartunescas. Tem um pergaminho em branco no bico e uma expressão intensa que só posso supor ser acidental.

Ou talvez o tatuador também estivesse bêbado.

— É bem... Quer dizer, é...

Ela arregala os olhos.

— Você não precisa ser simpático, prometo. Caí no choro quando vi o resultado sóbria. Comecei a procurar desesperadamente "remoção laser tatuagem" no Google e jurei nunca mais fazer nada ousado.

— O que era para... — Eu limpo a garganta. — ... ter no pergaminho?

— Ah, eles acharam que eu queria isso, tipo para colocar o nome de alguém. Me surpreende que não tenham inventado qualquer coisa e colocado aí sem perguntar.

— Minha nossa. É surpreendente.

Ela me acerta com uma almofada.

— Você prometeu que não ia rir.

— Não estou rindo. Achei charmoso.

— Não é nada charmoso. É uma pichação que não sai. Estou juntando coragem para voltar e apagar.

Eu estico o braço e seguro sua mão.

— Acho que você deveria ter orgulho dela. Que apagar o quê. Faz parte da sua história.

Ela começa a rir.

— Está falando sério?

— Com certeza. Você fez uma coisa doida e corajosa. Deveria olhar essa tatuagem e sentir só felicidade. — Dou uma olhada para o quadril dela de novo, mas é quando ergo os olhos para seu rosto que sinto felicidade: uma onda poderosa e elétrica. — Continue fazendo coisas doidas — digo, apertando sua mão.

— Sério? Doida tipo essa tatuagem?

Eu sorrio.

— Por que não? Contanto que seja uma doideira boa. O *seu* tipo de doideira.

— Tenho a sensação de que o trabalho em Waterfen vai ser bem louco. Pelo menos para mim — diz ela com uma risada. — O que devo fazer depois? Quer vir comigo para o Chile?

Ela está brincando, eu sei disso. Mas estar com Callie é o mais próximo que já cheguei de escapar da minha vida. Porque simplesmente me aproximar dela já parece uma viagem para outro país. Um lugar em que já pensei muitas vezes, mas nunca tive coragem de explorar.

Nós nos inclinamos para a frente ao mesmo tempo. Mergulhamos num beijo, voamos em órbita.

35

Callie

É aniversário da Esther, ela vai dar uma festa em casa e disse que eu poderia levar o Joel.

— Não vou a uma festa faz anos — confessa ele enquanto nos arrumamos.

— Por quê?

— Não é muito meu... hábitat natural — diz ele, e explica que tem a ver com o distanciamento natural das amizades, a sensação de ser um forasteiro, algo que teve durante toda a vida.

Estou passando o vestido que vou usar hoje, azul-marinho com cinto e ligeiramente evasê, que combina bem com saltos *peep toe* e um batom forte.

— Não se preocupe. Ninguém vai perceber.

Ele me dá um beijo.

— Bem que você gostaria.

— Bom, eu não ligo se perceberem — murmuro.

Tenho a sensação de que aparecer com Joel nessa festa vai causar um burburinho danado, mas ele parece tão nervoso que decido não compartilhar minha sensação.

Esther nos recebe na porta usando um broche que diz *QUARENTONA GOSTOSONA*.

— Foi Gav tentando ser irônico — explica ela, nos dando beijinhos no rosto. — Estou fazendo 36 anos.

— Não parece um dia além de 35 — diz Joel, estendendo a mão.

Esther abre um sorriso como se aquilo fosse a coisa mais engraçada que ouviu no último ano.

— Você. É. Hilário. Vem. Todo mundo vai adorar te conhecer.

Conforme seguimos pelo corredor, eu meio que espero ver Grace surgindo de uma porta, o rosto corado, já um pouco bêbada de gim, dois copos cheios nas mãos e muitos beijos para dar.

Uma coisa boa de Joel é que sua personalidade calorosa supera a mente de ermitão. Mal pegamos nossos drinques quando Gavin o puxa para uma conversa sobre arquitetura sustentável, que depois de um tempo se transforma em um debate com Esther sobre as tentativas da classe média de se livrar de propriedades, e depois disso não consigo mais falar com Joel por horas. Toda vez que olho para ver se ele está bem, vejo que está batendo papo com outra pessoa, e quase o perco entre a multidão de desconhecidos. Mas de vez em quando nossos olhos se encontram, satélites em lados opostos do sistema solar, e sempre que isso acontece, meu coração bate mais forte.

Quando sinto alguém pousar a mão na minha cintura, me dou conta de que pelo menos uma ou duas horas já se passaram.

É Esther.

— Eu só queria te dizer o quanto estou orgulhosa.

— Orgulhosa?

— Sim, por você ir atrás dos seus sonhos. Imagino que eu deveria ter te dado mais força nos últimos anos.

Acho que ela fez isso. Sempre insistiu em dizer que desisti rápido demais quando a onda inicial de entrevistas depois da formatura não deu em nada, se recusou a me deixar abrir mão dos meus sonhos. *Você é a única pessoa que conheço capaz de identificar um pássaro pelo padrão de voo*, ela me disse do nada em uma manhã gelada de inverno, quando apontei para um bando de marrecas-arrebio acima de nós, vários pontinhos contra o tecido encrespado do céu. *E quem mais consegue identificar uma árvore só de olhar para o tronco? Você deveria fazer o que ama, Cal. A vida é para se viver.*

Mas àquela altura minha confiança já estava abaixo de zero com as primeiras rejeições. A área de ecologia era tão competitiva — parecia mais seguro e menos deprimente suspender minhas ambições, garantindo a Esther que eu voltaria a buscar aquilo em breve. Assim, ela logo parou de tocar no assunto.

— Você me deu muita força — digo a ela agora. — Acho que na época eu só não estava pronta para ouvir.

— Eu amo esse cordão — comenta ela, indicando minha clavícula. — Eu estava junto quando ela comprou.

É uma bolotinha de carvalho de estanho, presente de Natal de Grace logo depois que ela conheceu Ben. Ela estava tentando me mandar uma mensagem, eu acho, sobre sementes e árvores e tomar uma atitude.

Esther me dá outro abraço, depois sai para procurar Gavin.

Mais tarde, encontro Joel conversando com Gavin e Esther na cozinha do porão. É um alívio ver que eles não parecem ter guardado rancor sobre toda a confusão com Melissa quando começamos a sair. Ou pelo menos concordaram em esperar até amanhã para me sacanear pelo WhatsApp.

— Ei — chamo Joel, e o envolvo em um abraço.

Ele tirou o casaco em algum momento e está quentinho e macio só de camiseta. Seu cheiro já me é familiar, como o cheiro de uma flor voltando a abrir.

— Te perdi.

— Ei. Acho que eu que te perdi.

— Desliga você. Não, desliga *você* — brinca Esther.

Ela está bebendo vinho tinto agora, os lábios cor de carmim.

Eu sorrio.

— Do que vocês estão falando?

— Do Ben — responde ela. — Ele está falando de largar o emprego e vender a casa, talvez se mudar para outra cidade.

— Sério?

Não falei muito com Ben hoje, mas ele pareceu mesmo bem alto quando o vi na fila para o banheiro.

— Estamos tentando decidir se devemos convencê-lo a não fazer isso — explica Gavin.

— Sério? Por quê?

Esther morde uma unha.

— Bom, caso ele esteja tomando uma decisão apressada.

Eu aperto mais o abraço no corpo cálido de Joel.

— Mas já faz dois anos que Grace se foi — digo, baixinho.

Todos ficamos em silêncio.

— Quer dizer, não é ótimo que Ben finalmente esteja com esperanças? — continuo — Ele não disse nada otimista desde que ela morreu.

— Contanto que ele esteja seguindo em frente, não fugindo — diz Esther, sabiamente.

De repente, em algum lugar por perto, um vidro se quebra.

Gavin estica o pescoço pela porta da cozinha para olhar.

— É o Ben. Ah, meu Deus, ele tá vomitando.

— Sinceramente, essas visitas — brinca Esther, dando uma piscadela para nós e virando o restinho de vinho.

Então ela e Gavin saem, me deixando a sós com Joel na cozinha.

Do lado de fora, o pátio forma uma cruz escura na janela do porão. O ar noturno está enevoado, pesado com bruma.

— Acha que ele vai ficar bem? — me pergunta Joel.

— Ah, com certeza. A Esther é ótima em crises. — Eu faço uma careta. — Só espero...

Ele me deixa pensar.

— ... que Ben não esteja preocupado com o café. Não por eu ter saído, mas porque... as coisas estão mudando. Seguindo em frente.

Joel parece refletir.

— Mas talvez a longo prazo seja melhor assim. Se ele já está pensando em um recomeço...

Tento sorrir.

— Pois é. Vou falar com ele, acho. Depois que se recuperar da ressaca de hoje.

Joel avalia a cozinha com o olhar.

— Essa casa é ótima.

— Eu sei. — Passo a ponta dos dedos pelos nós da bancada antiga de carvalho. — É tão aconchegante e tradicional.

Ele assente.

— Uma bela casa de família.

— Eles estavam tentando engravidar — digo de repente, sem saber bem por quê. — Esther e Gavin.

— Ah, desculpa, eu não quis...

— Não, eu sei, é só que...

— Então eles estavam...

— Tentando. Antes de Grace morrer. Mas aí pararam.

— A morte faz isso, acho. Te força a repensar as coisas. Apertar o pause.

Meu sorriso parece fraco, diluído.

— Contanto que você se lembre de apertar o play de novo em algum momento.

Nós dois ficamos parados por um segundo, ouvindo o choramingo angustiado do blues americano do andar de cima, até que Joel se inclina e me beija. É uma sensação tão boa estarmos aqui embaixo juntos, encolhidos na barriga cálida da casa, como marsupiais escondidos dos perigos do mundo.

— Borrei seu batom — diz ele quando nos afastamos por um momento.

Seus lábios estão manchados de vermelho dos meus.

— Idem.

Então me aproximo e o beijo de novo. Insistentes e apaixonados, logo nossos corpos estão grudados, as bocas quentes e úmidas. A gente se transforma nas batidas do coração um do outro bem ali na palma aberta da cozinha, aquecidos pelo fogão a lenha e protegidos pelas paredes rangentes e inclinadas do porão.

36

Joel

Callie está apagada ao meu lado na cama, cabelos e roupas amarrotados. Levamos o beijo de mais cedo na cozinha de Esther direto para casa. Para a porta do prédio, enquanto eu lutava com a chave, depois para o corredor. Aí entramos no meu apartamento e fomos para o sofá antes de finalmente chegarmos à cama. Juntos caímos no colchão, mapeando nossos corpos com mãos febris. Corações disparados, pele úmida. Em determinado momento eu derrubei o abajur da minha mesa de cabeceira com o pé (como foi que a gente acabou assim?), nos mergulhando em uma escuridão deliciosa. Senti a pélvis dela se mover enquanto ela ria, me deixando frenético de desejo.

Faz uma semana desde que nos beijamos pela primeira vez e estou cada vez mais apaixonado. Mas quero fazer isso direito. Ir devagar. Sem pressa. Ela significa tanto para mim em tão pouco tempo que meu instinto me diz para não apressar as coisas.

É por isso que ela acabou dormindo enrolada junto ao meu corpo como um gato enquanto assisto com fones de ouvido a um TED Talk sobre debandadas humanas.

Talvez eu sinta isso por causa da Melissa. Porque meu cérebro está tentando colocar uma divisão entre ela e Callie de alguma maneira. Talvez eu precise acreditar que não vou estragar tudo antes que a gente vá muito além dos beijos.

De qualquer forma, somos uma imagem estranha, acho, se alguém estivesse olhando para nós do alto. Eu no meu mundinho. Callie, dormindo ao meu lado, totalmente vestida.

37

Callie

O sol é um farol reluzente, alto no céu de uma manhã causticante do início de dezembro. É meu primeiro dia em Waterfen, e estou no meio do pântano, sacolejando em um trator que, estranhamente, pareço estar dirigindo. Minha nova chefe, Fiona, está no assento dobrável ao meu lado, um trailer cheio de estacas de cerca rolando atrás de nós enquanto um pequeno batalhão de funcionários e voluntários seguem as marcas profundas dos nossos pneus a pé.

Eu flexiono os dedos em volta do volante algumas vezes só para checar que isso está mesmo acontecendo e eu não acabei me desviando durante o sono para um dos sonhos de Joel.

É difícil não me distrair pela vista enquanto dirijo. A paisagem brilha com o inverno, os raios de sol refletindo no solo congelado. Duas vezes vemos uma mancha marrom de um cervo correndo pela mata, de um tartaranhão dando voltas na tela perfeita do céu.

— Não dá para esse caminhão ficar atolado, né?

Estamos nos aproximando de um pedaço de terra brilhante de umidade que tem uma semelhança assustadora com um pântano.

— Ah, dá sim — responde Fiona alegremente.

Ela tem cabelo escuro e bochechas coradas e uma atitude pé no chão típica de uma parteira.

— Então o que a gente faz se ele atolar?

— Ah, não faz.

— Não faz o quê?

— Não atola — responde ela com um sorriso. — Se fizer isso, vai se complicar de verdade.

Mantenho os olhos fixos no atoleiro à frente.

— Certo. Entendi.

Ela dá risada.

— Relaxa. É que nem dirigir um carro. Você vai sentir se começar a perder tração. — Sinto ela me olhando. — Você sabe dirigir, né? Esqueci de checar sua habilitação na entrevista.

Eu sorrio e confirmo que sim, tenho a qualificação para dirigir. Depois de quase dois anos trabalhando no café, onde havia uma reclamação no TripAdvisor esperando para acontecer ao menor de sinal de uma trapalhada, a atitude relaxada de Fiona é como uma permissão para relaxar. Já sinto meu cérebro mudando de marcha, alterando a frequência da mente. Eu seria até capaz de me emocionar por isso, se não estivesse operando máquinas pesadas e tentando evitar um mergulho direto no buraco mais próximo.

Logo vou estar apaixonada por este trator, Fiona me assegura. Ela descreve verões hipnóticos podando árvores e limpando ervas daninhas sob o sol, longas tardes meditativas circundando campos no pântano, o ar pontilhado de luz e borboletas. Ela me diz que cheguei na pior época do ano.

— O que na verdade é uma coisa boa — completa —, porque, no meu ponto de vista, o clima só vai melhorar a partir de agora.

— A verdade é que eu até gosto do inverno — conto a ela.

Seu sorriso é todo pena.

— A gente ainda não começou a limpar o sistema dos deques.

A manhã é passada criando uma cerca com estacas e arame farpado à prova de gado, o que é apavorante de um jeito meio inoxidável. Morro de medo de fazer besteira e mandar um ou mais de meus colegas para o hospital. Mas a tensão é revigorante para mim — um estimulante inesperado, ter que me concentrar tanto para não decapitar ninguém, ou não cair com o trator num buraco, ou tropeçar e cair num deque. É a injeção de adrenalina que eu buscava desde o dia que comecei a trabalhar na fábrica de embalagens.

Tiramos a hora de almoço sentados nos fardos de juncos, enfiados no pântano. Suando pelo trabalho da manhã, tiramos casacos e jaquetas, embora a temperatura não passe muito de zero. Observamos as manobras e mergulhos de um falcão caçando, o ar frio batendo como água na nossa pele úmida. De um grupo próximo de árvores sem folhas, o grasnar das gralhas cai como chuva.

Enquanto devoramos sopas e sanduíches, a conversa se volta para viagens. Dave, o voluntário que acabou de se formar em ecologia, embarca semana que vem para trabalhar em um projeto de conservação no Brasil, monitorando e pesquisando a fauna e flora de uma reserva florestal. Fiquei completamente impressionada desde o momento em que ele me contou isso.

Fiona nos pergunta qual é o lugar que mais gostaríamos de visitar.

— Letônia — diz Liam.

Seco e grandalhão, com cabelo cor de mel, ele é o assistente de Fiona que começou a trabalhar aqui cinco anos atrás depois de perceber como era ruim em auditoria financeira.

— É bonito, calmo e quieto, sem ninguém para te pentelhar.

— Você já foi para a Letônia — comenta Fiona. — Não conta.

Eu sorrio, pensando nos meus guias de turismo lá em casa, me perguntando se Liam e eu na verdade vamos acabar tendo muito em comum.

Liam dá de ombros.

— Não quero ir mais para lugar nenhum.

— Nenhum lugar mais exótico? — pergunta Dave, embora o sorriso nos seus olhos me diga que já tiveram essa conversa antes. — África, talvez?

— Não. Você sabe que eu gosto de frio. De qualquer forma, já vi tudo do mundo que queria ver.

Fiona vira para mim.

— E você, Callie? Tem algum lugar a que sonha em ir?

— Parque Nacional de Lauca — respondo. — Sabe, no...

— Chile — todos respondem em uníssono.

Eu me inclino para a frente.

— Tem um pássaro lá que...

Dave começa a rir.

— Ah, o famoso *chorlito de vincha*.

Liam bufa, vira o saco de batatas fritas na boca.

— Você tem mais chances de ver um leopardo-das-neves.

— Ou um unicórnio — diz Dave e, dá uma risada.

— Eu conheço alguém que já viu — comenta Fiona.

Balanço a cabeça, animada, me lembrando da menina da faculdade.

— Eu também.

Dave sorri.

— Bom, se você conseguir uma foto, não esquece de me mandar.

Fiona olha para mim.

— Não ligue para ele. Minha amiga disse que o lugar é incrível, tipo coisa única na vida. E ver aquele pássaro seria épico.

— Certo — diz Liam, amassando o saco vazio e olhando o relógio. — Isso tudo é muito legal e tal, mas aquela cerca ainda precisa ser terminada.

— Você vai ter que se acostumar com ele, infelizmente — comenta Fiona para mim, com uma piscadela. — Ele é meio que nem um husky. Sempre ansioso pela próxima coisa.

Já gostei de Liam — ele parece meu tipo de gente. Então sou a primeira a pular animadamente do fardo e segui-lo até a cerca.

Bato na porta de Joel quando chego, sorrindo quando ele me puxa para um abraço de urso.

— Desculpa, eu estou toda suada e horrível.

— Toda suada e linda — insiste ele. — Me conta tudo.

Descrevo meu dia e mostro as bolhas já surgindo na palma das mãos.

— Não percebi como estou fora de forma. Mas, pelo lado bom, aprendi a dirigir um trator.

— No primeiro dia? Te jogaram no lado fundo da piscina, hein?

— Pois é. Pelo menos assim não tive tempo de entrar em pânico antes.

— As pessoas são legais?

— São bem legais. Ótimas mesmo. — Eu sorrio para Murphy. — Como ele ficou?

— Bom, no início ele ficou triste sem você. Mas eu consegui conquistá-lo com minha combinação matadora de passeios, bolinha, petiscos e carinho na barriga. — Ele baixa a voz para um sussurro. — Cá entre nós, acho que ele ficou com uma quedinha pela Sininho.

Caio na risada.

— A Sininho é velha demais para ele. Já tem quase dez anos.

— Ei, não seja do contra. A distração funcionou muito bem.

Por dentro, sinto um relaxamento de tensão, como uma vela se afrouxando quando a tempestade passa.

— Muito obrigada mesmo.

— Não precisa agradecer. Quer beber alguma coisa?

Ele vai para a geladeira, pega uma garrafa e começa a procurar um saca-rolhas.

O apartamento de Joel nem se compara ao meu — está sempre tão limpo e organizado, uma cápsula de calma. Ele só tem, na sala, um sofá de dois lugares com uma manta turquesa recatadamente estendida nos ombros, uma televisão de um tamanho médio com um alto-falante Bluetooth e não muito mais — uma suculenta na lareira e uma mesinha de centro, onde em geral ficam seu caderninho e a caneta.

Eu me jogo no sofá.

— Você comprou vinho de verdade.

— Perdão?

— Se tem rolha, então é chique. Ou eu inventei isso?

— Bom — responde ele, servindo uma taça. — Isso é bom, pelo que parece. Para as florestas de cortiça. Comecei a ler sobre o assunto, agora que você trabalha em conservação e tudo o mais. — Ele atravessa a sala e me passa uma taça gelada. — Aqui, comece com isso enquanto preparo a banheira para você.

Ah, meu coração. Meu coração está cantando.

— Obrigada — consigo dizer, mas ele já desapareceu no banheiro para ligar a água quente.

Fico observando-o caminhar — os ombros largos, o cabelo escuro bagunçado — e sinto uma pontada profunda de desejo.

Depois de várias semanas intensas juntos, eu e Joel ainda não transamos. Sei que ele fica relutante de apressar as coisas, que sua opinião sobre relacionamentos é complicada, que ele duvida da própria competência nas questões do coração. Então fico feliz de ir devagar. O que estamos fazendo parece correto para nós.

Quando a banheira está pronta e eu entro, vejo que Joel acendeu uma vela e colocou uma toalha limpa para esquentar no aquecedor. É como uma dança lenta de gestos delicados, todas as coisas que eu costumava fazer para Piers que ele nunca fazia de volta, talvez por achar que eu não valia o trabalho.

Até recentemente, é provável que Joel nem tivesse uma vela, quanto mais os sais de banho que espalhou na água. É como se ele estivesse esperando por anos até ter alguém por quem pudesse fazer tudo isso.

38

Joel

Callie está na metade de sua primeira semana em Waterfen, e estamos voltando para casa a pé depois do jantar na residência do meu ex-chefe, Kieran, e sua esposa, Zoë. Depois do calor do hall com aquecimento subterrâneo (eles moram em um casarão de esquina em uma das avenidas mais caras de Eversford), o mundo exterior parece de um frio cortante.

— Kieran é seu único amigo de verdade? — pergunta Callie gentilmente enquanto caminhamos, nossa respiração espalhando nuvens brancas no ar de dezembro.

— O Steve também é um bom amigo.

Melhor que a maioria, considerando tudo que ele teve que aguentar de mim.

— Por quê?

— Por que o quê?

— Por que Kieran e Steve são seus únicos amigos de verdade?

Com o braço enroscado ao meu, ela faz essa pergunta como se não fosse nada de mais. Só que sei que é. Acho que ela está se perguntando se um cara sem nenhum problema sério de personalidade pode chegar aos 35 anos sem todo um grupo de manos. Doug, que está sempre a postos para uma noitada de solteiros e tem sua *entourage* fiel (antigos amigos da escola, caras do time de rúgbi, colegas de trabalho, amigos da esposa), sempre pensou assim. Ele volta e meia me enche o saco pela falta de churrascos nos meus aniversários, verões que passo sem receber convites de casamento. Copas do Mundo vêm e vão sem um grupo com quem virar o copo.

— Acho que, depois que os sonhos começaram — admito —, eu não estava muito focado em fazer amigos. Às vezes parecia um trabalho de tempo integral, sabe? Tentar me lembrar de tudo, me manter são. Ainda parece, sendo bem honesto.

Por exemplo, ontem à noite. Sonhei que o cartão de um parente seria clonado e sua conta bancária, roubada. Tenho alguns meses, mas o que devo fazer? Falar para ele só usar dinheiro até junho e renovar o antivírus do computador? Pensei nisso a manhã toda, e por fim decidi mandar um e-mail. Inventei algo sobre um amigo que sabe dessas coisas. O que ele vai fazer com isso, acho, é com ele.

Quando resolvi a questão, já era quase meio-dia. Eu mal me lembrava de ver Callie sair do meu apartamento para o trabalho. Não lhe dei um beijo quando ela acordou, não preparei um café para ela, nem perguntei se ela queria fazer alguma coisa no fim de semana. Poucas chances de conexão, escapando pelos meus dedos.

— É uma pena — diz Callie agora.

Eu limpo a garganta.

— Você não sente falta do que nunca teve. E amizades não são tão fáceis de construir quando se tem que manter tudo que te define em segredo.

— Talvez isso não tenha que te definir.

Mas me define, penso. *Não tenho escolha.*

A gente continua andando, passando por cercas de ferro fundido entrelaçados com jasmim-amarelo.

— Bom, os meus amigos te adoraram — comenta ela. — Não consegui responder todas as mensagens depois da festa da Esther.

Abro um sorriso.

— Que bom.

Porque, se você não consegue ser normal, então fazer uma boa imitação é suficiente, acho.

— Sabe, o que você pensa de si mesmo nem sempre é como as outras pessoas te veem.

Eu sinto a doçura das palavras dela e aperto sua mão pousada na curva do meu cotovelo.

— Falando nisso... você sempre se considerou uma participante do *Show do Milhão* em potencial?

Ela dá risada.

— Quê?

— Como que alguém pode ter tanto conhecimento geral? Você sabe *de tudo.*

(Nós fizemos uma rodada de um jogo de Perfil depois do jantar. Para resumir, ela acabou com a gente.)

Não me surpreende que ela responda com pura modéstia.

— Até parece. Eu só sou boa em coisas de ciência e natureza.

— E geografia. Quer dizer, como é que você sabe tantos fatos aleatórios sobre o Peru? E não conheço nenhuma outra pessoa que saiba a capital da Tanzânia de cor.

Callie esconde o queixo no cachecol.

— Rá. Piers odiava isso em mim.

— Odiava o quê?

É difícil imaginar Callie tendo qualquer característica possível de ser odiada.

— Que eu soubesse um monte de coisas aleatórias. Ele achava que eu estava tentando aparecer.

— Que imaturo — sugiro, sem querer xingá-lo abertamente.

Esse cara perdeu a chance que teve com a melhor mulher do mundo. Ele já está perdendo de lavada.

— Vamos dizer que, se ele perdesse para mim como você perdeu hoje, passaria uma semana de bico.

Finjo indignação, erguendo as sobrancelhas.

— Espera aí... como *eu* perdi? Eu não fui tão mal quanto Zoë. Ela nem sabia quem inventou o telefone.

Callie começa a rir e aperta meu braço com mais força.

— Você não achou que ela estava morrendo de vontade de chutar *Sr. Telefone*?

— Aham, e ela só se segurou porque o Kieran ficou pisando no pé dela.

Trêmulos de alegria, nossos olhares se encontram. Começamos a gargalhar. Um homem solitário passeando com um cachorro tarde da noite passa bem longe de nós, dando uma olhada por cima do ombro ao cruzar a rua vazia.

Kieran havia me sequestrado na cozinha mais cedo enquanto eu ajudava a lavar os pratos, mas não conto a Callie. (Aprendi anos atrás com Tamsin que, quando se tem filhos, são as pequenas coisas que mais agradam.)

— Onde foi que você achou essa menina?

A pergunta era retórica. Callie já tinha contado a história, enquanto tomávamos sopa de rabanete, uma das mãos na minha, a sola do pé na curva do meu calcanhar. Então só sorri.

— Fico feliz por você, rapaz.

— Obrigado.

— Parece que as coisas estão começando a dar a volta por cima.

Comecei a colocar os pratos na lava-louça. Da sala de jantar ouvi Zoë gargalhando com algo que Callie falou. O vinho sendo servido do decantador nas taças.

Eu me virei para ele.

— Sinto muito por ter te decepcionado.

— Joel. — Com a voz gentil, ele esticou o braço e apoiou a mão no meu ombro. — A gente já passou por isso.

Durante os anos que trabalhamos juntos, Kieran acabou sendo a influência estável que eu nem percebi que precisava. Controlado e tranquilo, ele sempre tinha um olhar firme sobre os clientes e decisões clínicas mais difíceis. Quando o trabalho acabava, a gente saía para uma cerveja, um jogo de sinuca. E eu esperava pelas rugas de riso que sempre surgiam em torno dos seus olhos nos momentos antes de Kieran cair na gargalhada. Porque sempre que elas apareciam, era fato: eu ia me acabar de rir também.

Algumas rugas no rosto dele surgiram depois. Mas eram de frustração por ver que eu estava me afastando cada vez mais da vida que tinha construído. Mas Kieran nunca perdeu a cabeça comigo. Ele só esperou pacientemente, como se estivesse observando a correnteza me carregando para longe. Como se esperasse que eu mesmo começasse o longo e difícil processo de nadar de volta à margem.

Eu puxei a bandeja superior do lava-louças e comecei a empilhar as cumbucas de sopa. A mão de Kieran se afastou.

— Foi só uma vez, Joel.

Como se ele precisasse dizer. *Uma vez é mais que suficiente.*

— O que aconteceu não foi sua culpa.

Algumas coisas a gente pode ouvir um milhão de vezes e nunca acreditar de verdade. Tipo que um pássaro voa do Alaska até a Nova Zelândia sem parar nenhuma vez. Ou que uma pessoa que você ama morreu enquanto dormia, com você ao lado dela o tempo todo, segurando sua mão.

Por alguns momentos a cozinha ficou tão silenciosa quanto o espaço sideral.

— Ei, me faz um favor? — disse Kieran então. — Tem a ver com a Callie.

Uma olhada descrente.

— Não ferrar com tudo?

Ele deu de ombros.

— É. Gostei do jeito que ela te olha. Como se só existisse você no mundo. É raro isso.

Segurei com força a beirada da pia. Torcendo para Kieran não notar.

— Me diz como eu posso ter isso e não estragar tudo de algum jeito.

Ele notou.

— É bem simples, na verdade.

— Me explica. Por favor.

Mas ele não pode, é claro que não pode. Porque não tem ideia dos meus medos mais profundos.

— Você tem que se comprometer. Pular de cabeça, sem hesitar.

Nós voltamos para a sala de jantar com Zoë e Callie depois disso. Mas, pelo restante da noite, só consegui pensar: *Como posso me comprometer com um relacionamento se estou com medo demais de me apaixonar?*

39

Callie

No final da minha primeira quinzena em Waterfen, sinto uma luz voltando a se acender dentro de mim.

Nunca me senti tão conectada ao meu corpo. Enquanto meu sangue ferve, meus pulmões se expandem e meus músculos lentamente despertam, fico impressionada com a movimentação de ligamentos há muito adormecidos. Estou erguendo troncos e ancinhando juncos e atravessando riachos, o tempo todo sentindo a ardência gostosa da falta de ar. Dou risada com o absurdo que é suar em temperaturas negativas, me divirto com a satisfação do corte macio de uma foice. E começo a desejar a onda opioide de exaustão que vem à noite, o peso da analgesia que sinto ao afundar no sofá de Joel enquanto ele massageia os nós nas minhas costas.

Penso em como Piers zombava de mim quando eu tinha dificuldade para abrir um pote de palmito ou tirar a rolha de uma garrafa de espumante. *Olha só para mim agora*, digo para ele em pensamento enquanto carrego troncos de vinte quilos para a caminhonete, sentindo as costas arderem ao arrancar ervas daninhas dos deques, jogando-as em pilhas altas, arranha-céus recém-construídos para os ratos do campo.

Todos os dias o mundo se transforma entre meus dedos, sobre a minha cabeça, sob meus pés. Tenho uma sensação palpável de estar voltando para casa.

Na sexta à tarde, Fiona me pergunta se sou casada. É difícil adivinhar aqui, acho, porque ninguém usa aliança, todos temerosos demais de perdê-las no mato.

Estamos cortando juncos no pântano. Faço pilhas com Fiona, enquanto Liam e alguns voluntários estão com as roçadeiras. O vento hoje está afiado, forçando a garoa a um ângulo quase horizontal, mas o trabalho é tão pesado que estou só de camiseta.

Também estou me sentindo elétrica assim ultimamente por causa de Joel, é claro. Me sinto tão atraída por ele que chega a ser novidade para mim. Sentir suas mãos explorando meu corpo e sua boca na minha é como uma dose diária de dinamite por dentro.

Mas ele ainda quer esperar antes de darmos o próximo passo. Ele me sussurra isso às vezes quando estamos juntos, sempre parando antes de chegarmos a um ponto sem volta. *Não quero apressar as coisas. Tudo bem? Você é importante demais para mim.*

É tão diferente de Piers ou de qualquer outra pessoa com quem namorei. E se estou, é claro, louca para transar com Joel, ao mesmo tempo o controle e a restrição tornam tudo ainda mais intenso.

— Não — digo para Fiona. — Não sou casada.

— Mora com alguém?

Sorrindo, eu afasto o cabelo dos olhos.

— Mais ou menos. Estou namorando o cara que mora no apartamento embaixo do meu.

Fiona empilha os juncos como se estivesse preparando o jantar. Eu invejo sua técnica, aperfeiçoada ao longo de muitos anos — sem dúvida ela consegue juntar o dobro do que consigo, e sei que estou atrapalhando mais que ajudando.

— Ah, é? E como ele é?

Começo a descrevê-lo — amo falar de Joel, sentir o nome dele na minha língua. Mas, quando as palavras deixam minha boca, começo a me sentir quase infantil, como se estivesse contando a ela sobre meu amigo imaginário. Fiona deve pensar que um mês mal conta como um caso, que dirá um relacionamento, embora seja difícil ter certeza. Tem muito menos oportunidade para nuances de linguagem corporal quando se está fazendo um trabalho pesado no meio de um pântano.

— O que ele faz?

— Era veterinário.

Ela não responde por alguns instantes, depois pergunta:

— Espera. Joel. Joel Morgan?

— Isso! Você o conhece?

Ela assente, ainda empilhando os juncos.

— Ele salvou a vida da minha pastora-alemã. Ela engoliu um anzol na praia com linha e tudo.

— Ah, tadinha.

— Eu sei. E ela não gosta de veterinários homens, não. Mas o Joel foi excelente. Muito calmo. Um cara ótimo. Nunca vou esquecer como ele foi bonzinho com ela.

Fico mais do que contente em aceitar esse elogio no lugar dele.

— Parece mesmo o Joel.

— Eu passei na clínica uma semana depois para agradecer de verdade, mas disseram que ele tinha saído.

Continuamos o trabalho por mais alguns minutos. Minha respiração está ofegante, e minhas mãos estão ardendo cheias de bolhas, mesmo com as luvas pesadas.

— Então, o que ele anda fazendo agora, hein?

— Tirando um tempo de folga — digo, o mais tranquilamente que sou capaz, como se não fosse nada. — Ele passeia com alguns cachorros da vizinhança como um favor para alguns vizinhos que não conseguem andar muito.

— Ah. Diga para ele voltar logo. Era um veterinário excelente. Um cara especial mesmo.

— Obrigada, vou falar.

— E se ele é tão legal com pessoas quanto é com animais, eu diria que você arrumou um cara dos melhores.

Algumas horas depois, encontro Joel no centro, para jantar em um restaurante de comida chinesa. Estou faminta, tendo basicamente passado oito horas levantando peso sem parar.

— Passei no café mais cedo. A Dot mandou um oi — conta ele.

Joel tem ido menos lá desde que saí. Está parecendo cansado hoje, não dormiu muito essa semana, mas mesmo assim seu olhar é carinhoso e atento, procurando no meu rosto a história do dia.

— Quer dizer que eles ainda não foram à falência?

— Ei, você só saiu faz algumas semanas. Colapsos empresariais levam tempo.

Sorrindo, bebo um gole de água.

— É estranho eu não estar lá?

— Um pouco. Especialmente quando a Dot puxa uma cadeira na minha mesa e se recusa a sair.

— Você conheceu a Sophie? Dot disse que ela começou essa semana.

Sophie é a nova contratada de Ben, que, de acordo com Dot, é animada demais, já sugeriu incluir uniformes, parar de servir na mesa e — nas palavras de Dot — "blasfemar o menu com abacate".

Grace era alérgica a abacate. Tinha cólicas tão fortes que só conseguia ficar deitada em posição fetal.

Esfregando minha perna com o pé, Joel me observa com os olhos escuros.

— Aham. Mas ela nem chega aos seus pés, é claro. Ela é um pouco... agitada.

Faço uma careta, abrindo um rolinho primavera com os dedos. Grace queria tanto que o café fosse um lugar agradável, um lugar sem códigos para o tamanho do seu café, em que se poderia ficar sentado sozinho sem se sentir estranho.

Às vezes dava para ouvir sua risada da rua. Ela muitas vezes ficava do lado de fora também, conversando com quem passava enquanto limpava as mesas da calçada. Grace se doava por inteiro para o mundo ao redor — como uma janela acesa à noite, não dava para passar por ela e não se sentir iluminado.

Quando Joel pergunta sobre o meu dia, conto a história do cachorro de Fiona.

— Ela disse que você salvou a vida da pastora-alemã dela, na semana antes de pedir demissão.

Ele pega a jarra de água e enche os copos — primeiro o meu, depois o dele.

— Anzol?

— Essa mesma.

Fico bem impressionada, para ser sincera, com a ideia de que Joel saberia o que fazer se alguém chegasse agora mesmo com um cachorro que engoliu um anzol.

— Era uma cachorrinha legal, pelo que me lembro.

— Parece que normalmente não gosta de veterinários homens.

— Fiona ou a cachorra?

Eu abro um sorriso.

— A cachorra.

— Ah, ela era boazinha. Em geral esse tipo de cachorro só é medroso.

— Talvez ela soubesse.

— Soubesse o quê?

— Que você era um cara legal.

Ele se ajeita na cadeira, como sempre desconfortável ao receber um elogio.

— Fiona me mandou te dizer para voltar logo. Disse que você era excelente, palavras dela, não minhas. Embora eu por acaso também ache você bem excelente.

— Pode se servir do chow mein primeiro — murmura ele, envergonhado, indicando o prato com o hashi. — Não deixe esfriar.

40

Joel

Eu e Callie acabamos de sair da loja de departamento-barra-bricolagem local, depois de passar uma hora sob ataque visual e auditivo natalino mais iluminado que a Time Square. Parecia que o Natal da loja tinha tomado alucinógenos, uma psicose de estímulos. Pandeiros disfarçados de sinos de trenó, a névoa pesada de lattes de gengibre. Uma infantaria de elfos vendedores.

Em geral pego emprestado a decoração natalina da minha irmã, mas quando Callie descobriu que poderíamos alugar uma árvore de verdade no departamento de jardinagem, que depois a devolveria para a fazenda, onde seria replantada e reaproveitada no ano que vem, ela perguntou se eu não queria entrar no clima.

Eu concordei. Mas isso foi antes de tentar manobrar um pinheiro por um estacionamento lotado três dias antes do Natal.

— Então é por isso que as pessoas compram árvores falsas — comento, sem ar.

— Mas as de plástico são tão sem graça.

Eu indico a loja com a cabeça.

— Nunca na minha vida estive num lugar tão sem graça quanto aquela loja. Sinceramente, acho que eles exageraram no espírito natalino.

— Eu acho que você só está chateado porque não conseguiu falar com o Papai Noel.

— Com certeza não é isso. Ele estava de óculos escuros!

— Luzes de mais?

— Birita de mais. Ele estava de ressaca, com toda a certeza.

Callie dá risada.

— Coitado. Imagina que tormento.

— Estou tentando visualizar. Crianças gritando, música de Natal sem parar. A vontade incontrolável de vomitar... Agora que estamos falando disso, parece um pouco com o Natal na minha família.

Enfim chegamos ao carro e apoiamos a árvore no para-choque. Apoio as mãos na lombar e respiro o ar fresco. Steve ficaria horrorizado se visse como sou fracote. Não sei se duraria cinco minutos fazendo o trabalho de Callie (ao contrário de mim, ela mal suou).

— Enfim. — Ela apoia o pé no pneu traseiro, se preparando para nossa primeira tentativa de colocar o pinheiro no teto do carro. — A melhor coisa de ter uma árvore de verdade é que seu apartamento vai ficar com um perfume incrível.

— Espera aí, quando a gente decidiu que ela ia ficar no meu apartamento?

Ela sorri.

— Bom, como posso explicar...

— Você está pensando que eu nunca ia conseguir subir as escadas com isso, né?

Ela estava certa, claro. Então colocamos a árvore na frente da janela da minha sala. Enfeitamos os galhos com penduricalhos e fita brilhante, luzinhas e pequenos chocolates. Isso tudo me deixa um pouco nostálgico.

Meu pai basicamente abandonou a ideia do Natal depois que minha mãe morreu. Nunca tinha decorações, nem comida especial na geladeira. O máximo de esforço que ele fazia era comprar cartões de presente para usarmos no shopping.

Acho que, no fundo, todos ficamos aliviados quando Amber nasceu e Tamsin se ofereceu para ser a anfitriã do Natal. Ela herdou o apetite por diversão da mamãe, afinal. Eu sabia que as coisas iam melhorar quando um dia ela confessou, meio bêbada aqui em casa, que estava planejando "botar para foder no Natal". Pelo menos as intenções dela eram boas.

Finalmente acabamos com as coisas brilhantes. Paro atrás de Callie e a embrulho nos meus braços. Ela se recosta no meu peito, e eu apoio o rosto no seu cabelo cheiroso. Ficamos assim por alguns minutos, os corações batendo em uníssono. *Você deve sentir o meu disparando*, quero dizer. *Estou apaixonado por você, Callie.*

— Sabe — sussurra ela. — Estou começando a pensar… que esse ano o Natal pode até ser legal.

O sentimento é dolorosamente familiar.

— Imagino que ano passado tenha sido difícil.

Ela se vira para olhar para mim. Seu olhar é suave.

— Deve ser uma época difícil para você também.

— É mais fácil desde que as crianças nasceram. Agora é tudo para elas.

Callie sorri.

— Aposto que elas amam.

— Meus irmãos têm mais trabalho. Eu só apareço com os presentes. Deixo as crianças subirem na minha cabeça. Tento não beber demais.

— Ah. O mantra dos tios amorosos.

— Ah, e eu também sou o juiz das brincadeiras. Quase que saímos no soco ano passado. Mímica.

— Mentira.

— A pista era "Good Vibrations", dos Beach Boys. Meu irmão estava bêbado. Decidiu fazer uma palhaçada sexual.

Ela começa a rir.

— Ah, não.

— É, foi bem engraçado. Eu e Tamsin cobrindo os olhos das crianças. Meu pai estava totalmente sóbrio, ficou horrorizado. Começaram a discutir, quase brigaram no quintal. Eu tive que me meter.

Callie sorri como se eu tivesse contado uma história engraçadinha.

— Eu adoraria conhecer a sua família.

— É meio difícil… ficar com eles agora.

Tento engolir a tristeza, tropeçando em uma nostalgia que em breve vai significar outra coisa bem diferente para mim. Embora eu ainda não tenha descoberto nenhuma evidência sobre o meu pai, ainda lembro da força do sonho.

— Sabendo o que sei sobre meu pai… ou o que acho que sei… não tenho certeza de como me sinto.

Ela aperta minha mão em apoio.

— Mas é Natal. — Dou o braço a torcer. — Então com certeza vou vê-los em algum momento, você pode vir junto.

— Eu adoraria.

Sentamos no sofá juntos. Do outro lado da sala, a lenha na lareira ruge, soltando rios de lava.

— E você? Vai para a casa dos seus pais?

— Normalmente passamos o dia 25 na casa da minha tia. É meio que uma tradição familiar. Mas meus primos são meio chatos. Não sei se vou me sentir... festiva se passar o feriado com eles.

Meu coração dá uma cambalhota quando tenho uma ideia.

— Ah, bom, já que nós dois estamos evitando nossas famílias, por que não passamos o Natal juntos?

Ela me dá um beijo.

— Eu adoraria. Só tenho que... avisar meus pais.

— Não quero causar nenhum...

— Não, tudo bem — interrompe ela. — Não vai ter problema, prometo.

Alguns minutos se passam. Então ela se levanta e vai até a janela. Baixa as persianas e me pede para desligar as luzes. Faço isso.

Callie se abaixa e liga os pisca-piscas que enrolamos na árvore. Uma supernova em miniatura explode, iluminando as paredes com brilho multicolorido.

— Talvez esse seja o ano em que a gente comece a ver o Natal de forma diferente — sussurra Callie.

Eu afasto todos os pensamentos sobre o futuro e o passado. Porque, neste momento, nesta noite, estou mais feliz do que já me senti em muito tempo.

— Acho que você talvez tenha razão.

41

Callie

No fim, a única forma de eu poder passar o dia 25 com Joel foi concordando em jantar no dia 24 na casa dos meus pais para apresentar esse meu namorado misterioso. Acho que no fundo a mamãe nem acreditava que ele existisse.

Joel foi um charme, é claro. Fez mil perguntas interessantes, riu das piadas do papai, foi simpático com a mamãe.

Antes de sairmos, enquanto Joel estava no banheiro, minha mãe sussurrou para mim:

— Bom, achei ele uma graça, querida. Muito pé no chão.

Enquanto isso, meu pai, com o braço em torno dos ombros dela, completou:

— Rapaz simpático.

O sorriso que eles me deram naquele momento era a aprovação que eu queria.

Acordo na manhã de Natal ao som de panelas na cozinha. Quando entro, encontro Joel descalço, de jeans e uma camisa xadrez, encarando uma frigideira, inexpressivo. Murphy está sentado aos seus pés pacientemente.

Joel olha por cima do ombro e sorri.

— Eu ia te perguntar como você quer seus ovos, mas tem uma falha no meu plano.

Eu me sento em um banquinho.

— E qual é?

— Eu não tenho ideia de como fazer ovos. — Ele abre um sorriso e me passa uma taça de mimosa. — Será que isso compensa? Feliz Natal.

* * *

O almoço é mais tranquilo que o café da manhã, principalmente porque Joel foi esperto e comprou tudo que tinha nos freezers do mercado, então simplesmente precisamos dividir as comidas entre o micro-ondas e o forno. Sinto uma pontada de prazer culpado quando penso no que minha mãe — a maior defensora de comida caseira — diria se soubesse que vamos comer batatas pré-cozidas, molho de carne em tabletes e molho branco de um recipiente que apita quando está pronto. É de uma rebeldia deliciosa.

Quando conto isso para ele depois do almoço, enquanto estamos sentados no sofá, Joel sorri.

— Se esquentar comida no micro-ondas é sua ideia de rebeldia, seus pais tiveram *muita* sorte.

— Ah, eles ainda não viram minha tatuagem.

— Você acha que eles não aprovariam?

— Você se lembra da minha tatuagem, né?

Por alguns segundos ele me encara, então responde baixinho:

— Não muito. Acho que preciso relembrar.

Minha barriga se incendeia enquanto sorrio e obedeço, baixando a calça jeans para revelar a pele marcada. Joel se inclina para a frente e cola a boca na minha, em um beijo tão delicado, antes de se afastar e começar a traçar o desenho do pássaro com a ponta do dedo. Pelo menos um minuto se passa antes de, devagar e gentilmente, ele enfiar a mão por dentro da minha calça, cada vez mais baixo, sem nunca tirar os olhos dos meus. Ele deixa os dedos tocarem a barra da minha calcinha várias vezes, uma provocação tão prolongada que é quase insuportável. Aí, finalmente, ele passa a mão entre as minhas pernas, me fazendo baixar a cabeça e revirar os olhos, explodindo como fogos de artifício no céu.

— Comprei uma coisa para você — murmura ele depois, o hálito doce e quente no meu cabelo, o dedo ainda traçando o desenho no meu quadril.

Ele pega um presente na árvore. Eu me sento e sinto seu olhar em mim enquanto abro o embrulho e um sorriso. É um jarro e dois copos, idênticos aos que usamos naquela noite no restaurante italiano antes da minha entrevista em Waterfen.

— Assim você sempre pode estar na calçada de um café — diz ele —, em algum lugar do Mediterrâneo.

Estou tão emocionada que quase começo a chorar ao me inclinar e beijá-lo, sussurrando meu agradecimento.

— Ah, e… tem isso também.

Eu abro um segundo embrulho e toco o algodão branco e macio de uma camiseta. Nela, um desenho de um trator e as palavras: *MEU OUTRO CARRO É UM TRATOR*. Caio na risada.

— Ótima escolha.

— Eu vi e pensei em você na hora.

— Você viu isso por acaso?

— Ah, não. Eu mandei fazer na loja de silkscreen.

É claro que sim.

— Obrigada. Adorei.

Ele pega minha mão.

— Certo. Vamos. Acho que já está escuro o suficiente.

— É para eu… ficar nervosa?

Joel dá risada.

— Eu diria que, comigo, essa nunca é uma má ideia.

Então, com a mão de Joel sobre meus olhos, caminho tão insegura quanto um potrinho recém-nascido até o jardim. A sensação é gostosa — o calor da mão dele no meu rosto, me guiando em segurança pela escuridão.

Por fim, sinto o arrepio do ar livre, e Joel afasta a mão. Eu prendo o ar, surpresa. A cerca dos fundos está iluminada com centenas de pisca-piscas, nossa minigaláxia de vagalumes.

— Nossa, mas que… sucesso — murmuro depois de um instante. — Conseguir transformar um jardim tão horrível em algo tão lindo.

— É — diz ele baixinho. — Não ficou tão ruim assim, né?

Mas, antes que eu possa responder, ele segura minha mão e me leva até o galpão. Até então inativo, a porta permanentemente fechada por uma camada impenetrável de hera. Agora, porém, tem uma casinha de passarinho nova em folha escondida sob o telhado.

— Pensei que talvez a gente tenha alguns filhotinhos para observar ano que vem. Andorinhas, quem sabe.

Ah, eu esperei a vida inteira para te conhecer, penso ao puxá-lo para um beijo.

* * *

Mais tarde, Joel vai passear com Murphy. Ele o leva para uma volta pelo quarteirão às vezes, tarde da noite — suponho que seja outra maneira de afastar o cansaço e o sono.

Enquanto ele está fora, ligo para Grace. Sei que é loucura, mas a gente sempre se falava no Natal, então preciso pelo menos discar seu número. Essa foi uma das coisas mais difíceis depois de perdê-la — me treinar para não seguir o impulso do hábito. Ligar no Natal não é cotidiano.

Imagino, como sempre, que esta será a noite em que ela vai atender. Em que vou perguntar onde ela esteve esse tempo todo, e ela vai me contar que acabou parando para conversar com Fulano ou Beltrano, uma das inúmeras pessoas que a amavam.

Mas ouço só o bip sem emoção da sua caixa postal.

— Feliz Natal, Grace. As coisas estão indo muito bem aqui. Queria que você pudesse conhecer o Joel. Eu acho… Eu acho que você ia gostar muito dele. Bom, só queria dizer… te amo.

Então, por um tempinho, me permito chorar, porque sinto a falta dela, porque é Natal.

42

Joel

No meio da noite de Natal ainda estou acordado. Callie está dormindo enrolada ao meu lado, tremendo como um animal tendo um sono agitado.

Mais cedo fui tomado pela raiva. Não de Callie, mas de mim mesmo. Por não conseguir aproveitar o presente que ela me deu. O panfleto e o voucher, impressos em papel tão grosso e sedoso que mais parecia um convite de casamento.

Era um retiro de bem-estar de uma semana, com tudo incluso. Só para mim, sem ela. Acho que ela não conseguiria pagar para duas pessoas.

São especializados em terapia do sono, ela me contou, tão animada que mal conseguia terminar as palavras. (Não tive coragem de lembrá-la que não tenho interesse nenhum em dormir profundamente, nem agora nem no futuro.) Vão me ensinar a meditar, a praticar ioga. Ela me perguntou de novo sobre Diana, mencionou talvez entrar em contato com Steve para começar o processo. Ela disse que ano que vem pode ser o ano em que tudo vai ser diferente.

Eu esqueci como é ter esperança, ser otimista sobre possível mudanças. Essa ideia parece tão estranha agora. Como ver lá do alto do espaço um lugar em que já vivi. Penso de novo no tempo e no dinheiro que gastei em experimentos durante todos esses anos. Na lavanda e no ruído branco. Nos remédios para dormir e nos destilados, e sabe-se lá mais o quê comprado pela internet. E nenhuma das vezes dá certo. *Esse problema não tem solução, Callie.*

Por um tempo, a droga de passar o tempo com ela abafou meu medo das consequências. Mas (por mais bem-intencionada que fosse) seu presente só me lembrou, na verdade, que meus sonhos não vão a lugar algum.

Depois que ela dormiu, eu procurei o tal retiro no Google. Meu coração se partiu em dois: o pacote todo custou quase três aluguéis dela.

Eu me viro para a mesa de cabeceira e pego o cartão de Natal que ela me deu. Dois ursos polares tocando os focinhos, assinado com amor.

Encaro aquela palavra até que ela queime um buraco no meu cérebro.

43

Callie

Ficamos deitados na cama no dia 26 de dezembro, mas abrimos as cortinas, enchendo o quarto com uma luz glacial. Passo a ponta dos dedos lentamente pelo peito nu de Joel, mapeando o contorno de seus músculos, a linda paisagem dos seus ossos. O caderno dele está fechado no seu colo, uma caneta presa no elástico, então acho que ele deve ter sonhado ontem à noite.

— Como você está se sentindo sobre hoje? — pergunto a ele.

Tentei me imaginar na posição de Joel, inesperadamente tendo motivo para questionar minha paternidade, e não consegui.

— Bem. Estou animado para você conhecer minha família.

Oito pessoas de uma família nova — tão assustador quanto uma entrevista com a diretoria de um trabalho que você quer muito. Penso em como Joel impressionou meus pais na véspera de Natal, e espero poder fazer o mesmo.

Ainda assim.

— Não, quero dizer... sobre seu pai.

Ele se vira para me olhar.

— Bom, mesmo tirando todo o resto, dez horas com ele já seria complicado.

Tenho a sensação de que ele está tentando evitar o assunto. É doloroso demais, acho.

— Com certeza ele não vai ser tão duro com você no Natal.

— Estou torcendo para a sua presença ajudar. — Joel faz uma careta. — Embora seja melhor eu te avisar que meu irmão e a mulher vão ter uma briga depois do almoço.

— Ah, eles...

— Eu sonhei — explica ele, baixinho. — Algo sobre não deixar as crianças comerem muito chocolate. Mas a gente pode escapar se for lavar a louça.

— Boa ideia.

Mas embora eu esteja sorrindo, por dentro estou impressionada — sua presciência ainda me impressiona toda vez.

Não me surpreende que Joel não se estenda nisso. Em vez disso, ele exala, olhando para o relógio na mesa de cabeceira.

— Acho que é melhor a gente se arrumar.

— Daqui a pouco — sussurro, deixando a ponta do dedo ainda pousada no seu peito nu antes de descer devagar pela barriga.

— É, você tem razão — responde ele com os olhos entreabertos. — Quer dizer, é Natal. Não precisa ter pressa.

O contraste entre Joel e os irmãos, quando os conheço, é difícil de ignorar. Não só nos maneirismos, mas na aparência também — castanho-escuro contra cobre, como uma flor fora da estação, um pássaro raro em solo local.

Percebo uma mudança sutil no seu comportamento quando chegamos. Observando Joel se abaixar para beijar os sobrinhos, apertar a mão de Neil, o cunhado, e dar um abraço e um tapa nas costas do irmão, não tem sinal de incômodo. Isso me faz lembrar de como ele já praticou manter os sentimentos em segredo.

Tamsin trouxe o almoço — um banquete imenso de sobras de ontem, saborosas como a comida fica depois de ter uma noite para a infusão fazer sua mágica. Assim que nos sentamos, Joel encontra meu pé com o dele por baixo da mesa enquanto nossos olhares dançam sobre ela. *Obrigado*, ele parece estar dizendo, *por fazer isso*.

Enquanto comemos eles se sacaneiam de leve, principalmente da parte de Doug.

— Mas as plantas também não têm sentimentos? — pergunta ele ao descobrir que também sou vegetariana como o irmão. Então, quando estou falando sobre usar serras elétricas, ele comenta: — Aposto que você foge quando as árvores caem, rá.

Mais tarde, porém, há um silêncio pesado na mesa quando Lou pergunta dos meus pais e eu revelo que meu pai era oncologista.

Depois do almoço, quando Doug começa a passar as caixas de chocolate, eu e Joel fugimos para lavar a louça. Na cozinha, não consigo me segurar e fico de ouvidos atentos em busca de sinais de briga — e, sem falta, lá vem. Vozes se erguem, portas batem, e, em certo ponto, ouço os passos de alguém subindo as escadas às pressas.

Após um tempo surge uma conversa de sair para caminhar, acho que na esperança de que o ar fresco vá acalmar os ânimos. Então eu me ofereço de levar a família de Joel para uma área aberta nas proximidades em que por acaso sei que dá para avistar pica-paus voltando para os ninhos ao pôr do sol. As crianças parecem muito animadas até Tamsin explicar com um sorriso que não, não é o do desenho. Eu me sinto péssima, como se tivesse sugerido uma ida ao cinema, depois mudado para o supermercado. Ainda assim, tenho certeza de que os pássaros vão conquistá-los.

Uma onda de crepúsculo tinge as linhas de veludo cotelê no campo, logo atrás do sol poente. Ao longe, contra a curva incendiada do céu, os pássaros circulam acima do bosque, flutuando na brisa. Eles se espalham como fumaça, indo de dois a oito a vinte. Vinte e cinco, trinta. Com Joel ao meu lado, eu me agacho ao lado de Buddy enquanto ele faz carinho em Murphy, contando os truques e detalhes da magia do voo dos pica-paus. Hipnotizado, Buddy observa os pássaros sendo carregados pelo vento como grãozinhos de poeira no crepúsculo até que lentamente, um por um, eles começam a sumir do céu.

E é assim que passo o dia pós-Natal — apresentando Joel e a família à majestade sutil da natureza. Não pediria por mais nada.

44

Joel

No fim, foi assustadoramente simples abrir a porta para uma vida completamente diferente. Seria fácil passar despercebido: o brilho rápido na escuridão do escritório do papai, para onde fui mandado para buscar mais duas cadeiras para o almoço do dia 26.

Era a sacola de tecido que protegia a única indulgência da mamãe, uma grande bolsa de couro da cor de marzipã. Aquela bolsa a acompanhava para todo lado. Idas rápidas ao mercado, passeios de ônibus para o centro. Longas viagens para ver nossos avós em Lincolnshire. E, por fim, sua última viagem ao hospital.

Percebi a logomarca na sacola de pano. Era idêntica à dourada que eu conhecia tão bem da bolsa. Ergui a sacola, e pareceu mais pesada do que deveria. Então abri, e dentro estava a bolsa de couro.

Uma lufada de perfume de partir o coração veio dela. Couro de décadas, memórias mofadas. Na bolsa estavam as coisas que ela havia levado consigo para sua última estada no hospital. Meu pai nunca a abrira.

A camisola de algodão macia com as flores cor-de-rosa. Ergui o tecido à luz trêmula do escritório, lembrando como tinha apoiado o queixo junto ao decote na última vez em que a abracei. Uma escova de dentes com as cerdas todas amassadas (coisa da minha mãe, tão severa sobre a higiene a ponto de fazer as gengivas sangrarem). E os óculos dela. Eu os girei nas mãos. Eles adornavam o rosto dela tão perfeitamente, parecendo aumentar sua gentileza de alguma maneira.

E o livro que ela estava lendo. Era um thriller de um autor cujo nome nunca gravei, embora eu me lembrasse dela tentando terminar de ler por meses. Uma das páginas estava dobrada, mais ou menos no último terço. Devia ser onde ela parou antes de morrer.

Folheei o livro sem muita atenção, até parar na segunda capa. E lá estava.

Mais tarde, estou dirigindo de volta para casa. Callie está com os pés no painel do carro, as meias de Papai Noel à vista (obrigado, pai).

O trânsito está pesado hoje, mas não me importo. Gostaria de continuar nesse carro com Callie para sempre, a toda velocidade, indo a lugar nenhum. Um banho-maria de bons sentimentos, sempre.

Foi um dia tranquilo. O caos do Natal e crianças hiperativas significam que eu poderia pelo menos não precisar me preocupar com a situação toda do meu pai. Além disso, fico tranquilo pela ideia de que, por ter sonhado noite passada, devo ficar livre dos sonhos pelos próximos dias. A sensação é o mais perto que chego de relaxar.

— Quer saber um segredo sobre Doug?

— Sempre — diz Callie.

— Ele tem fobia de árvores.

Ela ri, que é o que a maioria das pessoas faz quando descobrem isso.

— Ele tem medo de galhos caírem na cabeça dele. Trabalha de casa quando está ventando muito. É um verdadeiro dendrofóbico, parece. — Olho para ela. — Então toda aquela palhaçada sobre você fugir com a serra elétrica era só machismo. Garganta.

Callie abre um sorriso preguiçoso e apoia o rosto na janela pintalgada de chuva.

— Foi o que eu pensei. Ele é muito "macho alfa", seu irmão, né?

Concordo e faço uma careta.

— Não funciona assim, né? Você corta e corre? É isso?

— Não, isso é bobagem. Se você fez o corte direito, deve saber exatamente para que lado a árvore vai cair.

— Ainda bem — digo, um pouco enfático demais.

À frente, a estrada se torna um rio de luzes vermelhas.

Callie pousa a mão na minha perna quando piso no freio por causa do congestionamento.

— Joel, você já pensou… — A voz dela está lânguida por causa do calor do carro. — Quer dizer, já pensou nos seus sonhos como, você sabe… um dom?

— Um dom?

— É, quer dizer... Conseguir ver o futuro é uma coisa bem poderosa. — Ela tamborila na minha coxa. — Aquela noite, com a tubulação de água, no centro, me fez pensar, sabe...

— Pensar no quê?

Sinto Callie me olhando.

— Que de certa forma seus sonhos te colocam numa posição de privilégio. Sabendo coisas que mais ninguém sabe.

— Não. — Minha voz é seca. — Eu nunca pensei dessa forma.

— Desculpa — diz ela depois de um tempo. — Não quis diminuir o que eles te causam.

O trânsito anda um pouco.

— Não, é só que... Eu entendo o que você quer dizer. — Como sempre, minha mente está uma confusão de sentimentos conflituosos. — De qualquer forma... obrigado por hoje. Conhecer a família de alguém pela primeira vez é meio intenso.

— Eu fiz você conhecer a minha. E me diverti muito hoje. Sua família é ótima.

— Você fez sucesso com as crianças. Desculpa pelo Buddy.

Ele se recusou a dar tchau para Callie (não para mim) quando fomos embora. Ainda dava para ouvir os gritos dele de dentro do carro.

— Não precisa pedir desculpa. Ele é um fofo. Amber e Bella também. Sempre adorei crianças. Fiquei superdividida entre estudar pedagogia e meio ambiente. — Ela dá uma risada. — Engraçado que acabei não fazendo nenhuma das duas coisas.

— Não importa. Está fazendo agora.

— Verdade. — Ela dá um suspiro satisfeito. — Então o que foi que encontrou mais cedo, no escritório?

Sinto o calor do tesouro roubado no bolso do meu casaco.

— Um livro, na bolsa do hospital da mamãe. Com um telefone e uma inicial anotados.

— Qual a inicial?

— W.

— Alguém que você conhece?

— Acho que não. Procurei o código de área, é de Newquay. Nunca fui lá. Acho que nenhum de nós.

— Ela pode ter comprado num sebo. Ou foi emprestado por um amigo.

— É, talvez.

Faço a curva na veterinária. Dou uma olhada rápida, como se para checar que ainda está lá. Já estamos quase chegando em casa.

— Você acha que meu pai é rabugento? — pergunto.

— Eu adoro essa palavra, rabugento.

Abro um sorriso.

— Não, acho que ele é direto. Mas ele te olha com amor.

É isso mesmo que Callie vê? Minha perspectiva está enviesada agora.

— Provavelmente é o brilho fraco da decepção — digo. — Quantas vezes ele mencionou que não sou mais veterinário?

— Não é decepção. Ele só não compreende.

— Talvez. Tenho quase certeza de que ele queria ter dois do Doug.

— Há quanto tempo você pensa isso?

Ela parece horrorizada por mim.

— A vida inteira. Me faz pensar…

— Fala — incentiva ela, depois de um momento. — O que te faz pensar?

— Que talvez seja verdade. Talvez eu não seja mesmo filho dele.

45

Callie

Algumas semanas depois do Ano-Novo, vou para Cambridge para uma despedida de solteira. Alana trabalhava comigo na fábrica, embora fosse uma daquelas cheias de ambição, o que explica como agora está vários níveis corporativos acima de onde começamos.

Ela trabalha como recrutadora de serviços financeiros e deve ter esquecido que não trabalho mais na fábrica, porque duas vezes enfia seu cartão de visitas na minha mão e insiste que pode me arrumar alguma coisa. Na primeira vez que fez isso, achei que ela estava falando de drogas e quase fiquei nervosa demais para abrir os dedos.

A despedida é um daqueles eventos em que não consigo decidir se todo mundo na verdade se odeia em segredo. São seis damas de honra mas elas passam mais tempo no celular do que conversando, e a madrinha marcou um passeio de barco com *open bar* — o que seria ótimo se não estivéssemos no meio de janeiro e Alana não morresse de medo de água. Então desistimos disso e vamos para um bar, onde a madrinha dá um escândalo e vai direto para o banheiro, forçando o resto do cortejo do casamento a iniciar negociações para acalmá-la.

Eu organizei a despedida de solteira de Grace, um passeio de jipe pelas montanhas perto de Brighton, uma tentativa de recriar — pelo menos parcialmente — sua experiência famosa nas dunas de Dubai. Depois comemos curry e bebemos em um pub, as duas coisas de que Grace sempre dizia que mais sentia falta quando estava viajando. E, para terminar o dia, choveu — e foi o tipo certo de chuva, bem britânico. Gelada e inclemente, a chuva tipo *Quatro casamentos e um funeral* era o tipo preferido de Grace.

Ela se inclinou na minha direção na metade de uma caneca de John Smith's. O rímel estava escorrendo de tanto que rimos. Eu me lembro de pensar que tinha que comprar rímel à prova de água para que ela não acabasse parecendo uma noiva de Frankenstein no próprio casamento.

— Eu quero que você se case, Cal.

— Quê?

— Eu quero *tanto* que você se case.

— Por quê?

Ela olhou em volta, para o pub.

— Porque quero fazer tudo isso para você.

Passando a ponta do dedo na bochecha dela, limpei um pouco do preto.

— Quando eu conhecer o homem com quem quero me casar, você vai ser a primeira a saber.

Eu ainda nem tinha conhecido o Piers na época, não que casamento fosse uma possibilidade para nós. E antes disso só tive alguns casinhos, poucos encontros que acabavam invariavelmente não dando em nada.

Ainda me deixa triste pensar que Grace nunca vai conhecer o homem com quem quero me casar.

A despedida vai de mal a pior quando todo mundo começa a discutir sobre quem teve a ideia do passeio de barco, então escapo e vou ligar para Joel do lado de fora.

— Como está indo?

— Péssimo, na verdade. É a despedida mais passivo-agressiva que eu já vi.

— Isso não é um bom sinal para o grande dia.

— Nem me fala. Estou pensando em fugir. Quer ser meu coconspirador?

Consigo ouvi-lo sorrindo pelo telefone.

— Sempre. Acha que elas vão ligar?

— Alana está se preparando para uma briga com a dama de honra enquanto conversamos, então duvido. — Eu hesito. — O que você acha de uma noite em um hotel de terceira?

Alugaram um quarto para mim em um hotel econômico na saída da cidade. A madrinha escolheu pelo desconto de grupo, mas Alana ficou roxa quando viu o lugar. É o tipo de hotel que, para achar decente, é preciso estar com os dois olhos fechados e não se importar com uma camada grudenta em todas as superfícies.

— De terceira, é?

— Com péssimas resenhas no TripAdvisor.

— Não precisa dizer mais nada. Estou a caminho.

Mais ou menos uma hora depois, ele bate na porta do meu quarto do hotel.

— Nossa — diz ele quando abro. — Você está incrível.

Animada pela oportunidade de escapar das galochas e capas de chuva, hoje fiz um esforço para me arrumar, com um vestido preto e salto bem alto, fazendo cachos no cabelo e passando um belo delineador gatinho. O efeito passou um pouco — já tirei os sapatos e meu cabelo perdeu parte do volume —, então é ainda mais legal que Joel ache que estou bonita mesmo assim.

— Estou tentando decidir se é bom ou ruim que o cara na recepção nem tenha piscado quando passei direto por ele — comenta Joel, me abraçando.

Eu abro um sorriso e dou um beijo nele.

— Eu diria que é bom. Definitivamente. Obrigada por salvar minha noite.

— Ah, eu só vim pelos biscoitos de graça.

Faço uma careta.

— Foi mal. Só tinha um pãozinho, e fiquei com fome.

— Ah. E como estava?

Dou risada.

— Dormido.

Juntos, afundamos na cama. Ou pelo menos tentamos, antes de ficar óbvio que o colchão está mais para aparelho de tortura.

Joel faz uma careta exagerada.

— Nossa, eles não querem mesmo que você durma aqui, hein?

— Sinto muito. O hotel é pior do que eu pensei. Não é nem de terceira, está mais para quinta categoria.

Ele tenta apertar o colchão com a mão espalmada, mas não faz nem uma marca.

— Não, você está sendo maldosa. Isso, por exemplo, é uma característica muito útil. Evita que você tenha que colocar o despertador de manhã!

A cama na verdade são duas de solteiro — a festa tinha um número ímpar de pessoas, e quando a madrinha perguntou, falei que não me importava de ficar sozinha. Então juntei as camas, o que só fez a arrumação toda parecer ainda mais mequetrefe que antes.

Observo o quarto de novo.

— Argh, é o lugar mais sem graça em que já me hospedei. As cortinas são de... *plástico*?

— Ah, sem graça é exagero. — Ele se inclina para me beijar. — Espera aqui um pouquinho. Não beba toda a caixinha de suco. Volto em dois segundos.

Quinze minutos depois ele volta e enfia a cabeça pela porta entreaberta.

— Fecha os olhos. É bom o suco estar onde eu deixei.

Dou risada e obedeço, colocando as mãos no rosto para não ficar tentada a espiar. Meus sentidos se aguçam ao ouvir seus passos, o clique de um isqueiro e a torneira sendo aberta. Então vem o som de algo se rasgando e uma música suave. Finalmente um clique e, além das minhas pálpebras, é noite.

— Tá. Pode abrir os olhos.

A mesa agora está coberta de velinhas, um buquê de flores torto enfiado em uma caneca. A música está tocando baixinho do celular, e nas mãos de Joel, uma garrafa de champanhe pronta para ser aberta. Ele dá de ombros, envergonhado.

— Um pouco mais de graça.

— Como foi que você...?

— Bom, eu roubei as velas do salão de café da manhã. Mas comprei o champanhe, depois perguntei para um zelador simpático se ele não estaria a fim de doar seu isqueiro para uma boa causa: o romance. Ah, eu roubei as flores do saguão. — Ele dá uma piscadela. — Afinal, quem não gosta de um belo cravo de plástico? Desculpa... estão um pouco empoeirados.

Não sei se alguém já me fez chorar e rir ao mesmo tempo, mas é isso que estou fazendo ao descer da cama e ir até ele, envolvendo sua cintura com os braços.

— Você acabou de transformar a pior noite de todos os tempos na melhor.

Estamos com o rosto bem próximo um do outro agora. Estamos quase-mas-não-exatamente nos beijando.

— Quer deixar ainda melhor? — sussurra ele.

— Sim. — A palavra derrete na minha língua. — Quero muito.

Ele se inclina para me beijar, e é um beijo cheio de fogos de artifício, de semanas de espera. Agora, nossos corpos estão acelerados a ponto de perder o fôlego — em um instante nossas mãos estão por todo lado, pegando e tirando roupas e puxando cabelos. Sôfregos, nos despimos no que parecem segundos, antes de cair num nó na cama improvisada. Agora ele tira minha calcinha de seda antes daquele momento final enlouquecedor — depois de tantas semanas de espera — que sei que nós dois aguardávamos tanto.

— Callie — diz ele, sem ar, o rosto junto ao meu. — Você é tudo para mim.

— Você é para mim também — sussurro de volta, enlouquecida de êxtase.

Quero dizer que o amo — porque é verdade, já sei disso há semanas —, mas só fecho os olhos, sinto-o se mover dentro de mim e, neste momento, isso é tudo que já desejei.

46

Joel

— Ah, não. Rufus também odeia o Dia dos Namorados.

Callie ri enquanto o cachorro de Iris faz xixi no pôster do ponto de ônibus com anúncio de uma comédia romântica que será lançada em breve.

— Por quê? Quem mais odeia? — pergunto.

— Só todo mundo que eu conheço, como fanáticos.

— Ódio fanático. Parece racional. De novo, por quê?

— Ah, você sabe, porque é uma jogada de marketing cínica das empresas. Um símbolo do consumismo. Te contei que a Esther dá uma festa anti-Dia dos Namorados todo ano?

Tento não rir.

— Mas eu achava que a Esther tinha uma coleção de filmes do Hugh Grant.

— Ela não é antiamor, só anticapitalismo.

— Porque esses filmes definitivamente não têm altos orçamentos e são sem fins lucrativos.

— Ela diria que escolheu comprar...

— Todos os trinta...

— Enquanto o Dia dos Namorados é forçado para cima dela. De nós. Do mundo.

— Então, o que vocês fazem nessas festas? Queimam rosas? Jogam chocolates pelo vaso?

Callie para e desenrola a coleira de Murphy da pata dianteira.

— Não exatamente. Mas são intensas. São muito... imersivas.

— O quê, vocês se sentam em círculo e entoam mantras sobre como odeiam o feriado?

Ela se ergue, o rosto impassível. É impossível saber o que pensa sobre isso.

— Bom, você tem que concordar com essa ideia, pelo menos. E sempre tem um tema. Ano passado foi zumbis.

— Ela vai dar essa festa este ano?

— Aham. O tema é história do metal.

— Nossa. — Eu coço a barba, tentando fingir desinteresse. — Então, como você iria? Se fosse à festa, quero dizer.

Ela contorce os lábios como se estivesse lutando contra um sorriso.

— Não sei. Ainda não decidi se vou.

No fim, ela não vai. Na verdade, me manda guardar aquela noite com duas semanas de antecedência. Combinamos de nos encontrar no café, às oito da noite no Dia dos Namorados.

É a minha primeira vez fazendo algo especial nesse dia. Se me perguntassem no passado, eu teria ficado do lado de Esther sem pensar duas vezes, evitando totalmente o feriado. A ideia de celebrar o amor nunca foi óbvia para mim.

Mas aí conheci Callie.

Chego com quinze minutos de antecedência, com uma garrafa de vinho e um buquê de flores. (Chamo de "buquê", mas... Acontece que ninguém quer parecer que está se esforçando demais no Dia dos Namorados, então todas as flores normais já tinham sido vendidas quando cheguei na loja. Acabei com um buquê do tamanho de um planeta-anão, contendo quinze tipos diferentes de flores e vegetação decorativa com o próprio microclima. Mas não dava para aparecer de mãos vazias, então cá estou.)

As persianas estão fechadas no café. Mas tem um brilho trêmulo lá dentro, convidativo como um chalé na floresta.

Ela ri quando abre a porta.

— Não dá nem para ver a sua cara.

— Pois é. Só para você saber, eu tenho total noção de que um buquê tão ridículo deveria causar um término imediato.

Ela dá uma olhada em torno das flores.

— Depende de quem está carregando.

— Um idiota desorganizado. Perdão. Deixei para a última hora. Pode jogar esse troço todo fora se quiser. Foi uma experiência e tanto andar pela rua com isso hoje. Algumas pessoas buzinaram.

— Talvez você seja a única pessoa que já vi se desculpando por me dar flores.

— Ei, isso aqui precisa de um pedido de desculpas.

— Não, eu amei.

— Bom, acho que tem plantas o bastante para começar seu próprio jardim botânico. — Coloco o buquê no balcão. — Você está linda, aliás.

O cabelo dela está preso em um nó no topo da cabeça. Callie brilha em uma blusa sem mangas de tecido metálico, fluido como ouro derretido.

— Obrigada. Eu já tinha arrumado minha fantasia temática para a festa da Esther. Então pensei: por que não?

Ela abre os braços para se exibir. Blusa dourada, brincos dourados em formato de flamingos. Uma onda dourada nas pálpebras. Eu demoro um pouco.

— História do metal… Você é o ouro.

— Decidi subverter o tema.

— Fico feliz de saber. — Olho para baixo e analiso minhas roupas. Camisa azul simples e calça jeans preta. Mais seguro, impossível. — Mas estou me sentindo meio feioso. Você podia ter me contado.

— Por quê? Do que você se vestiria?

Eu me abaixo para cumprimentar Murphy.

— Bom, eu tenho um macacão de lamê dourado. Mas guardo só para ocasiões especiais.

— Mais especial que isso?

— Só digo que a noite da discoteca no Archway é o máximo.

— Isso eu pagaria para ver.

— Parece que estou voltando no tempo. — Eu me levanto e tiro o casaco. — Aparecer no café, doido para te ver.

O mais tímido dos sorrisos.

— Eu sempre ficava doida para te ver também.

Na minha mesa perto da janela, onde me sento sempre que venho aqui, Callie arrumou velas, talheres e taças. Tem um balde de gelo com uma garrafa de vinho ao lado, e Ella Fitzgerald no ar.

— Perguntei para o Ben se a gente poderia passar a noite aqui. Achei que seria legal, já que foi onde nos conhecemos. Desculpa se for brega.

Eu a beijo.

— Nem um pouco. Está lindo.

— Acha mesmo? Prometo que não vou servir um espresso com ovos mexidos.

— Você cozinhou?

— Bom, não… não com uma chapa de sanduíches e um micro-ondas. Encomendei a comida no bistrô aqui da rua.

A gente se joga nas quiches de queijo de cabra, altas e douradas do forno do bistrô. Nossas taças estão cheias, as velas brilham romanticamente entre nós.

— Sabe — falo para Callie —, no Natal, quando eu estava fuxicando as coisas do meu pai, encontrei uma nota fiscal da lua de mel deles, trinta e quatro anos atrás.

Ela faz uma expressão comovida por um instante, como se em vez de "nota fiscal" eu tivesse dito "cachorrinho abandonado".

— Era de quê?

Pelos alto-falantes do café, Ella dá a vez para Etta James.

— Uma refeição chique em Christchurch. Adivinha quanto custou? Três pratos e bebidas.

Um sorriso.

— Vinte libras?

— Oito libras e trinta e nove centavos.

— Incrível. É como… ter a história de alguém nas mãos.

— Minha mãe era sentimental. Ela guardava esse tipo de coisa. Já mostrou para a gente a passagem de ônibus que meu pai comprou para ela no final do primeiro encontro deles.

— Ela era uma romântica à moda antiga.

— Tentava, pelo menos. Meu pai era muito menos manteiga derretida que ela. — Abro um sorriso e balanço a cabeça. — Sabe, o Dia dos Namorados sempre era meio um pesadelo na clínica.

— Sério? Por quê?

Minha mente se transforma em memórias.

— Cachorros roubando chocolates, gatos comendo flores. Papel de embrulho e fita adesiva no estômago. Velas derrubadas. A lista é infinita.

Callie beberica o vinho e pousa a taça. Eu poderia observar seus olhos o dia inteiro e nunca querer piscar.

— Ai. É o suficiente para transformar qualquer um em um cínico do feriado.

— Quase — repondo. — Mas ainda não.

Depois da sobremesa, seguro a mão dela.

— Essa noite foi incrível.

— Foi mesmo.

— Me dá medo pensar em como isso é bom.

Nossos dedos se transformam em um laço. Apertado e impossível de desfazer.

— Por quê?

— Porque eu nunca…

Ela sabe um pouco de como me sinto em relação ao amor. Mas não minha decisão de evitá-lo, o amor romântico, para sempre. E o momento com certeza não é o correto para dividir isso com ela.

— Eu amo estar com você, Joel — sussurra ela.

— Eu amo… estar com você também.

— Na verdade — diz ela, mais corajosa. — Eu amo *você*. Não tenho medo de dizer isso. Eu te amo, Joel.

Talvez em um reflexo, eu olho para a mesa. Ela desenhou um coração com a calda de chocolate no prato da sobremesa que dividimos, nossas iniciais de cada lado.

O *C* vai primeiro.

— Eu te amo — sussurra Callie de novo, como se ela precisasse ter certeza de que sei disso sem sombra de dúvidas.

— Você tem medo de dizer, né?

Achei que Callie estivesse dormindo. Estou tentando ficar acordado, ouvindo distraidamente um TED Talk enquanto observo o livro que encontrei na casa do meu pai. Estou me perguntando o que fazer com isso já faz semanas. Será que devo ir atrás do que encontrei ou devo deixar o passado para lá?

Eu poderia descobrir o endereço daquele telefone, descobrir quem mora lá. Mas e aí? Agora que tenho a chance de levar as coisas adiante, de repente sinto medo. Do que posso encontrar. Do que isso pode significar.

De primeira, não entendo o que ela diz. Tiro os fones e apoio na nuca.

— Você tem medo de dizer *eu te amo.*

Ela está usando uma camiseta antiga minha da Nike, o cabelo embolado ao lado do rosto. Parece tão doce e vulnerável que, por um momento, me pergunto se ela está falando dormindo.

— Não tenho medo de estar com você.

Não é exatamente verdade, mas pelo menos tenho alguma curiosidade sobre o futuro. Superei a paralisia completa.

Ainda assim, amor... Amor é a coisa a que ainda não ouso me entregar.

— Você tem medo de me amar. Você acha que vai dar azar falar isso.

— Você sabe como eu me sinto.

Mesmo ao falar isso, faço uma careta internamente. Essa pode ser a pior desculpa do mundo.

Sei que Callie quer que eu explore isso. Ela já me perguntou uma ou duas vezes sobre aquela consulta com Diana. Sobre agendar a hospedagem no retiro, o presente que ela me deu de Natal (mesmo eu sabendo que seria inútil). E é claro que não a culpo.

Talvez eu não devesse dormir com ela se não consigo nem dizer que a amo.

Procuro a mão de Callie sob o cobertor. O quarto está frio mas a pele dela está quentinha por causa do edredom.

— Eu sei que você me ama. — Sua voz baixa para um murmúrio. — Não precisa ter medo.

Eu não tenho medo, penso. *Tenho pavor.*

47

Callie

Com o passar das semanas, a primavera se anuncia devagar, e o mundo está ficando mais claro e leve. Depois de tanto tempo esmagada pelo inverno, a terra parece estar desenvolvendo múltiplas dimensões. Seus pulmões se enchem lentamente com o início do coro do nascer do sol, e a mata engorda suas folhagens. Borboletas se tornam fagulhas perdidas entre explosões de narcisos amarelos, e em Waterfen a temporada de acasalamento está a toda. Amo ouvir as felosas assobiando para me receber, enquanto os cacongos mergulham e os vanelinos perseguem falcões no céu imenso sobre a minha cabeça.

Embora eu ame o inverno, depois de semanas limpando deques e andando por aí em galochas altíssimas, é um alívio sentir a terra endurecendo sob meus pés conforme o dia fica mais longo, e o sol, mais quente, como um ovo prestes a chocar. O ar perdeu o cheiro de solo e água parada, e em troca sinto a doçura das flores de abril e do néctar. E, enquanto a natureza se reconstrói, nós também fazemos isso — deixamos de lado as serras e tesouras e começamos a consertar cercas e máquinas, aproveitando os trabalhos mais leves de tirar cardos do chão e cortar a grama. Sou consumida pelas pesquisas sobre o acasalamento dos pássaros e passo horas com os olhos no céu, ou prestando atenção aos arbustos para captar um vislumbre de voo, a mudança nas cores das penas, um trecho melodioso de canto.

Na nossa casa de passarinho no jardim, um casal de tordos se instalou. Eu e Joel vemos a fêmea de vez em quando, um brilho laranja delicioso, o bico cheio de folhas mortas e musgo, preparando o ninho para os ovos. É um privilégio observá-la, como se ela confiasse em nossa companhia e na casinha de madeira que Joel escolheu. Espero conseguir ver os filhotes se agitando em algumas semanas, bolinhas marrons desajeitadas tropeçando seus primeiros passos no mundo.

E, seguindo o rio, a copa do salgueiro está cheia e imponente. Às vezes eu subo nele depois do trabalho, só por cinco minutos, para sentir a quentura da casca e o acolhimento dos galhos, para ficar próxima de Grace de novo, para examinar nossas iniciais que sobreviveram a mais um inverno. A cada nova estação eu temo que ela vá desaparecer, como uma folha de outono absorvida pela terra, padrões desfeitos e cores apagadas, até que toda a sua forma e complexidade se tornem apenas poeira.

Sempre digo que a amo, nessa árvore. A sensação é parecida com dizer isso a Joel, pois também estou esperando uma resposta que provavelmente nunca vai chegar.

Estamos indo para o lançamento do livro de uma amiga de Zoë quando decido tocar no assunto. Já estou pensando nisso faz um tempo — desde o Natal, na verdade —, e embora seja um risco e eu saiba que pode sair pela culatra, vou em frente.

Tinha planejado fazer a pergunta para ele amanhã no café, um bom espaço de tempo preguiçoso para ele refletir, sem pressão. Mas enquanto arrumo o cabelo sentada de pernas cruzadas em frente ao espelho no quarto de Joel, ele de pé atrás de mim, abotoando a camisa, o momento parece tão oportuno. Porque essa é uma imagem exata de como poderíamos viver — em casa, juntos e confortáveis.

— Queria te falar uma coisa, mas não fique nervoso — é como começo.

Nossa, ótima ideia, Callie.

No espelho, Joel sorri.

— Nem me passaria pela cabeça.

— Eu estava pensando...

Ele assente, *pode falar.*

— Se a gente poderia ou não... Quer dizer, se faria sentido...?

E perco completamente a coragem. Não consigo encontrar as palavras agora que seu reflexo encara o meu, aqueles olhos cor de carvão puxando meu olhar para o dele.

Joel espera.

— Continuo não estando nervoso...

Respiro fundo e me jogo.

— Eu estava pensando que talvez a gente devesse morar junto.

No espelho, ele fica paralisado. Os segundos se alongam.

— É isso que… isso que você quer?

Eu o encaro. *Ah, agora você está nervoso.* Mas decido ser corajosa mesmo assim, e balanço a cabeça para demonstrar meus sentimentos.

— É. E você?

— Eu não tinha exatamente…

— Ainda está cedo — resumo.

— Não, não é isso que…

— Não se preocupa — digo com gentileza. — Você não precisa falar nada agora.

Uma partezinha mínima dentro de mim espera que ele proteste e me dê uma resposta definitiva de *sim* ou *não*, mas isso não acontece. Joel responde simplesmente:

— Certo. Obrigado.

Estamos enfiados na livraria pouco ventilada em que ocorre o lançamento. Então, quando Joel segura minha mão ao fim dos discursos, sussurrando que precisa de ar, no fundo fico aliviada.

— A gente tem mesmo que comprar um exemplar? — pergunta ele quando saímos para a calçada, os dois contentes por estar ao ar livre.

Está calor hoje, e a brisa do início da noite que toca nosso rosto ainda está iluminada pelo sol.

Dou um tapinha de brincadeira no ombro dele.

— Claro que sim! É um lançamento. Por que mais a gente estaria aqui?

— Mas eu não *entendi* muito bem. É ficção científica ou romance erótico?

Eu sorrio.

— É uma ficção científica erótica.

Ele dá risada.

— Arrá. Sabia que tinha um termo simples para isso.

— Bom, óbvio. Robôs também precisam de amor.

Pessoas fazendo compras depois do trabalho passam por nós na rua. Tem um casal tomando sorvete, um cara desfilando de camiseta e Ray-

-Bans. Vê-los me traz um otimismo que me parece exclusivo da primavera, como pássaros construindo ninhos e brotos se transformando em flor.

— Desculpa, Cal — diz Joel de repente. — Por antes. Eu sinceramente... Nossa. Eu lidei muito mal com aquilo.

Ah, a história de morar junto. Foi um erro, vejo isso agora.

— Não, eu te surpreendi. Não...

— Eu estava pensando. No que você falou. — Ele pigarreia. — O que você acharia de... se mudar lá para casa?

Meu coração abre as asas.

— Para a sua casa?

— É. Quer dizer, não me entenda mal, eu adoro seu apartamento, mas talvez o meu faria mais sentido, por causa do quintal e do Murph e...?

Não consigo segurar o sorriso.

— Tem certeza? Você não precisa...

— Eu sei. Mas parece correto.

— Parece mesmo.

— Contanto que você não tenha problema com... sabe? Tudo.

— Eu não teria perguntado se tivesse.

Sim, às vezes eu o perco logo de manhã, para suas anotações intensas e sequências de monossílabos. Se passamos a noite juntos, raramente caímos no sono ao mesmo tempo — em geral ele sai com Murphy, muito depois de eu já ter dormido, ou simplesmente fica acordado para evitar os sonhos. E às vezes os sonhos acabam despertando tanto ele quanto a mim. Mas e daí? Nenhuma imperfeição chega aos pés do meu amor por ele.

Ele baixa a cabeça e aproxima a boca da minha.

— Isso tudo supondo que você não odeie meu apartamento em segredo, é claro.

— É segredo, mas eu gosto mais do dele do que do meu.

— Então vamos fazer isso?

— Vamos fazer isso?

Por uma fração de segundo antes de me beijar, parece que Joel quer falar mais alguma coisa. Mas, quando prendo a respiração para ouvir, seus lábios encontram os meus, e o momento passa.

48

O rosto de Callie está salpicado de terra, fios de cabelo escapando do rabo de cavalo. Ela está recostada em mim no sofá, contente e afobada ao fim de um dia ensolarado em Waterfen. Fico feliz por ela, depois de tantas semanas pesadas de inverno. Dedos congelados, roupas manchadas de lama. Não que ela reclamasse.

Do lado de fora, a luz da sexta-feira deixa o céu.

Murphy apoiou a cabeça no joelho da minha irmã, encarando-a, paciente. Como se soubesse exatamente o que ela tinha vindo contar.

— Estou grávida.

Dou um pulo e abraço Tamsin. Espero que ela não perceba que, embora minha alegria seja real, a surpresa é fingida. Porque já conheci Harry nos meus sonhos. Já beijei sua testinha perfeita, já elogiei sua pele rosada e macia. Senti a força do meu amor por ele.

— Você é a melhor mãe que eu conheço — murmuro junto ao seu cabelo. — Parabéns.

Abro um dos braços para Callie se juntar ao abraço. Nós três ficamos parados, unidos, rindo e secando lágrimas.

Enquanto Callie pega mais bebidas, pergunto a Tamsin de quanto tempo ela está. (Já sei que tem por volta de oito semanas, é claro. Nunca deixa de ser estranho, saber com detalhes de informações confidenciais antes da própria pessoa.)

Sorrio quando ela confirma.

— O Neil deve estar muito animado.

— Ah, você conhece meu marido, né... Se a gente ganhasse na loteria ele só ia dizer: *Maneiro.* — Ela continua fazendo carinho no Murphy. — Mas, sim. Acho que foi uma das únicas vezes em que vi Neil com lágrimas nos olhos.

— E vai nascer perto do Natal. — Callie passa uma xícara de chá de ervas para Tamsin (comprei especialmente para ela, assim que sonhei com Harry.) — Vai ser legal.

Tamsin dá risada.

— Me lembre disso no aniversário do ano que vem, e em todos os próximos. Excelente planejamento, sério.

— Você vai querer saber o sexo?

— Não. Quero que seja surpresa.

Dou um sorriso para Callie, mas logo desvio o olhar. Parece errado que a gente saiba a melhor parte (*vai ser menino e vai se chamar Harry*) sete meses antes de Tamsin. Por outro lado, já sinto uma pontada familiar de medo: *Só quero sonhar coisas boas para ele.*

Tamsin toma um gole de chá. Está usando um vestido xadrez azul e bege, aquelas sandálias com sola de cortiça. Os óculos de sol no topo da cabeça mantêm a cachoeira de cabelo acobreado longe do rosto.

— A mamãe estava grávida de oito semanas do Doug, acho, quando casou com o papai.

Tem uma foto meio estranha desse dia em algum lugar. Eu, com menos de 2 anos, apertado entre meus pais, parados e tensos nos degraus do cartório.

Na minha mente, a estranheza muda. Será que eles pareciam desconfortáveis porque a criança nos braços da minha mãe era de outro homem? Será que meu pai sabia disso com certeza? Ou só tinha um pressentimento?

O que aconteceu, mãe? Por que nunca falamos sobre isso?

— Esse aqui foi concebido fora do casamento — explica Tamsin para Callie, com uma piscadela para mim. — A gente acha que é por isso que ele é meio... você sabe. Perdido.

Meu sangue ferve. *Concebido fora do casamento... ou filho de outra pessoa?*

Apoiando a mão na barriga ainda normal, Tamsin olha para Callie.

— Nem consigo acreditar, sabe? A gente estava tentando desde que a Amber fez um ano, mais ou menos. Sinceramente não achei que fosse acontecer.

— Estamos tão felizes por vocês — comenta Callie.

— Eu só queria... — Tamsin hesita.

Sinto um embrulho no estômago.

— Não — sussurro.

— Já faz tanto tempo. E se alguma coisa...

— Não vai ter nada.

— Você não sabe disso.

— Eu sei. Eu sei, sim.

Mais devagar, meus olhos repetem para ela. *Eu sei. Eu sei, sim.*

— Como?

Callie aperta minha mão. Forço minha expressão ficar neutra. Hoje eu não importo, mas Tamsin, sim.

— Só confie em mim, tá bom? — digo. — Vai ficar tudo bem. Prometo.

Parece suficiente. Ela assente, só uma vez. Usa o lenço que Callie lhe entregou para secar as lágrimas que escaparam.

— Acho que é isso que acontece quando se quer muito uma coisa.

— Não existe isso de "querer muito".

Ela consegue dar um sorriso.

— E vocês?

— O que é que tem?

— Ué, *vocês*. Não querem me dar um sobrinho ou sobrinha?

Continuo segurando a mão de Callie, mas respondo à pergunta sem me abalar.

— Tam, só estamos juntos faz seis meses.

Callie ainda nem se mudou oficialmente. Mas já contou para o Steve. E alguns montinhos de suas coisas começaram a aparecer no apartamento. Dou uma olhada nas ervas e plantas, alinhadas à beira da janela. Ela trouxe isso e as jardineiras ontem, e o surgimento súbito de vida vegetal parece uma lufada de ar fresco. Essa semana seu plano é encher o quintal de vasos e plantar flores de verão para as abelhas e borboletas.

— Coisas mais estranhas já aconteceram — responde Tamsin.

É verdade. Acontecem o tempo todo. Então, inesperadamente, um pensamento me domina. Um que envolve Callie grávida, eu explodindo de felicidade.

Apesar de tudo que me assusta no amor, não consigo deixar de pensar que seria maravilhoso, embora estranho. Olhar para a barriga de Callie e saber que nosso bebê está em segurança ali dentro.

Mas tudo que digo é:

— Irmãs…

Deixo a ideia de lado. Escondo o rosto na xícara.

Depois que Callie cai no sono naquela noite, levo Murphy para uma volta no quarteirão. Enquanto estou passeando com ele, uma mensagem surge no meu celular. É de Melissa. Ela me pergunta como estou, comenta que já faz muito tempo. Diz para eu não sumir.

Não é a primeira vez. Ela entrou em contato no Natal, depois em fevereiro. Nas duas ocasiões eu comecei a escrever uma resposta, sem nunca ter coragem de enviar. Ilogicamente, mandar uma mensagem terminando tudo parece quase mais covarde do que não dizer nada.

Mas agora sei que isso foi idiota. Tenho que responder. Então é o que faço, da maneira mais neutra possível. Comento como estão as coisas com Callie e digo que é melhor não nos falarmos mais. Quero ser gentil mas decidido.

Explico tudo e aperto "enviar", me sentindo envergonhado. Pelo jeito que a tratei e por como as coisas entre nós ficaram. Espero que um dia ela possa me perdoar.

49

Callie

No início de junho, Joel sugere celebrarmos minha mudança oficial com pizzas de forno à lenha no centro. São tão grandes que mal conseguimos terminar, mas mesmo assim saímos de lá para uma sobremesa depois.

— A gente merece isso, depois de tantas caixas — asseguro a Joel enquanto comemos quantidades exorbitantes de torta de chocolate e cheesecake. — Desculpa por serem tantas. Eu poderia jurar que não tinha trazido tanta coisa assim para cá.

— Não tem problema. Mas acho que amanhã vou sentir dores em lugares que nunca imaginei amanhã.

— Eu também. Acho que meus músculos diminuíram desde que o clima melhorou. Só tenho andado de trator ultimamente, mal estou suando.

— Parece um bom dia de trabalho.

— Ah, sim. Não é ruim. Mas tenho que aproveitar enquanto posso, acho.

Joel mergulha na cheesecake. Está tão bonito quanto de costume em uma camisa jeans clara, as mangas dobradas até os cotovelos.

— Exato. Deve ser melhor que o inverno, isso com certeza.

Penso por um momento enquanto pego um pedaço da torta de chocolate com a colher.

— Sei lá. O inverno tem alguma coisa. Tipo... uma beleza na desolação.

Sorrio e dou de ombros, porque não consigo explicar bem. A maioria das pessoas detesta o inverno, céu cinza e chuviscos gelados, a sensação de tremedeira constante.

— De algum jeito, o inverno parece mais selvagem. E eu amo. As paisagens vastas, os abrigos atingidos pelos elementos... é bem a minha.

Joel abre um sorriso.

— Não tem nada de errado em ter um nicho.

Sorrindo, descrevo minhas férias de infância, como eu ia explorar a natureza com o meu pai, fazendo caminhadas e coletando pequenos artefatos pelo caminho.

— É por isso que sinto essa atração pelo Chile, acho. É essa ideia da natureza selvagem, de estar realmente no meio do nada.

Continuo explicando a Joel como a Letônia parece incrível, me sentindo animada ao contar do amor de Liam pelo lugar.

— Mas por que é que você nunca foi viajar, Cal? — Joel franze a testa. — Quer dizer, você tem tantos livros e sonhos sobre as coisas que quer ver...

Embora saiba que a intenção dele não foi me criticar, me encolho um pouco na cadeira.

— Só nunca parecia a hora certa. Sou cautelosa por natureza, e o meu mundo sempre foi bem... protegido desde criança. E, quando tentei ser como Grace e fazer as coisas de forma diferente, tudo deu errado.

Penso na minha tatuagem, naquele desastre horrível da franja.

— Não tem motivo para não tentar de novo.

— Eu sei. E eu gostaria mesmo de ir para o Chile e ver aquele pássaro um dia, nem que seja só para provar que Dave e Liam estão enganados.

— O pássaro é tão raro assim?

Eu tiro a colher da boca.

— É quase um... enigma. — Na minha mente, uma memória reluz. — Meu pai viu um pássaro raro uma vez. Eu e minha mãe estávamos fazendo compras e meu pai ligou para ela, desesperado, implorando para ela levar uma câmera para ele. Então a gente entrou no carro às pressas e correu para casa para buscar a máquina fotográfica, depois disparou pela estrada por tipo meia hora para encontrá-lo no lago perto do desvio... Minha mãe dirigindo feito louca... — Dou risada. — Quer dizer, eu não sou das maiores ornitólogas, mas só tinha 7 anos, então foi muito incrível. Nunca esqueci. Senti que estava numa série policial ou qualquer coisa assim.

Joel me encara.

— Bom — diz ele. — Talvez esteja na hora de você encontrar a sua raridade.

— Não agora que arrumei meu emprego dos sonhos — respondo com firmeza. — As viagens vão ter que esperar.

O que não digo é que isso não tem a ver só com o trabalho, é claro. É a ideia de ficar longe de Joel — minha própria descoberta incrível, minha raridade descoberta aqui mesmo, em solo nacional. Seria tão errado dar as costas para ele agora. Mesmo que fosse só por algumas semanas. Mesmo que fosse para realizar meu sonho.

De volta ao apartamento, estou lutando para destrancar a porta externa quando sinto as mãos de Joel ao meu redor, seu sorriso no meu pescoço. Ele murmura algo que não consigo entender, então me afasto e pergunto o que ele falou. Ele diz que posso fazer o que quiser, não importa o quê, e que eu nunca deveria duvidar disso.

Nós nos jogamos no chão do corredor e ele me aperta junto ao corrimão, nossa respiração se acelerando entre um beijo e outro. Começamos a puxar as roupas, sem nem nos importarmos de tirar os casacos, só desabotoando e abrindo o que for necessário para fazer acontecer. De alguma forma, conseguimos chegar ao tapete da sala, olhos fixos um no outro, cheios de desejo, corpos trêmulos de paixão. E quando começamos a nos mover, sinto o peso total do meu amor por ele, como se meu coração explodisse em mil estrelas cadentes.

50

Joel

Concordei em ser o acompanhante de Callie no casamento de Hugo, um velho amigo da família Cooper.

Não levou muito tempo para descobrir por que os pais de Callie fugiram do evento. Acontece que se mudar para a Suíça depois da faculdade e abrir um fundo fiduciário não fez muito bem a Hugo no que diz respeito à sua personalidade. Ele chamou Callie pelo nome errado duas vezes depois de chegarmos à sua mansão em estilo jacobino e depois me perguntou se eu era da equipe do bufê. (Supus que ele estivesse se referindo ao meu terno um pouco elegante demais. Mas, como ele parece não ter sequer um pingo de senso de humor, não dá para ter certeza.)

A noiva de Hugo, Samantha, parece legal. (Talvez um pouco idiota, já que está disposta a se casar com um grande babaca. Boa sorte para ela, acho.)

Quando fomos nos sentar à mesa junto de todos os parentes mais velhos, minha opinião ruim de Hugo só piorou. Nenhum deles parecia em pleno domínio de suas capacidades mentais, então eu e Callie tivemos que nos divertir sozinhos. O que não é nada ruim. Entender o que houve com nossos pratos vegetarianos, por exemplo, está se provando um interessante desafio intelectual.

— Deve ter alguma confusão. Isso é carne — resmunga Callie por entre os dentes, encarando a miniporção de bife Wellington no prato.

Seu sorriso parece carimbado no rosto.

Passei o dia todo sem conseguir parar de olhar para ela. Querendo beijar seus ombros até suas clavículas, dedilhar os contornos de sua pele macia. Callie prendeu o cabelo em um coque baixo, e o vestido é uma nuvem fluida num tom intenso de verde. Os brincos têm formato de folha e esmeraldas, um presente meu depois de ver seu vestido.

Algumas semanas atrás entrei no quarto enquanto ela experimentava diferentes modelos. Este em especial acabou no chão, uma poça sedosa verde-folha, momentos depois.

Mas não consigo pensar muito nisso estando cercado de octogenários. São muito imprevisíveis. Um deles começou a se balançar violentamente fora do ritmo da música tocada pelo quarteto de cordas, cujo número atual é assustadoramente parecido com "Toxic", da Britney Spears.

Callie olha em volta procurando o garçom.

— Mas eu falei que a gente era vegetariano no questionário.

— Questionário?

— Ah, sim. Eu tive que responder um questionário, que nem numa entrevista de emprego. E a lista de presentes deles era definitivamente autocrática.

Tomo um gole de vinho.

— Quantas despedidas de solteiro você falou que Hugo fez?

— Três.

Eu me aproximo.

— Quantas cerimônias de casamento?

— Duas. Esta, e outra em Zurique.

— Quantas luas de mel?

— Duas. Uma mini e uma máxi.

Ergo a taça.

— Que nenhum de nós se torne um Hugo.

— Tim-tim!

Tocamos as taças e bebemos.

— Eu já te falei como você está incrível nesse vestido, aliás?

— Seis vezes. Sete, se contar a vez em que ele acabou no chão.

— Mas é verdade. Eu não estou só tentando te seduzir.

Ela escorrega a mão para o meu joelho.

— Eu não me importo. Já te falei como você está elegante nesse terno?

Abro um sorriso, lembrando de quando nos embolamos no provador da loja semana passada. Enquanto lutávamos com zíperes e botões, meio que me perguntei se acabaríamos presos. Mas logo me dei conta de que não ligava.

Um garçom aparece.

— Posso ajudar?

Callie se inclina na direção dele e sussurra que somos vegetarianos.

O homem congela como se impressionado com a beleza dela, o que quase posso perdoar.

— Infelizmente não recebemos nenhum pedido de refeições vegetarianas.

Nenhum? Para um casamento com mais de cento e cinquenta convidados?

Esperamos que ele nos dê alguma opção, mas o garçom só fica nos encarando. Claramente espera que Callie diga que tudo bem. Que vamos ser carnívoros por um dia. Ou talvez ele imagine que esteja rolando um clima entre os dois.

— Ah! — exclama Callie por fim.

O garçom tem a audácia de piscar para ela ao se afastar.

— Nossa. — Eu sorrio. — Tem alguma coisa em garotas vegetarianas nervosas a que ele realmente não consegue resistir.

Ela franze a testa.

— Como assim?

Eu me inclino para a frente.

— Acho que ele gostou de você.

— Não, ele só ficou confuso.

Callie não sabe, como de costume, como é linda.

Ela se inclina para o prato e cutuca o bife Wellington com o garfo.

— O que você acha que a gente deveria fazer?

— Acho que só temos uma opção.

— Que é...

Ergo minha taça de vinho recém-enchida.

— Almoço líquido.

— Acho que você quer dizer café da manhã de casamento.

— Nem queira saber por que chamam assim.

No final, ignoramos a comida completamente e acabamos sendo os primeiros na pista de dança assim que as luzes se apagam. Callie ri e me puxa pela mão. Seu sorriso é como uma lâmpada em um lugar escuro.

Dançamos, cantamos, rimos até ficarmos tontos. Um dia completamente perfeito.

* * *

À meia-noite fugimos, a pele elétrica e os cabelos bagunçados. É uma noite de céu claro, o ar carregado do verão. Os sapatos de Callie estão pendurados em seus dedos enquanto atravessamos o gramado úmido até a ala em que estamos hospedados. O vestido balança enquanto Callie caminha com determinação pela grama escurecida pelo orvalho, nossas mãos unidas.

Olho para o céu pontilhado de estrelas acima de nós e guardo aquele momento no coração. *Acho que nunca fui tão feliz quanto agora.*

Callie está falando do livro que está lendo sobre nadar na natureza, escrito por um autor que ela ama. A jornada de um homem, pelo que parece, para nadar em todos os corpos de água naturais nas ilhas britânicas.

— Só me faz querer me jogar no rio mais próximo. E é a época perfeita, né? Não dá para ficar mais próximo da natureza do que estando literalmente mergulhado nela.

Chegamos ao topo de outra colina gramada.

— Bom… — Eu puxo sua mão até ela parar. — Olha.

— O quê?

— Sua oportunidade ideal.

No fundo do vale natural no gramado, há um lago ornamental da cor da meia-noite, tão convidativo quanto um copo de limonada gelada. O ar está quente, e nós também: até eu acho a ideia deliciosa.

— Está falando sério?

Eu solto a mão dela e tiro o blazer, largo no chão, depois me abaixo para desamarrar os sapatos.

— Joel, a gente não pode. — Ela olha em volta. — Vão expulsar a gente!

Começo a desabotoar minha camisa.

— Então é melhor a gente correr.

Callie solta uma risada. Dá uma olhada por cima do ombro.

— Tá.

— Tá?

— Tá — repente Callie, de repente corajosa.

Ela se estica, abre o zíper do vestido. Puxando as alças, deixa-o cair em uma poça quase líquida na grama. Está linda, com calcinha e sutiã verde-garrafa, a pele marcada por linhas douradas dos longos dias que passa ao ar livre. Callie se aproxima de mim e continua a desabotoar minha camisa. Estamos rindo, um esforço em conjunto para tirar minhas roupas.

Chuto os sapatos enquanto Callie abre minha calça e o cinto. De repente, estamos correndo de mãos dadas, só de roupa de baixo, pela encosta íngreme em direção ao lago. A velocidade ao máximo, nenhum de nós para antes de nos jogarmos na água. Está gelada como o mar, um golpe de nitrogênio líquido. Quando voltamos à superfície, estamos sem fôlego e arfantes, batendo as pernas desesperadamente. A gente se contorce na água como peixes lutando contra uma rede. Mas embora estejamos encharcados e ridículos e lutando para inspirar, nossos olhos se encontram e começamos a rir de novo. Rimos tanto que é capaz de nos afogarmos. Então começamos a nadar instintivamente para a margem.

Depois de um tempo, nossas mãos se reencontram. Subimos à margem com esforço, membranas de algas do lago grudadas às nossas pernas. Estamos sem fôlego, incapazes de falar.

Nos jogamos de costas na grama e olhamos para as estrelas. Estamos arfando como animais, cérebro e sangue se recuperando do choque.

Sou o primeiro a falar.

— Como foi para você?

— Uma loucura.

Viro o rosto. O cabelo dela está encharcado, uma massa escura brilhante na grama, como algas na areia.

— Sério, tão bom assim?

— A gente vai nadar na natureza — diz ela. — Nós dois. Vamos entrar em um clube. Será que existem clubes para isso? A gente poderia nadar todo fim de semana, só nós dois, juntos.

Eu me inclino e a beijo, passando as mãos pelo seu corpo. Pela tatuagem bizarra que só me faz adorá-la ainda mais.

— Com frio?

Ela estremece quando tiro uma alga da sua perna.

— Aham. Quero que isso dure para sempre. Este momento, bem aqui, com você. Eu te amo tanto.

Minha pele treme e coça.

Ela inclina a cabeça para me encarar.

— Não me deixe falar mais nada.

Eu tiro uma mecha de cabelo molhado do seu rosto.

— Por que não?

— Porque não quero te assustar.

Quero dizer a ela que nada que ela falar poderia me assustar. Mas não sei se é verdade.

A palpitação distante da música eletrônica no salão chega até nós. Um DJ italiano, parece, trazido de helicóptero.

Callie estica o braço e coloca sob a cabeça. Inclina o rosto para a escuridão, como se estivesse procurando a Via Láctea no céu.

— Porque é assustador. Como me sinto em relação a você — anuncia, a voz límpida e decidida no ar cálido.

— Eu sei. — Eu me inclino para beijá-la. — Me assusta também.

51

Callie

Na manhã seguinte, a luz do sol arde na minha pele, um cutelo atravessando as cortinas entreabertas. O caderno de Joel está ao lado do seu quadril, então acho que ele deve ter tido um sonho à noite. Ele não me diz o que é a não ser que queira, e nem sempre eu pergunto.

— Encontrei um clube para você — sussurra Joel.

— Ah, é?

Minha cabeça parece massa de pão sovada demais. Mal consegui preparar duas xícaras de café solúvel com um pouquinho de leite antes de me arrastar de volta para a cama.

— Um clube de nado na natureza. Olha. — Ele ergue o iPad na minha frente. — Eles se encontram aos domingos no verão.

Fecho os olhos.

— Ah, meu Deus. Lembrei.

— Lembrou do lago?

Solto um gemido.

— E do que você fez quando a gente voltou para o quarto?

Meus olhos se abrem de supetão.

— Quando você decidiu pendurar a calcinha e o sutiã na janela para secar? — insiste ele.

— Ah, não. Caiu tudo…?

— Aham! — diz ele, tentando não rir. — Desci de roupão para tentar pegar sem que ninguém visse.

— Por favor, *por favor*, me diga que conseguiu.

— Desculpa, Cal — responde ele, já gargalhando. — Consegui resgatar a calcinha, mas o sutiã está pendurado em uma gárgula. Não tinha como alcançar.

— Ah, meu Deus! — Eu me sento na cama, um latejar de corpos celestes se rearrumando dentro da minha cabeça. — *Por favor*, me diz que você está brincando.

Ele não consegue se segurar.

— Bem que eu queria.

— Então a gente tem que ir embora. A gente tem que sair agora!

Joel sai da cama e vai até a janela de guilhotina, ergue a parte debaixo e enfia a cabeça para fora.

— É, acho que você pode ter razão. O sol está forte. Não dá para esconder aquela belezinha. O verde realmente chama a atenção em contraste com o prédio. Pelo lado bom, parece bem seco.

Jogo um travesseiro nele, mas, apesar de todo o desconforto, começo a rir.

— A gente tem que ir embora, é sério.

— Será que não dá para disfarçar e tomar o café?

— Não!

— E uma apresentação rápida de "Agadoo" no banho? Você cantou tão bem ontem à noite.

O horror toma a minha mente.

— Estamos indo, neste segundo.

Paramos em uma cafeteria no caminho para casa, uma parada de beira de estrada em que só servem café solúvel em um tamanho e quinze tipos diferentes de ovos fritos.

Do outro lado do vidro, a estrada é um borrão de trânsito em alta velocidade.

Joel parece cansado, mas de um jeito bom — o tipo de cansaço que me faz pensar em beijos ao amanhecer na cama ou longas noites à luz de vela com música e boa conversa.

Em compensação, não sei bem se quero saber como estou no momento. Estava tão desesperada para fugir do hotel que ignorei o secador de cabelo. Idem para a maquiagem — com a exceção de um pouco de rímel e uma borrifada reconfortante de perfume.

— Você sabe que foi o maior sucesso da pista de dança ontem, né? — digo para Joel.

— Sucesso de risadas, só pode ser.

— Não, estou falando sério! Para um autoproclamado eremita, você arrasou.

— Ah, você também não foi tão mal.

— Por favor. Eu tenho dois pés esquerdos. Não me viu quase derrubando a banda?

Ele termina o rolinho primavera e limpa os dedos.

— Eles não pareceram se importar. Acho que ficaram honrados com seu entusiasmo gritante.

— Ficaram assustados, isso sim.

— E você fez muito sucesso com as crianças.

Isso lá é verdade. Em certo ponto, me vi cercada por uma gangue de menos de 10 anos, enquanto eu os ensinava a dançar o twist. Depois de alguma dificuldade, Joel conseguiu se juntar a nós, e pelos vinte minutos seguintes ficamos todos dançando juntos — nós dois e um bando de crianças loucas de açúcar —, até que um pensamento surgiu na minha mente: *Nós seríamos ótimos pais. A gente se divertiria muito. Quantos filhos vamos ter? Dois, cinco, dez?* Eu estava feliz e cansada demais para controlar minha imaginação, então só me permiti o momento, aproveitando a fantasia... Foi uma sensação de quase intoxicação.

Traço desenhos preguiçosos no braço de Joel com o meu indicador.

— Onde foi que você aprendeu a dançar?

— Com a minha mãe, na verdade. A gente sempre dançava junto na sala depois da escola, enquanto esperava meu pai chegar do trabalho.

Sinto uma ardência na garganta e depois nos olhos.

— Que fofo.

— Ah, você deveria dizer isso pro meu irmão.

Baixo os olhos para a mesa. A fórmica está manchada de amarelo, o que me indica que a última pessoa a sentar ali pediu curry.

Joel baixa a caneca e passa a mão pelo cabelo, soltando uma nuvem de perfume do xampu do hotel.

— Sabe, para um idiota completo, até que Hugo conseguiu dar uma ótima festa.

— Quer saber o que eu acho?

Do outro lado da pluma de vapor do café, ele me encara.

— Pode falar.

— Acho que *a gente* fez ser ótima. Sabe, eu acho que nós dois conseguiríamos nos divertir em um campo de capim.

— Bom, eu nunca experimentei, mas podemos tentar encontrar um no caminho até em casa se você quiser.

Pensando no lago, meneio a cabeça.

— Chega de correr por espaços abertos.

— É, vamos estar mais seguros no carro.

Continuo arranhando formas aleatórias na pele dele.

— Seria ótimo fazer isso mais vezes. Foi legal, né? Passar a noite fora?

— Foi — responde ele, parecendo quase surpreso, como se não tivesse pensado nisso até agora. — Foi mesmo.

— Então... você gostaria de fazer isso mais vezes?

— Aham — responde ele, controlado como sempre.

Mas, quando vira a mão para segurar a minha, seus olhos são como um filme mudo, uma história romântica sem palavras.

52

Joel

Então, só um mês depois, acontece. Exatamente como sempre temi.

O sonho é angustiante, tão real que parece uma corrente elétrica me atravessando.

Callie sussurra para me acordar, mas já estou aqui. Eu a afasto e rolo para o outro lado. Enfio o rosto no colchão.

Por favor, não Callie.

Assim não.

Não. Não. Não.

PARTE TRÊS

53

Callie

Ainda penso em nós, Joel. Provavelmente mais do que deveria. Uma coisinha de nada às vezes te traz de volta para mim.

Fui nadar na piscina pública ontem à noite, e isso me lembrou daquela vez em que a gente pulou no lago juntos. Algumas semanas atrás preparei um drømmekage *e comecei a chorar na metade. Fui convidada para uma despedida de solteira e só conseguia pensar em Cambridge, na noite incrível que passamos lá.*

Até comecei a ler aquele livro de ficção científica, lembra? É bem bom, na verdade! Você definitivamente deveria tentar. (A página 79 me fez gargalhar, aliás. Tente fazer a voz na sua cabeça quando ler. Vai saber o que quero dizer quando chegar lá.) Com sorte ainda vai ter o seu exemplar quando ler isso. Se não, pode ficar com o meu.

Já faz tanto tempo desde que rimos juntos. Me dá forças para continuar, às vezes, pensar em como nos divertimos. Em como você me fazia brilhar, todos os dias.

54

Joel

Do lado de fora, o céu está inchado de tempestades do início de agosto. Estou parado à janela do quarto, esperando o som do chuveiro parar.

Isso é pior do que eu jamais imaginei.

Acima da minha cabeça, ouço o piso ranger. O novo morador, Danny, substituiu Callie no andar de cima. Ele trabalha muito e mal fica em casa. Às vezes aparece para oferecer meia dúzia de palavras simpáticas antes de sumir novamente como um fantasma.

A mudança de Callie, algumas semanas atrás, já parece uma série de lembranças logo esquecidas. O pai dela, ajudando a carregar as caixas pelas escadas, me dando um sermão sobre segurança, como se eu já não morasse aqui por uma década. Champanhe no sofá naquela primeira noite, presente dos pais dela. Nossas comidas favoritas finalmente lado a lado na geladeira. Banhos juntos, bules de café. Ver Murphy correr atrás da bolinha no quintal. Meus dedos explorando a novidades dos pertences dela. Sua coleção eclética de cacarecos, uma vergonha para Callie, mas, para mim, intrigantes como um tesouro.

A culpa é toda minha. Eu nunca deveria ter me permitido relaxar, adiar a ligação para Steve. Porque talvez, se eu tivesse feito alguma coisa, nada disso aconteceria.

55

Callie

Depois de um tempo, saio do banheiro e paro na cômoda que agora está transbordando com as minhas coisas. Eu gosto disso, ou pelo menos gostava — da ideia de não caber muito bem, de já termos superado o espaço desde que me mudei para cá, de que não podemos ser contidos pelo mundo ao nosso redor.

— Desculpa — diz Joel parado perto da janela, como se estivesse prestes a se jogar.

Eu me lembro do que aconteceu ontem à noite e sinto vontade de chorar tudo de novo. É doloroso demais pensar nas lágrimas que escaparam dos cantos dos seus olhos durante o sono, em como ele repetiu meu nome sem parar como se não conseguisse respirar.

— Joel... Não precisa pedir desculpas.

Ele hesita — à beira, parece, de inundar o quarto com sentimentos. Mas no último momento ele se segura.

— Você pode cancelar hoje?

Minha mente corre atrás do próprio rabo. *Hoje. Hoje...?*

Depois de um tempo, me ocorre do que ele está falando: combinamos de jantar na casa de Ben com Esther e Gavin.

— É claro.

— Eu só não acho que... — Mas a frase fica incompleta, então continuo sem saber o que ele não acha, muito menos o que acha.

— Joel, por favor, não faz isso.

— Isso o quê?

— Me afastar.

A gente fica se encarando, sendo tomado pela tristeza e pela impotência para impedir.

— Eu estou falando sério quando digo que te amo — sussurro.

— Eu sei.

— Não só você, mas tudo em você.

Ele parece quase se dobrar de dor enquanto, do lado de fora, o céu ronca.

— Era sobre mim, não era? — insisto. — Seu sonho de ontem.

Os olhos dele estão redondos, escuros como os de uma coruja. Joel me encara sem palavras por talvez um minuto inteiro, como se eu estivesse me afastando e tudo que ele pudesse fazer fosse me observar partir.

Sua voz, quando sai, é gentil.

— Você vai se atrasar.

É tudo que Joel diz.

56

Joel

Ela volta logo antes das seis. Passei a maior parte do dia do lado de fora, caminhando com os cachorros, depois no quintal com Murphy. Enquanto as nuvens dançavam pelo céu, eu me perguntei o que fazer. O que poderia dizer.

Acabei pousando o olhar nos vasos de Callie, agora cheios de abelhas e um frenesi de borboletas. Sua jardineira está explodindo com flores de verão também, pontos de cor contra a terra inerte e cinza que lhes dá vida.

Nossos filhotes de tordo voaram já faz tempo, a casinha agora vazia. Mas por um tempo o macho ainda aparecia, cantando animadamente da ameixeira do prédio ao lado. Callie me disse que ele estava ensinando os filhotes a cantar. Sabe-se lá se isso é verdade, mas eu gostava da ideia: uma canção de séculos, as notas escritas no ar.

— Oi. — É um cumprimento cansado, quase um suspiro.

Ela larga a bolsa e envolve meu pescoço com os braços, com um beijo. O suor formou uma mancha pálida no rosto dela. Callie tem gosto de sal e tristeza.

— Como foi seu dia? — pergunto, o rosto enfiado em seu cabelo.

— Horrível — responde Callie para a minha camiseta.

Fico quase aliviado, mas só porque não quero ser reconfortado, ouvir que está tudo bem quando não está. Prefiro que ela fique irritada e reclame de tudo isso.

Desse desastre causado única e exclusivamente por mim.

— Não consigo parar de pensar no seu sonho.

— A gente tem que... — Mal consigo falar as palavras. — A gente tem que conversar.

Ela sai do abraço.

— Temos mesmo. Podemos ir para algum lugar?

Eu preferiria não ter essa conversa em público, mas como estou prestes a destruir a vida de Callie, parece justo que eu faça isso do jeito dela.

Decidimos ir para um bar no topo de um prédio com vista para o rio. Parece mais legal do que é de verdade. Caro e estranhamente posicionado no último andar de um prédio de escritórios, sempre foi menos popular do que se esperaria. A vista é boa, embora comum: Eversford não tem uma arquitetura marcante, nem nada especialmente interessante. É só uma colcha de retalhos confusa de escritórios e arranha-céus, torres de igreja e telhados de casa. Eras misturadas, sem nenhuma característica definidora. Mesmo assim, conseguimos ver o rio, prata sob o sol como uma costura de mercúrio líquido. E as tempestades da manhã passaram. O céu está claro e aberto, um paraquedas azul-claro aberto sobre nós.

Também tem mais árvores do que já tinha me dado conta. Elas surgem entre os prédios como pequenos vulcões verdes em erupção.

Sentamos a uma mesa no canto, junto a um painel de vidro alto, imagino que para evitar que nos joguemos para a morte. Preciso pensar com clareza, então peço um café, mas Callie opta por uma taça de vinho branco. Não posso culpá-la. O vestido florido que ela colocou é tão incongruentemente animado que quase me dói olhar para ele.

Callie fala primeiro.

— Você sonhou comigo ontem à noite, né?

Eu assinto, mas continuo em silêncio. Minha boca fica seca.

— Você ficou repetindo meu nome sem parar. Estava tão chateado. Meu Deus, eu fiquei tão… triste de te ver assim.

Meu coração aperta: é minha vez agora. Mas mesmo depois de um dia inteiro pensando naquilo tudo, ainda não consigo encontrar as palavras para dar sentido.

— Cal, eu tenho medo de que o que eu disser…

Ela me interrompe.

— Então não diga nada. Não precisa falar. Eu faço as perguntas e basta você fazer que sim ou que não com a cabeça.

Eu respiro fundo. Talvez expire. A determinação dela me deixou meio confuso.

Do outro lado da mesa, seus olhos encontram os meus.

— Às vezes as palavras são a parte mais difícil.

— Hoje com certeza.

No fim só precisamos de três perguntas. Três perguntas e alguns instantes.

— Eu morri?

Sim.

— Você sabe como?

Eu me forço a imaginar Callie caída no chão, sem vida de novo. Sem ferimentos. Sem sangue. Sem pistas. *Não.*

— Você sabe quando?

Sim.

Ficamos em silêncio então, os olhos continuando a conversa que as bocas interromperam. Risadas flutuam pelo ar vindas de uma mesa próxima enquanto, lá embaixo, o trânsito de Eversford segue. O mundo se recusa a parar de girar. A vida continua, barulhenta e insensível.

Sei que tenho que falar. Explicar o parco plano que tenho.

— Pode ter algo...

— Espera. — Ela cobre minha mão, a sua estranhamente fria. — Não diga mais nada.

— Mas e se você...

— Estou falando sério, Joel. Não quero que você diga mais nada. Precisa me ouvir.

Então paro de falar, pousando os olhos, entorpecido, no seu colar de andorinha. É o mesmo que me chamou a atenção tantos meses atrás, quando a conheci no café.

— Não quero saber de mais nada. Mais nada do que você sonhou. Não quero saber o que você viu nem quando vai ser. Nunca. *Nunca* quero saber. Tá bom?

Eu a encaro. As lágrimas nos seus olhos foram substituídas por aço.

— Cal, acho que você não...

— Eu entendo. — Sua voz corta o ar doce da noite. Ela tira a mão da minha. — Eu entendo, sim. Tudo que sei, neste momento, é que vou morrer. Não sei como nem quando. Sou igual a todos aqui esta noite.

Ela olha para o garçom, depois para um grupo bebendo e fazendo algazarra a algumas mesas de distância.

— Mas *eu* sei.

— Sim. E, se me contasse, estaria me dando uma doença terminal. Neste exato momento.

— Cal — digo —, como você pode não querer saber? Pode haver algo que a gente possa…

— Não tem. Você já disse que não sabe como acontece. Está tão impotente quanto eu, Joel, e sabe disso.

— Callie. — Minha voz embarga de emoção. — Por favor, só me deixa…

— Não, Joel. Essa é a minha decisão final. Não vou conseguir lidar com uma sentença de morte.

Penso na minha mãe, a quem foi negado o tempo precioso que ela queria para se preparar. O fato de que todos os meus temores sobre o amor desde que ela faleceu estejam se tornando realidade agora, com Callie, se aproxima do limite do insuportável.

— Você está falando sério?

Ela assente, só uma vez.

Seguro sua mão de novo. Aperto com força. Estou tentando passar bom senso para ela pela pele.

— Não consigo viver sabendo disso e você não.

— Você quer tirar esse fardo de si mesmo?

— Não, não é isso. — Mas então me pergunto se não é mesmo.

— Sabe o que significa, né?

— Significa muitas coisas.

— Significa que você me ama.

É claro que Callie veria o lado positivo disso tudo. Está até sorrindo, muito de leve.

— Callie.

— Você pode falar. O pior já aconteceu. Você não precisa mais ter medo.

Então ela se inclina por cima da mesa e me beija.

Mas, enquanto retribuo seu beijo, tudo que consigo ver é seu corpo no chão.

Não tem nem um ligeiro movimento, e sua pele está gelada como leite.

57

Callie

Na semana depois do sonho de Joel, tenho dificuldade para manter a normalidade. Em vez de me juntar a Fiona e Liam no almoço do lado de fora, desço o rio e subo o velho salgueiro sozinha. Conversas com meus colegas já têm um clima diferente — é difícil comentar o último episódio de uma série ou a abertura de novos mercados, quando Joel e eu passamos as noites assombrados pela data da minha morte.

Na sexta à noite, exausta depois de horas empurrando um cortador de grama industrial pelos campos, subo na árvore e tiro as botas e as meias. Misturando-me aos galhos enquanto as pessoas passam sob as solas dos meus pés, tenho a agradável sensação do sangue correndo das pernas para baixo. Libélulas zumbem ao meu redor como minúsculos helicópteros brilhantes, e do charco na outra margem do rio vem o som primevo do gado. O ar do dia está quente e parado, o verão, quase uma estática, a exceção dos estouros das cápsulas de sementes no calor.

Só consigo pensar em Joel — de sangue e coração quentes, a atitude contida escondendo uma agonia avassaladora. Tento imaginá-lo me contando o que sabe, as repercussões sísmicas enquanto a onda de tremores passa dele para mim. Considero como nossa vida seria modificada, em que nos transformaríamos.

Não há como saber quem eu seria, se a informação seria tóxica, se me mudaria por completo. Não é acidente, isso é certo, que sejamos biologicamente programados para não saber essas coisas.

Me vejo pesando todos os meus dias, como a química de cada experiência mudaria. Talvez eu colocasse em risco tudo que me importa e mesmo assim o fim se acercasse, cada vez mais próximo, como o dedo sombrio de um furacão.

Simplesmente não sei como eu e Joel poderíamos tentar construir uma vida juntos com tanto medo.

Mas esse medo ele já carrega, e não tem como dividi-lo. Se eu o amasse verdadeiramente, talvez o encorajasse a dizer o que guarda no coração, concordasse em dividir esse peso. Porque o amor não tem a ver só com escolhas fáceis, soluções simples — tem a ver com as dificuldades e decisões difíceis, os sacrifícios que não se quer fazer. *Nada que vale a pena vem fácil*, meu pai sempre diz.

Encaro a casca da árvore onde minha inicial está gravada junto a de Grace, então puxo o celular e ligo para ela, esperando o bipe.

— Só estou na nossa árvore, pensando em você. Bom, pensando no Joel, na verdade. Queria poder conversar com você, Grace. Tenho quase certeza de que você saberia o que fazer ou pelo menos o que dizer. Acho que você me aconselharia a permanecer na ignorância, vivendo no momento. Estou certa? Você sempre disse que queria morrer fazendo algo que amava. Infelizmente não deu. Mas morreu sem saber o que aconteceria, o que deve ser a segunda melhor opção, acho. — Fecho os olhos. — Olha, Grace, só me dá um sinal ou coisa do tipo, pode ser? Alguma coisa, qualquer coisa, que me indique o que devo fazer… Você teria gostado tanto dele, do Joel. Sei que você amaria ver como ele me faz feliz. Isso te deixaria feliz também, acho. Então, não esquece, tá? Só… me manda um sinal.

Aperto o botão para encerrar a ligação e apoio as costas no tronco rígido do salgueiro por mais alguns instantes. Por mais idiota que seja, já estou procurando — o sinal da minha amiga para avisar que me ouviu. Mas o ar permanece parado, e o rio continua quieto.

58

Joel

Já faz quinze dias desde o sonho. Duas semanas de paralisia. Tenho folheado mentalmente o livro de minha vida com Callie, algo que sempre tive medo de abrir. Sei que corro o risco de perdê-la, mas não posso simplesmente ficar esperando a maré levá-la embora. Tenho que tentar de tudo.

Steve está arfando quando atende o telefone.

— Joel?

Estou passeando com Bruno. Só agora me lembro de olhar o relógio, e percebo que já são quase nove da noite.

— Perdão, cara, você estava...

— Só umas flexões antes de dormir. — Ele bufa para recuperar o fôlego como um sargento do exército. — Você está vivo, então.

— É, foi mal, eu estava...

— Ignorando minhas mensagens.

Por um momento me sinto como um cliente recebendo uma bronca por furar o treinamento.

— Acho que estou pronto para marcar com a Diana.

— Já não era sem tempo.

— É, foi mal.

— E você está falando sério?

— Muito.

— E como está a história do... você sabe, dos sonhos?

— Pior impossível.

Ele fica em silêncio por um tempo.

— Tem a ver com Callie?

— Não posso explicar agora. Só... arruma isso para mim?

— Claro, amigo. Claro.

Quando desligo o telefone percebo, talvez tarde demais, que amigos como Steve são raros.

59

Callie

Eu me sento e deixo os olhos acharem o relógio. São duas da manhã, e fui despertada no susto pelo telefone vibrando.

Joel está apagado ao meu lado. Gentilmente tiro os fones dele, que caiu no sono antes de poder fazer isso.

Olho seu caderno fechado por um momento, imaginando as palavras que deve conter sobre mim. Considero como poderia tão facilmente mudar o curso do meu próprio futuro só abrindo as páginas.

— Ouvi os recados da Grace — diz Ben. — Do que você estava falando sobre você e Joel?

Ah, não. Ele ouve os recados.

— Desculpa — sussurro, me contorcendo de vergonha. — Você pode apagar.

Deixei aquela mensagem já faz algumas semanas e tinha me esquecido.

Saio da cama e vou em silêncio para a sala com Murphy nos meus calcanhares. O ar noturno está pesado com a umidade, como o vestiário de uma piscina. Eu me encosto entre os vasos na janela e abro a persiana para ver o céu.

— Preciso saber que você está bem — fala Ben.

— Eu estou bem.

Ele espera um segundo.

— Você tinha razão, sabe?

— Sobre o quê?

— Sobre o que disse na mensagem. Quando as pessoas falam que querem morrer fazendo o que amam, o que querem dizer de verdade é que não querem saber quando isso vai acontecer.

É fato que Grace sempre dizia isso, e às vezes eu me perguntava se ela deveria ter morrido enquanto escalava a Table Mountain com Ben ou corria a meia maratona em Lanzarote. Ainda não sei a resposta — embora saiba que ela não deveria ter morrido nas mãos de outra pessoa enquanto corria por aquele beco horrível, atrasada para o pilates. Mas suponho que essa seja a assustadora realidade da vida: ninguém escolhe.

Eu amaldiçoo minha falta de sensibilidade.

— Sinto muito, Ben. Não estava pensando.

— Cal, eu sei que talvez não seja da minha conta, mas... o que está acontecendo com você e o Joel?

A pergunta dele, embora tenha boas intenções, é afiada como uma navalha.

— É complicado — respondo, uma horrível simplificação.

— Certo. Mas eu só queria te dizer uma coisa. Se você encontrou um amor verdadeiro, Cal, não abra mão disso. Você não tem ideia... — Ele parece perder o fôlego por alguns segundos. — Ninguém sabe o que tem até perder. Sim, é um clichê, mas é verdade.

Minha mente está como um ciclone, penso em Joel.

— Ben, posso te perguntar uma coisa?

— Claro.

— Você acha mesmo... Você acha que foi melhor que Grace tenha morrido rápido? Ou você gostaria de ter tido mais tempo, você sabe... para se preparar?

— Preparar, tipo... câncer?

— Desculpa — murmuro. — Não precisa responder se não quiser.

— Não, tudo bem. Para ser sincero, Cal, acho que quando se trata de Grace, a ignorância era uma bênção. Sim, foi um choque quando ela morreu. Brutal. Foi como se aquele filho da mãe tivesse atropelado todos nós. Mas não acho que Grace teria lidado bem com uma sentença de morte.

— Foi o que eu pensei.

— Você não está doente, né?

A voz de Ben fica tensa e amedrontada.

— Não que eu saiba.

— Eu posso estar errado — diz ele. — Talvez Grace preferisse saber com alguns meses de antecedência. Talvez ela tivesse aproveitado ainda mais a vida se soubesse.

Abro um sorriso.

— Não imagino como isso seria possível.

— É, nem eu.

60

Joel

Diana me convidou para encontrá-la na faculdade em que trabalha. Estamos em meados de setembro, logo antes do início das aulas. Tento ver isso como um bom sinal. Um novo semestre, uma nova página. A chance de recomeçar.

— Pode se sentar.

O escritório em que estamos é apertado e abafado, escuro e com paredes de cobogós. O lugar passa uma sensação de aprisionamento, então por via das dúvidas viro a cadeira ligeiramente em direção à porta.

Ela se apresenta e pergunta como pode me ajudar. Embora não seja antipática, seu tom de voz é seco e entrecortado. Deve ter cinquenta e poucos anos, mas não parece excêntrica o bastante para ser professora universitária. Tem uma cadeira ergonômica, para começar. E com os óculos de acetato grosso, calça preta skinny e tênis de cano alto, poderia facilmente ter acabado de sair de uma reunião de brainstorming numa agência de publicidade.

— Steve falou que te explicou a minha... situação.

Que nervoso: ela já estava rabiscando em um caderno sem olhar para mim.

— Você diz que tem poderes psíquicos?

— Bom, eu não "digo" que tenho, eu tenho.

Ela assente uma vez. Sem comentários.

Eu me ajeito sem graça na minha cadeira muito não ergonômica.

— Isso é uma coisa que você já... viu antes?

— Não pessoalmente. Pode me contar um pouco das suas experiências?

Na minha mente, mais uma vez, um precipício. Aquele médico na faculdade, o esgar nos lábios rachados. Mas estou aqui agora. Então respiro fundo e me lembro que Steve já contou tudo para Diana. E mesmo assim ela concordou em me receber.

Começo com algo simples. Meu sonho de ontem. Tamsin, Neil e Amber em uma viagem durante um feriado prolongado para o parque de safári próximo, daqui a seis semanas. (Leões e tigres não são ameaça, mas os macacos causam alguns danos ao carro de Tamsin. Acho que vou usar o YouTube para ajudar a avisá-los quando chegar mais perto.)

Continuo falando, conto sobre Luke e minha mãe. Depois Poppy e o acidente de carro, a gravidez da minha irmã. Conto a ela sobre não dormir e noites torturantes. Sobre meu pai. Depois conto sobre Callie, sobre o que sei que vai acontecer daqui a poucos anos. A não ser que Diana possa me ajudar. A não ser que ela possa fazer alguma coisa.

— Eu só sonho com pessoas que amo — reitero.

A cientista nela se incomoda.

— Steve mencionou algo sobre... — Olho para o meu caderno. Está aberto no meu colo, para me ajudar. — ... meus lobos frontal e temporal. E meu hemisfério direito?

— Já sofreu algum ferimento na cabeça ou alguma doença séria?

— Nunca.

— Alguma coisa já te escapou? Quer dizer, coisas importantes acontecem com as quais você *não* sonhou?

— Sim, o tempo todo. Não consigo ver tudo. Tem tanta coisa que não sei.

— Já sonhou com alguma coisa que não... se realizou?

— Só se eu agir de alguma forma. Fizer algo para impedir que aconteça.

Ela não insiste no que isso significa e, em vez disso, me pergunta sobre meu histórico médico.

— Bom. — Depois de um tempo, ela olha para suas anotações e circula algo (eu mataria para saber o quê). — Vou questionar meus colegas. Podemos explorar opções de bolsas de pesquisa, dar entrada em aprovações éticas.

— Quanto tempo isso tudo levaria?

Ela meio que evita a pergunta.

— Temos que avaliar as datas de abertura de pedidos de bolsa, decidir se vale submeter a pesquisa num perfil multidisciplinar. Quer dizer, se você permitir que eu divida suas informações com meus colegas, faça algumas perguntas iniciais?

— Tudo bem — respondo, desanimado.

Embora eu tenha vindo aqui pedir isso, me sinto estranho com a ideia de tal escrutínio. Como se estivesse preso no escuro faz tanto tempo que preciso entrar na luz brilhante do sol devagar. Tento me concentrar.

— Então... você acha que pode me ajudar?

Depois de tantos anos, ainda não sei se consigo acreditar.

Diana se reclina na cadeira o mais ergonomicamente possível. Relaxada, ela dá uma olhada nas anotações. Bate a ponta da caneta no papel.

— Bom, isso depende do que você quer dizer com ajudar. Obviamente que não podemos mudar o futuro por você. Mas talvez pudéssemos fazer algo sobre os sonhos em si.

— Quer dizer, impedir que eles aconteçam?

— Neste ponto, não sei, na verdade.

Claramente ela não está disposta a prometer algo tão extraordinário quanto a normalidade para mim.

Um pensamento surge de repente. Estou tão determinado a evitar os sonhos que mal parei para considerar de que isso serviria.

Porque, se Diana não pode ajudar Callie, para que estou fazendo isso?

Desde que sonhei com sua morte, é com Callie que estou preocupado. Não com as minhas células cinzentas estragadas.

— Tem outra coisa que não perguntei — diz Diana. — Mais alguém da sua família sofre dessa sua... condição?

Na minha mente, uma chave começa a virar.

— Eu... eu não tenho certeza.

— Eu gostaria de avaliar o seu histórico familiar como ponto de partida.

Minha respiração se torna difícil, mecânica. Por que isso não me ocorreu antes?

Eu nem sou seu pai!

— Na verdade — falo de repente, fechando o caderno e ficando de pé. — Melhor não contar isso para ninguém por enquanto. Gostaria de algum tempo... para pensar em tudo direitinho.

— Pode levar o tempo que quiser.

O tom de voz dela sugere que tem uma tonelada de outras pesquisas que sinceramente considera muito menos pentelhas.

— Obrigada por me receber.

— Mande um abraço para o Steve — diz ela, mas eu já desapareci.

Caminho de volta pelo labirinto de concreto do campus da universidade em direção ao estacionamento. O lugar é estranhamente quieto, com exceção de um sussurro da brisa outonal entre os prédios.

Perguntas piscam sem parar na minha mente.

Eu passei tanto tempo obcecado em achar uma cura que não parei para pensar no que viria depois. Talvez interromper meus sonhos me deixasse perdido. Como um anticlímax improvável de ganhar na loteria, a pontinha de medo ao fazer uma oferta numa casa e ela ser aceita. Tenha cuidado com que deseja.

Porque talvez o que eu queira na verdade é uma forma de impedir o futuro de acontecer. E não existe acadêmico no mundo capaz de me ajudar com isso.

A única pessoa que pode fazer isso sou eu.

61

Callie

No mesmo dia que Joel marcou de conhecer Diana, quase sofro um acidente no trabalho. Na hora que levanto o visor do capacete, uma cunha plástica de abate — uma peça parecida com um prendedor de porta, só que afiada — se solta de uma árvore que estou ajudando a cortar. Pesada e dura, a cunha passa a milímetros do meu rosto. Um pouco mais perto e eu ficaria cega — ou pior, seria atingida bem no pescoço. Foi um erro idiota e descuidado, que me deixa nervosa.

Fico me perguntando se sempre vou ficar tão assustada agora que o sonho de Joel me alertou para minha própria mortalidade. Talvez seja assim para sobreviventes de AVCs e enfartos — sempre assustados ao menor aperto no peito ou uma dor de cabeça, temendo isso ser o começo do fim. Quem sabe sempre esteja comigo ao acordar — aquele pássaro engaiolado no meu estômago, um tremor pequeno mas insistente de medo.

Devo morrer ainda jovem, já percebi. Dá para ver pela intensidade do terror de Joel. Não imagino que uma visão minha morrendo pacificamente enquanto durmo, de cabelos grisalhos e ossos cansados, o atormentaria dessa forma.

Avalio todas as possíveis maneiras que pode acontecer — sendo esmagada por um tronco ou caindo de uma árvore, afogada, sufocada, um derrame ou tumor, ossos quebrados... Eu me pergunto se sentirei dor, se Joel estará lá, e onde *lá* será...

Fecho os olhos por um momento, tento me controlar. *Para. Você só está em choque. Essa agitação vai passar. O medo vai diminuir.*

— Ei, Cal — chama Liam, baixando o visor de novo antes do próximo corte. — Não precisa ficar preocupada. É sério, acontece com todo mundo.

Liam está sendo legal, mas estou agoniada mesmo assim, e questiono se talvez não fosse melhor sentar com Joel e pedir para ele me contar tudo.

Mas então lembro como seria muito pior conviver com o constante tiquetaquear do tempo do que com a eventual proximidade da morte. Seria o mais temível dos pêndulos, contando cada pôr do sol, cada verão, cada beijo.

Entendo por que dizer que a ignorância é uma bênção. Porque se o fim se revelasse iminente, brutal ou ambos, sei que eu não conseguiria aguentar o horror.

Minutos depois, eu e Liam nos afastamos para ver a árvore finalmente cair. É um carvalho doente, perigoso e próximo demais da trilha, então era preciso retirá-lo. Ficamos em silêncio enquanto ele cai, derrubado como um rei em um antigo campo de batalha. A primeira vez que o carvalho viu a luz do sol foi na época da rainha Vitória, a semente lutando para brotar no solo até se tornar uma mudinha verde brilhante sob a vigilância de Charles Dickens e George Eliot. Agora, quase dois séculos depois, o sussurro das folhas aumenta até um rugido, quando a árvore cai no chão com um estalo mais alto que um trovão. Sinto a história exalar, mil segredos bem guardados dizimados, e de repente me sinto horrorizada.

— Não é horrível? — digo para Liam quando a mata fica silenciosa de novo e os arbustos ao redor se acalmam. As aves fugiram dos galhos das árvores ainda de pé, como sementes espalhadas de um dente-de-leão. — Ver algo tão antigo chegar ao seu fim.

— Sim e não. — Liam retira o capacete e esfrega o cabelo para se livrar da serragem. — Pior se um galho caísse e matasse alguém.

Fico quieta.

Enquanto a gente corta em toras a árvore caída tento imaginar como minha vida seria se eu deixasse Joel me contar o que sabe. Embora na verdade ele não tenha culpa alguma, me pergunto se eu começaria a me ressentir dele por responder à única pergunta que todos deixamos sem resposta, por apagar o brilho cálido da possibilidade. Por me dar o ponto final que nunca desejei.

Mas nós somos o que somos, e talvez eu o ame o suficiente para superar isso. Grace sempre dizia: *Ou encontro meu caminho, ou crio meu caminho.*

Chego tarde em casa, depois de ficar para levar de quadriciclo as toras de madeira ao abrigo. Embora Murphy esteja no seu lugar de sempre ao lado da lareira, o apartamento parece vazio, parado como um relógio quebrado.

Percebo um recado apoiado na chaleira na bancada da cozinha.

Vou passar uns dias em Newquay. Explico quando voltar. Bjs

Eu me sento no sofá, nervosa, encarando o bilhete entre meus dedos como se fosse um pedido de resgate. Murphy apoia o focinho no meu colo e me encara com seus olhinhos pidões.

Sei que Newquay é o lugar do número de telefone que Joel encontrou no livro. Só posso torcer para que quem quer que more lá possa ajudá-lo, antes que seja tarde demais.

62

Joel

Ele é igual a mim, só que vinte anos mais velho. Eu reconheço a covinha do meu próprio queixo. Os pés de galinha e o formato da boca. Os olhos, escuros como galáxias.

— Calma aí, calma aí… Ei, tudo bem?

Ele deve achar que eu estou prestes a desmaiar, porque está fazendo aquela cara que as pessoas fazem quando estão vendo um desastre natural acontecer no noticiário. Segura meu cotovelo e me leva para dentro.

A sala de estar dele me faz lembrar de Callie quando nos conhecemos. É lotada de cacarecos, explodindo com cores. Tem vasos de planta, tapeçarias penduradas, fotografias de ondas. Três pranchas de surfe apoiadas em um armário. Uma manta no sofá parece saída de um *souk*. Um aparelho de som antiquado ao lado de uma pilha de CDs. Uma *lava lamp* de verdade.

— Ei, senta aí. Quer um chá?

Embora eu consiga mover a cabeça para aceitar, o homem continua por perto.

— Isso acontece sempre?

— Aparecer na porta de estranhos? Tento não transformar em hábito.

— Não, quero dizer seu rosto. Você ficou meio… pálido.

— Uma dose de uísque naquele chá pode ajudar.

Coloco a cabeça entre meus joelhos, como se estivesse rezando por algo. Talvez esteja.

Ele me dá um tapinha no ombro. A mão permanece ali por um ou dois segundos.

— É para já.

O nome dele é Warren Goode, me contou no telefone. É tudo que sei. Disquei o número anotado no livro de suspense da minha mãe assim que voltei da consulta. Conversamos por um momento, então entrei no carro e fui dirigindo até Newquay sem parar e sem tirar da quinta marcha. Callie não saía da minha mente em momento nenhum.

Tudo se encaixou durante aquele encontro com Diana, e não consegui mais esperar. Afinal, o tempo não está do meu lado.

Para mim, ele traz uma caneca de chá com um pouco de uísque, e para si, um copo da bebida. Vacilante, ele se senta na poltrona a minha frente.

Dou um gole no chá. Deixo a sala ficar quieta, para que minha próxima frase possa ter todo o tempo de que precisa.

— Acho… Acho que talvez você seja meu pai.

Um olhar brilhante como a lua cheia, cintilante com as dúvidas de uma vida inteira. Então, por fim…

— Você tem razão. Sou mesmo.

Sinto meu coração disparar. Meu sangue arde com sentimento.

Ele pigarreia.

— Você falou no telefone que… achou meu número no Natal do ano passado.

A seguir, uma pausa, longa o bastante para me fazer questionar se cometi um erro vindo aqui. Claramente ele está esperando que eu diga algo. Mas o quê? *Ele está irritado por eu ter demorado tanto? O que ele acha — que eu deveria ter pulado no carro e disparado pela M4 no dia 26?*

— É. Então… por que o telefone estava anotado no livro? O que minha mãe estava lendo no hospital?

(Mencionei isso rapidamente durante a ligação, supondo que preferiria saber os detalhes cara a cara.)

Warren balança a cabeça como se estivesse tentando fazer os pensamentos voltarem para o lugar.

— Eu fui visitá-la, Joel. Logo antes de ela morrer.

— Por quê?

— Queria vê-la, pelo menos uma última vez. Ela me contou sobre você naquele dia. Achei que talvez ela quisesse passar meu telefone.

— Você não sabia sobre mim?

Outro gesto negativo.

— Vocês tiveram o quê, um caso?

— Não, a gente estava junto logo antes de ela conhecer… Bem, Tom.

Tom. Então Warren também conhecia meu pai.

— Você a amava?

— Amava. Muito.

— Então, por que...?

— Quer respirar um ar fresco? Tirar as teias de aranha?

— Como você sabia que a minha mãe estava doente? Você não fala com meu... com Tom, fala?

— Não. Fiquei sabendo por um amigo de um amigo.

A noite tem uma brisa fresca, direto do Atlântico. Alguns surfistas lutam contra as águas revoltas, mas a maioria das pessoas permanece em terra firma. Caminha com cachorros, passeia pelo promontório. O céu de setembro está tingido de cores pastel saturadas, roxos e rosas como papel de carta romântico.

— Então, o que você estava fazendo quando conheceu a minha mãe?

— Estava prestes a partir numa viagem pelo mundo na minha Kombi — responde Warren. — Sabe, eu surfo. Bem, surfava.

Um viajante. Então pelo menos nesse ponto somos diferentes.

— O que você faz agora?

Ele faz a mesma careta que eu faço quando as pessoas me perguntam sobre o meu trabalho.

— Ensino surfe para crianças, tiro uns trocados com fotografia. Estava tentando começar minha própria linha de pranchas, mas... — Warren afasta o olhar para o mar. — O dinheiro acabou.

Saímos da praia e pegamos a subida pelo promontório, passando pelo hotel vitoriano no topo. É grandioso e régio, epicamente romântico.

Romance. A ideia parece quase inacreditável para mim agora. Como um trecho de paisagem observado por uma janela enevoada.

— Então por que vocês terminaram?

— O mar estava me chamando. Pensei que seria o próximo campeão mundial de surfe. — Sua risada foi tristonha. — Deixei sua mãe para trás, Joel. Sempre fui um idiota egoísta. Logo depois ela conheceu Tom. Seu pai.

Sua honestidade, pelo menos, me impressiona.

— Só isso?

— Basicamente — responde Warren, mas como se desejasse ter mais a dizer.

— Você teria ficado aqui se soubesse que ela estava grávida?

Ele evita a pergunta.

— Sempre falei para a Olivia que não queria ter filhos. Falei que essa vida não era para mim. Talvez por isso ela tenha decidido não me contar.

Olivia. Olivia. Um nome que nunca ouço. O som da palavra me acerta como uma canção.

— Sabe, ficar com Tom foi mesmo o melhor para a sua mãe... e para você. Que vida eu poderia ter dado a vocês dois, morando numa van, obcecado em achar a onda perfeita? Eu não tinha dinheiro, posses, trabalho... absolutamente nada de valor.

Penso no meu pai, com seu expediente tão correto. Sua dedicação vitalícia à ordem e ao trabalho pesado. Como um soldado se apresentando ao serviço, todos os dias de sua vida.

— Minha mãe estava grávida quando conheceu meu pai?

— Isso. Arrumou um emprego na empresa dele, se bem me lembro. Mas eles não começaram a sair logo.

Encaro o promontório. As gaivotas fazendo acrobacias na brisa. A hostilidade que meu pai sempre demonstrou em relação a mim pelo menos está explicada. Eu não era uma anomalia de contabilidade, um erro de cálculo facilmente corrigido. Era como se Warren tivesse pichado seu nome na nossa casa, forçando meu pai a encará-lo todos os dias de sua vida.

— Sua mãe era a pessoa mais fácil de amar do mundo — diz Warren agora. — Todo mundo a amava. Não que ela soubesse disso, claro.

Penso em Callie e sinto meu coração se expandir.

— Então, Doug e Tamsin... são só meus meios-irmãos?

— Isso.

Uma onda de calor toma meu peito ao pensar em Tamsin, na sua expressão se soubesse. Sempre fomos tão próximos.

— E os pais do meu pai... nem são meus avós.

Todas aquelas viagens de feriado para Lincolnshire em que eu era sempre tão bem-vindo. Será que eles sabiam? Será que nenhuma partezinha deles nunca suspeitou, quando aquele estranho no ninho apareceu à sua porta?

— Sinto muito — diz Warren, baixinho. — Meus pais, seus avós biológicos, morreram anos atrás.

Caminhamos com passos exatamente iguais. O Atlântico se tornou um forno, e o sol poente, uma chama brilhante.

— O que minha mãe falou quando você apareceu no hospital?

— Ficou feliz de me ver. Conversamos, ela pediu meu telefone. Foi meio que um momento engraçado, no final.

— Acho que ela esqueceu de me dar — comento, lembrando como a quimioterapia acabou com a memória dela.

— Acho que sim — responde ele com a voz grave.

Eu olho para ele. Sinto os primeiros sinais de raiva tomando conta.

— Então por que você nunca tentou entrar em contato? Minha mãe morreu *vinte e três* anos atrás.

Ele franze a testa e parece morder a língua. Por um momento penso que está tentando inventar uma desculpa.

— Ah, caramba. Que complicado.

Minha raiva aumenta.

— Não me diga.

— Eu tentei, Joel. Tentei, sim. Mais de uma vez.

Meu coração para.

— O quê?

— A primeira vez foi alguns anos depois da morte da sua mãe. Assim que consegui me acertar com tudo isso, entrei em contato com Tom. Você só tinha 15 anos na época.

O vento nos açoita.

— Ele me falou que você era novo demais. Falou para eu tentar de novo depois que você fizesse 18 anos. Foi o que eu fiz. Mas ele insistiu que você estava ocupado com as provas e, depois disso, com a universidade. Sempre dizia que não era a hora certa. Depois que você se formou, eu tentei de novo, mas ele me contou que vocês dois tinham conversado. Que você não estava interessado. Que nunca queria me conhecer.

Fico de boca aberta.

— E você acreditou?

— Ele me fez pensar que eu estragaria sua vida, Joel. Falou que você era sensível, que ficaria nervoso, que seria um problemão. Sinto muito, acho que ele só estava tentando te proteger. — Warren engole em seco. — Mas, olha, alguns anos depois eu… tive um sonho. Sobre hoje.

— Que tipo de sonho?

Nós dois paramos e nos encaramos. Warren não diz nada, só me encara até eu ter certeza.

Sinto um ímpeto estranho, quase animal, de uivar. Com o quê... alívio? Alegria? Frustração?

— Você tem também. Você tem *também.*

Ele segura meu braço.

— Está tudo bem.

— Você estava me esperando. Sabia que eu viria hoje?

A pele dele se incendeia, cor de âmbar, ao pôr do sol.

— Sim.

É hereditário.

Dou as costas para ele, oferecendo meu rosto para o vento. O sal invade minhas narinas e endurece meu cabelo enquanto tento absorver aquilo tudo.

Preciso de um tempo até me sentir calmo o suficiente para continuar andando.

— Faz quanto tempo?

Ainda não consigo digerir o que ele me contou sobre meu pai.

— Desde criança.

— E você não encontrou uma cura.

Warren hesita antes de contar sua própria história triste. Drogas e bebida na juventude, depois uma estratégia um pouco mais ortodoxa que a minha — muitos médicos e psicólogos. Hipnoterapia, acupuntura, medicação. Mas nós dois demos de cara na mesma parede no fim das contas.

Ele até tem a porcaria do caderninho também. Preto, de capa dura, como o meu.

— Você dorme? — pergunto.

— Muito pouco.

— Tem namorada? Esposa?

— Complicado demais. — Ele me dá uma olhada. — E você?

Dou uma risada desanimada.

— Por que acha que estou aqui?

— Não me diga que é um solteirão também.

Penso em Callie e no meu sonho. E meu coração se parte de novo.

— Tentei ser. Mas não tive forças. Me apaixonei.

Sabendo apenas de metade da história, Warren acha que é uma boa notícia.

— Você não tem ideia de como fico feliz de ouvir isso.

Mais tarde, ele me oferece um lugar para dormir. Mas parece cedo demais. Preciso de espaço para me proteger dessa tempestade de pensamentos na minha cabeça, então ele liga para pousadas dos arredores e pergunta sobre quartos vagos.

Enquanto está ao telefone, percebo uma fotografia emoldurada na parede do corredor. Um surfista, de cabelo molhado e roupa de mergulho, com um *lei* havaiano no pescoço. Está sendo erguido nos ombros de uma multidão. Primeiro acho que é Warren, então olho com mais atenção. A foto foi autografada com uma caneta dourada. Mal consigo ler o nome: *Joel Jeffries.*

Então talvez minha mãe tenha me batizado em homenagem ao surfista favorito de Warren. Talvez como forma de se lembrar dele.

Estou bem cansado na manhã seguinte, depois de menos de quatro horas de sono. E suponho que o salão de refeições apertado da pousada, com suas cortinas de tule, não vai me animar. Então, em vez disso, volto para a casa de Warren, levando café forte e burritos de café da manhã comprados na cafeteria local.

Comemos ao ar livre, no jardim de Warren (que é só um pedacinho abandonado de grama amarelada e um pé teimoso de palma-dracena inclinada por cima da cerca). O ar está pesado de maresia, um cardigã de nuvens sobre o céu do início do outono.

Warren abre a embalagem da comida.

— Já não era sem tempo.

— Está com tanta fome assim?

Ele dá uma risada.

— Não, quero dizer este momento. Sonhei com isso. Bom, com isso e com o momento em que você chegava, ontem à noite.

Eu olho para ele sem entender.

— Você sonhou com… o que estamos fazendo agora?

É estranho. Nunca parei para pensar na experiência de ser o objeto de um sonho.

— Sonhei que você toma café preto também.

Ergo a sobrancelha.

Warren tira a tampa do copo.

— Não cai longe do pé… — Ele sorri. — Só consigo beber puro.

Entre goles de café e mordidas no burrito, conto para Warren o que aconteceu com Diana. Mas deliberadamente evito falar do meu sonho com Callie. Talvez seja porque já saquei que Warren tem altas esperanças para minha vida amorosa.

— Diana tem razão, sabia? — comenta ele quando termino de falar.

Olho para ele, observando as rugas de seu rosto. As marcas nos cantos dos olhos. Ele tem o tipo de pele castigada pelo sol, sempre bronzeada. Mesmo no meio do inverno, quando o sol não aparece faz seis semanas.

— Sobre o quê?

— Bom, talvez ela possa impedir os sonhos. Talvez. Depois de alguns anos usando você como cobaia. Mas ela não pode mudar o futuro.

— O que você quer dizer?

— Temos uma condição, Joel. Mas também temos um ao outro agora. Desde que sonhei com este fim de semana, estou tentando me organizar. Deixar a casa melhorzinha, surfar um pouco mais. Parar de ser tão eremita. — Ele dá um tapinha na barriga. — Perder alguns quilinhos.

É um pensamento estranhamente fofo: Warren se forçando a ser melhor durante tanto tempo, se preparando para a minha chegada.

— Quero ajudar, se puder. Não cometa os mesmos erros que eu, estragando seus relacionamentos e sua carreira e…

— Tarde demais para isso.

Conto a história de como me tornei o pior veterinário do mundo. Então Warren retribui com sua história sobre a carreira promissora no surfe. Conta como estragou tudo com bebida e drogas.

— Mas podemos colocar *você* de volta nos prumos — diz ele. — Não é tarde demais.

Meus pensamentos se voltam para o meu pai, para tudo que ele tirou de mim ao afastar Warren. Ele poderia ter sido meu confidente, me ajudado a passar por alguns dos momentos mais difíceis da minha vida.

— Não sei se vou conseguir perdoar meu pai — falo para Warren.

— Você não deveria ser tão duro com ele. Provavelmente tinha medo de te perder, depois que Olivia morreu. Acho que Tom via essa situação toda de forma diferente: ele teve todo o trabalho, aí eu apareço, sem ser convidado, querendo me intrometer.

Franzo a testa e bebo meu café.

— E agora? — pergunta Warren.

— Tudo que eu queria era fazer os sonhos pararem — respondo, por fim. — Fiquei tão focado nisso por tanto tempo, mas...

— Agora que pode acontecer, você não sabe se consegue lidar com não saber o futuro?

Eu suspiro. Penso nisso.

— Talvez. Muito babaca da minha parte, né?

— Bem, você já viveu assim faz tanto tempo que é compreensível que tenha dificuldade para viver sem isso. Como aqueles velhinhos que passam a vida inteira esperando a aposentadoria, depois não têm ideia do que fazer quando chegam lá.

— Então, qual a resposta?

— Esqueça a ciência, esqueça curas. Simplesmente siga em frente e viva, você e Callie. Façam tudo que puderem para viver bem.

— Não tenho ideia de como fazer isso — digo.

Porque a nuvem escura do meu sonho agora paira sobre nós, a ameaça da devastação nos esperando na próxima esquina.

63

Callie

Estou no jardim do meu pai, colhendo legumes para o almoço de domingo com ele, uma cena nostálgica de dias passados. Minha mãe nos deixou fazendo isso, como de costume — gosto de pensar que, enquanto nos observa pela janela, ela está relembrando todos os dias em que uma Callie bebê corria atrás dele, no meu macacãozinho impermeável, carregando um baldinho e pá de plástico, quase sendo carregada pelo vento e pela chuva.

Talvez seja um sentimento que vem das memórias da infância, mas de repente me pergunto se estou sendo egoísta por escolher a ignorância. Será que devo preparar meus pais, avisar a todos que me amam? Talvez eu devesse até considerar um daqueles funerais em vida, em que todos se reúnem e dizem coisas bonitas... Ah, não. Que coisa mórbida. Ninguém deveria estar no próprio funeral. Ninguém.

— E aí, para onde que ele foi, hein?

Meu pai está questionando a viagem às pressas de Joel.

— Para a Cornualha.

— E você está de bem com isso, é?

— Claro, pai. A gente não é...

— Gêmeos siameses? Ah, eu sei. Vocês jovens agem de maneiras diferentes hoje em dia.

Abro um sorriso. Acho que, para o meu pai, sempre serei sua garotinha.

Falei com Joel pelo FaceTime ontem, depois hoje de manhã de novo. Ele confirmou suas suspeitas — Tom não é seu pai de verdade — e disse que vai ficar até terça à noite para tentar entender tudo. Estou nervosa por ele, então falei que o amava e que ele deveria ficar por lá o tempo que precisasse para colocar tudo de volta ao prumo.

— Pai, posso te perguntar uma coisa?

— Claro.

— Você acha que os seus pacientes... — Engulo em seco. — Você acha que eles ficam gratos por ter tempo de se preparar antes de morrer?

— Às vezes — responde ele simplesmente, arrancando uma cenoura. — Às vezes ficam felizes por ter algum tempo. Às vezes não.

— Quais os motivos para não querer?

— Bom, varia. As pessoas são diferentes. Para muita gente, uma morte lenta não é a forma ideal de partir. É comum que prefiram ter tempo para se preparar, mas é claro que passam os últimos meses e semanas paralisadas pela tristeza e pelo medo. Nem sempre é como as revistas fazem parecer.

— Quer dizer que nem sempre as pessoas vão pular de paraquedas ou viajar pelos Estados Unidos em um trailer.

Meu pai abre um sorriso triste.

— Não mesmo, querida. Nem todo mundo se sente emocionalmente capaz de lidar com essas listas de "última chance", mesmo quando as pessoas são fisicamente capazes. Eu com certeza não conseguiria.

Continuamos mexendo no jardim por mais alguns minutos. O ronco distante de maquinário de fazenda vem dos campos próximos, enquanto no fim do nosso terreno um bando de andorinhas cisca os arbustos. É sempre tão calmo aqui — sem o estardalhaço de trânsito e de buzinas, o ribombar da vida urbana.

— Então, o que você prefere? — pergunto. — Morrer de repente ou...

Ele olha para mim com uma mancha de lama na bochecha esquerda que vai ser objeto de reclamação por parte da minha mãe depois.

— Callie, essa conversa está começando a me preocupar...

— Não precisa — retruco às pressas. — Só estou curiosa.

— Você me contaria se...?

— Pai, não é nada, sério. Pode esquecer que falei qualquer coisa. — Eu fico de pé e respiro fundo o ar puro. — Que mais?

— Salsinha, por favor — responde ele, mas não parece totalmente convencido.

Mais tarde, enquanto me preparo para ir embora, me pego perguntando, quase sem querer:

— Pai, quanto você acha que estaria disposto a sacrificar por alguém que ama?

— Depende do que eu estaria sacrificando.

— Bom, se fosse algo que deixaria a outra pessoa feliz, mas tornaria sua vida bem mais complicada, você faria?

Ele franze a testa.

— Não acho que posso responder isso, Callie, sem saber as circunstâncias.

Bom, são as piores possíveis, penso. *Tão ruins quanto você poderia imaginar.*

— Achei! — grita minha mãe lá de cima, onde foi procurar um recorte de jornal que guardou para mim.

Eu me estico para beijá-lo.

— Faz sentido. Te amo, papai.

— No fim, eu acho, tudo depende de se Joel te ama também.

É isso. Baixo os olhos para o carpete.

Ele me ama, sim, pai. Só não consegue dizer isso.

64

Joel

Estou sentado com Warren no deque de um bar em frente à Fistral Beach, cada um com sua cerveja e uma porção de nachos entre nós. O céu e o mar brilham, as ondas batem.

Embora seja logo depois do almoço de uma segunda, parece ter muita gente por aqui. As pessoas conversam na areia, param na nossa mesa, de bermuda e chinelo, para cumprimentar Warren e comentar sobre as ondas. Estou começando a me sentir incomodamente suburbano, sentado aqui de tênis e calça jeans. Embora eu me encaixe no sentido de não ter mais lugar algum para ir, acho.

Foi assim que passamos os últimos dias. Quase sempre ao ar livre, em paisagens cada vez mais espetaculares. Tentando nos conhecer melhor. Costurando os anos perdidos.

Ele não me apresenta como seu filho. Diz só: *Esse é o Joel.* As pessoas apertam minha mão também, me perguntam como estou.

— Elas sabem? — pergunto para Warren.

Ele mergulha um nacho metodicamente no sour cream, no guacamole e no molho de tomate.

— Quem sabe do quê?

— Amigos, conhecidos. Sobre você. Os sonhos.

Ele dá de ombros enquanto mastiga.

— Alguns, sim. Outros não.

Eu o encaro, incrédulo.

— E o que eles acham?

— Você vai ter que perguntar para eles.

— Não quero perguntar para ninguém além de você.

— Acho que algumas pessoas pensam que sou doido. Outras acreditam. A maioria não está nem aí. — Ele pega outro nacho da pilha, puxando um fio de queijo junto. — Uma coisa que você vai aprender quando ficar mais velho, Joel, é que as pessoas se importam muito menos com as suas coisas do que você imaginaria.

— Mas... por quê? Por que você contou?

Warren sorri.

— Porque no fim concluí que é mais fácil contar do que carregar isso como um peso morto no meu pescoço.

Dou um gole na lager e encaro as ondas. Então conto a história do médico da faculdade. Explico como meu pai e meu irmão são céticos e críticos.

Warren observa o mar enquanto escuta.

— As pessoas são um pouco mais cabeça aberta hoje em dia — comenta ele quando termino. — Veja a Callie, por exemplo. E seu amigo... Steve, não é isso?

Eu franzo a testa e fico em silêncio.

— Ou talvez sejam só as pessoas com quem converso normalmente. As coisas que fazem... Depois de enfrentar uma onda de doze metros, você começa a ver a vida de um jeito diferente. É quase um narcótico, e a maioria das pessoas que conheço é viciada. Elas não gastariam mais que alguns segundos pensando em mim ou nos meus sonhos doidos.

— Você já surfou ondas de doze metros? — pergunto depois de um momento.

Warren dá uma risada.

—- Eu não. Ondas grandes e velhotes como eu não se misturam. Você, por outro lado...

— Você está louco.

— Exatamente, Joel. — Ele se inclina para a frente. — Se tem uma coisa que eu me dei conta nos últimos anos é que enlouquecer às vezes é muito bom. Fazer algo diferente. Confiar no mundo ao seu redor.

— Você não vai começar a falar que surfar é a onda, vai?

Warren dá risada.

— Rá! É capaz.

— Mas você é mesmo feliz? — insisto. — Você não tem...

— Ninguém? — Ele se reclina na cadeira. — Existe mais de uma maneira de ser feliz, Joel.

Eu sorrio também. Não consigo evitar. Afinal, apesar de tudo, é bom conversar com alguém que compreende de verdade. Saber, pela primeira vez na vida, que não estou sozinho nisto.

— Sabe de uma coisa, Warren? Acho que você é meio hippie.

— É um elogio?

Eu ergo as sobrancelhas e pego o último nacho.

— Ainda não sei.

Depois de quatro noites na Cornualha, volto para casa. De madrugada, paro em um posto de conveniência e tomo café na estranha pracinha em formato de anfiteatro. Tento descansar os olhos antes de fazer a última perna da viagem até Eversford.

Numa mesa próxima, uma mulher está ninando um bebê. Seu companheiro está ao lado dela, engolindo um donut enquanto pisca contra a luz fosforescente. Mas é na mulher que estou mais interessado. Ela está de olhos fechados e, embora esteja tentando fazer seu bebê dormir às duas da manhã em um posto de gasolina, parece bem feliz. Calma e contente, como se estivesse ouvindo um harpista ou recebendo uma massagem.

Ela me faz lembrar de Callie. Mesmo rosto em formato de coração, mesmo cabelo escuro e comprido. Mesmo perfil quando vira o rosto. A semelhança é tão impressionante que não consigo parar de encará-la (até seu companheiro estar prestes a levantar para me dar uma surra, o que faz sentido e me faz ir embora).

Pego a M4 de novo, começando a última parte da viagem de volta até Eversford. Mas a gêmea de Callie com o bebê nos braços não sai da minha cabeça. Em pouco tempo, uma ideia surge na minha mente: se essa condição é hereditária, então ter filhos nunca vai ser uma opção para mim. Apesar daquele lindo momento passageiro meses atrás, quando imaginei Callie grávida... eu não poderia impingir a vida que tenho a uma alma inocente.

Mas e o que isso significa para Callie? Embora ela nunca tenha falado no assunto, tenho quase certeza de que quer ter filhos. Ou pelo menos nunca me deu razão para pensar que não quer. Os pais dela já fizeram comentários. Além disso, ela tem um dom raro de atrair crianças, que se grudam nas suas pernas e choram quando ela vai embora. Penso nela brincando com meus sobrinhos. Ensinando um bando de crianças de menos de 10 anos a dançar no casamento de Hugo. Ela cogitou trabalhar com ensino infantil, pelo amor de Deus. E se ter uma família é algo que ela deseja, não posso impedi-la.

Adoção? Por algum motivo consigo imaginar minha irmã sugerindo isso, como sempre preocupada por eu me negar as alegrias da vida. Mas adoção não me parece algo que eu queira explorar. Porque eu ainda seria o mesmo: fixado nos meus sonhos, preocupado com Callie. E mesmo sem passar minha condição adiante, tenho certeza de que estragaria a criança de algum jeito. Ela herdaria minhas neuroses, seria infectada pela ansiedade.

Imagino os anos passando, eu e Callie estagnados enquanto conto os dias até sua morte. Naqueles primeiros dias de agonia por causa de minha mãe, quando eu sabia do câncer antes de ela descobrir, eu só conseguia pensar em como as coisas seriam dali a quatro anos. A vida perdeu as cores, foi ficando cada vez mais sem graça. Como posso passar por isso de novo e ao mesmo tempo fazer Callie feliz? Não é possível. Simplesmente não é.

Eu me lembro do que ela me disse, quando voltávamos do Natal ano passado. Sobre ver meus sonhos como um dom. E sinto uma onda de tristeza, porque sei agora que, para mim, eles sempre serão uma maldição.

São quase quatro da manhã quando chego. Não consigo me forçar a acordá-la, então fico na sala com Murphy.

Sentado no sofá, procuro Joel Jeffries no Google. É britânico, da mesma idade de Warren. Mas, ao contrário dele, Joel é um surfista campeão, rico e famoso. Casa na praia, esposa, filhos, funcionários. Meu instinto é sentir pena de Warren, antes de me lembrar do que ele falou na praia ontem.

Existe mais de uma maneira de ser feliz.

65

Callie

Acordo por volta de seis e meia, assim que o sol começa a atravessar as persianas. Algo me diz que Joel está em casa, então visto a camiseta do trator que ele me deu de Natal e entro na sala pé ante pé.

Ele está no sofá, com a cabeça apoiada nas almofadas e o olhar fixado no teto, totalmente imóvel.

— Oi — sussurro, me sentando ao lado dele e segurando sua mão. — O que você está fazendo aqui?

O olhar no seu rosto é o suficiente para me destruir.

— Perdão. Não queria te acordar.

— Como foi na Cornualha? — Eu me abaixo para brincar com as orelhas do Murphy. — A gente sentiu sua falta.

— Senti a falta de vocês também.

Nossos olhos se encontram enquanto, perto da janela aberta, um passarinho dá um show.

— Que passarinho é esse? — murmura Joel.

— Um tordo. Está cantando a noite toda.

— A noite toda?

Eu confirmo com a cabeça.

— São os postes. Ele acha que está de dia.

— Parece meio injusto. Que ele não consiga dormir.

— Você também não dorme, senhor corujinha.

Um momento se passa.

— Sabia que eles só vivem dois anos? — pergunto.

— Quem?

— Os tordos.

Ele se inclina para a frente e me beija então, e é um beijo que expressa todos os sentimentos que as palavras não alcançam. Sua boca tem gosto de exaustão e café. Quando ele vai dos lábios para o meu pescoço, a boca cálida e úmida, sou tomada por um frenesi quase faminto por ele, pelo desejo de mostrar o quanto ele significa para mim, quanto odeio ficar longe dele. E Joel deve sentir o mesmo, porque nosso beijo logo se torna urgente, os movimentos frenéticos. Quando tiramos as camisas, eu estremeço com o toque dele na minha pele nua, e ele também parece quase tremer de desejo ao baixar as mãos entre nós para tirar minha calcinha. De repente ele está dentro de mim, seus olhos nos meus, e não vejo nada além deste momento, do rosto dele, de sua voz ofegante dizendo meu nome.

Depois, quando caímos, nus e sem fôlego, um ao lado do outro, o mundo inteiro parece se paralisar. A luz está suspensa em nossa pele, e a manhã segura o fôlego.

Enquanto tomamos café, Joel explica mais sobre Warren e seus pais, uma história de partir o coração. Revela que Warren tem a mesma condição, que passou por todas as mesmas coisas que Joel. Tamsin e Doug são só seus meios-irmãos, e Tom conseguiu manter os três totalmente alheios a isso até agora.

Eu imagino Joel visitando Warren na Cornualha em circunstâncias melhores. Talvez ele tivesse nos ensinado a surfar. Vejo luz do sol e maresia, água salgada batendo nas pedras, e sinto o arrependimento tomar conta.

— É tanto para compreender — digo quando ele para de falar, e seguro sua mão.

— Consigo encontrar formas de lidar com isso tudo, Callie…

É com o resto que você não consegue.

— Você contou para Warren que sonhou comigo?

— Não. Não consegui. Acho…

Eu espero.

— … que o teria destruído.

— Eu entendo. Me destruiria também.

Joel baixa os olhos para o colo.

— A questão é que… depois de visitar Warren, não paro de pensar na minha mãe. Em como ela me olhou quando contou para a gente que estava com câncer.

— Como? Como foi que ela olhou para você?

— Como se quisesse que eu tivesse contado antes. É o maior arrependimento da minha vida, Cal, ter escondido isso. Não ter dado a ela mais tempo de se preparar.

Embora a pena que eu sinta deixe meu estômago embrulhado, minha mente está decidida.

— Mas você não sabe como acontece comigo. Não tem nada que a gente possa fazer.

— Mas eu sei *quando*...

— Não. — Nunca tive tanta certeza de nada. Diante de Joel, deixo meu olhar passear pelas doces sombras de seu rosto. — Sem sugestões, sem pistas. Eu te falei que não quero saber, e não quero mesmo. Não conseguiria viver se...

— Callie, por favor, só...

— *Não*. Não dá para voltar no tempo e retirar as palavras depois que você já falou. Tudo mudaria para sempre.

Ele assente devagar.

— Só não sei se vou conseguir viver — explica — sem nunca te dar uma pista ou dizer algo que você considere uma pista.

Eu me pergunto se ele tem razão, se vou começar a ver sinais em tudo agora — um dia triste, uma lágrima derramada, uma pausa prolongada. Será que nossa vida juntos está destinada a se tornar uma longa sequência de “e se”?

A sala fica silenciosa como uma caverna.

— Você não precisa ficar — diz ele, por fim.

Meus olhos se enchem de lágrimas.

— Com você?

Ele assente.

— Não foi isso que eu...

— Eu sei. Mas preciso que você saiba que... não precisa ficar.

— Eu quero, Joel. Porque te amo.

Trocamos um longo olhar.

Então...

— Eu te amo também — sussurra Joel.

Eu o encaro. Depois de tantos meses, ele finalmente falou.

Embora seus olhos estejam cheios de lágrimas, Joel não desvia o olhar.

— Você tem razão — assume. — O que é a pior coisa que poderia acontecer? Eu fui idiota de não falar isso antes. Eu te amo, Callie. Eu te amo tanto. Sempre amei.

Joel me envolve nos braços, enfia o rosto na curva do meu pescoço e repete essas três palavras tantas vezes, os lábios tocando minha pele quente.

Naquela noite, na cama, minhas mãos o encontram, desesperadas para evitar que nos afastemos. Sua boca encontra a minha na hora, decidida e terna ao mesmo tempo. Mas é uma ternura triste, como a dos filmes em preto e branco. Como se estivéssemos nos beijando através da janela de um trem a vapor, logo antes de o apito soar.

66

Joel

É início de outubro, duas semanas depois da minha visita à Cornualha. Callie está em um jantar com Esther, Gavin e Ben já faz algumas horas.

Eu dei para trás no último minuto, dizendo que estava com uma dor de cabeça, o que não a convenceu nem por um segundo. Mas passei o dia todo mal. Além de tudo, ainda estou nervoso com um sonho que tive com Buddy algumas noites atrás, caindo do seu triciclo.

— Ainda estamos juntos, não estamos? — perguntou ela, meia hora antes de sair.

Estava se arrumando na frente do espelho, o cabelo em bobs. Eu a teria perdoado por se questionar, quando me viu olhando para ela na cama ali atrás, se o que tínhamos não havia passado de uma ilusão. Algo visível mas frio ao toque.

— É claro que estamos — murmurei.

Ainda assim, onde estavam as evidências disso? Todos os dias eu espero e torço para que algo mude, que alguma solução apareça. Mas nada nunca acontece.

— Então vou ficar em casa com você.

— Não, eu quero que você vá.

Era verdade. Eu queria que ela fosse, que esquecesse tudo que estava acontecendo. Não queria afundá-la comigo.

Acho que Callie deve estar se divertindo. Já são meia-noite e ainda nem sinal dela. Nenhuma mensagem avisando que já está voltando para casa.

Estou tremendo no nosso jardim enquanto falo com Warren pelo telefone, olhando o apartamento. Nosso apartamento, onde começamos a criar memórias. Tem uma única luz acesa na cozinha, amarelada e trêmula como uma chama fraca. Acima das nossas, as janelas de Danny estão paradas e escuras.

— Sonhei com Callie.

— Sinto muito — diz Warren.

— Não é bom.

Ele pigarreia.

— Você sabe quando ela vai…?

— Oito anos — consigo falar antes de perder toda a compostura.

Warren só me deixa chorar por um tempo, um apoio silencioso como um voluntário de uma linha direta.

Depois que me recupero, ele pede detalhes. São poucos, infelizmente, é claro.

— Não sei como acontece — termino dizendo. — Não tinha nenhuma pista no sonho. E não saber…

— … é a pior parte — completa Warren.

Eu concordo e descrevo a total resistência de Callie a qualquer intervenção.

— E o pai dela?

— O que tem ele?

— Você não disse que ele é médico?

— Era. Está aposentado. Mas não posso pedir a ajuda dele.

— Por que não?

— Está sugerindo que eu conte a ele? Tudo?

— Não tudo. Só dê uma sondada. Você pode tentar descobrir se há algum histórico familiar que possa ser relevante. Sempre tem alguma maneira de abordar as coisas.

— Não sei, não.

O pai da Callie é muito inteligente. Faz palavras cruzadas nível difícil todos os dias, para começar. Ele sacaria a minha na hora.

— Você precisa tentar de tudo, amigo.

É aquele inócuo *amigo* que me destrói, que parece tão inesperadamente incendiário. *Queria ter você*, quero gritar. *Queria ter você para me ajudar a passar por isso esses anos todos.*

Mas não grito. Só inclino a cabeça para trás e olho para o céu, cravejado de um milhão de estrelas.

— Sonhei que a minha mãe ia morrer — conto a ele depois de um momento de silêncio. — Eu sabia que ela ia morrer de câncer e não falei nada. É o maior arrependimento da minha vida.

— Você era só uma criança, Joel — diz ele, baixinho.

— Mas o jeito com que ela olhou para mim quando descobriu…

— Contar a Callie quando ela vai morrer não vai trazer sua mãe de volta, Joel.

— O que você quer dizer? — pergunto, mas acho que sei.

— Bom, se a Callie decidiu que não quer saber, no fim das contas você tem que respeitar isso.

— Não. Não consigo viver sabendo disso. Não consigo carregar isso comigo todos os dias e mesmo assim fazê-la feliz. Não é possível.

Um longo silêncio.

— Bom, então talvez você não seja mais o cara capaz de fazê-la feliz.

É quase como um soco, telescópico, vindo direto da Cornualha. A confirmação dos meus piores medos.

— Não era isso que eu queria ouvir.

Warren suspira.

— Eu sei. Mas se você estava procurando platitudes, ligou para o número errado.

Furioso, desligo na cara dele.

Não, Warren, penso, apesar de tudo. *Eu não vou desistir.*

Horas depois, estou sonhando de novo. Ele se passa daqui a apenas três anos e estou vendo Callie caminhando por uma praia, de mãos dadas com… Ah.

Embora esteja escuro, parece um dia quente e tempestuoso. Tem palmeiras e areia branca, a paisagem familiar de certa forma… É Miami? (Não que eu já tenha ido lá. Netflix é o mais perto que vou chegar de uma viagem transatlântica.)

Callie parece feliz. Estão rindo de alguma coisa. As cabeças juntas, a sintonia, uma tortura.

Então vejo a aliança no dedo dela, e tudo dentro de mim se apaga.

67

Callie

Dias viram semanas, e logo estamos no fim de outubro. O ar fica mais frio e os dias, mais curtos, como se o mundo estivesse se preparando para o inverno. Eu e Joel estamos em um impasse, sem conseguir seguir em frente.

Esther sabe que tem alguma coisa acontecendo e já perguntou mais de uma vez se está tudo bem. Talvez tenha suspeitado naquela noite em que Joel fugiu do jantar. Ou talvez tenha conversado com Ben, que pode ter contado sobre a mensagem que deixei para Grace. Mas é claro que não posso contar nada a ela, então, sempre que pergunta, eu só resmungo qualquer coisa sobre estar cansada do trabalho.

Eu e Joel quase estamos além de qualquer discussão agora — falar disso é como enfrentar um engarrafamento de horas que sempre vai nos levar ao destino errado, todas as vezes. Mas percebi que Joel está com uma atitude calma e determinada, um ar de decisão que me deixa curiosa.

A minha sensação é de que ele está planejando alguma coisa, mas não sei dizer o quê.

Temos um ponto a nosso favor: eu sou completamente apaixonada por ele. Não tenho ideia do que nosso futuro trará, mas se eu fechar os olhos e pensar somente no agora, de alguma forma estamos suportando. Ainda estamos juntos — não podemos desistir, simples assim, dar as costas à melhor coisa da nossa vida —, o que significa que ainda saímos, ainda transamos, ainda rimos até ficar com a barriga doendo. Mas é um pouco como manter um telhado de pé com as mãos: basta uma mudança no vento para que a nossa força não seja mais suficiente.

Passamos o dia na casa de Tamsin, comemorando o aniversário dela. Doug e Lou trouxeram o bolo elaborado em formato de unicórnio que é mais para as crianças do que para Tamsin, mas também fizemos drinques sem álcool e brincamos com jogos antigos, que definitivamente eram mais para nós. Foi um dia feliz e divertido — um dia que me fez lembrar de tudo que eu e Joel poderíamos ser.

Fiquei dividida, pensando se deveria pegar uma fatia de bolo ou não, só por um momento. Tenho sofrido com a ideia de fazer dieta, parei de beber vinho, comecei a só beber água filtrada e estou considerando fazer ioga. É o que as pessoas fazem, acho, quando são relembradas de sua mortalidade — fazem de tudo para dar ao corpo a melhor chance possível de sobreviver. Talvez eu devesse ter uma palavrinha com o meu pai, pedir algumas dicas de saúde.

Mas de repente Amber veio puxar minha manga com um pedaço de bolo num prato de papel.

"Guardei o chifre do unicórnio para você, tia Callie", sussurrou ela. "Se comer, vai viver pra sempre."

Senti o olhar de Joel do outro lado da mesa, mas não consegui encará-lo. Se fizesse isso, era capaz de chorar.

— Sabe — comento agora, enquanto voltamos a pé para casa, o ar de fim de tarde perfumado com a fumaça das fogueiras. — Já faz quase um ano desde aquela Noite das Fogueiras.

Ele aperta minha mão enluvada.

— É verdade.

— Eu sabia que gostava de você naquela noite. Já tinha uma quedinha.

— Só uma quedinha?

— Tá bom. Um precipício inteiro.

— Compreensível. Eu *era* mesmo um partidão.

— Total partidão.

Sinto meu coração se apertar quando falo isso. *Por favor, acredite. Por favor, acredite no quanto eu ainda te amo.*

Damos mais alguns passos, nossos pés chutando as folhas secas, os passos em sincronia perfeita. Ontem à noite os relógios se atrasaram uma hora, e a luz já está sumindo do céu.

— E você?

— Eu o quê?

— Tinha uma quedinha por mim também?

— Um cavalheiro nunca diz.

— Tá, mas você pode dizer para *mim*.

Sua mão envolve a minha com mais força.

— Foi mais que uma quedinha, Callie. Eu já sabia desde o começo. Nunca tive a menor chance de lutar contra isso.

Caminhamos mais um pouco em silêncio. Essa foi a parte da cidade em que Grace morreu, embora eu não tenha passado pela rua do acidente desde aquela noite. Duvido que eu vá fazer isso algum dia. Por um segundo, me pergunto se o mesmo destino me espera — mas Joel disse que não sabe como vai acontecer, o que significa que não viu um carro, pessoas olhando, asfalto...

Mas bem quando meus pensamentos estão começando a se transformar em um turbilhão, Joel me traz de volta ao presente. Está puxando minha mão e indicando algo à direita.

— Olha, Callie — chama ele com urgência. — Olha.

Está apontando para a mureta na frente de uma casa abandonada, com uma varanda pedindo para ser demolida. A porta e as janelas da frente estão fechadas com tábuas pichadas, ervas daninhas escalando como tentáculos os tijolos e calhas.

Atrás da mureta, um rabo marrom está aparecendo, estranhamente imóvel.

Antes que eu pisque, Joel já saiu de perto de mim.

Vou atrás dele, quase com medo.

— Ele foi abandonado.

Joel já está de joelhos, passando as mãos no pelo malhado de marrom e branco de um cachorro que parece jovem.

Eu me abaixo ao lado dele. O cachorro não reage ao toque de Joel.

— O que aconteceu com ele? — pergunto, lutando para segurar as lágrimas.

Joel começa a examinar o animal com gentileza.

— Não sei. Algum tipo de infecção. O rapazinho está mal. Está vendo como as gengivas estão pálidas? E ele está gelado. Precisamos arrumar ajuda para ele, e rápido. — Ele fica de pé sem jeito e liga para alguém, murmurando algumas palavras pelo celular. Ouço Joel informar nossa localização.

— Kieran está vindo — diz Joel depois de desligar, então se ajoelha de novo ao meu lado. — Vamos manter o pobrezinho aquecido enquanto isso.

Juntos, puxamos com cuidado o cachorro para o nosso colo. Joel tira a jaqueta, e eu tiro o meu casaco, e nós o embrulhamos para esquentá--lo. Ainda assim ele não responde — está passivo e molenga, como se já estivesse morrendo.

— Será que ele vai ficar bem? — pergunto a Joel.

Ele me encara.

— Sinto muito, Cal, mas parece difícil.

Eu mordo o lábio para não chorar.

Kieran nos leva até a clínica em que Joel trabalhava, nós dois no banco de trás, o cachorro nos nossos joelhos. Enquanto Joel passa para Kieran sua avaliação técnica, registro vagamente menções a soro, anemia, hemorragia interna. Então Kieran liga para uma ONG próxima, que concorda em cobrir os custos do tratamento, e depois disso ele começa a discutir com Joel qual o melhor plano para ajudar o pobre cãozinho.

Quando paramos no estacionamento, vejo a coleira do cachorro caída no banco do carro. Não tem plaquinha com nome ou telefone, nada que possa identificá-lo. Pego e guardo no bolso sem dizer nada.

— Vai para casa — diz Joel para mim quando saímos do carro. — Isso pode demorar.

Já está escuro quando Joel volta. Ele me encontra na banheira e se senta na borda, parecendo cansado e cheirando a desinfetante.

Eu me sento, derramando um pouco de água no chão.

— Como foi?

— Tudo bem, acho. Ele estava com uma infestação de vermes bem grave. Fizemos uma transfusão, demos antibióticos. Ainda não está cem por cento, mas Kieran vai levá-lo para casa hoje.

— Graças a Deus você o viu.

— Mais alguns minutos e seria tarde demais. Só temos que esperar e torcer.

Eu seguro a mão dele, que está frouxa, e seus olhos estão distantes e cansados.

— Você está bem?

Ele passa a outra mão pelo rosto. Está pálido, como se tivesse envelhecido de alguma maneira.

— Só cansado.

— Você foi incrível. Tão calmo... Não sente falta?

Ele olha pela janela, através da qual as luzes das outras casas são como lâmpadas na escuridão.

— Sinto falta de ajudar animais.

— Então talvez você pudesse...

— Eu não tenho condições de voltar.

— *É claro* que tem, Joel. Você provou isso hoje.

— Isso foi um dia, Cal. Não é nada comparado a fazer isso em período integral de novo.

Sei que não deveria insistir, eu sei. Mas quero que Joel veja o que eu vejo: seu talento impressionante, seu coração imenso, a calidez que guarda dentro de si.

— Joel, o que você fez hoje...

— Qualquer veterinário faria o que eu fiz hoje.

Olho para baixo, mexendo na espuma com perfume de morango.

— Por que você faz isso?

— Faço o quê?

— Minimiza tudo, diz que não é um veterinário de verdade.

— Porque não sou. Não trabalho com isso faz quase quatro anos.

— Mas você se dá tão bem com os animais.

— É preciso mais do que isso, Cal.

— Por que você saiu, de verdade?

Uma pausa em que o único barulho é o estourar de bolhas, como uma taça de champanhe abandonada no fim de uma festa horrível.

— Joel?

— Eu cometi um erro horrível, Callie, e não achei que merecia mais trabalhar como veterinário. Tá bom?

— Não, não está bom — falo, baixinho. — Você nunca me contou.

— Desculpa. Mas é difícil para mim falar disso.

— Por favor, me conta.

Ele tira a mão da minha e flexiona os dedos.

— O que você quer saber?

— Quero saber o que aconteceu.

A escuridão nos seus olhos de alguma forma parece se aprofundar.

— Eu cometi um erro, e as consequências foram… as piores possíveis.

— Qual foi o erro?

Depois de um tempo, ele me conta que estava distraído no trabalho. Estava fazendo meio expediente na época, uma forma de recuperar à força parte da sanidade numa época difícil de uma sequência de sonhos assustadores. Estava sempre de ressaca, sempre com sono, sem fazer exercícios ou tomar conta de si mesmo, chegando na clínica exausto todo dia.

— Eu tinha um cliente, Greg. Tinha depressão, e o cachorro era tudo para ele. Greg sempre conversava comigo quando aparecia. Eu só ouvia. Acho que ajudava um pouco. Ele me contou que chegou quase ao ponto de se suicidar mais de uma vez, mas a ideia do que aconteceria com seu cachorro o impedia de seguir em frente com o plano. Às vezes aquele cachorro era literalmente a única razão dele para continuar vivendo.

Não falo nada, só escuto.

— Enfim. Um dia Greg veio com o cachorro, que estava com diarreia, meio letárgico. Eu tinha certeza de que não era nada preocupante, mas deveria ter me esforçado mais. Deveria ter entrado em contato, feito exames de sangue, mas eu só mandei eles para casa, falei para Greg ficar de olho e trazer o cachorro de volta se o quadro piorasse.

— Parece… — *Razoável*, quero dizer. *Totalmente razoável*. Mas, sinceramente, não sei de nada.

— Em retrospecto, sei que fiz parecer que Greg estava desperdiçando meu tempo. Eu me lembro de ser meio grosseiro. Não de propósito, mas… Fui tão ruim quanto aquele médico que me atendeu na faculdade. Fiz com Greg a mesma coisa que aquele médico fez comigo.

— O que houve? — pergunto, e minha voz sai leve como uma pluma.

— Bom, ele voltou com o cachorro uma semana depois, mas aí já não tinha nada que eu pudesse fazer. O fígado dele já estava acabado, e foi culpa minha. Eu não vi os sintomas cruciais.

— Tenho certeza de que você fez seu melhor. Não pode se culpar…

— Callie, *é culpa minha*. Eu não pedi nem um hemograma simples. Estava distraído, sem prestar atenção. E aquele cachorro sofreu por minha causa.

— Joel — digo, esticando o braço para segurar sua mão de novo. — Por favor, não fique se culpando. Erros acontecem com todo mundo.

Ele me encara. Seus olhos estão redondos como escotilhas.

— Você não entende.

— Não tenho que ser veterinária para saber que se...

— Greg se matou algumas semanas depois — completa ele de repente. — Aquele cachorro era a única coisa mantendo-o aqui, e eu tirei isso dele, por pura incompetência.

O choque me faz calar a boca. Por alguns momentos fico quieta, a água da banheira esfriando ao meu redor.

— Sinto muito.

— Eu sou culpado pela morte de Greg — diz ele, a voz seca e irreconhecível. — Simples assim.

Estou começando a tremer.

— Não. Não é nada simples.

— Você quer saber por que digo que não sou um veterinário de verdade? É por isso. Porque não mereço me considerar um veterinário. — Ele baixa os olhos para os meus. — E, se você quer saber por que tenho que te contar o que sonhei, é porque não consigo viver o resto da vida sabendo que poderia ter feito mais. Não com você, Callie. *Não consigo fazer isso com você.*

— Por favor, não — digo, sentindo um nó na garganta. — Não é justo.

— Não sei se ligo mais para o que é justo. Só me importo com o que é certo.

Ele fica de pé, dá as costas e sai.

Fico na banheira por mais meia hora, as lágrimas quentes escorrendo pela minha pele enquanto a água esfria.

68

Joel

Na manhã do Halloween ligo para Warren quando estou passeando com os cachorros.

É difícil acreditar que já faz um ano desde que as faíscas voaram entre mim e Callie na cafeteria. A gente ganhou tanto no último ano. Mas será que perdemos tudo também?

Eu torço a cada manhã para que, quando abrir os olhos, tenha uma epifania, uma forma de seguir em frente. Que a visibilidade zero se torne, de alguma forma, luz do sol. Mas isso nunca acontece.

— Então, eu fiz o que você disse — conto.

— O que foi que eu disse?

— Eu… Onde você está? Por que estou ouvindo gritos?

— Na praia. Sei lá, tem algo na areia e no mar que faz as crianças gritarem.

— O quê? Estamos em outubro.

— É o último fim de semana das férias.

Eu o imagino dando de ombros. Gosta muito de dar de ombros, acho, meu pai biológico.

— É para você estar cuidando delas, ou…?

— Vou dar aula em dez minutos. E aí?

— Fui falar com o pai da Callie. Descobrir se tem histórico familiar com que eu devo me preocupar.

— Ótimo. Descobriu alguma coisa?

Não foi tão estranho quanto achei. Apareci na casa deles enquanto Callie trabalhava e sentamos para conversar na cozinha. Dei uma desculpa vaga qualquer sobre ter um sonho ruim e não querer preocupar Callie. Então, sem perguntar nada, ele me deu toda a informação de que eu precisava. (Não que tenha ajudado. Família de saúde perfeita, os Cooper.)

Ele me assegurou de que nossa conversa ficaria só entre nós, o que foi bem generoso. Eu sabia que, se Callie descobrisse, poderia pensar que aquilo era uma traição minha, dando dicas aos pais dela. E haveria uma boa chance de que nunca mais confiasse em mim.

Enfim.

— Nada.

— Ah.

— É, pois é. Não adiantou.

Uma pausa, interrompida pelos gritos roucos das gaivotas. Eu me pergunto se deveria contar a Warren sobre meu sonho de Callie na praia da Flórida. Não consegui tirar isso da cabeça.

Mas a ideia de dividir isso com Warren me irrita por algum motivo. Talvez seja porque não quero confirmar sua teoria de que eu não sou mais o cara capaz de fazer Callie feliz.

Ando mais alguns passos e imagino Callie em casa. Ainda quente do chuveiro, passando um pente pelo cabelo, a pele úmida e brilhante. Sinto um tremor de desejo pela sua nuca, pelo sussurro rouco de sua voz.

Mesmo assim...

— Você acha que eu deveria desistir, né? Deixar Callie aproveitar a vida, encontrar alguém que possa fazê-la feliz. É o que dizem, né? Se você ama alguém, deixe-o livre.

Os segundos se estendem.

— É o que dizem.

— Então pronto, acabou.

— Ainda não. Não necessariamente. Não faça nada precipitado.

— O tempo não está do meu lado, lembra?

— Sim. Mas, olha, se chegar a esse ponto, você vai saber quando for o momento certo.

— Bom, valeu mesmo pela ajuda.

— Sinto muito por não poder resolver isso para você, Joel.

— Você teve a chance de resolver isso 37 anos atrás.

— O que você...

Não consigo segurar minhas próximas palavras. É pura frustração.

— Você poderia ter resolvido isso antes de começar se não tivesse um casinho idiota com a minha mãe.

— Não foi idiota.

— Você a trocou por uma prancha. Quanto pode ter significado?

Naquela noite, sonho com Callie de novo, pouco menos de um ano no futuro. Está bem agasalhada em algum lugar, não sei onde. Mas é selvagem e amplo, exatamente o tipo de paisagem épica que ela tanto ama. Está parecendo viva e animada de um jeito que não vejo faz muito tempo. Está com um binóculo pendurado no pescoço e uma câmera na mão. Ouço o vento assobiar, vejo um céu de um azul profundo. E do horizonte um vulcão se ergue, tão imponente quanto uma catedral.

Acordo tremendo. Saio da cama e pego meu caderno, me virando à porta para olhar para ela como sempre faço. Callie está encolhida no colchão como uma vírgula, o rosto apoiado no meu travesseiro.

Uma vírgula. Um momento de parar e respirar. Uma oportunidade de refletir sobre as coisas.

— Você merece mais — sussurro à porta do quarto. — Não quero que perca absolutamente nada.

Penso de novo no que Warren disse. *Talvez você não seja mais o cara capaz de fazê-la feliz.*

Desde o início eu deveria ter usado minha cabeça, não o coração. Sei disso agora, e sabia disso antes. Era meu dever pisar no freio assim que senti que minha cabeça perderia essa batalha. Eu poderia ter sido esperto. Eu *deveria* ter sido esperto. Evitado toda a nossa dor. Porque agora que tive uma amostra das coisas boas que o destino guarda para Callie, não sei se consigo me forçar a tirar isso dela.

Ela ainda tem tempo de seguir em frente. Construir uma vida, fazer tudo que sempre quis. Ela pode ser a pessoa, eu percebo, que permaneceria pela metade se ficar comigo.

69

Callie

— Já viu?

Liam me passa um cartão-postal enquanto estamos limpando serras elétricas no galpão.

Eu limpo as mãos e pego o cartão. É de Dave, uma foto aérea da Amazônia na frente, um resumo das suas últimas aventuras no verso. Meu coração dispara quando imagino a vida dele agora, tão perto do Equador — a paisagem em ebulição, as descobertas exóticas, a floresta, brilhante e selvagem.

— Estranho, né? — pergunta Liam.

— Como assim?

Ele dá de ombros como se fosse óbvio.

— É estranho que ano passado Dave estava aqui, comendo batata com a gente e atolando os quadriciclos, e agora está do outro lado do mundo. Aposto que nunca mais vai voltar.

Eu viro o cartão.

— É, é estranho. Mas parece que ele está se divertindo muito.

Liam tira a tampa do motor da serra e apoia no balcão.

— Não é para mim, mas parece mesmo.

Dou risada.

— Eu sei. Seis meses na floresta amazônica é sua ideia de inferno.

Ele estremece como se estivéssemos falando de instrumentos de tortura reais.

— Me surpreende você nunca ter feito isso.

Eu sorrio e viro o cartão-postal de novo.

— Feito o quê?

— Viajado — diz ele com seu jeito abrupto característico. — Sempre fala disso. Você deveria ir para o Chile, achar aquele pássaro.

Pisco para afastar uma imagem de Grace expressando um sentimento similar, abro um sorriso para Liam.

— Achei que você tinha dito que eu tinha mais chances de achar um leopardo-das-neves.

Ele quase chega a sorrir, mas nem tanto.

— Bom, com certeza você se divertiria tentando. O que te impede?

Dou de ombros e me viro, resmungando algo sobre o momento certo. A doença monossilábica de Liam deve ser contagiosa.

— Mas o momento é perfeito, não? — retruca ele. — Seu contrato deve estar quase acabando.

É verdade — acaba em poucas semanas, e ainda não temos ideia se vão ter a verba necessária para renová-lo. Fiona me garantiu que querem que eu fique, mas é questão de quando e como. No mínimo, segundo ela, poderiam me oferecer um trabalho de poda enquanto isso, que é melhor que nada.

— Mês que vem — conto a Liam.

— Já falaram o que vai acontecer?

— Não. Estão fazendo suspense.

Liam franze a testa.

— Eles não acabaram de receber um monte de verba por causa daquela história dos prêmios? Certeza de que vi um e-mail sobre isso ontem à noite. Você poderia viajar, e aí…

E é então, com um *timing* impecável, que a porta do galpão se abre e Fiona enfia a cabeça para fora.

— Callie, podemos conversar?

70

Joel

Sentado na mesa da cozinha do meu pai, tento me lembrar de quando foi a última vez que nós dois conversamos de verdade. Talvez tenha sido quando me demiti. Ele estava reclamando comigo no quintal, auxiliado pela vizinha, sra. Morris (que ficou ouvindo escondida e por acaso concordava que eu era muito irresponsável).

Bons tempos, bons tempos.

Ainda vermelho e de bermuda depois da partida dominical de badminton, meu pai me passa um café. Percebo que ele está com uma daquelas alças nos óculos, para mantê-los no rosto enquanto pratica esportes.

Por um momento me pergunto se é cruel jogar essa informação no colo dele sem aviso. Mas as pistas estão começando a se acumular. Semana passada mesmo eu estava aqui quando meu celular tocou na sala e Amber gritou o nome de Warren. Eu saí correndo, estômago revirado, mas ainda bem que meu pai estava lá em cima pegando alguma coisa. Mesmo assim, não vai demorar até ele perceber o que está acontecendo.

— Bom, essa é uma boa surpresa — diz meu pai, o que é o maior engano de todos.

Levo um momento observando a cozinha como se fosse a última vez. Bananas maduras demais, a toalha infantil de Bella, calêndulas estendidas na pia. Olho para tudo isso como se nada nunca mais fosse permanecer igual depois que as palavras saírem da minha boca. Acho que, de muitas maneiras, é verdade.

— Eu sei que não sou seu filho, pai. Eu sei do Warren.

A cor desaparece do seu rosto. Ele não fala nada nem mexe a boca.

— Pai. — Eu me estico por cima da mesa. — Tudo bem. Eu sei de tudo.

O relógio da cozinha continua batendo no silêncio. Meu pai se transforma numa estátua de cera, imóvel demais para ser real.

Depois de um tempo, ele fala.

— Como?

— Importa?

Meu pai solta um suspiro, o que interpreto como um "não".

— Ele não tratou sua mãe direito, Joel.

— Eu sei.

Ele arregala os olhos.

— Você encontrou com ele?

— Uma vez. Ele mora na Cornualha.

Tsc-tsc. Meu pai estala a língua como se Warren fosse algum tipo de mulherengo sonegador de impostos, e Cornualha fosse um código para Bermudas.

— Você deveria ter me contado, pai. Que ele tentou entrar em contato.

Ele franze a testa.

— Eu entrei em pânico. Não queria ele de volta à nossa vida. Ele não tinha... direito a ter você. Nenhum direito.

Só o direito de ser meu pai biológico, quer dizer.

— Mas você também não tinha o direito de esconder isso de mim.

Meu pai suspira. Aperta a ponte do nariz. Vejo que essa conversa vai ser um teste para sua postura normal de não comunicação.

— Acho que imaginei que você descobriria um dia. Provavelmente só estava tentando atrasar o inevitável.

Deixo o relógio bater. O que posso dizer, afinal? Ainda não consigo perdoá-lo, mas quero ouvir o lado dele.

— Na época, sua mãe tentou contar a ele que estava grávida. Mas Warren disse que ia viajar antes que ela pudesse fazer isso.

— Então você apareceu.

Meu pai suspira.

— Não no início. Ela nem concordou em sair comigo antes do seu primeiro aniversário. — Um sorrisinho. — Acho que é por isso que vocês eram tão próximos. Tiveram esse tempo juntos, só vocês dois, naquele apartamentinho engraçado dela.

Traço um coração no tampo da mesa com a ponta do indicador. Eu tinha mesmo uma ligação especial com a mamãe. Ela dançava comigo nos braços pela sala, sussurrava histórias para mim depois que meus irmãos iam dormir. Contava confidências como se eu fosse um velho amigo. Sempre achei que era por eu ser o mais velho. Mas saber desse nosso primeiro ano juntos, só nós dois, já me parece um tesouro. Algo precioso tirado do solo recém-revirado.

Tomo um gole de café.

— Aí vocês saíram e...?

Ainda hesitante, ele pigarreia.

— Ela veio morar comigo logo depois, ficou grávida do seu irmão. Nós nos casamos, depois veio a Tamsin.

— Por que vocês nunca me contaram? Antes, quero dizer. Quando eu era mais novo.

— Esse sempre foi o plano. Mas depois que ela morreu, não me pareceu ser meu lugar. Acho que em parte é por isso que fiquei com tanta raiva quando Warren apareceu. Você tem que entender, Joel... A gente tinha construído uma vida inteira juntos antes de ela morrer. Warren não entrou em contato nenhuma vez. Eu não *queria* falar sobre isso nunca mais. — Ele franze a testa, mexe nos óculos. — Talvez algumas das minhas escolhas não tenham sido perfeitas. Mas, no final, eu e sua mãe passamos doze anos juntos. Tivemos três filhos, compramos uma casa, juntamos dinheiro, fizemos amigos. E eu acredito, acredito de verdade, que ela era feliz.

Para ser sincero, eu também acredito.

— Olha, talvez ela não me amasse do mesmo jeito... louco que amava Warren. Mas quando vocês nasceram... Bom, esse era um tipo diferente de amor louco. Melhor. E Warren nunca quis ter uma família, essa foi uma das primeiras coisas que ele falou quando eles se conheceram. Ele sabia bem disso, pelo menos.

Concordo com a posição de Warren. Mas, para minha sorte, acho, ele não foi muito bem-sucedido nisso.

— Mas ele sabia o que tinha perdido.

Eu concordo.

— Deve ter sido por isso que ele tentou tanto entrar em contato.

— Não, muito antes disso. Depois que sua mãe ficou doente pela última vez, eu vi Warren saindo do hospital. Obviamente tinha alguns arrependimentos.

— Você o viu?

— Sim. Eu o reconheceria em qualquer lugar. Mas é engraçado.

— O quê?

— Bom, ela havia acabado de ser internada. Eu não tinha contado para ninguém. Acho que sua mãe deve ter entrado em contato com ele. Quer dizer, aquele cara é muitas coisas, mas não é adivinho.

No fundo da minha mente, um clarão.

Meu pai dá de ombros, como se fosse irrelevante, afinal, o fato de que o ex-namorado da esposa aparecesse em seu leito de morte.

— Então como você acha que as coisas vão funcionar entre vocês dois?

— Eu… eu não sei. Você se importaria se eu continuasse em contato com ele?

— Não. — Esse é o máximo de força que meu pai está preparado para me dar. — Mas tome cuidado. É só o que digo.

Uma onda de afeição, cálida como um banho quente.

— Você sempre vai ser meu pai.

Ele franze ainda mais a testa.

— Também. Você sempre vai ser…

Ele não termina a frase. Mas o fato de sequer ter tentado é o bastante para mim.

— Amigo de um amigo uma ova.

— Joel?

Estou no meu novo esconderijo favorito, o jardim, encarando os telhados congelados. O ar está gelado hoje, mas ignorei meu casaco.

— Você não ficou sabendo que minha mãe estava morrendo por causa de um amigo de um amigo. Você sonhou com ela, logo no início. Você sonhou que ela ia morrer de câncer, e terminou o relacionamento porque queria que ela aproveitasse a vida antes que fosse tarde demais.

Um suspiro.

— Acho que você ia descobrir mais cedo ou mais tarde. Ainda bem que é mais esperto que eu.

— Aham, sei. Me conta a *verdade*.

— Eu sonhei… Eu a vi no hospital. Então, dois dias depois, sonhei com o funeral dela.

— Então você sabia que ela teria filhos, uma vida boa. Não foi um idiota egoísta coisa nenhuma, muito pelo contrário. Você terminou porque queria que ela fosse feliz.

Um longo silêncio dolorido.

— É isso mesmo, tá bom? — diz Warren por fim. — Sim. Ela ainda tinha catorze anos, e eu sabia que, com todos os meus problemas e falta de emprego e bebedeira, nunca a faria feliz, pelo menos no curto prazo.

Respiro minha dor para o ar congelado, observo o sofrimento se transformar em nuvenzinhas raivosas.

— Então é por isso que você me falou para deixar Callie.

Warren suspira. A ligação chia.

— Quando fui ver sua mãe no hospital, sabia que tinha feito a coisa certa. Que ela tinha vivido bem. Que estava morrendo feliz. Escolhi não estragar o tempo que ainda lhe restava e, para ser sincero, acho que tomei a decisão certa.

Inesperadamente, sinto o peso da culpa nas minhas costas diminuir um pouco. Não muito, mas o suficiente para que eu perceba. *Warren sabia também, mamãe.*

Talvez inconscientemente eu também não queria estragar o tempo que ainda lhe restava.

— Só para você saber, Joel, eu e sua mãe, a gente se amava de verdade. Eu era uma pessoa bem inútil, mas amava sua mãe. Quando segurei a mão dela e a gente se olhou naquela única vez, tudo valeu a pena, por saber que ela era feliz.

Penso em Callie enroladinha na nossa cama. No seu presente e no seu futuro e no fim. Penso em todas essas coisas. E então sei o que tenho que fazer.

71

Callie

Na noite após o dia de Guy Fawkes, estou com água até os joelhos no meio de um brejo e resolvo ligar para Joel, para perguntar se ele está a fim de jantar no novo restaurante de *tapas* no centro.

Nos últimos dias tenho refletido sobre algo, e agora estou tão animada com isso que quase flutuo. Passo a tarde toda me arrastando de galochas e calças de pescador numa chuva torrencial, enquanto imagino revelar meu plano com um sorriso beatífico no rosto. Penso em nós dois, eu assegurando Joel de que isso — *isso* — é o motivo para ele não me contar nada. Porque assim sou capaz de planejar um futuro que, de outro modo, nem me incomodaria em imaginar.

No fim, só toco no assunto quando já estamos na sobremesa.

Joel parece chateado hoje, distraído. A mente em outro lugar, e começo a temer que talvez não seja o melhor momento. Sei que ele mal tem dormido — em um ano nunca o vi tão exausto quanto nesta semana.

Mas a noite está passando, e não posso mais esperar.

— Eu tive uma reunião com a Fiona na segunda.

Ele volta os olhos escuros para mim, e meu nervosismo diminui. Apesar do mau humor, sua expressão ainda é amorosa e terna.

— Sobre seu contrato?

— Eles me ofereceram uma vaga permanente.

— Cal, isso é… é incrível. Segunda? Por que você não me contou?

— Bom, eu estava… A questão é que Fiona comentou que tem um chalé, na divisa da reserva, que vai ficar disponível para aluguel. Uma antiga casa de guarda-caça. Ela me levou para ver ontem. É incrível, Joel. A gente poderia morar lá, nós dois, e seria tão perto de Waterfen, cercado de árvores e pássaros e juncos…

Ele me olha nos olhos, mas não consigo bem interpretar a expressão. Ele está emocionado, orgulhoso ou um pouco triste?

— Fiona falou que poderia me dar algumas semanas de férias entre um contrato e outro também. — Eu sorrio e baixo os olhos para a sobremesa pela metade. — Eles nunca precisam de muita persuasão para economizar um pouco de dinheiro.

A expressão dele me pede explicação.

Aí vai.

— Você se lembra do Dave, o cara que saiu assim que eu entrei e se mudou para o Brasil? Bom, ele mandou um cartão-postal. — Eu passo o cartão para Joel por cima da mesa. — E isso me fez pensar...

Joel pega o cartão e dá uma olhada rápida.

— Você quer fazer isso? Ir para o Brasil?

— Não. Pensei em ir para o Chile, para o Parque Nacional de Lauca. Tentar achar aquele pássaro.

Joel sorri para mim — talvez pela primeira vez na noite — e toma um gole da taça.

— Acho que é uma ideia ótima.

Pego uma colherada de *crema catalana*. Estou feliz por ter decidido pedir os três pratos — quer dizer, o que mais tem são pessoas de 90 anos que comeram queijo e beberam uísque e fumaram como chaminés a vida toda.

— E eu estava pensando... depois que eu voltar, podemos nos mudar para o chalé em Waterfen, e eu continuo trabalhando na reserva.

Ele assente, mas tão devagar que parece quase redundante.

— Bom, talvez você não devesse voltar, Cal.

Fico confusa.

— O quê?

Outro gole de vinho.

— Acho que... você deveria ficar no Chile o tempo que quiser.

— Sim, algumas semanas, como eu...

— E depois disso, você deveria ir para onde quer que o vento te levasse.

— Bom — respondo, nervosa —, o vento me traria para cá. Para você.

— Não.

Embora definitiva, a palavra soa errada, estranhamente fora de contexto. Como o canto de uma ave migratória tirada do seu curso.

— Não, o quê?

— Você precisa aproveitar a vida, Cal.

— Mas é isso que...

— Não, eu estou falando de *viver*. Esquecer de mim. Fazer todas as coisas que você quer e mais.

Dou uma risada.

— Do que você está falando? Eu não quero te esquecer.

— É o melhor.

— Joel, não... O quê?

— Isso... não vai funcionar, Cal.

Embora o restaurante esteja cheio e agradável, com um burburinho gostoso, nossa mesa parece gelada de repente.

— Joel — arquejo. — A gente tem que tentar. Se não, é como se estivesse desistindo.

O olhar dele mergulha no meu íntimo e permanece ali.

— Você está desistindo — percebo lentamente, as lágrimas tomando meus olhos. — Você está desistindo. Você está desistindo?

— Eu estou... aceitando a realidade. Que o que temos... não vamos fazer funcionar.

Eu estico a mão e seguro a dele do outro lado da mesa.

— Não, isso... *Não*. A gente tem que ficar junto, Joel. Ninguém... Ninguém consegue me fazer rir como você. Eu fico feliz só de acordar ao seu lado todos os dias. Ninguém nunca me deu a sensação de que o mundo pode ser meu como você fez. Sem você, eu provavelmente ainda estaria trabalhando no café, vendo a vida passar. Você me fez ficar animada com o futuro de novo. A gente vai conseguir superar isso... Eu *sei* que vai.

Ele meneia a cabeça.

— Eu só vou te prender, Callie. Não quero que você deixe de ter a... vida incrível que merece.

— Não. *Não*. Uma vida incrível... é o que tenho com você.

Em algum ponto atrás de seus olhos, uma porta se fecha. Percebo seus dedos apertando a haste da taça. Joel mal tocou na sobremesa.

— Não se eu não conseguir fazer o que você precisa que eu faça.

— O que eu preciso que você faça?

Eu sei do que ele está falando.

— Você precisa que eu continue vivendo como se nada tivesse acontecido, convivendo com o que sonhei todos os dias, fingindo que não sei de nada. Mas eu não consigo. Simplesmente não... consigo. — As palavras escapam do peito dele como se fossem seu último suspiro. — É melhor você me esquecer agora. Vai viver.

O que eu quero dizer é *Como?*, mas em vez disso respondo:

— Você está errado.

— Alguém... Outro alguém pode te dar tão mais do que eu.

Eu arquejo, chocada com a simples ideia de outra pessoa.

A voz de Joel falha.

— Não posso te negar um futuro, Callie. Possibilidades. Nada me faria mais feliz do que ver você feliz. E, enquanto vivermos com o que sonhei todos os dias, isso nunca vai acontecer. Você sabe disso, não sabe?

Pouco a pouco esta conversa está me dilacerando. Meus dedos estão dormentes, meus pés parecem soltos, mas ainda vou lutar por nós.

— Não. Eu te amo, Joel, e eu sei que você me ama também. O que temos é bom demais para desistirmos. Precisa haver alguma forma de... Por que você não tenta falar com a Diana de novo? — pergunto, desesperada. — Ela disse que talvez pudesse ajudar.

— Mas ela não pode mudar o futuro, Callie — sussurra ele, os olhos cheios de tristeza.

E quando ele fala, o peso de todas as suas palavras me derruba, porque sei que ele está terminando comigo neste momento, agora.

— Não adianta — digo, a minha última tentativa de convencê-lo. — Porque, mesmo se você me contasse o que sabe, nossa vida não ficaria melhor. Só pior. Me contar não é a resposta.

— Então não tem mais nada que a gente possa...

Mas ele tropeça nas palavras e não consegue terminar.

Eu continuo olhando para ele, e a gente continua em silêncio, e logo minhas lágrimas estão pesadas demais para segurar. Porque, talvez, se o que ele está dizendo for verdade — que ele não consegue viver assim —, realmente não temos como continuar.

Talvez simplesmente não exista uma forma.

— Algo tem que mudar, Cal — diz ele enfim, a voz baixa. — Um de nós só tinha que dizer isso.

Estou meneando a cabeça agora. Não porque ainda ache que possa fazê-lo mudar de ideia, mas porque estou confusa, em choque.

— Eu não... Não acredito.

A expressão de Joel me diz que ele também não consegue acreditar. Tão repentino e brutal como um ataque cardíaco ou um acidente de carro.

Quando as lágrimas começam a transbordar dos meus olhos, a chama na vela parece estremecer, com pena.

— Esse foi o melhor ano da minha vida — digo, porque preciso que ele saiba disso.

— Acho que para você... — sussurra ele — ... o melhor ainda está por vir.

— Eu queria que você nunca tivesse sonhado comigo. — Minhas palavras são uma onda raivosa de arrependimento. — Queria isso mais que tudo.

Nossos olhares se cruzam.

— Eu tentei tanto não te amar, Callie. Mas é impossível, porque... Bem. Você é você.

Sentindo sobre nós os olhares dos outros clientes do restaurante, pego meu guardanapo e começo a secar os olhos. Provavelmente minha cara já está coberta de rímel.

Talvez por reflexo, Joel se inclina na minha direção para me ajudar, o que me faz chorar ainda mais.

— Como pode terminar assim? — pergunto quando seus dedos envolvem os meus, talvez pela última vez. — A gente ainda não acabou.

— Eu sei. — Seus olhos estão fixos em mim. — É por isso que é tão difícil.

Mas ele tem razão. Eu vejo agora. Finalmente acabou a nossa estrada, não tem como voltar atrás.

Soltando o ar com força, tento me preparar para a pior parte, a parte que não sei se vou conseguir forçar meu corpo a fazer. Consigo ficar de pé, embora meio trêmula.

Não tenho coragem de olhar para ele, porque, se fizer isso, não vou conseguir continuar.

— Eu fico na Esther hoje...

— Não, não. Eu vou para casa da Tamsin.

Então eu paro, porque não posso ir embora de vez sem falar isso.

— Só... Confie no amor das pessoas, Joel. Porque elas te amam, muito.

E agora passei pela porta do restaurante, conseguindo atravessar a rua sabe-se lá como, sem ligar para o frio. Quando chego à calçada oposta, eu me viro e olho para o restaurante, piscando em meio a lágrimas, como se verificando que ainda está lá, meio torcendo para que tudo isso seja uma ilusão da minha mente, uma miragem criada pela luz estranhamente tortuosa.

Na nossa mesa, de costas para a janela, Joel está de cabeça baixa. O trânsito passa por mim em silêncio, e a rua se desfaz ao meu redor. Sou só eu agora, olhando para Joel através do vidro, como se ele já fosse um artefato, algo a ser amado, mas nunca mais tocado.

Então ouço o freio do ônibus, o assobio do vento. As pessoas me empurram para passar, e o som explode ao meu redor. O mundo está me movendo, a corrente forçando meus pés.

Eu respiro fundo, dou um passo à frente e deixo que me leve.

É só quando paro na porta de Esther, vinte minutos depois, que percebo que ainda estou segurando minha colher de sobremesa.

72

Joel

Depois que Callie sai do restaurante, fico imóvel por talvez trinta minutos, uma hora. Depois de um tempo, a vela na mesa se apaga. Mas nenhum dos garçons se aproxima. Todos devem ter visto o que aconteceu. Um relacionamento destruído, bem no restaurante.

Não consigo parar de encarar o prato vazio dela.

No fim, o garçom deixa que eu o leve para casa. Cheguei com a única mulher que já amei de verdade e vou embora, apenas duas horas depois, com um coração partido e um prato.

A gente nem chegou a completar um ano. Muito menos uma vida inteira.

PARTE QUATRO

73

Callie

A vida está tão diferente esses dias. Sempre que paro para pensar, é difícil acreditar no quanto mudou desde a última vez que te vi.

Mas quando foi a última vez que você me viu, Joel? Será que você me vê nos seus sonhos? Às vezes eu me pergunto quanto você sabe sobre minha vida agora — as coisas que você descobriu, os detalhes e as cores. Pensei muito no que você falou — Acho que para você o melhor ainda está por vir — *e me perguntei por tanto tempo quanto peso dar a isso. Se minha tristeza é errada. Se eu só deveria sentir otimismo.*

Sei que tudo que você queria era que eu fosse feliz. Mas também sei que, para que isso aconteça, vou ter que aprender a esquecer você.

Estou tentando, Joel. Juntar os pedaços do meu coração, amar o que tivemos, e enfim esquecer você.

Só saiba, todos os dias, que estou tentando.

74

Joel — seis meses depois

Estou com a coluna ferrada e o pescoço permanentemente duro de todas as noites passadas no sofá. Tenho dormido lá desde que Callie foi embora. É um preço baixo a pagar para não ter que dormir ao lado do espaço vazio onde, em outra vida, ela estaria.

Uma semana depois que ela se mudou, Esther e Gavin vieram pegar suas muitas coisas. Não aguentei estar em casa, então peguei os cachorros (menos o Murphy, claro) e fiz uma caminhada de mais de quinze quilômetros. Quando voltei, o apartamento estava vazio de novo. Sem vida, apenas um eco. Exatamente como era antes de Callie se mudar.

No início, achei que ajudaria não estar cercado das coisas dela. Esperava que o vazio ajudasse a abafar as lembranças. Mas ela deixou traços em todos os cantos. Eles continuam aqui. Elásticos de cabelo sob almofadas do sofá, dentro de gavetas, pendurados em maçanetas. Meias perdidas entre as minhas coisas. Os vasos no quintal, cheios de ervas daninhas agora. O casaco de trabalho que ela mais gosta (Esther esqueceu de levar), ainda pendurado ao lado da porta, enchendo o corredor com o cheiro distante de fogueiras. Restos de juncos que entraram com suas botas junto ao rodapé da cozinha, porque não consigo me forçar a varrer. Semana passada, pisei em um brinco, metade de um par que lhe dei.

Eu nem liguei de ter sangrado um pouco.

Sinto sua falta como se Callie tivesse sido roubada de mim. Como se eu houvesse sido furtado no meio da noite, perdido algo insubstituível. Desde aquela noite no restaurante, não consegui passar pela cafeteria ou sequer chegar perto de Waterfen. Não consigo nem mesmo atravessar a rua em que a confeitaria siciliana fica. Não comemorei o Natal, passei o Dia dos Namorados maratonando filmes de ação. Vivo à base de caixas de cereal e passeios com os cachorros. De vez em quando apareço para falar com Tamsin, Amber e Harry, que está com cinco meses, depois volto para casa, para encarar as mesmas quatro paredes.

Ainda bem que só tenho um vizinho hipotético a considerar. Como Danny mal aparece, não tenho que me importar com o que ele pensa de mim agora. Não tenho que bater papo no corredor ou fingir estar bem. E o melhor de tudo é que não preciso inventar coisas tipo *As coisas são assim mesmo* ou *Na verdade, acho que foi melhor assim* (que foi basicamente tudo que pude dizer para a minha família nas primeiras semanas).

Meu pai e Doug, embora gostassem muito de Callie, não parecem surpresos pelo término. Mas Tamsin ficou destruída. E nunca vou esquecer como a expressão de Amber fechou quando contei que talvez ela não visse mais a tia Callie. Pareceu a mais descuidada das crueldades.

Quando cheguei em casa naquela noite, chorei de soluçar.

Uma tarde do início de maio, percebo que meu interfone está tocando. Já faz uns bons dez minutos que estou encarando o espacinho perto da lareira em que Murphy gostava de deitar. Imaginando o calor do corpinho dele ao lado da minha perna, o brilho do sorriso de Callie ao meu lado.

São as pequenas coisas que me derrubam. Tipo, virar o rosto para falar com ela e lembrar que ela não está aqui. Pensar no que ela vai querer para jantar. Encontrar uma caneca que ela esqueceu enquanto fervo a água para o chá. Reviver nossos melhores beijos. Os momentos em que só de tocá-la eu era jogado para a estratosfera.

E Murphy. Como ele saltitava ao meu redor, sempre esperando um pedacinho de queijo ou algumas palavras que entendia bem. Como me seguia feito uma sombra. Tão bonzinho, inquestionavelmente leal.

Depois de uns vinte segundos, o interfone para, mas é substituído pelo irritante toque do celular. Dou uma olhada na tela e fico preocupado ao ver o nome de Warren.

Eu me estico para dar uma olhada pelas persianas da janela. Ele está parado na porcaria da minha porta. E me vê imediatamente.

— Você não pode ficar aqui — é tudo que digo quando abro a porta.

Ele trouxe mala e tudo.

— Estou preocupado com você.

— Não vai dar para fazer isso agora.

— Você não precisa fazer nada. Só me deixa entrar, assim pelo menos você não fica sozinho.

Sem aviso, isso me derruba. Caio num choro torrencial, do tipo que faz o corpo inteiro convulsionar. Então Warren só me abraça até eu não aguentar mais.

Mais tarde, ele sai para comprar rodelas de abacaxi e batata frita. É a primeira comida de verdade que como em talvez quinze dias, porque, afinal, para que fazer isso se dá para ingerir um punhado de cereal? Comemos no sofá, lado a lado, como velhos na praia. Dedos brilhando de gordura, lábios ardendo pelo vinagre.

— Você emagreceu — comenta ele. — E está pálido também.

Por que as pessoas ficam me falando isso? Como se eu já não soubesse ou não tivesse mais acesso a um espelho.

— Quando eu terminei com a sua mãe, adiei a viagem por um tempo — conta Warren. — Fiquei sentado na minha cama e esqueci de comer por um mês. Perdi contato com os amigos, fiquei péssimo.

É, e enquanto isso ela estava grávida de mim, penso. *Você já se perguntou como ela se sentiu?*

— Então me dei conta — continua ele. — Sabe o que resolve qualquer coisa? Água salgada na cara.

Eu olho para ele sem entender, meio questionando o que está tentando me vender.

— Você precisa furar umas ondas, cara. Vem surfar comigo. Vai ajudar, eu prometo. Você vai se sentir novo em folha. Sempre que tenho um problema, o mar resolve.

No momento, não quero que Warren me chame de cara ou me faça sentir novo em folha. Quero voltar à noite do meu sonho e consumir uma quantidade de cafeína capaz de acordar alguém de um coma.

— Vem pra Cornualha, fica comigo um tempo. Vou te ensinar a surfar, vai te ajudar a esquecer.

— Não estou pronto para esquecer.

Warren limpa o sal dos dedos.

— Assim não dá para continuar. Olha só para você. Está ficando doente. Precisa sair, ver gente…

— Tem um hotel bom perto do rio. Não é muito caro. Vou ligar para lá.

Warren dá um suspiro profundo.

— Tá bom. Vou me hospedar lá se você insiste.

— Insisto.

— Mas hoje vou ficar por aqui mesmo. — Ele dá um tapinha na almofada do sofá. — Não vou incomodar.

Talvez o edredom embolado devesse ter lhe dado uma dica.

— Na verdade, essa é meio que a minha cama no momento.

Ele me olha com cara de pena.

— Que isso, Joel.

— Olha, me desculpa, Warren, mas você não vai me dizer como viver.

— Você fez a coisa certa, sabe? Terminando com ela.

Penso na minha mãe. Na decisão que Warren tomou e que permitiu que ela vivesse plenamente. Mas mesmo assim...

— A coisa certa não significa que seja fácil.

— Eu sei. Mas tenho certeza de que Callie não ia querer que você...

É isso, chega.

— Acho melhor você ir embora.

Ele me encara, impotente.

— É isso mesmo que você quer?

Só... Confie no amor das pessoas, Joel.

— Não consigo agora — digo simplesmente.

Depois que ele vai embora, eu me sento no sofá, o ar pesado de gordura. Tento imaginar o que Callie está fazendo, me pergunto se algum dia vou parar de me sentir assim. Penso nela até meu coração incendiar e minha mente arder, e enfim alimento as chamas com uma dose dupla de um belo escocês.

75

Callie — seis meses depois

Os meses saltaram para maio, mas mesmo assim nunca me senti mais chuvosa, cinzenta, sozinha.

As noites de sexta são as piores. Aquele momento da semana, antes tão delicioso, a sensação de total relaxamento — como entrar em um banho quente, soltar a respiração presa. Mas agora, o simples ato de chegar em casa no final da semana é o gatilho necessário para uma avalanche de lembranças daqueles gloriosos meses antes do sonho de Joel, quando a vida — e nosso amor — parecia verdadeiramente infinita.

Na época, as noites de sexta significavam Joel, a lareira acesa, a visão deliciosa de vinho branco gelado. Um fim de semana esperando por nós como uma rolha a ser estourada, longos beijos preguiçosos, aperitivos para noites perdidas na cama, nossa pele ruborizada e suada, corações disparados. Banhos demorados juntos antes de sair para o centro, jantares à luz de velas, drinques com os amigos.

Minha mente filtra as coisas ruins, como as noites em que Joel não conseguia dormir ou ficava tenso com o significado de um sonho. Porque nenhum desses problemas importava, no fundo não. Eu o amava totalmente, pela pessoa que era.

Seis meses depois, ainda amo.

A vida mal tem sido vida desde que saí do restaurante naquela noite. Não consegui aguentar a ideia de fazer meus pais lidarem com aquela dor, então fui direto para a casa de Esther e Gavin. Era o único lugar a que eu poderia ir. Por dentro, a sensação era quase a mesma de quando Grace morreu.

No início, Esther não sabia bem o que fazer comigo. Passamos pela morte de Grace juntas — bebendo demais, encarando uma à outra em silêncio, de vez em quando resmungando lembretes sobre banhos e comida. Agora ela estava me vendo passar por isso tudo de novo sozinha, e a feiura do luto não é um esporte com plateia. Presa do lado de fora, no frio, ela não parava de implorar que eu a deixasse entrar.

Ainda tem muita coisa que ela não sabe. Como o motivo exato do nosso término (tudo que falei foi "Não estava funcionando" antes de ser forçada a dar as costas). Ou por que comecei a passar tanto tempo na cozinha do porão dela, encarando o lugar em que nós dois estávamos naquela noite, na festa, enlaçados em um beijo de que me lembrarei para sempre.

Depois de algumas semanas, a confusão de Esther pelo meu estado se transformou aos poucos em incentivos. Então enfim saí da casa deles e fui morar no chalé de Waterfen, porque tem um limite de tempo em que podemos nos esconder na casa da uma amiga que nem um fantasma. O pobre Gavin deve ter estourado fogos quando finalmente fui embora.

A essa altura eu também já tinha aceitado o emprego oferecido por Fiona e pedi para não fazer intervalo entre um contrato e outro, porque não conseguia sequer me imaginar entrando num avião para o Chile.

Mas agora, nos momentos mais difíceis, a ideia de fugir está me atraindo de novo, piscando para mim na escuridão. Tenho pegado meus guias de viagem com mais frequência, folheando-os durante o café ou depois que vou me deitar.

Talvez em breve eu use alguns dias de férias para voar para longe, tentar reconstruir minha mente.

O chalé é simples, mas é exatamente do que preciso. Muito isolado, na fronteira da reserva, cercado de juncos e árvores altas, corujas e falcões como únicos vizinhos. Não tem ninguém para me ouvir chorar aqui, ninguém para me mandar comer ou me dizer que estou a cara da morte — embora eu saiba que isso seja verdade, só não consigo me forçar a me importar. E como o acesso ao chalé é só através de uma longa estradinha de terra esburacada que exige permissão para atravessar os trilhos do trem, raramente tenho que me preocupar com visitas surpresa. A maioria dos meus contatos sociais é pelo celular, o que está ótimo para mim.

Às vezes, depois que escurece, eu saio para longas caminhadas pela reserva, só eu, Murphy e a lua. Às vezes eu uivo alto, soltando minha agonia para o céu da noite, e me pergunto nos momentos que seguem se estou mesmo enlouquecendo.

São as pequenas coisas que trazem o pior tipo de solidão — sorrir quando começo a pensar no fim de semana, ou abrir o WhatsApp para perguntar como o dia dele está, antes que um trovão de lembranças soe. E não posso nem negar a realidade, como fiz com a morte de Grace, deixando mensagens que ele nunca vai ouvir. Porque ele ainda *está* aqui, ainda *está* logo adiante na estrada... só não é mais meu.

Quando Esther pegou minhas coisas no apartamento, trouxe algumas camisetas de Joel por engano. Já passei noites inteiras abraçada a elas no sofá, apertando-as como se estivesse apertando Joel. Meus olhos se enchem de lágrimas se ouço um tordo pela janela da cozinha, insisto em encontrar Dot longe do café sempre que nos vemos, faço *drømmekage* aos montes e nunca consigo comer. Rolo sem parar as fotografias no meu celular, sem conseguir tirar os olhos do seu rosto tão lindo, lutando contra a vontade de ligar.

Sempre, sempre lutando contra a vontade de ligar. Ele não me deu nenhum sinal de vida desde o dia em que saí do restaurante, e só posso interpretar isso como um pedido para manter a distância.

Embora Joel seja minha maior fraqueza, fui forte o bastante para evitar que minha mente divagasse demais — para como, e onde, e quanto tempo ainda tenho. Quando esse pensamento surge, aprendi muito bem a afastá-lo. Não quero dar combustível a ele, ou toda essa dor terá sido por nada.

Adicionei a colher de sobremesa do restaurante à minha pequena coleção de recordações, de coisas que para sempre me lembrarão de nós dois. O xampu do hotel do casamento de Hugo. A coleira do cachorro abandonado que Joel salvou, que corajosamente conseguiu se recuperar. A camiseta de trator também, porque não consigo mais usá-la, e o bilhete que Joel escreveu me incentivando a mandar o currículo para o trabalho em Waterfen. Joias que ele me deu, as taças e o jarro do penúltimo Natal. Uma mistura agridoce de nosso tempo juntos, por mais curto que tenha sido. Uma história contada pela metade.

76

Joel — onze meses depois

— Você é ótimo nisso.

— Sério?

— Olha como ele está hipnotizado por você — diz Tamsin. — Tem certeza de que não quer se mudar para cá, deixar a gente dormir por uns seis meses? A gente paga.

Eu abro um sorriso e balanço o joelho, fazendo Harry quicar. Milagrosamente, ele parou de chorar, embora não possamos relaxar ainda. Não é que ele esteja *hipnotizado*. Eu diria que está avaliando meu rosto enquanto pensa na sua próxima atitude. Bebês são mestres na estratégia.

— Na verdade, Joel, preciso da sua ajuda com uma coisa, que não tem a ver com cuidar de crianças.

— Pode falar.

— Lembra daquele dia que você me ligou? Você me pediu para não pegar o metrô.

Vi a estação de metrô em um sonho, com poucas horas de antecedência. Um grande estouro, pânico, gritos. Não consegui identificar que estação era, mas sabia que Tamsin ia visitar uma amiga da faculdade em Londres naquele dia, com Amber e Harry. (Eu não tinha ideia, àquela altura, do motivo da confusão ou de como aconteceria. Nada que pudesse avisar à empresa.)

— Ah, isso.

Continuo quicando Harry na perna, falando diretamente com ele.

Faço várias expressões exageradas, como as pessoas fazem quando querem ganhar tempo.

— É, isso. Sabe, eu fiquei confusa.

— Por quê?

— Porque você não tinha como saber o que ia acontecer. Ligou horas antes.

A confusão foi destaque no noticiário, foi assunto das mídias sociais quase o dia inteiro

Sinto um estremecer no fundo do peito.

— Eu te falei, só tive uma sensação ruim.

— Por favor, Joel.

Eu me lembro do que Callie me disse quase dois anos atrás. Sobre minhas visões serem um dom. E suas palavras ao sair do restaurante.

Só... Confie no amor das pessoas, Joel.

Dou uma olhada na minha irmã. Está vestida de modo bem simples hoje (cabelo preso, vestido cáqui, botas legais), mas é difícil abandonar antigos hábitos. Anos prendendo essas palavras dentro de mim, escondendo meus segredos.

— Vou te contar uma coisa agora — diz ela.

Eu engulo em seco, tenso. *Não era para essa fala ser minha?*

— Tá.

— Lembra quando eu estava aqui ano passado e contei que estava grávida? Pouco antes de ir embora, eu fui no banheiro.

Arqueio as sobrancelhas de novo. Fico em silêncio.

— Bom, quando saí, vocês estavam no corredor, e ouvi Callie te dizer: *Um irmão para a Amber. E Harry é perfeito.*

Eu encaro o assunto da conversa bem à minha frente, seus grandes olhos azuis. *Por favor, Harry. Este é o seu momento. Grite, cague a fralda inteira. Pode vomitar na minha cara se precisar. Qualquer coisa.*

— Bom, eu fiquei confusa. Sempre soube que, se tivesse um menino, ia querer dar o nome de Harry, mas nunca te contei isso. — Ela foca o olhar em mim. — Então comecei a pensar, a juntar alguns pontos... sua suposta paranoia, sua ansiedade todos esses anos. Você saber que eu teria um menino chamado Harry antes mesmo de mim. O metrô. Seu jeito tenso, como você ficou depois que a mamãe morreu.

— Tá bom — digo, apertando os bracinhos gordos de Harry.

Ele quase parece estar sorrindo agora, esse safadinho. Está óbvio que não tem intenção alguma de ajudar seu tio favorito.

— Tá bom.

— Eu sei que sempre te sacaneei por ser meio...

— Eu sei.

— … mas você pode confiar em mim, Joel. Pode me contar qualquer coisa.

Eu a encaro por um segundo. Alguns meses atrás, eu e meu pai contamos sobre Warren para Tamsin e Doug. Foi como uma lâmina na minha alma ver minha irmã chorar daquele jeito. Foi um dos momentos mais difíceis e estranhos da minha vida, cheio de questionamentos, acusações, discussões. E agora cá estou eu, prestes a colocar o amor dela à prova mais uma vez.

Mas, no fim, sei que o mundo de Tamsin é de otimismo. De caminhos diretos e iluminados pelo sol, de estradas longas e serpenteantes. Ela se recusa a acreditar em abismos e becos sem saída, em cantos escuros. Tamsin acha que tudo é possível, e para ela até agora tem sido mesmo. Se algum dia eu precisei de provas disso, consegui ao contar que somos só meios-irmãos. Porque no fim ela aceitou tudo isso de forma generosa e completa, sem deixar que nada entre nós mudasse.

Então respiro fundo e vou em frente. Abraço meu sobrinho. Continuo falando.

— Eu vejo… o que vai acontecer, Tam. Com as pessoas que amo. Nos meus sonhos. Vejo o futuro acontecer, com horas, dias ou semanas de antecedência.

Harry dá uma risadinha cética, o que faz sentido. Mas Tamsin está imóvel. Ela coloca a mão na boca, os olhos se enchem de lágrimas.

— Por favor, acredite em mim — sussurro.

Não tinha percebido até agora o quanto preciso que ela acredite.

— Eu sabia — responde Tamsin devagar. — Esse tempo todo… Quer dizer, eu *sabia*, Joel.

— Como?

Minha voz mal toca o ar.

Tamsin está boquiaberta. Dá de ombros de forma exagerada, como se eu tivesse pedido que ela explicasse por que precisamos de oxigênio.

— Você nunca ficava surpreso. Com nada. Sempre tinha um aviso sutil aqui, uma sugestão casual ali. Sempre parecia saber… quando a gente brigava ou algo acontecia. E semana passada, quando o papai…

— Sim — interrompo baixinho.

Eu tinha sonhado que ele ia ter uma intoxicação alimentar (sorte a minha) e perguntei, sem pensar, no almoço de domingo, como ele estava.

Esqueci que na verdade ele não tinha nos contado nada. Eu tentei disfarçar, insisti que ele havia comentado. Mas senti Tamsin me observando.

— Tudo foi se acumulando ao longo dos anos, e aí teve a história do Harry, e o metrô...

Harry abre bem os dedinhos e tenta pegar meu nariz. Eu inclino a cabeça e deixo que ele encoste no meu rosto.

— É uma doença?

— É genético — confesso. — Herdei do Warren.

Tamsin solta a respiração e um palavrão.

— Por que você nunca me contou, Joel? Porra, sou *eu*. Você poderia ter confiado em mim.

Tenho a sensação de que, se eu não estivesse com seu filho no colo, ela talvez tivesse jogado algo na minha cabeça.

— Não é o tipo de coisa que se coloca no currículo, Tam. E eu não queria arriscar meu relacionamento com você. Não ia aguentar, especialmente depois do que aconteceu com a mamãe. Nós dois... a gente sempre foi tão próximo.

— E é exatamente por isso que você deveria ter me contato. — Tamsin revira a bolsa e pega um pacotinho de lenços. — Joel, é por isso que você e a Callie se separaram?

Nos meus braços, Harry faz uma incrível imitação de minhoca tentando escapar.

— Mais ou menos — digo, porque obviamente não posso contar a história toda a ela. — Mas não foi culpa dela.

Continuamos conversando até tarde da noite, até Harry deixar claro que está na hora de nos despedirmos.

Tamsin me dá um abraço apertado quando vai embora, me assegura de que vai estar sempre do meu lado. Insiste em dizer que me ama. Tenta falar também que tem certeza de que posso resolver tudo com Callie.

É o único momento naquelas quase três horas que quase perco o controle.

Mas não. Espero até ela ir embora antes de me permitir chorar.

Já faz quase um ano agora. Eu sabia que aquela noite no restaurante tinha que ser a última vez em que nos veríamos. Mas, por algum motivo, ainda não consigo acreditar que seja verdade. Que não posso me virar e tocar seu braço na cama. Beijá-la no sofá quando ela diz algo bonito. Sentir sua mão na minha barriga quando ela morre de rir de uma piada que eu fiz.

Ainda passo longe de todos os lugares que frequentamos. Não posso arriscar encontrá-la, colocar minha determinação à prova. Warren sugeriu que, se desejo uma forma de me sentir próximo a ela, deveria marcar minha estadia naquele retiro de bem-estar que ela pagou para mim dois anos atrás. É claro que agora já venceu. Mas talvez ele tenha razão. Talvez fosse reconfortante de alguma forma. Uma conexão silenciosa com ela, como se nossas mãos se tocassem no escuro.

Mas sei que não estou pronto. Talvez um dia esteja. Mas por enquanto não.

Ainda assim, o bem-estar vem de muitas maneiras. Alguns meses atrás, Steve perguntou se eu não queria treinar com ele. Sugeriu que eu começasse com uma das sessões odiosas na beira do rio (usando expressões cheias de significado como *todos conseguem fazer* e *no seu ritmo* e *sem julgamento*). Depois de alguma insistência, aceitei. Porque tinha que fazer algo para me impedir de pensar nela.

Foi dos treinos de boxe que mais gostei. Socando com raiva, com frustração. Eu pensava naquele desperdício de vida enquanto socava. *Por que, por que, por quê?* Então, quando acabava, me abaixava de modo que a pessoa com os aparadores não percebesse que eu estava quase chorando.

Percebendo minha preferência ligeiramente disfuncional por usar os punhos, Steve me chamou para um ringue de verdade. Então três vezes por semanas luto corpo a corpo com meu amigo, socando até cansar. Steve só fica ali, com os aparadores erguidos, sólido como aço.

Ajuda um pouco. Não só para liberar minha angústia, mas para sentir que não estou sozinho.

77

Callie — onze meses depois

No fim da tarde do meu primeiro dia no Parque Nacional de Lauca, estou agachada perto do chão, com meu guia, Ricardo, ao lado. Encontrei com ele ontem à noite na entrada do hostel, binóculos pendurados no pescoço, explicando para um casal de turistas o que havia de tão especial no parque. Para a minha tristeza, eles logo se distraíram, mas eu fiquei hipnotizada.

Então o chamei quando ele estava indo embora e perguntei pelo pássaro que estava desesperada para achar. Eu poderia contratá-lo como guia no dia seguinte, respondeu ele, ficando animado na mesma hora. Talvez tivesse que ir num grupo com outros turistas, mas, sim, ele poderia me levar para ver o pássaro e mais qualquer outra coisa que me interessasse no caminho. Antes de ir embora, Ricardo ergueu a mão para trocarmos um *high-five*, o que teria me convencido se já eu não estivesse convencida antes.

A temperatura está diminuindo, e, mesmo embrulhada no casaco e de chapéu, estou quase tremendo. Mas isso também pode ser só a animação, a emoção da espera.

Estamos observando a paisagem lunar infinita do *altiplano*, com montinhos de vegetação e o horizonte cinematográfico, o ar pesado com cheiro de terra ao esfriar.

— Ali — diz Ricardo, baixando o binóculo para apontar. — Está vendo?

Uma ventania estremece minhas mãos quando ergo o binóculo que Ricardo me emprestou, concentro os olhos no *chorlito de vincha* pousado em uma pedra no meio do pântano verde.

Enfim ele sai dos galhos da minha imaginação. Eu o reconheceria em qualquer lugar — a barriga branca com ligeiras marcações pretas. As asas marrons e a cabeça preta com um penacho vermelho atrás, como uma mancha de ferrugem.

Depois de todos esses anos.

Meu coração está voando como um balão de hélio. Estou hipnotizada, ofegando de alegria, meus olhos cheios de lágrimas. Estar vendo algo tão singular, tão precioso — ter uma experiência tão rara — é diferente de tudo que já encontrei na natureza antes.

— Está vendo, Callie? — pergunta Ricardo de novo.

— Estou — sussurro, minha voz embargada de alegria. — Estou vendo.

— Quer que eu tire uma foto?

Penso em Dave e sorrio. *Se você conseguir uma foto, não esquece de me mandar.*

— Não — digo para Ricardo, embargada pegar a câmera. — Não, pode deixar comigo.

Ficamos ali sentados por quase vinte minutos, tirando fotos e trocando observações enquanto o pássaro se move, baixando o bico para pegar insetos e matinhos no pântano. Minha mente está totalmente mergulhada naquela visão, diminuta diante desse panorama tão grandioso — os vulcões formidáveis com os picos cobertos de neve, o céu azul como um giz de cera onde os condores voam. Uma paisagem que parece quase cósmica, extraterrestre. Estou cercada pela vastidão da natureza e respiro fundo duas ou três vezes, tentando capturar o momento como se fosse um prêmio.

— Tudo bem aí? — pergunta Ricardo, com preocupação, bem atento a sinais de mal da montanha, com um cilindro de oxigênio no porta-malas do carro 4x4.

Eu faço que sim.

— Dor de cabeça?

— Não, eu estou bem, só... tentando capturar cada detalhe. Para não esquecer.

— Você não vai esquecer.

Ricardo sorri e dá de ombros, como se dissesse: *Isso seria impossível.*

Ele tem razão, é claro. É como se a estradinha quente e preta que pegamos para chegar até aqui fosse um caminho para outro planeta — um planeta que existe muito distante da gravidade da minha relação com Joel e de tudo que perdemos. Estar aqui é esquecer minha dor, realizar um sonho.

Liam teria adorado, acho, esse lugar no fim do mundo com seu coro aguçado de ventos.

— Vamos pegar o pessoal? — pergunta Ricardo depois de um tempo, indicando o carro.

Está falando dos outros turistas do meu hostel, que estavam mais interessados nas piscinas termais do que no meu passarinho.

Não quero ir embora — poderia ficar aqui a noite toda, sob as estrelas —, mas as piscinas termais vão fechar logo.

— Obrigada por me trazer aqui — digo a Ricardo. — Eu queria ver isso faz tantos anos.

— Se formos rápido, ainda podemos ver alguns flamingos.

Meus passeios no 4x4 do Ricardo nos próximos dias trazem uma série de encontros surpreendentes — vicunhas e lhamas, alpacas e veados, inúmeras aves. Juntos exploramos, fazendo piqueniques nos sopés de vulcões, caminhando até lagoas magníficas. Tenho a sorte de conhecer cânions profundos e rios brilhantes, platôs imensos que parecem de mentira, e absorvo cada gota do conhecimento do Ricardo. Sempre serei grata pelas coisas incríveis que ele me mostrou.

Minha primeira vez fora da Europa, e meus olhos agora estão bem abertos para o mundo.

— E qual é a sua próxima parada?

É minha última noite aqui antes que eu viaje para oeste, para Arica, depois para sul, até o deserto do Atacama, passando por outros parques nacionais. Depois disso, Santiago, onde passo três noites e encerro três semanas de viagem. Estou em um bar em Putre com Aaron, outro viajante hospedado no hostel, que me convidou para um drinque. Eu concordei porque já o vi por aí e ele parece legal. Além disso, eu estava a fim de companhia.

Conversamos um pouco nos últimos dias. Ele é da Cidade do Cabo, trabalha no Rio de Janeiro, mas está viajando sozinho pela América do Sul por algumas semanas. Carismático e rápido, ele parece interessado em mim e me faz gargalhar, mas... é um pouco *perfeito demais*. É alto e forte, animado e charmoso, cheio de piscadelas e maçãs do rosto salientes, perfeito de um jeito que me faz lembrar de Piers quando o conheci. Prefiro ver as estranhezas da pessoa, acho. Assim você não leva um choque tão grande quando o brilho dos primeiros dias começa a se apagar.

Explico meu itinerário, depois pergunto sobre os planos de Aaron. Ele está indo na direção contrária, vai atravessar a fronteira para a Bolívia e diz que posso ir junto se eu quiser. E talvez, se as coisas fossem diferentes — se ainda não me sentisse tão frágil em relação ao que aconteceu com Joel —, eu pudesse pensar nisso, em fazer algo um pouco louco.

Mas sei que a forma de superar Joel não vai ser substituí-lo. Então me aproximo e dou um beijo na bochecha de Aaron, agradeço pelo excelente vinho e desejo boa viagem.

Durante o caminho até Heathrow semana passada, a tsunami de lembranças foi constante. Tudo em que eu conseguia pensar era pular no trem e correr de volta para casa, para contar a Joel o quanto ainda o amava. Mesmo no aeroporto fiquei olhando para trás o tempo todo, me perguntando se o veria correndo por entre as pessoas até mim, como os caras fazem em filmes.

E depois que entrei no avião, no voo quase todo até o Chile, fiquei me perguntando o que eu teria feito se ele *realmente* houvesse aparecido no aeroporto. Será que eu teria sucumbido à loucura da tentação, beijado-o bem ali, no saguão?

Mas finalmente percebi que estava enganada. Joel não teria aparecido no aeroporto porque ele *quer* que a gente siga em frente. Pensei de novo naquela última noite no restaurante, quando ele segurou minha mão e me implorou para que eu visse um futuro melhor para mim mesma. *Acho que para você o melhor ainda está por vir.* E se ainda não consigo imaginar um momento normal sem ele, sei que tudo que ele sempre quis foi a minha felicidade. Então fiz um pacto comigo mesma antes de pousar no Chile, que eu tentaria seguir em frente, mesmo que devagar. As próximas semanas devem se concentrar na minha vida, em como ela será, porque por enquanto, sendo sincera, ainda não tenho ideia.

A colher de sobremesa do restaurante estava guardada no fundo da minha mochila. Eu a trouxe como um lembrete. De que a vida — se é que eu ainda acreditava nela — existia para ser saboreada e aproveitada. Experimentada e testada, com todos os sabores possíveis.

* * *

Quando volto para o hostel, mando por e-mail uma foto do pássaro para Liam, Fiona e Dave:

Vi um unicórnio hoje!

Então me sento na cama e tiro uma caneta e um cartão-postal da bolsa. Minha mão treme ligeiramente quando escrevo a primeira palavra: *Joel.*

Apesar da minha decisão de seguir em frente, hoje senti a compulsão fortíssima de dizer a ele como estou me sentindo. Aconteceu mais cedo, quando eu estava na piscina natural, aproveitando a água quente como uma tartaruga. Estava atenta aos urubus dando voltas no céu quando, do nada, uma sequência de *flashbacks* começou a surgir na minha mente. O lago no casamento de Hugo. Joel zombando de mim na manhã seguinte, dizendo que eu deveria nadar sem roupa mais vezes. O que a gente fez depois de escapar, no caminho para casa.

Porque a gente encontrou, sim, um campo para deitar e rolar naquele dia. Paramos o carro no acostamento, corremos de mãos dadas pela margem de uma plantação de trigo antes de mergulharmos juntos entre os ramos aquecidos pelo sol, as folhas como cordas roçando na pele. Depois ficamos deitados de costas, encarando o céu, urubus girando lá em cima.

Isso me fez pensar. Em como tudo que fizemos juntos foi como um prólogo, doce e triste, para tudo que estou fazendo agora. Parece errado, de alguma forma, não dividir isso com ele. Então é o que faço. Seguro a caneta e escrevo um cartão-postal para Joel.

Embora provavelmente nunca vá enviá-lo, ainda assim é um beijo soprado através do oceano, do meu coração para o dele.

78

Joel — dezoito meses depois

Patrulha da madrugada. Sou um surfista razoável agora, desde que comecei a fazer viagens regulares para a Cornualha e que Warren me jogou nas ondas de espuma branca, me ensinou a nadar e a tentar não matar ninguém.

Olho para o outro lado. Ergo o polegar para ele e abro um sorriso. Ainda é maio, então o mar não teve chance de esquentar. Mesmo com cinco milímetros de neoprene sobre a pele, as ondas tiram meu fôlego.

Mas os tubos são muitos, e os turistas de verão ainda não apareceram.

Eu me sento na prancha e observo os sets se desdobrarem. Quando escolho a onda, começo a nadar, parto e vou para a esquerda. Percebo vagamente Warren à direita, mas por alguns instantes de êxtase não preciso mais pensar. A água se torna um trovão, tão ensurdecedora quanto um avião militar.

Deixo que o som afogue tudo. O passado, o futuro e tudo o mais que há no meio.

Mais tarde, vamos para o pub. Eu me perco na confusão, começo a conversar com alguém. Acabamos indo para a casa dela, uma casa geminada comum a alguns quilômetros de Newquay. Não tenho ideia se ela mora aqui ou se está só de passagem como eu, mas o sexo é bom. Nem de perto a magia que tinha com Callie, mas legal. Como as ondas, me ajuda a esquecer.

Na manhã seguinte a encontro na sala. Baixinha, de cabelo escuro, bebendo café de camisola. Ela mora aqui, percebo. Tem fotos em porta-retratos, flores novas na mesinha, sapatos junto à entrada.

Um silêncio excruciante. Já faz tanto tempo que não faço isso.

Ela dá um sorriso tímido.

— Café?

— Na verdade, é melhor eu...

Sem graça, ergo o polegar e aponto para trás, como se estivesse pedindo carona.

Algo que talvez seja alívio surge no rosto dela.

— É, eu queria mesmo comentar. Não estou procurando nada...

— Nem eu — interrompo. — Desculpa.

— Não! Não precisa pedir desculpa. Eu meio que... estou tentando superar uma pessoa, então...

— Ah, ótimo. — Minha mente se embola, depois para. — Quer dizer, não que *seja* ótimo...

Ela dá uma risada nervosa. Vejo inclusive que encolhe os dedos dos pés. (É mesmo *esse* o efeito que causo nas mulheres atualmente?)

— Não tem problema. Eu entendi.

Dou uma olhada nas fotos na lareira. Ela usava o cabelo comprido. O corte deve ser recente.

— Esse é o seu...?

— Filho. É. Está com 5 anos agora.

Ela aperta ainda mais a caneca de café. Toma um gole lento, como se estivesse tentando ganhar tempo.

— Eu estou meio que indo e vindo com o pai atualmente.

— Ah. Espero que eu não tenha...

— De jeito nenhum. Quer dizer, teoricamente estamos separados no momento, mas eu nunca consigo... esquecer, sabe?

Algo se aperta no meu peito.

— Sei bem, na verdade.

— Você tem filhos, John?

Dou uma risadinha, penso em corrigi-la, mas mudo de ideia.

— Não.

Um silêncio. Pela parede que ela divide com a casa ao lado vem o som de um bebê chorando. O tom sincopado de uma discussão abafada.

— Desculpa — diz ela depois de um tempo. — Foi meio insensível da minha parte. Eu me diverti bastante ontem.

Eu a observo por um momento, pensando se é assim que as coisas serão para sempre. Uma série de conexões pela metade, noites vazias de qualquer emoção verdadeira. Sem nunca me sentir como me sentia com Callie.

— Tudo bem — digo, me esticando para pegar a jaqueta que deixei na poltrona ontem à noite. — Acho que nós dois entendemos bem a situação.

Ela se inclina para a frente.

— Você é um cara tão legal, John. Sinceramente, a gente precisava de mais homens como você.

Eu visto a jaqueta e sorrio de novo. Bom, pelo menos fui educado.

— Não fala nada — digo para Warren quando enfim consigo chegar na casa dele. (Longa caminhada, um ônibus, depois táxi.)

Ele sorri.

— Não achei que você estava no mercado.

— Não estou. Que mercado? Não estou.

Warren ergue as mãos como se eu tivesse apontado uma arma para ele.

— Não está mais aqui quem falou. Olha, o negócio da semana que vem ainda está de pé?

Warren vai voltar a Eversford comigo no sábado que vem para um churrasco na casa do meu pai. Pela primeira vez vamos todos nos reunir e nos conhecer. A família completa.

— Lembrei meu pai antes de sair.

— Vai ser estranho conhecê-lo de verdade. Espero que dê tudo certo.

Não digo a Warren que Doug é minha maior preocupação, considerando sua inclinação geral a se comportar feito babaca.

Seis meses atrás, com o apoio de Tamsin e Warren, finalmente marquei um médico. A essa altura eu já sabia que nunca poderia me tornar o projeto científico de ninguém, então recusei de vez a oferta de Diana. Mas tinha percebido uma melhora sutil no meu bem-estar só por trocar socos com Steve algumas vezes por semana. E agora eu tinha o apoio de algumas pessoas que sabiam a verdade. O momento parecia correto.

Muito mais compreensivo que o médico da faculdade, esse clínico geral me ouviu com atenção. Sugeriu na hora que eu visse um psicólogo. Agora, gradualmente, com nossas duas sessões semanais, comecei a resolver a confusão da minha mente. Comecei a conseguir imaginar um futuro.

É mais difícil do que eu jamais imaginei. Mas de certa forma precisava mesmo ser, para me fazer parar de pensar em Callie. A ideia da morte dela é como um inseto na minha mente, uma mariposa que esvoaça a qualquer menção de luz. Não posso me deixar pensar muito sobre como ela está agora. Porque, se fizer isso, vou ser destruído de novo pela ideia de perdê-la.

Então, em vez disso, estou me concentrando em fazer exercícios, cuidar da minha saúde mental e me dedicar a várias outras áreas da minha vida. Melhorar minha relação com meu pai e com Doug, ser um bom tio. A possibilidade de voltar a trabalhar como veterinário. Pouco a pouco, estou aumentando o tempo de sono à noite, com o objetivo de não ter mais medo de dormir. Estou aprendendo a cozinhar, diminuindo a cafeína.

Callie ficaria feliz de me ver, acho. E esse é o pior desperdício de todos. Sim, posso ter uma vida de que Callie se orgulharia. Mas o abismo tão grande que meu sonho abriu entre nós, que não tivemos esperança de cruzar, sempre vai partir meu coração.

Porque, embora ela tenha decidido não tentar se salvar no final, eu nunca teria conseguido aceitar isso.

Ainda sinto falta dela. De todos os detalhes. Como esperar seu sorriso quando eu contava uma piada. O jeito que ela enfiava o rosto no pescoço de Murphy quando chegava do trabalho. Como ela batia cabeça de sono na frente da TV. Aqueles primeiros momentos de êxtase quando a beijei. Acordar com ela cantando no chuveiro.

A última música que ela assassinou foi "I Will Always Love You", na nossa última manhã juntos. Dois dias depois, quando recebi a mensagem de Esther avisando que Callie não ia voltar, entrei no banheiro e fiquei parado lá. Tentei conjurar o som da voz dela. Sua toalha tinha caído do gancho em uma pilha ressecada nos azulejos. O pote do xampu de coco favorito dela ainda estava na prateleira, atrás do meu sabonete líquido, com a tampa aberta.

Eu peguei o pote e fiquei segurando-o por um momento. Respirei fundo o aroma, então fechei a tampa com um estalo.

Fiz isso por meses. Inspirava aquele cheiro toda manhã, só para começar cada dia pensando nela.

79

Callie — dezoito meses depois

Eu o vejo no calçadão toda manhã. Estamos ficando no mesmo lugar, no extremo noroeste da Letônia, em chalés rústicos à beira-mar, onde a floresta de pinheiros acaba e o mar Báltico começa. O lugar é minúsculo — só tem uma dúzia de turistas aqui. Percebi que ele era britânico quando ouvi sua conversa com um cara que observava pássaros pela manhã, quando eu voltava de uma caminhada na praia ao nascer do sol.

Tem muita gente que vem aqui observar pássaros. Não é *exatamente* o meu caso, mas pássaros migratórios muitas vezes pousam nos rincões mais extremos do planeta. Entendo por que Liam ama tanto este lugar — a desolação é hipnotizante, um lugar tão remoto que faz seu coração parar, com tempestades de areia e florestas quase infinitas, onde o mar se mistura ao céu.

Estou passando quinze dias aqui — é minha primeira viagem ao exterior desde que voltei do Chile no outono passado. Queria me cercar dessa solidão de novo — as praias imensas que vi nas páginas dos livros, as florestas de pinheiros com que tanto sonhei. Ricardo, meu guia chileno, recomendou inúmeros outros lugares para eu visitar antes de voltar para casa, mas esse atlas pessoal vai ter que esperar até minha conta bancária se recuperar. Esther e Gavin vão ter o primeiro bebê em alguns meses e me convidaram para ser a madrinha, então estou aproveitando um tempinho sozinha agora — quando o bebê nascer, não vou querer perder nada.

Nós dois acordamos cedo, eu e Finn. Quando ele se apresentou para ao vendedor da loja ontem, eu estava atrás na fila e guardei seu nome. A dois chalés do meu, ele tenta me cumprimentar em letão todas as vezes que nos encontramos, uma confusão fonética que acaba sendo tão engraçada quanto as minhas tentativas de resposta. Ele está aqui sozinho — pelo menos não vi ninguém com ele.

Na minha penúltima noite, estou sentada no banco de madeira do lado de fora do meu chalé com uma cerveja, um pãozinho e queijos, aproveitando a vista. O céu está cortado por nuvens suaves como algodão-doce, e o sol, um ser cor de laranja mergulhando no mar.

Acabei de escrever outro cartão para Joel. Já mandei vários a esta altura, que estão bem guardados em um envelope na casa de Esther — uma cápsula do tempo de todos os meus pensamentos e aventuras. Fui enviando cada um para ela, que os guarda caso algo aconteça comigo. Porque, se acontecer, preciso saber que Joel tem uma maneira de voltar ao meu coração.

Cartão-postal escrito, tiro uma foto do pôr do sol com o celular e mando para Liam.

Queria que você estivesse aqui?

E termino com um emoji de propósito, porque ele sempre fica tão irritado quando as pessoas usam emojis.

Então, ouço chinelos.

Eu me viro e vejo Finn vindo em direção ao seu chalé. Ele ergue a mão em cumprimento.

Abro um sorriso e deixo a cerveja de lado.

— Oi.

Desconfiado, ele sorri de volta.

— Você é inglesa?

— Aham.

— Ah. Então foi mal pelo meu letão péssimo.

Dou uma risada.

— Idem.

Ele suspira e olha para o céu.

— Bela noite para fazer isso.

— Está linda mesmo.

Bem quando acho que ele vai se despedir, Finn se acomoda.

— Ainda vai ficar muito tempo?

— Vou embora depois de amanhã. — Hesito. — Quer uma cerveja?

O sorriso chega aos seus olhos, e ele se aproxima.

— Adoraria. Se não for te incomodar.

— De jeito nenhum. A não ser que você tenha planos de...

— Eu ia basicamente fazer a mesma coisa que você. — Ele dá risada. — Amo um pôr do sol.

Abro uma garrafa de cerveja e entrego a ele, que agradece e se senta. Com mais de 1,80m de altura, ele é louro e simpático, com olhos azuis cativantes. Parece despojado e praiano, de bermuda, chinelos e um boné.

Baixo os olhos para a cerveja e sinto um frio de ansiedade na barriga.

— Então...

— ... Callie.

— Callie. Meu nome é Finn. — Nós trocamos um aperto de mãos, a dele imensa em contraste com a minha. — Você veio pelos pássaros ou pela solidão?

— Um pouco dos dois. Não sou muito de observar pássaros, embora eu os aprecie bastante.

Ele dá risada.

— Entendo. Então está aqui de férias?

— Isso. E você?

— Também. — Com os olhos brilhantes, ele acena com a cabeça. — Gostei da camiseta, aliás.

É a camiseta do trator que Joel me deu de Natal, quase três anos atrás. Finalmente consegui voltar a usá-la, me lembrar do seu sorriso e sorrir também. Hoje em dia, me sinto corajosa quando penso nele.

Meus pensamentos ainda se voltam para Joel muitas vezes — penso no que ele está fazendo no momento, com quem anda convivendo, nos seus sonhos. Eu me pergunto se ele arrumou um emprego, uma namorada ou outra perspectiva de vida desde que nos separamos. Mas devagar, aos poucos, as lembranças estão começando a ficar menos traiçoeiras. Me machucam menos, são mais arranhões do que cortes.

— Obrigada — digo a Finn. Então, para não ter que explicar, continuo: — Já faz muito tempo que você está aqui?

— Quase uma semana. E você?

— Aqui, só três dias. Estava na Estônia e na Lituânia antes.

Finn fica impressionado.

— Estão na minha lista de desejos.

Eu sorrio e conto mais, sobre ver garças na floresta e águias nos lagos, sobre a vez em que me perdi em um pântano estoniano bem quando a noite já estava caindo.

Finn se aproxima enquanto falo, ouvindo com atenção, os olhos alegres.

— Nossa, eu preciso viajar mais — diz ele quando terminei de contar, e dá um gole na cerveja.

— Tem alguma coisa te impedindo?

Essa foi a pergunta que as pessoas me fizeram a vida toda. É estranho assumir esse lugar.

Ele faz uma careta.

— Dinheiro. Férias anuais. Organização. Aff. Odeio a vida real. — Ele bebe. — Você parece bem organizada, Callie. Estou com inveja. Qual o segredo?

— Na verdade, tudo isso é novidade para mim. Sabe como é, tinha medo demais para aproveitar a juventude, então entrei em pânico com a aproximação dos quarenta.

Finn mantém o sorriso no rosto.

— Ah. Você estava aqui, aproveitando um pôr do sol tranquilo, aí eu apareço e te jogo numa crise existencial. Certo. Vamos voltar. Me conte sobre você e não me deixe falar pela próxima meia hora, pelo menos.

— Meia hora?

— Vou colocar o cronômetro — diz ele, baixando os olhos para o relógio. — Pode começar me contando por que seu outro carro é um trator.

— Meu tempo já acabou?

— Não tenho a menor ideia.

Os olhos de Finn estão brilhando, como luzes de um navio no meio do mar. Ele está inclinado para a frente, os cotovelos apoiados nas coxas. Riu de todas as minhas piadas, adorou todas as minhas histórias, fez perguntas. Ele é engraçado e humilde, muito lindo, e tem uma risada cativante.

Ele me pergunta do meu emprego, faz perguntas espertas sobre poda de árvores, pântanos e manutenção de hábitats. Percebo, enquanto conversamos, que não o estou comparando a Joel como achei que faria. Não o estou comparando a ninguém. Talvez isso signifique que estou sendo justa ou talvez que ainda acho Joel incomparável.

— E você? — pergunto a ele, consciente de que estou falando faz bastante tempo. — O que você faz?

Ele olha para baixo, só por um momento, depois olha para mim de novo.

— Sou ecologista. É meio que por isso que estou aqui. Para acompanhar a migração. Exercitar minha capacidade de identificação de espécies.

Eu o encaro, incrédula.

— Isso... Você deveria ter falado!

— Eu queria saber mais sobre você.

Tantas perguntas surgem à minha mente.

— Então na verdade você... Que tipo de ecologia?

— Bom, eu sou consultor. Passo bastante tempo no campo. Faço pesquisas, avaliações, relatórios, essas coisas.

— Você ama?

— Sim — responde ele. — Amo. Foi o que nasci para fazer.

Sei bem a sensação, penso, enquanto encaramos o mar juntos, já encobertos pela escuridão.

Ele me conta que nasceu e cresceu em Brighton, tem uma família grande e muitos amigos. Adora cachorros e comédias românticas, além de boa comida. É péssimo com tecnologia, bom em trabalhos manuais e não esquenta com bobagens.

— Então, se você não se importar com a pergunta — diz ele, baixando os olhos para o carpete de agulhas de pinheiro sob nossos pés —, tem alguém te esperando em casa?

Minha mente viaja até Joel. Imagino-o no jardim, as mãos nos bolsos, encarando as estrelas.

Eu me pergunto, só por um segundo, se estamos olhando o mesmo pedaço de céu.

Então volto o olhar para Finn.

— Não tenho mais.

* * *

Mais tarde, eu e Finn nos beijamos, os lábios frios e depois quentes contra o cenário do mar Báltico. É um beijo que parece estranho e evocativo ao mesmo tempo, um beijo que desperta uma emoção há muito esquecida. Não fiquei com ninguém desde Joel — e estou tentando esquecê-lo agora, o jeito que seu toque fazia minha pele se arrepiar com eletricidade. Porque gosto de Finn e já sei que isso pode ser algo bom.

Está na hora de seguir em frente. Joel disse que era isso que ele queria que eu fizesse, e beijar Finn sob as estrelas parece um ótimo começo.

Então, porque quero, porque parece certo, convido Finn para o meu chalé.

Houve um momento em que eu não conseguia imaginar sequer desejar outra pessoa além de Joel. E isso quase me assustava mais do que a ideia de seguir em frente. Eu temia ficar marcada por toda a eternidade pelas comparações subconscientes que nunca conseguiria superar — pois como alguém poderia me beijar como Joel beijava?

Mas estar com Finn me lembra de que existem um milhão de maneiras de ser memorável. Ele é confiante, eu logo descubro, quando nossos beijos se intensificam. Ele é *ótimo* nisso — ousado e destemido, generoso, expressivo. No fim é essa confiança que nos salva, porque Finn é gostoso de um jeito que não consigo ignorar, um jeito que derrete qualquer pensamento que eu pudesse ter sobre Joel. Não paramos para respirar nenhuma vez, e é a surpresa mais excitante perceber que Finn despertou em mim algo que eu temia ter perdido para sempre.

Na manhã seguinte acordamos com o sol e nos sentamos nas rochas sobre a areia. Estamos sozinhos aqui, observando o céu ficar cor de damasco quando o sol começa a nascer. Como se fôssemos náufragos em nossa ilha particular.

No céu, um rio de aves migratórias passa por cima das nossas cabeças, uma torrente imensa de asas batendo. Finn aponta todas as diferentes espécies que passam. Eu mal consigo acompanhar, mas não só por causa dos pássaros — estou surpresa e secretamente extasiada por ter este homem ao meu lado, tão carismático e atencioso, sua mão quente junto à minha e um sorriso estelar. Ele me acordou esta manhã com beijos ao nascer do sol — beijos que em segundos se multiplicaram.

Passamos a manhã na praia, caminhando de mãos dadas como se já estivéssemos juntos há anos. Roubando olhares e beijos escondidos pelas árvores. Ao meio-dia vamos até uma cafeteria local, onde Finn faz uma tentativa corajosa de pedir o almoço em letão.

— O que você pediu? — sussurro quando ele volta para a mesa que peguei.

Finn dá risada.

— Não tenho a menor ideia.

A comida se revela excelente — duas saladas imensas, bebidas e bolos recheados de creme. Em seguida nós vamos — o que talvez não seja muito recomendado — mergulhar em um rio por perto. E quando a luz começa a diminuir, nos enfiamos na floresta de pinheiros na trilha dos tetrazes, com as janelas abertas. Embora não tenhamos encontrado a ave que procuramos e quase atolado o carro tentando fazer uma curva fechada, não conseguimos parar de rir, e não sou capaz de evitar o pensamento: *Eu poderia me apaixonar por você.*

Mesmo assim, estou me esforçando para não criar expectativas, porque uma minúscula parte do meu coração sempre vai ser de Joel.

Vinte e quatro horas depois, enquanto estou no aeroporto de Riga, sinto uma onda de alegria ao olhar para o celular e ver uma mensagem de Finn:

> Oi Callie. Tem um tempo que não faço isso (!) então não sei bem quais são as regras... MAS será que posso dizer que foi incrível te conhecer e que eu adoraria de verdade te ver de novo? Se você estiver de acordo.

Então outra mensagem chega:

> Para mim o que rolou foi... bom, fantástico.

E mais uma:

> (Melhor explicar que, se vc não tiver sentido o mesmo –, sem problemas, de verdade! Mas vamos torcer.) bjs

E por fim:

> Tá bom, chega Finn. Vai lá pegar seu avião. Boa viagem, saúde paz etc. Espero que a gente se fale em breve bjs

Penso em desligar o celular e esperar até chegar em casa, dar mais alguns dias antes de responder. Mas depois de uns cinco minutos sorrindo sozinha e relendo as mensagens, percebo que não é o que eu quero.

Então, bem quando chamam meu voo para o portão, digito uma resposta:

> Foi incrível te conhecer tb. Acho uma ótima ideia a gente se encontrar. Na sua casa ou na minha?! bjs

80

Joel — dois anos depois

Kieran para perto de um muro, para respirar um pouco ou talvez vomitar. Acho que vou descobrir a qualquer momento.

— Mas que merda aconteceu com você? — reclama ele, sem fôlego.

Eu aproveito o intervalo. Me apoio nos joelhos e deixo meus pulmões se encherem. Estão ardendo um pouco, mas é uma ardência boa. A mesma sensação de chorar de felicidade ou rir até a barriga doer.

Hoje é a primeira do que espero se tornarem nossas corridas regulares de quarta-feira à noite. Kieran trouxe Lucky, o cachorro que salvamos e que acabou ganhando um lar. (Infelizmente, meus outros aluninhos caninos estão idosos demais para se juntar a nós agora.)

Dou uma olhada para Kieran.

— Eu poderia te perguntar a mesma coisa.

— Ah, que ótimo. Você vai chutar esse cachorro morto agora. — A cara dele está vermelha como um pimentão, a pele, coberta de suor. — Estou morrendo aqui, cara.

Eu dou uma de Steve.

— A dor é só a fraqueza deixando seu corpo, sabia?

— Vou te contar uma coisa que eu sei — retruca ele, ainda arfando. — Você é um metido filho da...

Dou risada.

— Desculpa, não consegui evitar.

Continuamos a corrida. Eu conseguiria ir bem mais rápido: uma alimentação melhor, sessões de treinamento com Steve e sair para surfar com Warren fizeram maravilhas pelo meu sistema cardiovascular. Mas estou gostando da corrida mais leve de hoje, porque é uma chance de conversar com Kieran.

Steve, Tamsin, Warren e meu psicólogo concordam que está na hora.

— Eu estava pensando no que você me falou, muito tempo atrás.

— Quando eu concordei em vir correr com você? — resmunga Kieran. — Porque já me arrependi.

Chegamos ao final da rua. Ela acaba em um estacionamento com uma bela vista, e vazio, porque já está tarde. Tem um banco por perto, com vista para a cidade inteira de Eversford. Dá para ver o rio daqui de cima e as torres da igreja também. Do outro lado do mar de telhados, algumas janelinhas de sótão brilham como minúsculas boias salva-vidas.

Embora seja novembro e o ar esteja estalando de frio, nós dois estamos aquecidos o bastante para aguentar cinco minutos parados. Então eu me sento ao lado de Kieran, que já se jogou no encosto do banco como se tivesse levado um tiro.

Lucky se deita no chão ao nosso lado. Mal está arfando, o safado atlético.

— Eu estava pensando em voltar para a veterinária — digo cautelosamente. — Se você me aceitar, é claro.

Kieran se ergue do banco com esforço.

— Incrível. É claro. Que notícia ótima.

— Eu precisaria procurar uns cursos de reciclagem.

— Já procurei, amigo, faz séculos! Te mando por e-mail. O que te fez mudar de ideia?

Finalmente contei sobre meus sonhos para Kieran e Zoë, enquanto bebíamos uma cerveja no pub. Eu estava tenso e suando, com medo de dizer algo e não poder voltar atrás. Mas eles pareceram aceitar tudo sem problemas (qualquer dúvida que restasse aparentemente foi resolvida quando os apresentei para Warren). O alívio que senti foi visceral.

Encaro a cidade. É um mapa de luzes se movendo, fumaça iluminada saindo das chaminés industriais.

— Fazer exercícios. Dormir melhor. Sair da minha própria cabeça. Perceber que me esconder não ajuda.

Ainda assim, sinto uma tristeza por não estar aqui com Callie. Podemos nos tornar uma pessoa melhor até não termos falha alguma, mas, se quem amamos não estiver ao nosso lado, sempre vai ter algo faltando.

Não que isso tenha a ver comigo. Se Callie está feliz agora, os olhos fixos em qualquer outra coisa que não seu destino, é só o que importa.

Kieran dá um sorriso tímido.

— Então você não... Quer dizer, isso não tem a ver com nenhuma mulher?

— Não.

— Faz quanto tempo? Dois anos?

— É.

— Você falou com ela? Callie?

Eu balanço a cabeça.

— Stalkeou ela?

— Hum...

— Pela internet, quero dizer — acrescenta Kieran, depressa.

— Ah. Não.

— É, provavelmente é melhor assim. — Ele olha para Eversford. — Senão, acaba sendo só uma tortura. Esse é o problema hoje em dia. Nunca dá para escapar do seu passado porque tudo está na internet o tempo todo, sempre na sua cara. Você tá procurando?

— O quê?

— Namorada. Posso te apresentar alguém se quiser. A Zoë conhece muita gente.

— Obrigado — digo, me sentindo meio vazio por dentro. — Mas não precisa.

— Joel... — fala ele em tom de reprovação. — Quanto tempo você vai esperar?

Seis anos, Kieran, eu poderia responder. *Callie só tem mais seis anos. Eu nem consigo pensar direito em namorar por enquanto. Talvez nunca consiga.*

Mas como explicar que só consigo aguentar casinhos e saídas sem compromisso sem parecer um babaca?

Ao meu lado, Kieran ainda está com a respiração acelerada.

— Não acredito que finalmente vou poder parar de me preocupar em recuperar meu melhor veterinário.

— Acho melhor se preocupar em recuperar esse fôlego, hein.

Kieran dá risada.

— Ha! A vaga tem suas condições, sabe...

— Como por exemplo?

— Como, por exemplo, nada de fazer comentários sobre seu chefe correr menos que um velho de 90 anos.

— Isso é fácil resolver — respondo. — Eu conheço um cara.

Naquela noite, sonho com Callie de novo. E é um sonho que me enche de alegria, me fazendo acordar devagar com um sorriso no rosto.

Uma manhã a três anos no futuro. Callie está em um banco em uma rua arborizada, olhos brilhando por baixo do gorro de tricô. Seu olhar está distante, voltado para o mar, e de vez em quando ela toma um gole de uma caneca térmica.

Parece um balneário. Tem um hotel no fundo, com lâmpadas penduradas em fios entrelaçados em postes de madeira. Ela deve morar ali, acho, a não ser que esteja só visitando. Mas não está com bagagem nem com mais ninguém.

Sua única companhia é Murphy, e o carrinho de bebê duplo à sua frente.

Ela empurra o carrinho para a frente e para trás devagar, com um sorriso que me diz que seu coração está cheio de alegria.

E, por saber disso, o meu também está.

81

Callie — dois anos depois

— Odeio deixar você aqui — digo com um suspiro enquanto me arrumo para pegar o trem de volta para Eversford em uma noite chuvosa de domingo no fim de novembro.

— Então não me deixe.

Finn está sem camisa na cama, recém-saído do chuveiro e perfumado pelo sabonete cítrico. Apoiado no cotovelo, ele está fingindo me observar enquanto arrumo as malas, embora o olhar seja de puro convite. Estou quase tentada a ceder e me ajoelhar ao lado dele para um beijo, mas lembro que preciso mesmo ir. Beijar Finn na cama sem que isso se transforme em algo mais, até agora, se provou impossível.

Ele se senta no colchão.

— Estou falando sério. Vem morar comigo, Cal. Você e o Murphy. Por favor, é uma loucura essas idas e vindas todas. Vem morar em Brighton. Eu te amo, por que não?

Por que não? seria o epitáfio de Finn, acho. É simplesmente como ele foi criado. *Qual a pior coisa que pode acontecer? Vamos nos preocupar com isso depois. Melhor pedir desculpas do que pedir permissão.* Ele diz sim a tudo e não recusa quase nada. Tão diferente de Joel e sua timidez calma e contida.

E tão diferente de mim também — Finn é meu oposto de muitas maneiras, embora estar com ele tenha me feito mais aventureira, acho. Estamos sempre por aí, provavelmente gastando demais nas nossas aventuras, tipo saltos de paraquedas e ingressos para shows e convites para casamentos no exterior. Uma vez ele veio de carro para me ver no meio da semana, em outra fez uma surpresa para mim quando só estávamos juntos havia poucas semanas. Finn tem o mundo inteiro a um toque do celular e consegue fazer amigos até numa sala vazia.

As pessoas sempre me dizem que é bom estar com alguém que te equilibra. Não dá para ser só yin sem nada de yang, dizem. E tenho certeza de que elas têm razão.

Às vezes eu me pego pensando no que aconteceria se Joel e Finn se conhecessem — se eles ficariam desconfiados um do outro ou se ficariam logo amigos.

Mas, como Joel, Finn também é muito atencioso, sempre *interessado*. Ele ouve com atenção o que digo, faz massagem nos meus pés enquanto estou falando, se lembra dos detalhes — que prefiro café a leite, que amo framboesas e o Ryan Gosling, que nunca lembro de pegar o guarda-chuva, que não aguento beber tequila.

Todas as coisas em que ele é parecido com Joel são reconfortantes, e todas as coisas em que não é são charmosas. Como sua inesperada paixão por música eletrônica, a biblioteca de livros sobre natureza ainda maior que a minha, ocupando quase sua sala inteira, sua capacidade de comer as pimentas mais fortes sem nem piscar. Ele tem o dom de identificar aves voando — sério, *qualquer* ave —, além de um talento secreto e pouco apreciado para bolos. Também participa ativamente da política local e regional, de um jeito que me faz lembrar de Grace.

Essa não é a primeira vez que Finn me convida para morar com ele. O argumento é que seu apartamento é próprio, então faz mais sentido eu sair do aluguel e vir para cá. É perto do mar, no último andar de um prédio antigo. É apertado, mas fica a poucos minutos da praia. Duas janelas têm uma vista parcial do mar.

E eu amo o lugar, de verdade. Adoro abrir as janelas, ouvir as gaivotas, respirar a maresia. Minhas lembranças dos primeiros fins de semana que passei aqui são deliciosas e selvagens — mal saímos do quarto, apenas para comer ou beber, usar o banheiro e tomar banho. Consumimos todos os alimentos que havia no apartamento — por que perder tempo fazendo compras ou saindo para jantar? —, tomamos banhos de espuma parcialmente irônicos, ouvimos tudo que havia na conta do iTunes de Finn, deitamos no colo um do outro e falamos do futuro.

Só faz seis meses, então, sim, estamos indo rápido. Mas rápido também pode ser excitante — como um avião decolando ou uma montanha-russa mergulhando. Assustador, mas estimulante. Finn disse que me amava em quinze dias, então, quando deu a ideia de morarmos juntos algumas poucas semanas depois, eu não deveria ter me surpreendido.

Ainda penso em Joel, às vezes, especialmente quando estou em Eversford. Até cheguei a me aventurar no café algumas vezes, sentei no lugar dele perto da janela e pedi uma fatia caprichada de *drømmekage*. Sempre penso em como ele está — se está feliz, o que está fazendo, se teve alguma mudança nos sonhos. Dot me garantiu que ele não apareceu por lá desde que terminamos, então não preciso entrar em pânico com a possibilidade de encontrá-lo. O que é bom, porque não tenho ideia do que eu faria ou o que diria se o visse.

Às vezes me pego questionando se fiz o suficiente — se talvez eu devesse ter lutado mais — por nós. Talvez ele precisasse de mais, e eu o decepcionei, deixei-o na mão no momento mais crítico.

Mas então penso em todas as razões para terminarmos e tento ficar em paz de novo. Deixo que se acalme, a tristeza que dorme silenciosamente dentro de mim.

Aos poucos, percebo, Joel está se afastando. E no lugar dele está Finn, um farol, comprometido a me amar cem por cento.

— Champanhe? — pergunta Finn da cozinha.

A garrafa na geladeira é cara, presente de aniversário que ele ganhou de uma amiga rica da faculdade, que sempre compra coisas no *duty-free*.

Porque estou me mudando para Brighton. Eu concordei. No final, não consegui pensar em nenhuma razão para continuar dizendo não. Seis meses é tempo o suficiente, eu convenci a mim mesma, e Finn diz que tem muitos contatos que podem me ajudar a arrumar um emprego (não duvido). Vou sentir falta dos meus pais, é claro, e de Esther, Gav e da bebezinha linda deles, Delilah Grace. Mas todos adoram Finn, então sei que vão ficar felizes. E, no fim, ele tem razão — todas as idas e vindas estavam começando a ficar cansativas. Porque quero estar com ele. O que sinto por ele... não pode ser descrito com nada menos do que química.

Então eu concordei, e a alegria no rosto dele poderia iluminar um continente.

Ele volta para o quarto agora, com uma camiseta como se pensasse que a ocasião merece pelo menos algum nível de formalidade. Trouxe a garrafa e duas taças, estoura a rolha. O champanhe explode pelo tapete, e eu caio na risada quando ele solta um palavrão. Jogo uma toalha da pilha na cama. Murphy, que vem comigo sempre que passo alguns dias aqui, cheira a mancha desconfiado.

— Bom — diz Finn ao me passar a taça cheia —, vamos dizer que estou muito contente por ter esbarrado em você em uma praia na Letônia, Callie Cooper.

Nós fazemos um brinde, e eu tomo um gole. Recém-tirada da geladeira, a bebida está deliciosamente gelada.

Eu encaro seus olhos azul-piscina.

— Eu também. Você foi um achado e tanto, Finn Petersen.

— Esses últimos seis meses foram os melhores da minha vida — diz ele com um sorriso que ocupa o quarto todo.

Eu sorrio de volta.

— Isso vale um brinde.

Durante a madrugada de segunda-feira, algo me desperta com um susto. Ontem tive que pegar um trem bem tarde de volta para Eversford porque, até eu poder me mudar para Brighton, a vida normal tem que continuar.

Visto um moletom e saio para o jardim com Murphy aos meus calcanhares. Pisco para a imensidão negra e densa do céu. Não vejo estrelas hoje, talvez seja a poluição visual, talvez esteja nublado.

Tem uma nuvem na minha mente também. Não é culpa exatamente — mais uma sensação de inquietação.

Nunca traí a confiança de Joel; não contei sobre o sonho dele para Finn e não pretendo fazer isso. Mas, se vamos nos comprometer a ter uma vida juntos, não consigo evitar a dúvida. Será que Finn tem direito de saber?

Tento imaginar como ele reagiria e me pego concluindo que ele simplesmente riria disso. Não que fosse achar bobagem — é mais que ele não se prenderia a algo que não pode mudar. Sua visão da vida é um *laissez-faire* filosófico. Não se preocupa muito com dinheiro ou com pontualidade ou com o que outras pessoas acham dele. Já sei que ele não teria necessidade alguma de mergulhar a fundo nisso, iluminar cada canto escondido. Aceitaria de pronto que não existe uma resposta — ou, se existe, é tão efêmera quanto um sopro.

Posso ter mais um ano, dez ou cinquenta. Eu e Finn estamos criando nosso futuro agora, e essa ideia torna todo o resto pequeno. O sonho de Joel já começou a se dissipar, a sumir nas sombras da minha memória.

Não. Não vou incomodar Finn com algo que parece cada vez menos palpável a cada novo nascer do sol.

Quando nos conhecemos, Finn perguntou por que eu e Joel tínhamos terminado. Eu falei, sendo bastante sincera, que nós queríamos coisas diferentes. Finn sorriu, se identificando, e disse que a mesma coisa tinha acontecido com sua ex. Então continuamos andando e nunca mais tocamos no assunto.

82

Joel — três anos depois

— Mais dois!

— Não, te odeio.

— Mais dois! Você consegue!

Sei que Steve não vai soltar meus tornozelos até eu me forçar a fazer mais dois abdominais. Com a barriga ardendo, obedeço. Então me desfaço em uma pilha de suor e ressentimento, reclamando alto que vou cancelar minha matrícula.

— Tá, até parece. — Steve joga uma garrafa de água para mim. — Quer moleza? Fica na cama.

— Bem que eu queria — resmungo.

Deixo a água de lado e me viro. Faço tudo que posso para não vomitar.

Steve concorda em suspender o sadismo por cinco minutos até eu conseguir recuperar o fôlego.

— E aí, como foi? — ele me pergunta.

— Como foi o quê?

— O spa, idiota.

Voltei hoje de manhã do retiro de bem-estar, aquele do voucher que Callie comprou para mim, agora já fora da validade faz muito tempo. O lugar ainda vai muito bem, fazendo suco verde para pessoas com hábitos ruins, massageando seus órgãos vitais. Teve ioga e meditação. Acupuntura, um pouco de canto. Algumas cerimônias envolvendo pés descalços e alguns sinos pouco animadores.

De alguma forma eu sentia que devia isso a ela. Mesmo depois de tanto tempo, pelo menos para honrar seu desejo. Sua gentileza naquele Natal, a esperança que ela mantinha por mim, a mesma que às vezes ouso sentir hoje em dia. Apesar de saber o que está por vir.

— Meio doido — conto para Steve. — Mas eu me senti bem. Por incrível que pareça.

— Conseguiram fazer você dormir como um bebê?

— Eu nunca entendi isso. Bebês são famosos por dormir mal. Aliás, falando em bebês, como está Elliot?

Steve e Hayley tiveram um caçula, menino, dois meses atrás.

— Ainda um pequeno tirano. Literalmente um monstro de fraldas. Acho que não fechou os olhos por mais de cinco minutos desde que nasceu. Mas é fofinho demais, isso ele é — completa com um sorriso. Então: — Você não...

— Não, claro que não.

Eu e Steve fizemos um acordo: se eu algum dia sonhar com meus afilhados, ele vai ser o primeiro a saber. *Não importa o quê, bom ou ruim, você tem que me contar na hora.* Tenho o mesmo acordo com Tamsin e Warren. A maioria das pessoas, parece, quer saber.

Eu me pergunto por um segundo, como às vezes faço, como as coisas teriam se desenrolado se Callie quisesse saber a verdade. Será que estaríamos casados e com filhos, uma família nossa? Será que eu teria a chance de mudar o curso do...

— Certo — diz Steve, pulando de pé. — Burpees, pode começar.

— O quê? Não deu cinco minutos!

— Joel, o que eu sempre te falo? Bobeou, *dançou.*

Ele diz essa palavra com muita ênfase. Faz um L de *loser* com o polegar e o indicador e coloca na testa.

Caso eu não tenha entendido a mensagem das últimas dez vezes que ele fez a mesma coisa.

O spa não me fez dormir como um bebê, na verdade, apesar da acupuntura, da reflexologia e da quantidade enjoativa de óleos essenciais. Estou bem melhor nessa questão recentemente, mas ainda fico nervoso quando passo a noite fora de casa.

A inquietude me deu uma vontade horrível de encher a cara, mas eu não queria. Isso me lembrava demais do passado, de momentos piores. De alguma forma, tive que me segurar para não correr para o supermercado

24 horas. Então comecei a passear pela propriedade à noite, embrulhado num casaco pesado, cachecol e gorro.

Na minha última noite, o desejo de beber felizmente já esquecido, esbarrei em alguém fazendo a mesma coisa que eu.

— Desculpa! Nossa, desculpa.

Ela soltou um palavrão e pendurou os fones no pescoço.

— Você me deu um susto.

Já passava de meia-noite, a temperatura estava abaixo de zero. Ela usava apenas uma camiseta e uma calça de moletom, com um casaquinho bem fino por cima.

— Desculpa, eu não estava esperando... ver ninguém.

Eu já tinha visto essa mulher algumas vezes no café da manhã (implorando mentalmente por um café, implorando em voz alta por um croissant). Uma vez na meditação. Duas na ioga, um momento em que nós nos entreolhamos durante a pose do golfinho e tivemos que nos segurar para não rir.

— Então, qual o seu crime? — perguntei.

Ela se apoiou na parede de tijolos na qual nos encontramos.

— Uma variedade de pecados.

Sorri.

— Parece sério.

— Foi o que disseram. — Ela começou a contar nos dedos. — Não comer vegetais o suficiente. Um vício bem sério em cafeína. Cheguei aos trinta sem nenhum conhecimento de ioga, o que aparentemente é um crime hoje em dia. E você?

Eu a observei. Cabelo louro batendo nos ombros, olhos azul-claros. Lábios ligeiramente arroxeados pelo frio.

— Ah, eu meio que... prometi a alguém que viria. Então...

Ela sorriu e não insistiu.

— Meu nome é Rose, aliás.

— Joel.

Aperto de mão firme, olhos nos olhos.

— Então, Joel... Você só estava... respirando ar fresco?

— Na verdade, estou lutando contra o ímpeto de me jogar no álcool. E você?

Ela riu de novo e indicou os fones de ouvido.

— Não consegui dormir, então... afirmações.

Sorri, relembrando os dias em que eu tentava me livrar dos sonhos. Decidi não dividir com ela meu fracasso consistente.

No fim, ela não precisava.

— É meio estranho, não é? — continuou ela. — Declarar o quanto eu me amo *ad infinitum*. Na verdade, meio que tem o efeito oposto se eu ficar ouvindo tempo demais.

Dei uma risada.

— É, fica meio irritante.

Ela abanou a mão.

— Ah, provavelmente eles não fazem você ouvir afirmações. Comparado à maioria das pessoas aqui, você é o retrato da saúde.

Fui pego de surpresa pelo elogio.

— Só estou dizendo, eu sei bem que estou o *oposto* de saudável nesse momento. Estou com cara de morte, isso, sim. E daqui a pouco vou ficar não só com a cara, mas com temperatura corporal de defunto, porque literalmente nunca senti tanto frio. — Ela ergueu os olhos para o céu, os dentes batendo de leve. — Cometi um grande erro.

Sorri.

— Olha, eu ia mesmo perguntar. — Já tinha tirado meu casaco, e coloquei em volta dos ombros dela. — Aqui. Não quero que os mantras sejam desperdiçados.

Ela me encarou. Estremeceu um pouco quando juntei as lapelas do casaco, que prenderam o cabelo dela em volta do pescoço, uma fita em torno do rosto.

— Boa noite, Rose. Foi muito bom te conhecer.

Dei as costas e saí do jardim, aproveitando a quietude da noite. Torcendo para que parte dela penetrasse e acalmasse minha mente.

83

Callie — três anos depois

Ficamos na Flórida — outra recomendação de Ricardo — por quinze dias, explorando os pântanos e reservas naturais, nadando nas praias de areia branca e socializando com pessoas que conhecemos pelo caminho. Perdi a conta de quantas conversas Finn puxou desde que chegamos aqui, para esse homem ter carisma é instintivo. Ele ainda faz amigos de verdade durante as férias, habilidade que basicamente perdi assim que cheguei à puberdade.

Depois de um jantar ao ar livre no nosso novo restaurante cubano preferido, Finn sugere uma caminhada, nossa última chance de aproveitar uma noite majestosa antes de voltar para o clima mais frio amanhã. Então agora estamos caminhando de mãos dadas pela Miami Beach, na direção da praia.

— Voou, né, Callie? — diz Finn.

Por um momento acho que ele está falando de um pássaro — força do hábito das últimas duas semanas —, então percebo que está falando das férias.

— Não acredito que tenho que trabalhar na segunda.

Não que eu me importe, de verdade. Depois de alguns meses procurando, um amigo de um amigo do Finn nos avisou de uma vaga aberta em uma reserva que fica a mais ou menos a meia hora de Brighton. Eu amo trabalhar lá, quase tanto quanto amava Waterfen.

Parte de mim ficou aliviada de deixar Eversford para trás e, com ela, meu perpétuo temor de esbarrar em Joel. Sempre estava tão tensa com a possibilidade de não saber o que dizer — de, caso o encontrasse, sentir algo que não queria. Às vezes penso que, se ele me visse sentada na sua antiga mesa no café ou se por acaso eu estivesse usando brincos que ele me deu, pensaria que nunca o esqueci. Então eu começaria a me perguntar se ele tinha razão.

* * *

Finn tem tanta coisa quanto eu — mais, se for possível —, então não me senti envergonhada pela bagunça como aconteceu durante a mudança para o apartamento de Joel. Não que Joel se importasse com as minhas caixas ocupando os corredores ou com as coisas largadas pela casa. Enfiamos o máximo dos meus pertences em armários e gavetas antes da festa de boas-vindas que Finn marcou naquela noite — embora não fosse exatamente a primeira vez que eu ficava lá. Logo no início da noite parecia que metade de Brighton estava entulhando o apartamento, bebendo e fumando e dançando como se estivéssemos na faculdade de novo. Na metade da festa, enquanto Finn entretinha mais de dez pessoas com a história de como nos conhecemos, olhei para ele e pensei: *Não acredito que você fez tudo isso por mim.*

A melhor parte da viagem para a Flórida foi poder passar tanto tempo sozinha com Finn. Embora ele esteja num período mais tranquilo no trabalho — a temporada de pesquisas é no verão e na primavera, quando ele trabalha tanto que mal consegue socializar —, parece que a gente nunca relaxa no nosso tempo livre. Finn é extrovertido e sempre tem gente — sempre — aparecendo no apartamento, ou ligando para nos convidar para beber no bar mais próximo. Os fins de semana são sempre ocupados por reuniões familiares, porque ele tem dois irmãos e uma irmã, além de inúmeros primos. Passamos as noites durante a semana com amigos, em pubs e restaurantes e shows, mal parando entre um compromisso e outro. Mas sempre fomos assim, desde o início — sempre correndo, quase nunca parando, só uma olhada de vez em quando para se certificar de que o outro ainda está junto antes de seguir.

Não me importo — um homem com uma vida tão completa de forma alguma é ruim —, mas às vezes queria que fosse só a gente, aproveitando a companhia um do outro como naquelas preciosas 36 primeiras horas na Letônia. Porque Finn é uma pessoa que vale *tanto* a pena se saborear. É generoso e hilário e decidido e sábio, e às vezes simplesmente não queria dividi-lo com mais ninguém. Mas sei que isso é egoísta de um jeito que Finn raramente é, e, seja como for, não é assim que a vida funciona.

* * *

— Cal — sussurra Finn agora que chegamos à praia. Por instinto, nos abaixamos para tirar os chinelos e deixamos nossos pés bronzeados afundar na areia. — Tem uma coisa que eu queria te perguntar.

Quando me viro, ele se ajoelha, tira uma caixinha do bolso. Imediatamente levo a mão à boca e, de algum lugar por perto, percebo que um grupo de passantes começa a comemorar.

— Não tenho ideia do jeito certo de fazer isso — sussurra ele. — Então acho que o jeito antigo deve ser o melhor. Callie, eu te amo até o fim desse mundão doido. Quer se casar comigo?

— Sim. — Quero que o tempo vá mais devagar e acelere ao mesmo tempo. — Sim, sim, sim.

E é ali, na frente dos arranha-céus e palmeiras, sob o céu mais tempestuoso e espetacular, que eu e Finn concordamos em ficar juntos para sempre.

84

Joel — quatro anos depois

Estou em um posto de gasolina na rodovia M25, por incrível que pareça, quando meu passado me alcança.

— Joel?

Eu me viro e sinto uma onda inesperada de alegria ao ver Melissa.

— Oi.

Ela me observa por um momento, então me apresenta ao Adônis ao seu lado.

— Leon, esse é o Joel.

Desconfiado, ofereço minha mão, me perguntando se talvez ele vá decidir me dar um soco em vez de apertá-la. Mas não. Ele só me cumprimenta com um meio sorriso, que é o dobro do que eu provavelmente mereço.

Melissa ri. Está usando aquele tipo de batom rosa-shocking que exige dentes impecáveis.

— Tudo bem. Tudo que falei de você para ele foi extremamente elogioso, é claro.

Olho para Leon com uma expressão que quer dizer: *Pode me socar outro dia, eu prometo.*

— Acho que vou pegar café para a gente — diz ele. — Já volto.

No meio da estrada, nos encaramos. Uma torrente de viajantes passa com estrondo.

— Você está... Como você está?

— Bem. — Ela sorri. — A gente está indo para o aeroporto, na verdade.

— Que sorte. Algum lugar bom?

— Barbados. — Ela estica a mão para me mostrar a aliança. — Lua de mel.

— Ah, nossa... Parabéns.

O cabelo dela está curto, e vejo um macacão florido por baixo do casaco e echarpe. Já pronta para a praia, típico de Melissa. É bom vê-la tão amada e luminosa de um jeito que nunca foi comigo.

Ela parece querer dizer algo, mas não consegue achar as palavras. Então, como bom cavalheiro que sou, eu começo.

— O Leon é legal, é?

— Bom — diz ela. — É mais legal que você.

— Que bom. É um bom começo.

— Brincadeira. Ele é ótimo. Ótimo mesmo. — Ela lança um olhar carinhoso na direção da cafeteria para que ele se dirigiu. — Então, para onde você está indo?

— Ah… Cornualha. Não tão exótico quanto Barbados.

— Férias são férias.

— Ah, não. Na verdade, estou me mudando para lá. Um recomeço.

— Nossa. Achei que você ia morar naquele apartamento até morrer. Sem querer ofender.

Sua falta de tato característica sempre me traz meio que uma nostalgia.

— Não me ofendi.

— Então por quê?

— Coisas de família. Longa história.

Ela inclina a cabeça para o lado.

— Então você não está mais com a menina que morava no apartamento de cima?

A menina que morava no apartamento de cima.

— Não. Ela está… com outra pessoa agora. Casada, acho.

(Na verdade, sei com certeza. Doug me contou — aparentemente ele tem um amigo em comum com Gavin.)

Melissa assente. E, talvez pela primeira vez na história da nossa relação, não faz nenhum comentário.

— Você arrumou um emprego por lá? Na Cornualha?

— Arrumei, é verdade.

— Então vai voltar a atender?

— Aham.

Ela assente de novo, mais devagar. Me olha nos olhos.

— Bom. Parabéns.

Fico surpreendentemente emocionado.

— Obrigado.

Alguns segundos se passam, então ela se aproxima para me dar um abraço de despedida. É estranho sentir os braços dela ao meu redor de novo. Como redescobrir uma antiga roupa preferida, respirar um perfume bem conhecido.

— O que aquelas velhotas danadas vão fazer sem você?

Engulo em seco. Não foi um bom ano para a terceira idade da minha rua.

— Agora só sobrou uma, infelizmente.

(Iris está firme e forte, teimosa como sempre.)

Melissa se afasta.

— E você não está saindo com ninguém?

Como se ela não acreditasse que eu teria qualquer outro motivo para me mudar para a Cornualha.

Eu suspiro.

— Eu adoraria, Melissa, mas você está na sua lua de mel.

Ela dá uma risada rouca da qual meio que senti falta.

— Sabe, é uma pena que a gente nunca tenha conseguido ser amigo.

— Acho que somos amigos.

Melissa ainda fica ali por um momento, e percebo que está com dificuldade para se despedir.

— Bom, se cuide. Tente conhecer uma garota legal.

— Eu conheci, mas não deu certo.

Uma última piscadela travessa.

— Joel, o que eu posso dizer? Sou uma mulher casada agora.

Aluguei um lugar a dez minutos de distância de Warren, em Newquay, com um jardinzinho e um quarto de hóspedes. Parei em um mercado de flores logo depois de Devon e comprei vários vasos de plantas para a minha nova sala. Comprei uma jardineira para a janela também. Afinal, mesmo que eu esteja me mudando para cá para ter um recomeço, ainda não consigo viver sem pequenos lembretes de Callie.

No início da tarde já estou mais ou menos acomodado, então vou para a casa de Warren.

— Foi difícil se despedir? — pergunta ele.

— Tamsin ficou péssima. Quer vir visitar fim de semana que vem, trazer as crianças.

— Vai ser bom encontrar com ela — comenta Warren. — Como você está se sentindo, vindo para cá?

— Nervoso. Mas um nervosismo bom.

— Melhor tipo. Não tive nervosismos bons o suficiente na minha vida. — Ele sorri. — Tudo pronto para segunda?

— Acho que sim.

Já faz um ano que estou trabalhando em meio expediente com Kieran. Meu plano é passar os próximos seis meses entre a nova clínica na Cornualha e cursos de reciclagem em Bristol.

— Não sei se já falei antes, mas estou orgulhoso de você, cara. Você realmente deu a volta por cima.

— Obrigado.

— E ter vindo para cá, ficar perto de mim... Bom, significa muito. Muito mesmo.

Eu balanço a cabeça.

— As ondas estão boas?

Warren verifica o relógio.

— Agora?

— Aham.

— Estão.

— Quer dar um mergulho?

— Sempre, cara. Sempre.

Nessa noite sonho com Callie.

Acordo quando estou dizendo a ela que a amo de novo.

Meu rosto está molhado de lágrimas, meus ombros, tremendo de tristeza.

85

Callie — quatro anos depois

Eu e Finn nos casamos no verão, tendo concordado que um noivado longo não tinha a ver com a gente. O imenso número de pessoas que queria participar desse momento feliz exigia uma festa muito maior do que nosso orçamento permitia, então no fim a irmã dele, Bethany, que mora numa fazenda, concordou em fazer a festa. Pendurou bandeirolas entre as vigas do celeiro, espalhou flores silvestres em rolos de feno, fez um bolo recheado de flores comestíveis. Havia animais por todo lado, o ar estava cálido, e, conforme a noite caía, duzentas pessoas dançaram e riram sob milhares de luzinhas penduradas entre as colunas.

Durante o jantar, o discurso de Finn sobre me conhecer na Letônia e sobre tudo que aconteceu nos dois anos desde então foi uma carta de amor lida em voz alta. Um orador natural, ele ora fazia todo mundo chorar, ora gargalhar com suas palavras — ver o celeiro todo ser tomado de emoção assim vai ser algo que nunca vou esquecer. Com isso, o júbilo dos meus pais, o lindo discurso de Esther sobre Grace, e Dot se agarrando com o padrinho, o dia foi a felicidade em sua forma mais pura e perfeita.

Mas ainda quero impedir o tempo de passar de vez em quando. Para que eu possa parar e saborear o presente em vez de estar sempre seguindo para a próxima coisa. Quero passar mais tempo de mãos dadas na praia ou trocando beijos no sofá, ou só caminhando lado a lado pela cidade. Era assim que era com Joel, e fico triste, às vezes, porque parece que nunca consigo ter isso com Finn.

Estamos na Austrália para nossa lua de mel atrasada — Finn tem parentes em Perth, então passamos nossa última semana aqui com eles. Embriagados de sol, nadamos no mar, corremos em parques e em praias de tirar o fôlego. É inverno lá em casa, e, embora eu sempre vá sentir um carinho especial por essa época, não posso negar que trocá-la por bermudas e chinelos foi uma alegria — especialmente nos meus últimos dias no trabalho, lutando com galochas e casacos impermeáveis.

Acordei cedo hoje de manhã. Finn ainda estava dormindo, e eu não quis acordá-lo. Estava tão bonito e tranquilo, bronzeado e sem camisa ao meu lado na cama.

Então fui pé ante pé ao banheiro, onde, cinco minutos depois, chorei em silêncio lágrimas de alegria.

Estamos gastando o café da manhã com uma caminhada pela margem do Swan River. Tudo nesta manhã é de um tom de azul exultante — o céu, a água, os painéis de vidro dos arranha-céus. Finn está falando de levar a família para jantar em algum lugar, um agradecimento pela hospitalidade, antes de voltarmos para casa. Estou ouvindo, mas sem prestar muita atenção, com dificuldade de me concentrar.

— Finn — digo quando chegamos à beirada.

Ele está usando um boné e óculos escuros, pensando nas opções de restaurantes para mais tarde. Então se vira para mim.

— É, você tem razão. Talvez seja um exagero de frutos do mar. O que você acha daquele restaurante grego?

— Finn, preciso te contar uma coisa.

Talvez instintivamente, ele pega minha mão. Gosto de mexer na aliança em volta do seu anular — ainda parece novidade para mim, ser a sra. Callie Petersen, ter uma aliança no meu dedo também.

— Cal, qual o problema?

— Não tem problema nenhum. Eu estou grávida.

Finn arqueja baixinho, então me dá um beijo caloroso, as bochechas molhadas de lágrimas, ombros tremendo em descrença. Ele me envolve em seus braços, e ficamos assim por vários minutos enquanto ao nosso redor a vida se transforma em silêncio, floresce com novas cores e explode em luz.

Ele se afasta com gentileza e se abaixa até ficar com o rosto na mesma altura do meu, tira os óculos para podermos nos olhar nos olhos.

— Quando… Quando você…?

— Hoje de manhã. Tenho me sentido meio estranha.

Enchi a mala com testes de gravidez quando saímos da Inglaterra, por via das dúvidas.

É algo de que sempre falamos. Finn tem uma família grande e amorosa, e nunca escondeu que queria ter filhos. Eu também queria, mas estava nervosa por motivos que ele não considerava problemas — por exemplo, como ele vai aguentar não poder sair tanto, como colocar um bebê no nosso apartamento apertado, como Murphy vai lidar com a mudança. Sem mencionar que não sabia nem se *conseguiria* engravidar, já com trinta e tantos anos — já li tantas histórias de terror sobre o temido relógio biológico. Já estamos tentando faz cinco meses, então o alívio e a gratidão que sinto agora são imensos. Tudo se resolveu. Só tenho que torcer para que a gente consiga se ajustar às mudanças que vêm por aí, ao estilo de vida que está pela frente.

— Callie… Eu te amo tanto. Essa é a melhor notícia de todas.

— Eu te amo também. Estou tão animada.

— Está se sentindo bem? Tem certeza de que quer andar? Está bem quente. Podemos pegar…

— Eu estou ótima. — Dou uma risada. — Na verdade, o ar fresco está ajudando.

— Não acredito que não notei.

— Só faz alguns dias. Eu não queria te dar falsas esperanças, caso não fosse nada.

Ele abre um sorrisão.

— Bom, temos que fazer planos. Se bem que… planos do quê? Não tenho ideia do que fazer agora.

— Nem eu. Acho que é parte da diversão.

— Será que a gente liga pra todo mundo pelo Skype e conta a novidade?

Quero contar para Joel. O pensamento é urgente e assustador, até que de repente me dou conta.

Joel já sabe. Faz anos que ele sabe.

Acho que para você o melhor ainda está por vir.

— Callie?

Tiro Joel da cabeça e aperto a mão de Finn.

— Vamos esperar até chegarmos em casa. Eu gosto da ideia de manter esse segredo só nosso, só por enquanto.

Ele sorri e passa o braço pelos meus ombros.

— Bom, temos que comemorar, pelo menos. O que você pode comer? Bolo?

Eu sorrio.

— Ainda estou cheia do café. E meio enjoada, para ser sincera.

— É estranho? — Finn me pergunta depois de um tempo. — Quer dizer, tirando o enjoo… Como você se *sente*?

Nem preciso pensar.

— Eu me sinto eufórica.

E é isso — a única e melhor forma de descrever.

86

Joel — cinco anos depois

— E, por fim, gostaria de agradecer aos meus três filhos. Vocês me enchem de orgulho todos os dias. Vocês três.

As pessoas murmuram em concordância. Taças e copos são erguidos na nossa direção.

É o aniversário de 70 anos do nosso pai, então estamos comemorando com ele no velho clube de rúgbi perto de casa. Tem tudo que se esperaria de uma festa num clube de rúgbi velho: um DJ com cara de cansado cuidando da playlist de Doug, que basicamente consiste de músicas dos Beatles, um buffet sem graça de atum e frango (com uma boa e velha linguicinha para completar), muita gente parada em círculos, tentando fazer as bebidas durarem. Só de olhar, sei que o vinho branco está quente e que oitenta por cento das conversas aqui são sobre contabilidade. Mesmo assim, a festa é do papai, organizada por Doug. Era improvável que tivesse drinques especiais e Idris Elba na cabine.

Ou talvez tudo pareça previsível porque já sonhei com isso. Duas semanas atrás, em um sonho que pareceu durar séculos.

Depois dos discursos, encontro Tamsin em uma mesa dos fundos do salão, com Harry e Amber. Harry, com quase 5 anos, está absorto em um livro. Amber, agora com 12, está com fones de ouvido bem encaixados.

Esperta.

A gente se entreolha, e eu pergunto:

— Tudo bem?

Ela tira os olhos do iPad e dá de ombros.

— Um tédio.

— A culpa é do seu outro tio — falo e aponto para Doug.

Ela dá risada.

Eu me inclino na cadeira e enfio um punhado de amendoins torrados na boca.

— E você, maninha, tudo bem?

Tamsin morde o lábio e ajeita o ombro do vestido turquesa.

— Está sendo um sucesso, né? Ele está se divertindo, não está?

Dou uma olhada no nosso pai. Está contando uma história para seus amigos do badminton, que parecem totalmente hipnotizados. Sabe-se lá Deus o que pode ser. A vez que ele quase perdeu o volante?

— Com certeza. Olha só para ele. Não vejo o homem tão animado desde o Orçamento de 2010.

Tamsin sorri e dá um gole no vinho. Faz careta.

— Cruzes, isso aqui está em *temperatura ambiente*.

— E você, Harry, tudo bem? — pergunto ao meu sobrinho.

— Tudo — responde ele obedientemente. (Não está mentindo: Harry é a criança mais angelical que já tive o prazer de conhecer. Não é surpresa que eu seja só meio-tio dele.) — Tô quase acabando.

Ele ergue o livrinho de atividades para me mostrar. É sobre o espaço sideral e parece bizarramente científico.

— Maneiro — respondo, encorajando-o, depois faço uma careta para minha irmã. — Cruzes, Tam, isso é praticamente dever de casa.

Minha irmã ergue as mãos.

— A culpa não é minha. Ele que quis trazer. Não larga esse troço.

— Você pariu um gênio — sussurro. — Não podemos explorar o menino um pouco no YouTube e aí nos aposentar?

Ela me dá um tapinha brincalhão no braço.

— Que bom que o Kieran e a Zoë puderam vir.

Olho para o meu amigo e a esposa, conquistando um casal com o dobro da idade deles. Até Steve e Hayley estão aqui em algum lugar (embora eu tenha a desconfiança de que Steve está procurando possíveis alunos... Eu o vi insistindo para dois octogenários tentarem tocar os próprios pés mais cedo.)

— Oi, pessoal.

Warren se senta ao meu lado e me dá um tapa na perna.

Fiquei feliz que meu pai tenha resolvido convidar Warren. Achei que talvez ele não fosse querer, mas no fim só deu de ombros e disse que tudo bem. Como se só estivéssemos falando de um velho conhecido das antigas. Nem ele nem Warren parecem ter energia para brigar pela mamãe ou por mim. É tão cansativo tentar superar um ao outro: para ser sincero, acho que nenhum dos dois está com saco para isso.

Depois de um tempo, contei para o meu pai e para o Doug. Sobre os sonhos. Eles foram os últimos a saber (não que tenham percebido ou se importado). A conversa foi rápida e tensa, e não se falou mais nisso desde então. Sabe-se lá se eles sequer acreditaram. Mas fui honesto com os dois, pelo menos — talvez pela primeira vez na vida. Sobreviver ao término com Callie me tornou mais corajoso de muitas maneiras, talvez até um pouco imprudente. Muitas coisas agora são moleza, descobri, depois de passar por isso.

Só... confie no amor das pessoas, Joel.

Enquanto Warren começa a conversar com Harry sobre o sistema solar, Amber se inclina meio distraidamente na minha direção. Eu a abraço e beijo sua cabeça. E, pelo menos dessa vez, ela não finge vomitar ou briga comigo.

Abro um sorriso para Tamsin, que sorri de volta. *Tudo deu certo*, estamos dizendo. *Nós estamos bem.*

Depois da festa, Warren volta para a Cornualha. Mas vou ficar mais um pouco. No dia seguinte, vou de carro para uma cidade no interior, a uma hora daqui, onde combinei de encontrar alguém.

Vejo seu cabelo louro-platinado no outro lado do pub. Ela pegou o melhor lugar do salão, perto da lareira.

Sorri quando me aproximo, e eu me abaixo para abraçá-la. A sensação é boa e fácil, não é estranho como temi.

— Desculpa. Estou atrasado?

Seus olhos são de um azul frio, mas sua risada é cálida e agradável. Está vestida de forma casual, com uma camiseta com dizeres que não vou conseguir ler a não ser que observe de forma indiscreta e um cardigã largo cor de caramelo.

— De jeito nenhum. Eu que cheguei cedo.

Rose entrou em contato comigo pela clínica alguns meses atrás, perguntou se eu me lembrava dela. Lembrava, claro. Sugeri um encontro da próxima vez que eu estivesse pela área.

— Saúde.

Nós fazemos um brinde, a taça de vinho branco dela no meu copo de refrigerante com limão.

— Então, o retiro funcionou para você? — pergunto.

Eu fui embora de manhã bem cedo no dia seguinte ao de quando nos conhecemos. Estava pensando em Callie de novo e só queria ir para casa.

— Bom, eu continuei com a ioga. E só estou bebendo um café por dia.

— Impressionante. E os vegetais?

Ela passa a mão pelos cabelos. O ar fica momentaneamente perfumado.

— Ainda uma vergonha. E você?

— Ah, meus problemas eram mais…

Eu não sei como terminar. Consigo me imaginar sendo verdadeiro com Rose de um jeito que ainda não me sinto preparado para fazer. O que digo?

— … na sua cabeça?

Faço que sim e tomo um gole.

Silêncio. Ela tem olhos hipnotizantes.

— Bom, acho que todo mundo que estava lá tinha seus problemas, sejam quais fossem.

— Verdade.

— Ou, nas palavras do meu ex-marido, quando cheguei em casa: *Você vai para um lugar assim para ser consertada, não para tirar férias.*

Sorrio.

— Ai.

Ela faz uma careta, então dá uma risada.

— Esse foi meu… jeito desajeitado de dizer que sou divorciada.

— Ah, sinto muito.

— Não precisa. — Ela toma um gole do vinho. — Por incrível que pareça, foi aquele retiro que me fez ver a luz.

Ergo a sobrancelha.

— O poder das afirmações?

— Isso mesmo! Um brinde.

Nós fazemos outro brinde.

— E você é veterinária — digo.

— Sou mesmo. Gostou da minha desculpa?

No e-mail para a clínica, ela fingiu que a gente tinha se conhecido em uma conferência de que nunca ouvi falar. Uma busca rápida no Google confirmou que tudo havia sido uma invenção, é claro. Mas também revelou que Rose Jackson é veterinária.

Conversamos um pouco sobre trabalho. Sobre o tempo que fiquei fora e sobre meu retorno, a clínica dela e a minha. Os prós e os contras de terceirizar o atendimento fora do horário comercial (a clínica dela faz isso, a minha, não). O cansaço de lidar com a tristeza e preocupação dos outros. Cuidar de animais silvestres. Ter que trabalhar no Natal. Gosto de como ela é direta, seu senso de humor rápido. Como ela toca meu braço de vez em quando, sempre que a faço rir. Seu sorriso acolhedor.

— Então você sabe que eu sou divorciada — diz ela, quando a conversa para por um minuto. — E você?

— Solteiro, mas...

Ela está cutucando o porta-copos com as unhas.

— Não está procurando.

Faço uma careta.

— Desculpa. É complicado.

— Tem outra pessoa?

Penso em Callie.

— Não — digo, e é verdade. — Mas não sei se estou pronto para estar com alguém... desse jeito, pelo menos por enquanto.

Ela sorri.

— Faz parte. Obrigada por ser honesto.

Terminamos de beber depois disso. Rose conta que comprou ingressos para uma apresentação de stand-up mais tarde e que estava pensando em me convidar. E talvez eu tivesse ido se ela não houvesse sido tão direta ao perguntar sobre a minha situação. Mas percebo que estou feliz por pararmos por aqui.

Porque gosto dela. Eu me sinto atraído por ela de um jeito que não acontecia desde que conheci Callie. E não quero estragar tudo, transformar isso em uma coisa passageira por descuido.

Se isso significa perder minha chance com ela, vou ter que correr esse risco.

— Eu gostaria de manter o contato com você — digo quando estamos nos preparando para sair.

Rose sorri.

— Tipo por correspondência?

Faço uma careta.

— Desculpa. Acabei de ouvir o que falei. Foi tosco.

— Tosquíssimo — concorda ela. — Sua sorte é ser tão charmoso, não é?

Não sei se *charmoso* é como eu me descreveria no momento, mas, como ela está sendo generosa o suficiente para me elogiar, vou aceitar sem discutir.

— Ah, eu quase esqueci — diz Rose, ficando de pé. — Isso aqui é seu.

Ela me passa o casaco que eu vesti nos ombros dela no retiro dois anos atrás. Estava dobrado na cadeira ao lado o tempo todo. Eu nem notei.

— Pode ficar — digo.

Ela pisca algumas vezes, depois ergue a mão. Uma despedida formal.

— Certo. Mas então… me liga. Se você quiser o casaco de volta.

— Combinado.

Eu aperto a mão dela. Olho nos seus olhos e sorrio.

87

Callie — cinco anos depois

Depois da primeira mamada dos gêmeos, quando Finn já saiu para o trabalho, saio com o carrinho e Murphy para uma caminhada pela praia.

A gente levou bastante tempo para conseguir organizar o milagre dos dois mamarem e dormirem mais ou menos ao mesmo tempo, mas finalmente estamos começando a sair da confusão dos primeiros meses. Estamos exaustos e mais que atarantados — quer dizer, mal nos recuperamos do choque de ter *gêmeos* —, mas, de alguma forma, conseguimos sobreviver intactos.

Euan e Robyn estão fazendo cinco meses hoje. Ainda não consigo acreditar direito. Continuo estendendo a mão para cutucar os dois, me perguntando se são mesmo nossos.

Quando eles nasceram, a imensa rede de conhecidos de Finn realmente criou vida própria. Amigos e familiares se revezaram para nos ajudar, cozinhando, lavando, esterilizando, e levando Murphy para passear. E agora que já superamos a dificuldade dos primeiros meses, cada vez mais me sinto tomada pelo amor. Quando abraço meus bebês, o respirar de seus corpinhos quentes depois do banho parece meu coração batendo fora do peito.

A rua de mão única em que moramos é estreita, lotada de carros e com bastante trânsito durante a semana, mas, depois que chego à alameda, só preciso olhar para o mar e me sinto dominada pela calma.

Por sorte, meu banco de sempre não está úmido demais. É o mesmo em que Grace e Ben se sentaram juntos no dia seguinte à noite em que se conheceram em Brighton, com chá quente e sanduíches de bacon, os corações batendo acelerados. Sei disso porque ela tirou uma selfie e postou no Facebook alguns meses depois (*O dia depois que a gente se conheceu!*), e eu me lembro do hotel ao fundo.

Eu me sento com o café descafeinado que Finn fez para mim hoje de manhã antes de ir para o trabalho. Ele faz isso todos os dias agora, porque é certamente mais fácil do que eu ter que manobrar o carrinho duplo até o café no fim da rua. Trouxe junto uma fatia do *drømmekage*, porque, se você não pode comer bolo no café da manhã quando acabou de ter filhos, quando mais poderia? Comemos muito o *drømmekage* ultimamente — desde que Finn descobriu minha receita e preparou de surpresa enquanto eu estava fora um dia. Não tive coragem de contar a história toda para ele.

Balanço o carrinho com o pé, fazendo caretas para os bebês, ajeito seus gorrinhos e meinhas. Bebo o café e como colheradas do bolo, dando um pedacinho para Murphy.

Então, uma sensação. De que ele está próximo, não sei como. A sensação é tão forte que levo um susto e olho em volta, procurando o rosto dele entre as pessoas na calçada.

Eu me volto para os gêmeos e pouso o olhar sobre eles. *Você está doida. Joel não está aqui. Por que estaria?* Não penso nele — não de verdade — há semanas. Talvez seja a falta de sono, o feitiço sombrio que lança na mente.

Durante a gravidez eu tive insônias terríveis, noites como vastos lagos de minutos desperdiçados que eu tinha que atravessar. Para não ficar olhando para o teto, eu levantava e corria pelo apartamento de pijama enquanto Finn dormia, e Murphy trotava ao meu lado como se soubesse que eu precisava do apoio moral.

Às vezes a gente sentava na janela da sala, onde eu conversava com Grace mentalmente. E às vezes — só às vezes — eu imaginava que Joel estava acordado também, que estávamos olhando de diferentes janelas para o mesmo estonteante mosaico de estrelas azuis.

Mas, pelo bem dos bebês protegidos no meu útero e de Finn, dormindo na cama, não permitia que os pensamentos se estendessem demais para o futuro. Se os últimos anos me ensinaram algo, é que estar no presente é o que conta.

Finn e eu tomamos um drinque ontem à noite — a primeira vez desde o nascimento dos gêmeos. Finn queria que fosse uma ocasião especial, então sem saber decantou uma garrafa de um tinto bom na jarra que Joel me deu de Natal seis anos atrás. Bebemos nas taças do conjunto também — e só por um segundo me permiti imaginar o sorriso dele, o jeito como falou: *Assim você sempre pode estar na calçada de um café, em algum lugar do Mediterrâneo.*

Finn deve ter sentido minha distração, porque me cutucou com o pé, perguntou se eu estava bem. E eu sorri e respondi que sim, porque estava mesmo. A gente tinha conseguido. Tinha superado os lentos e difíceis primeiros dias dos bebês, e chegado vivo do outro lado. Parecia um belo brinde para mim. E pareceu correto me lembrar de Joel naquele momento, também, mentalmente erguer a taça para ele e agradecer por tudo que ele me deu.

88

Joel — seis anos depois

— Tive um sonho com Warren ontem — conto para Kieran e Zoë enquanto tomamos o café da manhã.

Eles vieram passar o fim de semana na Cornualha, os meninos (já adolescentes) despachados em segurança para a casa dos pais de Kieran.

— Conta tudo — manda Zoë, partindo um croissant e atacando a manteiga.

Recém-saída do chuveiro e completamente arrumada, é uma daquelas pessoas irritantes com total imunidade a ressacas.

Kieran, por outro lado, parece à beira da morte.

— Espera — pede. — Foi bom ou ruim?

— Bom. — Eu abaixo a voz. — Ele vai conhecer alguém.

— *Conhecer*? — confirma Zoë.

— Aham. — Eu sorrio. — Ela parecia legal. A gente estava na praia, ela ria das piadas dele, e eles estavam...

— Bom dia — cumprimenta Warren, pálido.

Ele passou a noite no meu sofá, tendo decidido não arriscar a curta caminhada até em casa ontem à noite.

— Joel tem notícias — anuncia Zoë.

Ela e Warren se dão muito bem, sinceramente. Terminam as frases um do outro, têm o mesmo senso de humor. Embora a tolerância de Zoë para noitadas seja bem maior.

— Ah, é? — diz Warren. — Você tem...

— Está na cafeteira. — Eu indico o fogão. (Estou tomando chá verde, na verdade. Ainda tentando controlar meu vício em cafeína.)

— Pode falar — resmunga Warren, sem paciência.

Ele enche uma xícara de café, não coloca açúcar ou leite. Se joga ao meu lado e apoia a cabeça nas mãos.

— Está mal, amigo? — pergunta Kieran com um sorriso.

— É por *isso* que eu não bebo mais. — As palavras de Warren saem todas emboladas.

— É, aquelas *Jägerbombs* deveriam mesmo vir com limite de idade — digo. — Ou pelo menos uma proibição de quantidade.

Warren abana a mão, talvez para afastar a memória dos erros de ontem à noite.

— Qual a sua notícia?

— É mais sua, na verdade. Sonhei que você vai conhecer uma garota.

Ele ergue os olhos.

— O quê?

— Bom, uma mulher. Tem seis meses para se resolver.

Contra a vontade, um sorriso.

— Minha nossa. Como ela é?

— Parecia legal. Pelo menos ria das suas piadas.

— Daqui?

— Não sei. Mas a gente estava na praia.

Ele resmunga.

— Já faz um tempo. Provavelmente não vai durar.

Eu solto um pigarro. Baixo a voz.

— Vou ser obrigado a discordar. Vocês estavam... de mãos dadas.

Zoë solta um grito. Warren faz careta.

— Tem certeza de que era eu?

— Aham.

Eu termino meu croissant e meu chá, me sentindo deliciosamente metido, considerando a ressaca descomunal de todos. Dormi mais ontem à noite do que dormia havia anos.

— Então tem algo aí para esperar, né? Isso aí. Alguém quer vir correr comigo?

Eles literalmente me chutam da sala.

Levo meu vício em exercícios para a trilha do litoral. Sinto a ardência da elevação nas panturrilhas e nos pulmões. O vento é uma lâmina cortando o ar, a lama se espalhando sob meus pés.

Minha mente se volta para Callie. Imagino ela tomando seu café, as crianças nos cadeirões. Está rindo de algo com o marido, limpando migalhas do rosto dos gêmeos. Seu rosto está radiante, aquecido pelo sol que entra pela janela.

Meu estômago por um minuto se embrulha com inveja por não ser eu. Mas então me lembro de todos os motivos para isso. Pelo menos assim ela está feliz, e por enquanto encontrei alguma forma de equilíbrio.

No fim, eu sei, não poderíamos ter isso juntos.

Encho os pulmões com o ar gelado do Atlântico e continuo correndo.

89

Callie — seis anos depois

Encaro o convite nas minhas mãos.

— Ainda não consigo acreditar que Ben vai se casar.

— Vai ser estranho para você?

Eu sorrio, deixo a pontada de tristeza passar.

— Vai fazer nove anos que Grace morreu. Acho que isso é que é mais estranho, se faz algum sentido.

— Faz. Mas a Mia é ótima.

— Eu adoro ela. E Grace teria adorado também.

Agora com quase dezoito meses, Euan e Robyn estão apoiados entre nós nas almofadas do sofá, encantados com um desenho animado. Eu abaixo a mão e faço um carinho distraído na cabeça de Euan.

— E o casamento parece que vai ser bem legal também — comenta Finn.

Vai ser em uma antiga estação ferroviária em Shoreditch, com *open bar*. Mia trabalha com publicidade e tem uns amigos muito chiques.

— A gente pode aproveitar e visitar meus pais por uns dias enquanto estamos por lá. Dar para eles um tempinho de qualidade com as crianças.

Minha mãe está sempre pedindo que a gente apareça mais, e eles já vêm bastante para Brighton.

Finn sorri e coloca Robyn no joelho, se abaixa para beijar a cabeça dela.

— Vai ser ótimo. Sua mãe vai adorar.

Dou uma olhada no convite de novo.

— Estou meio surpresa, até, por eles convidarem as crianças. Eles sabem que é previsto em lei que bebês interrompam os votos, né?

— Acho que Esther deve ter puxado a orelha de Ben nesse ponto.

Dou risada e me abaixo para fazer carinho em Murphy. Ele está apoiado no meu joelho, o queixo na minha coxa.

— Provável.

— Mas sem nem falar das crianças... Não sei nem se era para eles deixarem *a gente* entrar. Será que somos maneiros o suficiente?

Não tem nada como ter filhos para te fazer sentir um adulto de verdade. Nossa vida social mais que ativa, nossas férias — os marcos de uma vida sem filhos — parecem quase coisa de outro casal agora.

Não muito tempo depois de os gêmeos nascerem, às vezes eu me pegava olhando fotos antigas só para relembrar que aquilo tinha mesmo acontecido. Depois de confessar isso para o Finn, voltei para casa uma noite e descobri que ele tinha imprimido as melhores fotos em preto e branco, emoldurado e pendurado nas paredes. Nossa primeira selfie, ao nascer do sol, na manhã em que fui embora da Letônia. Nós dois na trilha de uma reserva na Flórida, bronzeados e exultantes, erguendo os polegares para a câmera. Nosso último café em Miami — omeletes e café forte —, na manhã depois de ficarmos noivos. Fazendo rapel perto de Tunbridge Wells. Rindo com um grupo de amigos, no topo de uma colina. Mas, em um lugar de honra, Finn posicionou uma foto que aconteceu antes de tudo isso: meu premiado *chorlito de vincha*, escondido no sopé de um vulcão chileno.

— Quer dizer, o que é que eu devo usar em um casamento assim? — continua Finn. — Um terno mesmo, ou será que todo mundo vai estar de pijamas ou qualquer coisa assim?

Espero que ele use um terno — tem um só para casamentos, cinza-chumbo. Normalmente com uma camisa florida, às vezes óculos escuros, e ele fica... Bom, se fosse possível roubar a cena do noivo, tenho certeza de que Finn faria isso todas as vezes.

— Bom, essa é a graça de eventos tão maneiros. Provavelmente a gente poderia aparecer de galocha e as pessoas achariam que é moda.

— Não acredito que já estamos chamando o casamento do Ben de "evento" — comenta Finn.

— Vai ter gente com fones de ouvido.

— E seguranças conferindo os convites.

— Proibição de postar qualquer coisa nas mídias sociais.

— Eu te amo — diz Finn, por cima da cabeça das crianças.

Eu sorrio.

— Te amo também.

— Eu não sei…

Ele se interrompe, baixa os olhos.

— O quê? — pergunto, feliz por essa surpreendente onda de afeição. Ultimamente temos tão pouco tempo para isso. Acabamos conversando por frases pela metade (*Você terminou o...*, *Só tenho que…*, *Vamos correr para…*) e, embora nossa vida sexual esteja retornando aos poucos, é um acordo tácito entre nós que, tendo escolha, vamos preferir fechar os olhos em vez de nos agarrarmos ao cair na cama de noite.

— … Eu não sei o que teria feito se não tivesse te conhecido, Cal. Você é a melhor coisa que já aconteceu comigo. Você e as crianças.

Eu me inclino, lhe dou um beijo nos lábios. Isso desperta uma faísca dentro de mim, e acho que talvez hoje à noite seja diferente.

Mais tarde nós nos despimos e terminamos o beijo, urgentes sob as cobertas, as mãos quentes e úmidas no quarto frio. Talvez seja porque já faz algumas semanas ou porque somos obrigados a fazer tudo de forma tão corrida hoje em dia, a sensação é vital e frenética de uma forma maravilhosa. A quentura e o vigor me fazem lembrar daquela nossa primeira noite na Letônia.

Depois, eu me viro para ele, prestes a sussurrar que temos mesmo que nos esforçar para fazer isso mais vezes, quando o grito agudo de uma criança surge do quarto ao lado.

Finn começa a rir.

— Ah, dessa vez, pirralho — murmura ele, ainda sem fôlego, a pele suada —, seu timing foi perfeito.

90

Joel — seis anos e meio depois

Estou indo para Nottingham com Doug para passar um tempo com nosso primo Luke e alguns outros parentes.

Entrei em contato com Luke pouco mais de dois anos atrás. Foi bom reconstruir essa ligação, e eu queria ficar mais próximo dele. Surpreendentemente para alguém tão rabugento, meu irmão concordou.

Luke nunca voltou para a escola depois do ataque do cachorro. A família se mudou para Midlands mais ou menos um ano após o acidente, para lhe dar a oportunidade de fugir das lembranças. Ele agora é um chef famoso, tendo trabalhado em dois restaurantes que ganharam estrelas da Michelin. Já jantamos duas vezes no seu trabalho atual, saímos algumas vezes, só os rapazes.

Não contei sobre os sonhos para ele ainda. Melhor, sobre um sonho em especial. Estou tentando conhecê-lo melhor primeiro. Construir uma relação antes de mostrar minha alma.

Mas sonhei sobre esta noite mais ou menos um mês atrás. (Destaques: Luke nos leva a um bar de blues onde somos tratados como VIPs; Doug fica totalmente doidão.)

Enquanto esperamos nosso trem, meu irmão começa a ficar inquieto. Está usando seu uniforme de fim de semana: jeans que suspeito terem sido passados e uma camiseta um pouco apertada demais.

— Doido por um cigarrinho.

— Não me diga que você continua fumando.

Ele dá de ombros.

— Só socialmente.

— Mas está *doido* por um cigarro.

Doug bufa.

— Aliás, eu queria te contar. O papai tá preocupado com você.

Eu sorrio e me pergunto se meu irmão vai sempre responder a qualquer crítica com um golpe.

— Como assim?

— Disse que você está magro demais. — Ele dá uma olhada desdenhosa. — E aliás eu concordo.

— Ah, não é nada.

Mas a verdade é que não tenho sido eu mesmo nos últimos tempos. O tempo está acelerando, os anos passando como paisagem pela janela de um trem. Tenho pensado em Callie, assombrado por dúvidas agonizantes. Será que fiz a coisa certa? Será que deveria tentar entrar em contato, tentar uma última vez salvá-la?

Tenho tido um sonho recorrente ultimamente, pela primeira vez. É o da morte de Callie, e está ficando cada vez mais realista. Acordo coberto de suor, gritando o nome dela.

Doug afasta o olhar de mim.

— Bom saber. Eu estava mesmo dizendo para a Lou outro dia que você está começando a agir normalmente pela primeira vez na vida.

Dou um sorriso fraco ao olhar o rosto de perfil do meu meio-irmão. Ele é tão diferente de mim. Mesmo assim, estranhamente, eu não desejaria por nada que fosse de outro jeito. Que sua grosseria seja uma constante é reconfortante, de certa forma. Quando penso em toda a confusão que está por vir.

91

Callie — seis anos e meio depois

Ele está parado na plataforma do outro lado com o irmão, queixo escondido pela gola da jaqueta como era tão comum, as mãos enfiadas nos bolsos.

Está magro, penso. Meio macilento, diferente de quem é.

Ou, pelo menos, de quem era quando eu o conhecia. Já faz quase sete anos. Mas imediatamente o tempo passado se derrete, e só consigo vê-lo como da última vez, me encarando do outro lado da mesa do restaurante. *Esqueça de mim. Faça todas as coisas que você quer e mais.*

Com o coração apertado, só posso rezar para que ele erga os olhos e me veja.

Tirei alguns dias de férias para o casamento de Ben, mas Finn está trabalhando em Ipswich essa semana, então estou voltando da casa dos meus pais para Londres, sozinha com os gêmeos. Finn vai nos encontrar na estação de Blackfriars, e já mal posso esperar — pelo reencontro depois de três dias e pelo segundo par de braços. É a primeira vez que viajo sozinha com as crianças, então estou com Euan no colo e Robyn no carrinho simples.

Não quero assustar meus filhos — e todas as outras pessoas na plataforma — com um grito. Joel está imerso na conversa e, bem quando começo a pensar que ele nunca vai erguer o rosto, ele me olha, e mais uma vez me sinto paralisada pelo seu olhar magnético.

Nunca vou esquecer você, Joel.

O mundo desaparece. Sons se tornam ecos, os arredores parecem cobertos de névoa. Só vejo Joel, só sinto um frio na barriga enquanto nos encaramos.

Mas em segundos o estrondo hidráulico do meu trem surge com o brilho dos faróis.

Não, não, não. Logo hoje o trem vai ser pontual?

Chamo o nome de Joel baixinho, mas o trem nos divide, e as pessoas ao meu redor começam a se mexer. Eu preciso ir também — os trens para Londres só passam a cada trinta minutos, já temos pouco tempo, e qualquer atraso vai significar deixar Finn esperando, ter que correr para pegar um táxi, entrar em pânico por talvez perder o casamento, pensar na potencial humilhação de sermos barrados por uma gangue de porteiros metidos a modelos.

Não tenho escolha. Temos que entrar no trem.

A temperatura do vagão está sufocante, como se o ar-condicionado não estivesse funcionando. Por sorte nossos assentos ficam em uma mesa para quatro, em que a única outra passageira é uma aposentada simpática, que, ao que tudo indica, não vai reclamar muito se meus filhos de 2 anos decidirem fazer bagunça. Depois de confirmar se ela não se incomoda, eu fico de pé e abro a janela de cima antes de colocar Euan no assento ao meu lado e puxar Robyn para o colo.

Mas o tempo todo estou agoniada, desesperada para ver Joel do lado de fora. De início meus olhos só encontram estranhos, até que por fim avisto Doug, que, percebo com um susto, está sozinho agora.

Então ouço uma batida na janela atrás de mim.

Eu me viro, e é ele. Tão lindo e luminoso. Deve ter atravessado a passarela correndo.

Meus olhos explodem com lágrimas ao dizer oi.

Você tá bem?, ele pergunta, sem emitir som.

Eu faço que sim animadamente. *Você?*

Ele assente também, então hesita. *Feliz?*

Engulo as lágrimas e prendo a respiração por um segundo. Então assinto de novo.

Pois como eu poderia explicar tudo para ele, as raízes profundas da verdade, através de uma janela, com o apito do trem avisando que vamos partir? O que posso dizer no espaço de cinco segundos que poderia expressar tudo que sinto, na frente dos meus filhos e de uma estranha curiosa?

Do outro lado da janela, Joel espalma a mão no vidro. Eu estico o braço e faço o mesmo, e de repente estamos juntos, embora separados, como sempre parecemos estar.

Depois vem o apito do trem mais uma vez, e então, agonizantemente, nossas mãos se separam. Joel começa a correr, tentando acompanhar o trem, mas é claro que não consegue. Meu coração está ligado a ele, um fio a segundos de se partir. Então, no último momento, ele estende a mão e joga algo pela janela aberta acima da minha cabeça. Seja o que for, flutua como uma semente de bordo até o meu colo.

Fecho os dedos ao redor do objeto e olho para cima com urgência, mas a estação já se transformou na paisagem triste dos trilhos entrecortados. Ele sumiu, talvez para sempre.

Encaro Robyn no meu colo. Ela está olhando para mim, como se tentando decidir se deve ou não cair no choro, e me ocorre que a cena toda deve ter sido um pouco assustadora, o desconhecido na janela com um olhar urgente e a voz abafada. Então eu a abraço, cubro sua mãozinha com a minha e aperto para tranquilizá-la.

— Eu te amo — sussurro com a boca encostada nos seus cachos escuros e brilhantes.

— Você está bem? — pergunta a senhora baixinho, os olhos enrugados com simpatia.

Eu faço que sim, mas não consigo dizer nada. Temo perder a compostura se abrir a boca.

— Amor antigo? — é só o que a senhora diz, a voz suave como uma pluma.

Baixo os olhos para Euan ao meu lado. Ele está olhando para a janela do outro lado, hipnotizado pela visão da vida passando à toda.

Ah, e passa tão rápido.

Fecho os olhos por alguns segundos, soltando algumas lágrimas dolorosas. E a velhinha assente com gentileza, porque nós duas sabemos que não há mais nada a dizer.

Momentos antes de pararmos em Blackfriars, eu abro o guardanapo.

Nele, rabiscado com uma caneta esferográfica, só cinco palavras.

SEMPRE VOU TE AMAR, CALLIE ❤

92

Joel — oito anos depois

Espero por ela na curva do rio, perto do antigo salgueiro retorcido que vi no meu sonho. Embora o ar esteja fresco hoje, a luz está apropriadamente gentil. Delicada, carinhosa, como se soubesse o que está por vir.

Ergo os olhos para a árvore imensa, magnífica como um monumento. Penso na curva do *C* de Callie marcado no músculo da madeira. Imagino a letra em *time-lapse* nos anos seguintes. Aquecida pelo sol, coberta de neve, até que por fim suma sob camadas de líquen.

Não contei a nenhum familiar ou amigo de Callie sobre hoje. A única coisa que ela me pediu foi que eu guardasse para mim o que sonhei, e não posso arriscar que o segredo se espalhe. Então, embora fazer isso tenha me destruído, vou honrar seu pedido até o último momento. Senão os últimos oito anos terão sido por nada.

Acho que ela deve ter vindo visitar os pais, deixar as crianças com os avós. Tenho certeza de que, sempre que vem a Eversford, Callie volta a Waterfen, atraída para o parque como uma ave migratória.

Desde que a vi no trem, dezoito meses atrás, ela esteve nos meus pensamentos o tempo todo. Um sussurro na brisa da minha memória.

O tempo se fecha enquanto espero, o campo excretando umidade como lágrimas. O frio faz minha pele se arrepiar, e o céu aos poucos se enche de nuvens. Na margem oposta do rio, árvores sem folhas fazem mesuras.

Por tantos anos torci para que meu sonho estivesse errado. Para que Callie não aparecesse. Para que eu ficasse ali sozinho até o dia acabar, a cada momento mais eufórico pelo anoitecer.

Porque, embora estejamos separados, simplesmente não consigo imaginar acordar amanhã sem o conforto de saber que ela está no mundo. Sem saber que, em algum lugar, ela está feliz, vivendo com milhões de cores. Quando a vi no trem naquele dia, quis derrubar a janela, escalar o vagão. Contar que nunca parei de amá-la, que é impossível imaginar um mundo em que ela não está.

Estou contando os minutos no relógio. Quero impedir a Terra de girar, pausar a passagem do tempo.

Por favor, que eu esteja errado. Por favor.

Mas então, uma mudança no ar, o som abafado de passos. E meu coração se aperta, porque ela está aqui.

Está cantarolando ao fazer a última curva do rio. Perdida na paisagem, Callie está agasalhada com um casaco e cachecol, como se esta fosse só outra caminhada invernal. Como se este fosse só outro dia de novembro.

Mas não é, óbvio. Porque já estou ouvindo o helicóptero do serviço de saúde do outro lado do parque, as hélices girando como asas de uma libélula. Eu liguei para lá ainda há pouco, para que ela não perdesse um segundo. Precisava me certificar de que tinha feito tudo que podia.

Até quando ela para, impressionada com o rasante de um martim-pescador, sinto um tremor de esperança. De que ela vá simplesmente se virar, suspirar e seguir em frente.

Vá embora, Callie. Ainda dá tempo. Mas você precisa ir agora.

— Joel? — Ela me viu.

Meu coração se parte quando nos encaramos. E, por um momento que parece uma hora, eu me prendo à sua imagem e não consigo largar.

Mas seus olhos já estão fazendo a pergunta. Então, com toda a gentileza possível, eu concordo. *Sinto muito, Callie.*

Um sorriso suave, uma exclamação sussurrada.

Então ela estende a mão.

Os segundos param quando, pela última vez, envolvo seus dedos, sinto o calor de sua pele através da luva de lã. Passo o outro braço por suas costas e a puxo para mim. Sem dizer nada, ela apoia a bochecha no meu ombro, talvez em busca de conforto. Então beijo sua cabeça, digo pela última vez que sempre vou amá-la.

Depois disso, não temos mais nada a dizer. Mas, em outra vida, estamos nos virando para seguir pela trilha juntos, de mãos dadas, em direção ao pôr do sol que nos levará para casa.

Então acontece — o enrijecimento em meus braços, o arfar que mais parece uma tosse. Com toda a gentileza de que sou capaz, eu a deito no chão e tiro o cabelo do seu rosto. Afrouxo o cachecol no seu pescoço, minhas lágrimas caindo nas dobras do tecido.

Depois de tanto tempo, ainda não estou pronto para dizer adeus.

Dez.

Meu coração marca os segundos.

Nove.

— Callie — sussurro. — Ainda estou aqui. Não vou a lugar nenhum, tá bom? Fica comigo.

Oito. Sete.

Desesperado, tiro sua luva e esfrego sua mão entre as minhas como se isso talvez pudesse evitar o que está para acontecer.

Seis.

Talvez evite.

— Por favor, Callie. Não desista. Ainda estou aqui, fique comigo.

Cinco.

Então... Talvez eu esteja imaginando, mas juro que consigo sentir Callie tentando apertar minha mão. Como se estivesse lutando para ficar.

Quatro.

Meu coração dispara, as lágrimas caem com força. Mas ainda estou sussurrando, apertando sua mão.

— Fica comigo, Callie. A ambulância está vindo. Não desiste, tá bom?

Três. Dois. Um.

Mas enfim eu sei. Ela não pode me responder porque se foi. Então tento, com tudo que tenho, forçar seu coração a bater, enquanto em algum lugar ali perto o helicóptero de emergência pousa.

Minutos depois, o helicóptero se torna uma ave voando no céu, acima das árvores, carregando-a para longe.

Eu fiz tudo que pude. Só me resta esperar. Só me resta torcer, rezar para que ela consiga sobreviver.

EPÍLOGO

93

Joel

Callie faleceu naquele dia por uma parada cardíaca. Não conseguiram encontrar evidências de problemas do coração nos exames, então a causa da morte foi declarada como síndrome de arritmia súbita fatal.

Não deixei registros da minha ligação para a emergência nem dei meu nome para os paramédicos. Então ninguém sabe que eu estava com Callie nos seus minutos finais. Mas em várias reportagens comentou-se que ela foi encontrada por um passante. Alguns dias depois, Kieran me mandou o link para o artigo de um jornal local. Finn implorava para que a pessoa que chamou a emergência se apresentasse, para que ele pudesse agradecer pessoalmente pela tentativa de ajudar.

Permaneci anônimo, é claro. Não queria dar a Finn nenhum motivo para suspeitar de que eu e Callie mantivemos contato enquanto estavam casados. Ela foi fiel até seu último momento, é claro. Ela o amava.

Não sei se alguém percebe quando entro disfarçadamente na igreja. Eu me sento na última hora no banco dos fundos e acabo ao lado de Ben e da esposa, Mia. Estão com um bebezinho também e têm uma agência de publicidade em Londres. Dou um meio abraço em Ben durante o primeiro hino, que é "All Things Bright and Beautiful".

Faço tudo que posso para evitar o olhar de Finn. Não consigo imaginar um cara mais legal para casar com o amor da minha vida. Ele está destruído, é claro. Ficou sentado o tempo todo, com a cabeça entre as mãos. Os pais de Callie estão ao lado dele, igualmente desolados.

Finn trouxe Murphy na coleira. Ele está tão velhinho, um pouco artrítico. Seus movimentos são rígidos, ele tem dificuldade para deitar, mas os olhos continuam fiéis como sempre.

Tenho que parar de olhar para ele ou vou perder o controle.

Depois de um tempo, Finn vai para a frente da igreja para fazer seu discurso. Ele leva alguns minutos para conseguir falar depois que chega ao púlpito. Engasga nas palavras, não consegue dizer nada por um tempo. Mas, quando o faz, enche a igreja de luz. Conta a história de como conheceu Callie. Conta o quanto eles se divertiam, como tinham uma vida incrível. Fala sobre os dois filhos maravilhosos.

— Dizem que existe uma pessoa certa para cada um de nós — conclui ele, a voz trêmula. — E, para mim, essa pessoa era a Callie.

Eu saio da igreja antes do último hino, sem ter dúvidas de quanto Callie viveu intensamente seus últimos oito anos. De quanto ela era amada.

Enquanto todo mundo segue para o crematório, dou uma volta no quarteirão. Quero evitar os pais de Callie, Dot ou qualquer um dos seus amigos. Então volto por entre os teixos, onde Esther pediu para me encontrar.

Ela se aproxima sozinha. Seu rosto está escondido atrás de imensos óculos de sol. Nós nos abraçamos.

— Eu sinto muito mesmo — digo logo de início. Depois completo: — Foi muito bonito.

— Obrigada. Acho que Cal teria gostado.

Relembro as flores atravessando o corredor. Estavam entrelaçadas ao vime do caixão, espalhadas por cima. O ar estava perfumado com a fragrância, adoçado pelo amor.

— Não vai para o crematório? — pergunto para Esther.

— Não. Cal entenderia. Sou bem ruim para essas coisas. — Ela solta o ar com força. — Primeiro Grace, e agora…

— Eu sei — digo, baixinho. — Sinto muito.

Detecto um sorriso corajoso por trás dos óculos dela.

— Na verdade, eu tenho algo que preciso te dar. — Ela tira um envelope grosso da bolsa e me entrega. — Callie escreveu vários cartões-postais para você, Joel. Depois que vocês terminaram. Ela… mandou tudo para mim, para que eu guardasse. Bem, ela me pediu para te dar. Se ela morresse.

Minha boca se abre sem emitir som. O envelope pesa tanto quanto um tijolo nas minhas mãos.

— Ela queria que você soubesse… como ela era feliz.

Eu abro o envelope. Deve ter uns vinte cartões. Trinta?

— Eu faria tudo de novo — digo então. — Mesmo se nada mudasse. Eu a amaria de novo sem pensar duas vezes.

Minha voz falha, e não consigo dizer mais nada.

Um longo silêncio, pontuado apenas pelo canto dos pássaros.

— E o tal passante misterioso nunca se apresentou — comenta Esther depois de um tempo.

Eu me controlo.

— Não.

Ela coloca os óculos no topo da cabeça.

— Mas é bom saber que tinha alguém com ela, sabe... Nos últimos momentos.

Eu encaro seus olhos úmidos e balanço a cabeça. E é isso.

— Você vem para o funeral?

Eu nego.

— Acho que chega para mim.

— Certo. — Esther faz uma pausa. — Obrigada, Joel.

— Por quê?

Ela dá de ombros, como se esperasse que eu soubesse.

— Pelo que você fez.

Continuo no cemitério por mais alguns minutos depois que Esther vai embora. O céu está de luto, encoberto. Mas, bem quando estou prestes a partir, um raio de sol atravessa as nuvens.

Quando o solo se ilumina aos meus pés, um tordo pousa na lápide ao meu lado e inclina a cabeça para mim.

— Sempre vou te amar, Cal — sussurro.

Então guardo o envelope no casaco, me viro e vou para casa.

94

Callie

Hoje de manhã eu estava pensando no dia em que te conheci. Você se lembra? A vez que você esqueceu de pagar e eu te dei um pedaço de bolo, toda tagarela e corada.

Bom. A gente come drømmekage *sempre agora, eu, Finn e os gêmeos — é bobo, eu sei, mas gosto de encontrar essas pequenas formas de me lembrar de você.*

Quero que você saiba que o Finn… Ele é uma pessoa maravilhosa, Joel. É estranho te dizer isso. Mas, por favor, saiba que não digo isso para te magoar. Só quero que você saiba que sou feliz — que tenho certeza de que tomamos a decisão correta oito anos atrás, por mais triste que fosse e por mais errado que parecesse na época.

Seja como for, passei o fim de semana em Eversford e vou para Waterfen agora. Vou pensar em você enquanto caminho pelo rio.

Porque ainda te amo, Joel. Sempre vai existir uma parte do meu coração que será seu. Mesmo quando eu partir, não importa quando isso aconteça.

Agradecimentos

Gostaria de agradecer à minha brilhante agente, Rebecca Ritchie, na AM Heath, por tudo que você fez por mim. Qualquer escritor teria sorte de ter você ao seu lado. Obrigada.

Também sou muito grata a todos na Hodder & Stoughton, por me fazerem sentir tão bem-vinda e por defenderem este livro com tanta paixão. Em especial a Kimberley Atkins, por seu entusiasmo, sua edição sábia e por se importar com esses personagens tanto quanto eu. Desculpa pelos soluços! Um imenso obrigada a Madeleine Woodfield, assim como a Natalie Chen, Alice Morley, Maddy Marshall e Becca Mundy. E a incrível equipe de direitos autorais, em especial Rebecca Folland, Melis Dagoglu, Grace McCrum e Hannah Geranio — fiquei realmente impressionada por tudo que vocês fizeram para apresentar *Quando te vejo* para leitores do mundo todo. Também Carolyn Mays, Jamie Hodder-Williams, Lucy Hale, Catherine Worsley, Richard Peters, Sarah Clay, Rachel Southey, Ellie Wood, Ellen Tyrell e Ellie Wheeldon. E Hazel Orme, pela revisão com olhos de águia.

Na Putnam, gostaria de agradecer a Tara Singh Carlson e Helen Richard, pela edição meticulosa e inteligente — foi um prazer imenso trabalhar com vocês duas. Todo o meu apreço por Sally Kim, Ivan Held, Christine Ball, Alexis Welby, Ashley McClay, Brennin Cummings, Meredith Dros, Maija Baldauf, Anthony Ramondo, Monica Cordova, Amy Schneider e Janice Kurzius.

Também devo um enorme obrigada a Michelle Kroes da CAA.

Sou muito grata também a Emma Rous, pela leitura dinâmica e conselhos de especialista em tudo relacionado à veterinária. Qualquer erro, é claro, a culpa minha.

Por fim, obrigada aos meus amigos e à minha família, e especialmente a Mark.

Este livro foi impresso pela Vozes, em 2024, para a Harlequin. A fonte do miolo é Garamond MT Std. O papel do miolo é Avena $70g/m^2$, e o da capa é cartão $250g/m^2$.